白 色 救 赎

陈泰湧 著

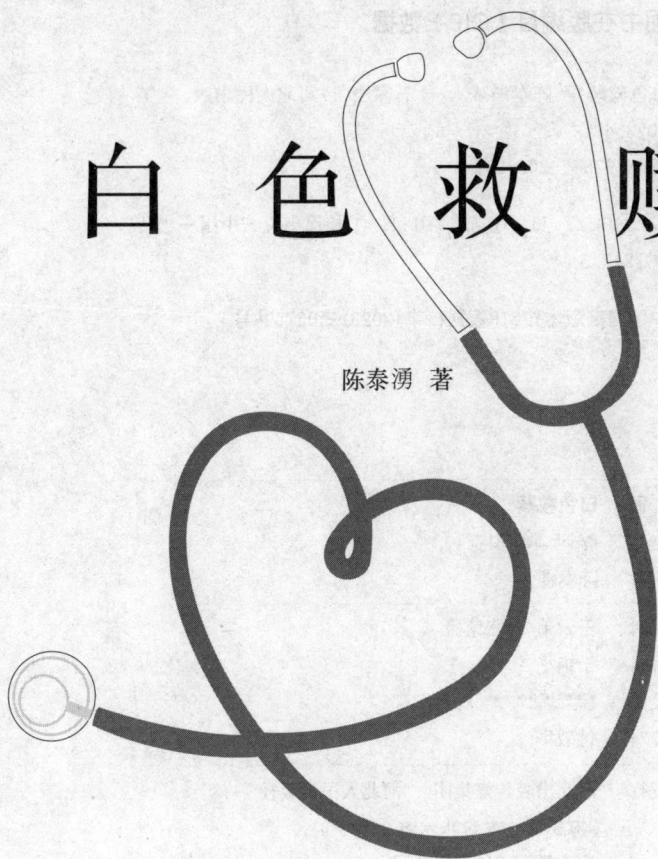

河北出版传媒集团
河北人民出版社
石家庄

图书在版编目（CIP）数据

白色救赎 / 陈泰湧著. -- 石家庄 ：河北人民出版
社，2023.4
ISBN 978-7-202-05771-1

I. ①白... II. ①陈... III. ①长篇小说－中国－当代
IV. ①I247.5

中国国家版本馆CIP数据核字 (2023) 第057898号

书　　名	白色救赎
	BAISE JIUSHU
著　　者	陈泰湧
责任编辑	王云弟　　张紫薇
美术编辑	于艳华
装帧设计	WONDERLAND Book design 仙遊 QQ344581934
责任校对	付敬华
出版发行	河北出版传媒集团　　河北人民出版社
	（石家庄市友谊北大街 330 号）
印　　刷	河北鹏润印刷有限公司
开　　本	880 毫米 ×1230 毫米　1/32
印　　张	9.5
字　　数	256 000
版　　次	2023年4月第1版　　2023年4月第1次印刷
书　　号	ISBN 978-7-202-05771-1
定　　价	49.80元

版权所有　翻印必究

目　录

序 篇

　　湖东省药监局副局长岑竹衫从房间的吧台处拿起两个白瓷茶杯，手一抖，一个杯盖掉落，刘宏林一个箭步上前还是没来得及接住。

　　杯盖掉落在地上。厚厚的地毯软绵绵的。杯盖没碎，但坠下的力量仍然将杯盖上白瓷的瓜柄钮摔掉了。

　　前来给岑副局长送餐的梁师傅赶紧蹲下身来，检查地上还有没有碎瓷片。杯盖下坠的同时，刘宏林的汗从每一个毛孔渗了出来。刘宏林很年轻，却也不能说是"新兵"了。他已经参与过好几个专案组了，可这次的情况让他觉得很为难。整个专案组都感到了前所未有的压力，进退两难，好在这种难熬的日子快结束了。

　　最近几天，岑竹衫的情绪很正常，也配合专案组的调查。刘宏林估摸着，按专案组目前所掌握的情况，再过几天就能结案，而岑竹衫可能仍然会回到药监局继续工作。刘宏林不过是个副科级职员，在专案组里也只是个负责照看被调查人的角色。如果有确凿证据，刘宏林不会觉得为难。毕竟配合着主力队员打打心理辅攻，他还是有一点经验的。但这一次面对的是"敲不死"的上级，他还是有些畏惧的。本着"绝不冤枉一个好人，绝不放过一个坏人"的原则，在没有出结论之前，刘宏林还是把岑竹衫当成领导来看待，尊重他，又事事警惕。

越是在快收尾的时候，越怕出现意外。杯盖滑落应该是岑竹衫的无心之失，他内心一定很激动，刘宏林也能理解。毕竟这是一件大事，岑竹衫能有惊无险地闯过这一关，在小刘看来，这在湖东省并不多见。

专案组的人面带微笑可不是一件好事，面无表情则可有很多种解读。要做一个好厨师，不仅仅要懂火候，更要懂人心。梁师傅看刘宏林面无表情，想到今天给岑竹衫的种种破例，忙解围说："一分为二，破旧立新，好兆头呀，这是好兆头呀！"

刘宏林没有喝止他，而是用眼神阻止了梁师傅继续叨叨。刘宏林拿起那一瓶半斤装的湖东特曲再次看了看，拧开酒瓶盖给两个杯子慢慢地各斟了一半。梁师傅带着空酒瓶和破损的杯盖离开了房间，刘宏林看着梁师傅走出五六步远后，再回身将门轻轻地带上。

半个小时后，当刘宏林回到房间，他全身的汗是从毛孔里倾泻而出的。

岑竹衫俯身在小餐桌上，已经成功自杀，根本没有抢救的可能。

但专案组仍然启动了从未用过的预案，紧急呼叫了驻队的医生，并第一时间向上级作了紧急汇报。

岑竹衫用两根筷子分别插入两个鼻孔，对着桌子用尽全力一磕，两根筷子都穿入了颅脑。

专案组组长汇报现场情况时听到电话对面那位嘶的一声，吸了一口凉气。

沈鲍鑫陪着岑恺璐来到专案组时，已经是第二天上午。

"你和岑竹衫不是法律意义上的直系亲属关系，按规定我们只能和岑竹衫的直系亲属和单位代表进行沟通。"专案组负责接待的同志面无表情地拒绝了沈鲍鑫。

是的，从法律意义上来说，沈鲍鑫和岑竹衫没有任何关系。

沈鲍鑫很清楚，婚姻将是自己的第二次投胎。如果一切都顺利的话，他将和岑竹衫的女儿岑恺璐组成一个新的家庭。或者也可以说自己将融入岑竹衫的家庭中，成为他的女婿——一个能在湖东省药监局副局长滋养下成长的新人。但现在，这个机会已经没有了，甚至还可能更糟。

　　沈鲍鑫闭上了眼，慢慢攥紧拳头，头颅微微上昂。他不是想在这些人面前表达内心的坚强，只是不想让泪水溢出来。岑恺璐已经哭得不成人样了，沈鲍鑫不能不管她。岑恺璐可以哭，他不能哭，至少现在不能哭。

　　沈鲍鑫心里其实已经大哭了一场，但并不是为岑竹衫的死感到悲伤，而是觉得憋屈。自己的准岳父、岑恺璐的父亲、省药监局副局长岑竹衫似乎一直在掌控着局面。沈鲍鑫被他提出的这个装神弄鬼的赌局折磨了快一年。他似乎正是看准了沈鲍鑫的年轻气盛和不谙世事，让这个刚刚穿上白大褂的实习医生在各种死亡病例和混乱的情绪中穿行，从最初的豪情壮志到慢慢低头。在岑恺璐的惊叫声中，沈鲍鑫已经遍体鳞伤，举起了双手准备投降，向自己的准岳父认输，接受他对自己人生的重新规划和安排。

　　可这位胜利者并没有接受沈鲍鑫的投降书，他以奇特的方式死了。

　　胜利者以躯体的死亡宣告赌局的另一方沈鲍鑫获得了胜利，但沈鲍鑫觉得自己输得一塌糊涂。更让他沮丧的是，这个赌局似乎并没有结束，他还会输掉自己的未来。

　　沈鲍鑫扶着瘫软的岑恺璐，突然间才发现岑竹衫和自己立的赌约并不是一道简单的判断题，牌桌上一开大小就出输赢结果，他出的应该是一道多元方程题——这里面有数不胜数的变量。自己见到的每一个死亡是变量，岑竹衫的死亡是变量，可活着的人也是变量，岑恺璐也是变量，自己的毕业分配还是变量。

　　这道死亡方程题应该如何来解？

岑恺璐是岑竹衫唯一的亲属，也是这个方程中最大的变量。沈鲍鑫第一个念头就是彻底放弃，将所有变量归零。出题人没有了，奖品没有了，再去解答这道题又有什么意义？

　　一大早得到父亲的死讯，岑恺璐就陷入了不能自已的悲痛之中。一袭白裙本是她的日常穿着，没想到却成了今日最应景的穿着。

　　沈鲍鑫穿着黑色的 T 恤，也一如往常。

第一章 青春之欲

踏出宿舍楼门的那一刻，他已经从93级的医学生变成了98届的实习医生。

听诊器是沈鲍鑫最熟悉的物件，在他还未能记事起就认识，他伸出小手去抓过很多医生胸前挂着的听诊器。

他的胸膛第一次接触听诊器时，就被医生听出了杂音。于是外公抱着褓褓中的沈鲍鑫奔波在各个医院之间，鲍老头儿怒骂着一个又一个给出"先天性心脏病"诊断的"庸医"，可骂声还没掷进对面"庸医"们的耳朵里，他双膝跪地的影子却抢先钻进了他们的瞳孔里。他的眼泪淌过脸上纵横的沟壑，鼻涕涂在黑白交错的胡须上。他跪在地上苦苦哀求"神医"们开点药，救救这个可怜的孩子。

这个固执的老头儿，用各种恶毒的语言，咒骂和拒绝了所有医生给出的"开刀"建议。鲍老头儿不敢相信医生能把这么小的婴儿的心脏打开，补上一块，然后这个婴儿还能活下来、还能长大。他可怜这个婴儿，更可怜自己的女儿。这个遗腹子的父亲死于车祸，肇事者逃得无影无踪。

沈鲍鑫的名字是外公鲍老头儿取的。"三个金"，这可是沈家和鲍家最珍贵的宝贝。

这样煎熬的日子过了三年，鲍老头儿的小酒坊也差点关门了。直到外公家多了一个能干的舅妈，分了家，小酒坊才又搞得红红火火的了。可是舅舅和外公分家了，酒坊由舅妈管账，外公从外婆手里再也拿不出钱来，去不了大城市了，他就买来很多草药熬成或浓或淡的药汤，给沈鲍鑫喝，给沈鲍鑫洗。

"鲍师傅，鲍师傅，你来，你来听听……"

在沈鲍鑫五岁生日那天，镇上卫生院的王医生右手拿着听诊器胸件，左手紧按着耳朵听了好半天。他睁大了双眼，哆哆嗦嗦地将听诊器摘了下来，翻来覆去敲敲打打地又看了半天，又伸出小手指掏了掏耳朵眼，最后抖抖索索地将听诊器挂在鲍老头儿的耳朵上："鲍师傅，你也听一哈，听一哈。"

沈鲍鑫的先天性心脏病不治而愈。鲍老头儿回到家后从柜台抽屉里抓了一把钱，买了一挂一千响的鞭炮，一路小跑着，拿回到镇卫生院门口噼里啪啦地点火听了响。搞得卫生院的医生还以为又有病人家属来找事，翻墙跳窗跑了个干干净净。

王医生在翻窗时不小心崴了脚，等他搞明白状况后又好气又好笑，一瘸一拐地到老鲍酒坊来讨说法。王医生没见着鲍老头儿和沈鲍鑫。鲍老头儿已经带着沈鲍鑫连夜赶去了浦州中心医院，爷孙俩在医院大厅里挂号处附近的长椅上坐了一宿，第二天一大早抢着挂了第一个号。

中午时分，鲍老头儿来到了在浦州市通用机械厂的女儿家。

"芳啊，鑫娃是个好娃了，该上学了。"

他搂搂沈鲍鑫的头："鑫娃，留在城里好好读书。这辈子要努力去做科学家，要去当法官，多造一些机器去抓那些坏人。"他又捏捏沈鲍鑫的脸，"千万莫去当医生哈，不是这些狗日的医生在乱毬整，我们家鑫娃哪里会受这么多的罪哟！"

鲍老头儿用手背搽了搽眼角，将兜里一大把零碎的纸钞掏出来，理了理，塞到鲍芳的衣服荷包里："家不像个家，唉……"

鲍芳喊不住他的脚，沈鲍鑫在后面声嘶力竭的哭喊声也只是让鲍老头儿趔趄了一步。

鲍老头儿还是头也不回地回镇上去了。见他进了门，舅妈本来正在嘀嘀咕咕地给舅舅说着昨天鲍老头儿在柜台抽屉里抓钱的事，顿时住了嘴，但脸色比之前更难看了。她躲开其他人的目光，用手在舅舅的腰上狠狠地拧了一把。鲍老头儿看到了这个小动作，水没喝一口，汗没擦一把，举起巴掌将酒坊的柜台狠狠地一拍，冲着儿子吼道："小狗日的，你给老子拿两坛最好的酒出来，去送给王医生。不，喊你婆娘去送！不去？我给你们两个小狗日的说，这个酒坊还是姓鲍的，证上的名字还是老子的！明天，不，从今天开始，这个家还是老子说了算！不去？不去你们两个都给老子滚出去……"

儿媳妇不敢多说半句话，她巴不得赶快离开这个是非之地，小心翼翼地抱着两坛酒走出鲍家酒坊，路过舅舅身边的时候她还是憋不住嘴边儿的那口气，伸出脚狠狠地踢了他小腿肚子一脚。舅舅腿脚一软，身子一歪，碰翻了身边的一个酒坛，酒洒了一地。香啊，整个酒坊都醉了，整个镇子都醉了。

沈鲍鑫往窗外望了望，宿舍楼下的排球场边，走过一拨又一拨的学弟学妹。一袭白裙的岑恺璐倚靠着排球场边的网柱，耳朵里应该是塞着耳机听着音乐，头微微上扬。微风拂过，齐肩的长发也随风微动、跳跃，像竹叶儿在初夏的风中。

沈鲍鑫没有急着下楼。岑恺璐性子慢吞吞的，从没见她着过急。在传统观念中，慢性子对于一个姑娘而言本应是一个优点，对应着温柔娴静，是一种古典美。可在这座天气和脾气都超级火辣的城市里，慢性子却是一种典型的缺点。"辣妹子"是这座城市年轻女性的代称。大街上走一走，看到的不能说几乎都是"凤辣子"型的姑娘，但像探春、史湘云这类伶牙俐齿、得理不饶人的姑奶奶绝非少数。岑恺璐也肯定不是林妹妹一样的人。如果非要在《红楼梦》中寻找一个参照，她倒更像贾迎春，那个"二木头"的绰号和岑恺璐有那么几分吻合。

但沈鲍鑫心里很明白，即便世界上所有的人都认为他们所看到的岑恺璐像一根木头，那他们也毫无例外全部错了。因为他们看不到岑恺璐的心。她更像一棵竹，不是秀丽摇曳的凤尾竹、斑斓似泪的湘妃竹，而是常常被用作建材的参天的楠竹。风吹过，竹叶儿未动分毫，但空落落的竹心里却回荡起风的旋律。她会颤抖。

　　他们两人的恋爱也并非常规的大学生的恋爱。他们慢吞吞的，不急不缓。大一时，同学们还不敢过于大胆地表白，可一进入大二，青春的荷尔蒙全部开始躁动了，一半的同学都进入了成双成对的状态。也有好几个男生追求过岑恺璐，但她温暾暾、慢悠悠的性格让这些男生感觉是在追求一个老太太。没有回应比直接拒绝更让人难受，岑恺璐的态度很快就熄灭了他们眼睛里的光芒。沈鲍鑫很得意。他说这些蠢笨的人只懂得用眼睛去欣赏女人，看她们的脸蛋、胸脯、大腿和身姿。真正美丽的女人要用耳朵去欣赏，一棵竹子摇动得再美，不是为你，而是被风所动。风动她动，风停她停，与你何干？岑恺璐是一根笛，需要用心去吹奏，她会和你和鸣。你动她动，你停她还会余音袅袅，醉了你的耳朵，只是为你一个人。

　　沈鲍鑫的恋情曾被室友嘲笑为"黄昏恋"，大三过了一半了他才感受到这道霞光，不疾不徐，慢慢悠悠，快到大学生涯的终点时终于牵上了"岑木头"的手。沈鲍鑫把大学期间的恋爱当作对自己毅力的一次挑战，他不愿意去做没有结果的事。也有女生曾经主动约过他去跳舞和看电影，她们都比岑恺璐漂亮，沈鲍鑫都会赴约，然后礼貌地将她们作为红粉知己，不掩饰地谈自己的家庭、家乡、未来的规划。直到那一次，他手提一根拖布，正激情澎湃地和同学们与食堂工人们舌战，后脊梁忽然感到一种灼热，这种灼热顺着颈椎直接将眩晕感导入他的颅脑中。当他回身，不用寻找，就知道了热源所在。这个像木头一样的姑娘，和自己在楼道大门处擦肩而过很多次。两根木头的燃烧需要多次摩擦，还有一小股恰到好处的风。她的目光就是那一股微风，一股能激发火灾的微风。沈鲍鑫感受到了她的目光。他觉得真正的青春就应该是一把火，烧掉树木、烧掉森林，烧光之后才不去管今后是长出青草还是永成荒漠，青春就是不管不顾地放火。

他迎着那灼热的目光走上前，心甘情愿地接受了自己的毅力挑战失败。这一刻，他看见岑恺璐突然滚落的泪珠。这不是泪珠吧？这是油，可以让沈鲍鑫青春之火爆燃的油。

最后一次躺在宿舍的床铺上，蚊帐已经拆了，一副老旧的听诊器露出来。它已经在这壁墙上安静地斜挂了四年。听诊器右边的耳件挂在一颗小钉子上，因胸件的重量牵引，让它整个垂悬在那里。听诊器是医生的诊断工具，但在沈鲍鑫眼里，这个听诊器就是一件和死神进行联络的通信工具——医生和死神各自拿着同一个冷冰冰的金属玩意儿的两端，通过中间软绵绵的橡胶管，协商和密谋着，决定着一个人的死亡时间。

他挺身蹦下床，退后两步，调整视角，终于找到一个满意的角度。这挂着的听诊器越来越像女子的胴体，胸和腰的曲线勾勒出一个少女的轮廓，向下会合到了胶管的位置，就像腿缝，延伸，向下延伸。他闭了闭眼睛，将这个胴体的幻象驱散，往窗外看了看，岑恺璐也正眺望着这扇窗。

他将听诊器摘下来，缠好了塞进了行李箱里面。

岑恺璐和他都是93级临床医学专业的学生，沈鲍鑫在医疗系甲大班，岑恺璐在医疗系乙大班。湖东省医学院附属第二医院在云汉市最繁华的市中心，离校本部还有二十多公里的距离，车程要半个多小时，岑恺璐和其他乙大班的同学就分配在这家医院实习，他们的宿舍也安排在附二院里面，昨天已经将床垫蚊帐和行李集体搬过去了。

甲大班在湖东省医学院附属第一医院实习，医院和校本部就一街之隔，从校内过一个天桥就能到附一院。

甲大班的毕业生楼离他们现在住了四年的本科宿舍楼并不远，穿过几个排球场就到了，大概八九百米的距离。两栋楼下各有一个学校的标志性建筑，本科楼下面是学生三食堂，毕业生楼下面是开水房。这条路也曾是校园情侣们走得最多的路，开水在水瓶里浪来漫去，爱情也在人心里浪来漫去，所以医学院里的这条路就成了约定俗成的"浪漫路"。只不过沈鲍鑫在这条浪漫路上一直是独来独往，岑恺璐会走在他前面或后面十几米的距离，两个人均小心翼翼地维持着这个心照不宣的秘密。

走出宿舍，沈鲍鑫悄悄挺了挺腰，拉了拉黑色 T 恤的皱褶。在踏出宿舍楼门的那一刻，他已经从 93 级的医学生变成了 98 届的实习医生。

大四和大五之间的这个暑假很短。上一批实习医生马上就要毕业离开医院了，新的实习医生得赶紧进科干活儿，所以只给他们这批新的实习医生安排了一个星期的假期。沈鲍鑫不想回老家，却又不得不回去。

这两个月的时间里，鲍芳给儿子写了十几封信。沈鲍鑫的二叔沈天喜刚刚当上了浦州中心医院的副院长，级别上去了，却是个没有实权的副院长。特别是在医院的人事问题上，他连提建议的权力都没有。而且院里领导班子开会还得避嫌，还不如以前当科主任时实在，大家还会互相卖个面子。她命令儿子必须尽快回家一趟，让沈天喜带他去院长家拜访拜访，把工作的事情赶紧敲定。尽管鲍芳在信中也提到过，副院长老洪退休，院长心里本来有自己的人选，组织部门却将沈天喜提报上去了。沈天喜对院长私下表过态，表情是极度的受宠若惊，感谢组织的信任，感谢院长的培养和举荐，一定不会辜负院长的这份恩情，愿意肝脑涂地，唯院长马首是瞻。院长心里却早就埋下了很大一根刺，对沈天喜防之又防，送了很多双小鞋。

"他是你们沈家唯一的种，你帮也得帮，不帮也得帮。"鲍芳很清楚小叔这么多年一直在给他们家搭帮手，可这个关键时刻她也只能装莽，抹下脸皮去混不吝一次，"院长防着你还不是因为没把你沈老二当自己的人，你去求他一次，欠他一份情，不就自然而然地成了他的人了吗？你这还不是在帮自己？"

　　　　　　　　　　　　　　　　　　　　第一章

沈天喜本来也在为侄儿毕业分配的事着急，大嫂的这一顿呛让他喜出望外。

"大嫂，你莫着急上火嘛。你说，鑫娃的事我哪一次没上心嘛？你莫小瞧了我们鑫娃，湖东省医学院的本科生要进我们医院还是很容易的，我们每年都要接好几个专科生。我就是有点担心鑫娃不想回来，我知道他的成绩，就凭他的成绩，省城有些大医院都会愿意接他。"

"他敢不回来！他妈还在这里，他不回来，难道我还跟着他搬到省城去呀？"

沈天喜嘿嘿一笑："说不得哟，万一他想娶一个省城媳妇儿，你想搬去省城，可能还得看儿媳妇的脸色哟。"

鲍芳愣了愣："不得哟，他现在还没长醒哟！"她喃喃自语道："没听他说过吔，他也没找我多要生活费……"

沈天喜又笑了："大嫂，你的脑壳还是我们这个小地方的脑壳，想的还是田坝里的龙门阵。万一他给你找的儿媳妇家庭条件很好嘞，你还不睡着了笑醒呀！"

"那不是要当上门女婿呀？要不得，要不得。"鲍芳直摇头。

沈天喜看嫂子面红耳赤，知道她真的是着了急，也就不再把话题往下扯："还是把鑫娃喊回来当面问清楚，我倒是不怕去求人哟，自己侄儿的事情还敢打闪失吗？我们把他喊回来，不仅是问他的想法、带他去院长家见个面，还要带他直接去科主任家'拜码头'。你不知道医院里面的事情，刚毕业的年轻医生到医院里第一次分科室是很关键的，决定了他这一辈子的专业。我就是搞放射的，不是说瞧不起自己，如果鑫娃到了医院分配到医技科室，很难混出头。你看我们医院当院领导的，除了外面单位调进来的搞政工的，基本是搞临床起来的，我这次是花了好大的成本哟！这些话我只能给嫂子你说，你千万莫到外面去说。一定要把鑫娃弄进临床科室，最好是进眼科，'金眼科，银外科，又脏又累妇产科'，我只给你说这么一个事实，这几个科室的医生都是日子过得最滋润的。"

他虚虚地拍了拍衣服口袋，右手拇指和食指、中指撮在一起捻了捻，做了一个数钞票的手势，"你莫心痛钱，现在花的钱今后十倍百倍都挣得回来的。我跟眼科主任专门喝过几场酒了，话都递出去了。鑫娃要有意思，你可能还得准备一点'弹药'去轰一轰，院长那里也还要轰。不是我这个当叔叔的小气，唉，前段时间我把'子弹'都差点打光了。"

鲍芳点头："这些我都准备了一些，你只管亮起胆子帮侄儿的忙，不能这次又是让你又出力又出钱嚷。"

鲍芳和世界上所有的妈妈一样，说话唠唠叨叨的，写信也絮絮叨叨的。而且性子又急，沈鲍鑫的回信还没写好，新的信又寄到了。

如果是在两年前，二叔当副院长的消息肯定会让沈鲍鑫高兴得不得了了，能进浦州市最好的医院当医生是他这些年来梦寐以求的事。不过正如二叔说的那样，他现在还真的有了另外的想法——他想留在省城。湖东省医学院的两所附属医院是湖东省技术水平最高的医院，浦州中心医院的医生还要排着队地来进修。沈鲍鑫有些瞧不上浦州中心医院了。

沈鲍鑫心里很清楚，岑恺璐就是能将他留在这两所医院的最有力的保障。岑恺璐的父亲是什么身份绝大多数同学并不知情，但他还能不知道？岑竹衫现在是湖东省药品监督管理局的副局长。当从岑恺璐那里得知了她的家庭情况后，沈鲍鑫只觉得这一定是各路神仙在齐心相助他。本来沈鲍鑫心里会偶尔为毕业之后的不确定而伤神，会分手？会一起回浦州？天哪，没想到还有更好的一条路出现在了自己的眼前！留下来吧，留在省城，留到湖东省最好的医院，这是每一个想当医生的人都梦寐以求的。只不过对于他们而言这是事业上的珠峰攀登，看似都有可能，却并非都有机会。沈鲍鑫以前根本就没有想过这一选项，而现在，他觉得这应该是留给自己唯一的可选项。当然，前提条件是岑竹衫愿意帮忙。

这个想法沈鲍鑫一直压在自己的心里，没有和任何人说起，就连妈妈都不知道，他连恋爱的事儿都没有告诉她。而岑恺璐则从未问过他的毕业打算，就像没有去想过他们两个的未来一样。他更不会主动去挑破，如果不知道她的家庭情况，他现在也会关心，甚至会告诉妈妈，在浦州活动的时候多想想办法，两个人都要回浦州。

在岑恺璐的世界里，这些都是不用操心的事，他们两人未来的生活也应该是理所当然地在一起。

过五关斩六将，反正都要一个一个来，怕是没有用的，躲也是躲不掉的。要不先把岑恺璐带回自己老家走一趟，先攻容易的关卡，让鲍芳把这个未来的儿媳妇先认下来？沈鲍鑫心里在下棋。

如何去破岑恺璐家的大阵，说不定鲍芳还能帮着支个招？

第二天早上，两个人按约在长途汽车站碰了头。沈鲍鑫空着双手先到，岑恺璐没有再穿白色长裙。她担心长途汽车太脏，特意换了一条碎花长裙，拖着一个大箱子姗姗而来。

"你不怕我把你拐进山里去卖了？"等车时颇为无聊，沈鲍鑫无话找话。

"卖了要记得分钱给我哟。"岑恺璐平常是没有多少话的，和沈鲍鑫单独在一起时，还是会应付他的油嘴滑舌，不能总被他在言语上欺负。

岑恺璐平常话少到什么程度呢？同一个寝室的姐妹们叽叽喳喳，从起床闹到熄灯都不会停歇。岑恺璐几乎是不会加入任何聊天的，哪怕指名道姓地问到她，也是问三句答一句。久而久之，姐妹们的集体活动也就渐渐淡忘了她，有她不多，无她不少。姐妹们倒也不讨厌她。岑恺璐话不多，性子慢，但为人还是比较大方的。姐妹们用了她的东西，吃了她的水果和零食，她都无所谓，而且这个无所谓毫无伪装的成分。室长喊大家凑份子，不管她有没有参加活动、是否分享到了零食，她出那一份钱的时候从不会多问一句。就连对成绩也无欲无求，中游水平，对奖学金和助学金这类最容易产生矛盾争执的东西她是彻底弃权的。

"北方有佳人，绝世而独立。"女人善妒，如果不用前半句，姐妹们倒是很愿意用李延年的这诗句来形容她。可沈鲍鑫特别不爽这句，"绝世而独立"，那我算什么？花下肥泥巴？

和沈鲍鑫在一起，岑恺璐也会觉得自己像变了一个人一样，很想找他说话，只是话到嘴边了还是不知道应不应该吐出来。沈鲍鑫说一句，她嘴里的话就能趁机放放风，溜达一大圈，她很喜欢和沈鲍鑫单独在一起。

沈鲍鑫看见她的大箱子："把娘家的东西全搬去婆家呀？我妈肯定喜欢你这个木头儿媳妇！"

岑恺璐面色绯红，她喜欢沈鲍鑫喊她媳妇儿，但对于"木头"二字，岑恺璐也会条件反射地进行回击："你是愚钝！"

沈鲍鑫还嘴："我是愚钝，那你就是痴愚。"

"我是痴愚，那你就是白痴。"

医学上将智商在 70 分以下者定义为智能不足，又按不同程度分了三个等级，两个年轻人用医学生才能懂的专业词汇互相打趣。

"我是白痴，生活不能自理，那你就要照顾我一辈子哟。"沈鲍鑫想不到还有什么比"白痴"更严重的，总不能说她是"植物人"吧，只能到此结束。

"我才不会照顾你咧，我要你照顾我，一辈子哟！"她伸出小手指，要沈鲍鑫和她拉钩。

这是一辆长途卧铺车，两人并排躺着。岑恺璐靠着窗，她侧过身子看着车窗外。她没有坐过长途汽车，对这种带卧铺的长途汽车更是感到新鲜和好奇。上了车两人还在斗嘴，从"一辈子"扯到"一床被子"，岑恺璐越想越觉得脸红。她觉得只有背着沈鲍鑫自己的心才不会那么慌。

"你的工作开始联系了没有？是附一院还是附二院？"沈鲍鑫用手捅了捅她的背，顺手又轻轻扯了扯她的发梢。这还是他们俩第一次交流毕业分配的事情，这么重要的事就是应该找这样一个不重要的时间和不重要的地点才问得出口。

"我爸不让我去医院，要我进机关。他说前段时间已经联系好了省卫生厅。明年的政策会有些变化，本科生可能不能直接进省厅了，准备先安排我到厅属单位，先过渡一两年。"她望着窗外，数着远处山坡上蹦蹦跳跳的几只山羊，回答道。

长途汽车一阵颠簸，恰好将沈鲍鑫那颗要蹦出来的心脏颠回了原位。看来它也是受了很大的惊吓，回到原位后还在拼命地挣扎。

沈鲍鑫没有说话，他的目光穿过岑恺璐的鬓发，也望向那些山羊。但他很快就收回了目光，被岑恺璐耳郭上那些细密的绒毛所吸引，他用目光在抚摸着。

岑恺璐打破了这种沉默，转过身来面对着沈鲍鑫："你妈妈知道我去你家吗？"

沈鲍鑫默默地摇了摇头，他现在脑子里一片空白。

"哦。"岑恺璐用一个语气词，回答了沈鲍鑫这个表示否定的肢体语言。

车已翻过了好几个山头，岑恺璐数过了好几个零落的羊群，直到新鲜感荡然无存。

"你呢？"她问。

沈鲍鑫沉默了半晌，岑恺璐反正是那种木头性子，也不催他，两眼望着沈鲍鑫，牙齿轻轻咬着左下嘴角。沈鲍鑫很清楚，这就是她心里着急时的表情。她想知道什么样的答案？

沈鲍鑫将鲍芳来信所絮叨的碎片拼凑出了一个完整的版本，包括沈天喜所说的医院科室的优劣选择都讲述了一遍。

岑恺璐想了想，说："你想去眼科呀？我有办法帮你。可我又该选什么科室呢？"她想了很久，犹豫着说，"我想和你到一个科室，一起上班，一起下班……可是，他们医院眼科会需要这么多医生吗？要不我们先去问问院长，看哪个科室能同时安排我们两个，我们就选哪个科室？"

沈鲍鑫心里暗暗叹了一口气，这真像是一个不食人间烟火的木头仙女，她心里究竟在想什么呢？

"你父亲不是帮你安排好了吗？"

"是啊。"

"那你怎么会想到也到浦州来工作呢？"

岑恺璐微微皱起了眉头，她觉得沈鲍鑫提出的这个问题有点不可思议："你不是要回来吗？"

"我回来你也跟着来呀？"

"不然呢？"

沈鲍鑫气得差点笑出声来，脱口而出："我还想留在云汉市咧。云汉市是省城，省城附属医院比浦州的中心医院好几倍，你觉得我真想回来呀？"

"哦。"穿插了片刻的沉默，岑恺璐才接着说，"我以为是你自己想回浦州市咧，刚刚还在说你的二叔在当副院长，很了不起的样子，又不是你自己当副院长，那么神气！"

沈鲍鑫真被她的话气得笑出声来："我去哪里你也去哪里？"

"不然呢？"

"我回浦州？"

"我还不是可以跟着来浦州。"

"你父亲会同意？"

"我的工作干吗要他同意？"

"我想留在云汉市。"

"哦。"

"'哦'是什么意思？"

"好。"

"好什么好？"

"好就是好。"

"你是不是觉得到浦州和到云汉都好？"

"哦？"岑恺璐挑了挑眉毛，反问他，她觉得沈鲍鑫问的这个问题毫无意义。

沈鲍鑫逗她："那你说说，各有什么好处？"

岑恺璐一点也不掩饰："留在云汉市，我就可以天天看到我爸，他就不会一个人在家孤孤单单的。要是你回浦州，我也到浦州，这样我们两个就不会分开了。"

"我愿意回个屁的浦州！"

见沈鲍鑫爆粗口，岑恺璐抿着嘴笑，心里高兴得像踩在云海里。

"你笑什么笑？呵呵，你并不是真的想跟着我来浦州，是吧？"

岑恺璐不回答，沈鲍鑫又问："你刚才不是说你的工作是你自己的事，不管你家老爷子吗？现在你必须老老实实告诉我，为什么想留在云汉市而不想来浦州？"

岑恺璐脸上泛起红晕，但话匣子却打开了："我还是有点害怕见到阿姨，她要是欺负我，我怎么办呢？"

沈鲍鑫："怎么可能？"

"我听宿舍里的姐妹们说天下最难处的关系不是医患关系，而是婆媳关系。我是说以后，如果我们都留在云汉市，那可能就会好一些吧？"

"哦，我妈就不能也搬到云汉市来？"

"哦，也对啊。"

沈鲍鑫心里是很清楚她的想法的，也就没有继续深究这个话题，抓过她的手，讲起自己家的很多事情。他告诉岑恺璐，自己的妈妈是个很善良很好相处的人，自己有什么要求，她大多会答应，不过这次回家要想摊牌，说不想回浦州，还是有点不好开口。

"这有什么不好说的。你想到哪里，那是你和我的事，你想留在云汉市就留在云汉市呗……"

"云汉市不是那么好留的，特别是要找一家好医院，我又没有你那样法力无边的爹……"沈鲍鑫故意将话题引转方向，就看岑恺璐怎么来接招。沈鲍鑫一直不愿意自己先开这个口。

岑恺璐不喜欢沈鲍鑫这个阴阳怪气的腔调："又不是什么大不了的官，还法力无边，你想喊他呼风唤雨、天降甘霖吗？"

沈鲍鑫自知说错了话，他也知道怎么哄她最有效，将手从她身下穿过，一把就将她搂紧，将嘴向她贴了过去。

"哎，哎，这是公共场所！你看，车窗那里贴了标语，'管住你的口和手'，看见没有？"岑恺璐一边叫停，一边挣扎，让沈鲍鑫的偷袭落了空，然后偷一个空当用自己的嘴在他的脸上轻轻啄了一下，安抚下了沈鲍鑫的躁动，又在他的手臂上狠狠地拧了一下。如果不是前方的乘客起身回头望向他们，她可能还会在沈鲍鑫的肩膀上狠狠地咬上一口。

"反正我们两个毕业之后要在一起。"岑恺璐说。

沈鲍鑫心里狂喜，稳了。他等的就是岑恺璐的这一句话，只要她坚持，老爷子怎么会舍得让闺女离开省城呢？自己的事自然也就成了老爷子的事了。

第二天一早，沈鲍鑫没有喊醒岑恺璐，就被鲍芳拖出了家门。刚出门，鲍芳就冲着前方拎着菜篮子的沈鲍鑫，狠狠地拍了两巴掌。儿子的背又厚实了一些，鲍芳还是有些高兴的。

昨天见儿子一声招呼都没打，就带了一个女同学回家，她是既高兴又生气，更多的还是郁闷、着急。儿子长大了，平常没回来还没有那种感觉，一看到他高高的个子闯进家门，鲍芳突然间就觉得家里有了"顶梁柱"的感觉，当妈的觉得这个家的大事小事总算是可以有个人来做主了。三个人在一间屋子里，鲍芳其实比岑恺璐还要紧张，赶紧收拾屋子、打扫床铺，忙忙碌碌的，也没将岑恺璐多看几眼。整个晚上，鲍芳都睡不着，一边尖着耳朵就怕听见外面房间有什么动静，一边为儿子的工作还有这个突然出现的姑娘而满腹愁肠。

现在和儿子单独在一起，当然是先出出气，然后好好盘问一番了。

本来是想先盘问一下姑娘的情况，鲍芳想了想，还是张不开口。

这次把儿子喊回家，最重要的目的，就是落实他的工作。"如果你能到浦州中心医院，家里面肯定摆满了别人送的鸡鸭鱼肉，吃都吃不完，哪里还需要我花钱来买。"鲍芳不停地给儿子洗脑，用她所能想得到的最大实惠。

她一边挑拣着菜一边念叨："你二叔说得对，中心医院是我们这个地方最好的医院。如果你能进到这个医院，好多人都会求着你，很受人尊重的。你没听人说呀，'听诊器，方向盘，给个县长都不换'，从古至今医生都是很吃香的。你又不是不知道，在我们这个地方，家里只要有那么一点点条件的，生个大病小病都要去中心医院，找个床位都要托熟人找关系。你二叔还说了的，'金眼科，银外科，还有什么铜铁妇产科哟'，这句话听上去好像怪头怪脑的，但这是医院里效益最好的三个科室哟。你二叔还一直在和眼科主任打商量，帮你做了很多工作。哦，钱的问题你莫操心，那不是你该操心的事。供你读了这么多年的书，整个身子都拱进去了，还差这点尾巴根吗？唉，苦日子终于要熬到头了！"

鲍芳选了一条草鱼，嫌贵，和小贩拌了几句，起身又往前走。

一边走一边又唠叨："你也太不让人省心了，你自己的工作都不好打整，这个时候……你说你从小都很懂事的，现在，这不是……回来后好姑娘多的是！现在你们又是怎么打算的呢？"

"妈，我想留在云汉市，想留在附属医院。岑恺璐的爸爸应该能够帮得上忙。"

鲍芳又和小贩争吵了几句，没有听见沈鲍鑫的话。

"你刚刚出门的时候不是还在埋怨她，说她有些小姐脾气吗？嘿嘿，我一直没有机会告诉你，她还真是一个官家小姐。她的爸爸是省药品监督管理局的副局长，她是独生女。岑副局长才舍不得让女儿跟着我来我们浦州哩，我的工作你们就莫操心了！我想岑副局长应该会帮帮忙的。"

听沈鲍鑫这样一说，鲍芳直愣愣地望着儿子。

"妈，我和岑恺璐其实已经在一起快两年了。她人还是很好的，只是一直没有给你们说，也还没给她爸爸说。我是想先带回来给你看看，如果你看不顺眼，那就只有算了哟。"

鲍芳狠狠地在儿子背上又拍了一巴掌，比刚才的力道至少大了一倍："你乱说一些啥话哟！我好久说了她有小姐脾气的？我是顺口说惯了，我的意思是，是……嗨呀，你是已经决定了要留在云汉市？"鲍芳还是忍不住叹了一口气，儿子不想回来的情况她以前也设想过。如果有好的单位，能留在省城，她当然是高高兴兴地举双手赞成的。只不过这种可能性实在太低。他们家没多少家底，省城又没有亲戚朋友找得到门路帮忙，还是应该多想想现实的。而浦州中心医院，就是鲍芳能想得到的最好的选择。

她转身对着小贩喊："就抓那条鲤鱼，那条活的！不是这条，那条，对，就是那条最大的！给我称一下。"

沈鲍鑫得到了妈妈的有力支持，是这次回家最大的收获。鲍芳对岑恺璐是很满意的。人长得虽然不是特别漂亮，可水灵灵的，还知书达理，家庭条件也比自家好。再细细审视，姑娘话不多，做事慢条斯理的，想想儿子平常做事总是毛毛躁躁的，如果有这么一个儿媳妇，也是一件好事，互补嘛。

她看到儿子突然带着女朋友回家，最初心里还是憋了很大的火气的，但现在她的想法又不一样了。想到儿子追到的竟然是一只金凤凰，她就又长舒了一口气。可又一想到儿子毕业后就不回浦州了，她将两个年轻人送到车站后，还是觉得心里有点空落落的。

沈鲍鑫心里也有些空落落的，他一直在走神。

在去长途汽车站的路上，他看到一个身影，这个身影让他思索了很久。在这座小城市里生活了十多年，熟人还是不少的。这个身影不算是很熟悉的人，可是，又确实是特别熟悉。

检票上车的时候，他才终于从记忆中搜索到答案，这个人叫康宏。

康宏，对于沈鲍鑫而言是一个有特殊意义的人。他心里很纠结，因为他不知道自己内心深处究竟应该将康宏当作恩人，还是看作仇人。从某种意义上来说，康宏才是真正引领自己走上医学道路的人。尽管这个过程残酷得让沈鲍鑫不愿再想，却仍然避免不了时时想起。那副听诊器就在宿舍的墙上挂了四年，透过蚊帐，让他有时记起，有时又忘记。

那副听诊器就是康宏送给沈鲍鑫的。

康宏，浦州中心医院脑外科的主任，在当地也算是"一把刀"了。

岑恺璐见沈鲍鑫闷闷不乐，她也不说话。长途汽车驾驶员的上方有一台电视机，正在播放着一部剧。虽然跳过了剧的开头，但仍然能让人很快就进入到剧情中。岑恺璐悄悄地擦了好几次眼角，人鬼殊途，但那份感情的纠葛还是能骗出很多的眼泪。车上都是陌生人，岑恺璐也不怕他们看到自己成为泪人的模样。唯一熟悉的人是身边的这个男人，无所谓，他已经见过自己很多次流泪。在很多人的眼里，岑恺璐就是一个木头，未见她大喜，也未见她大悲，可沈鲍鑫见过。一起上自习时，她会因为看一部小说而泣不成声，也会因为自己讲的一句笑话而笑若黄莺。沈鲍鑫曾说过，其实她的笑和泪都很美。为什么这种美不在其他同学面前淋漓尽致地展现出来，非要像个木头一般？岑恺璐自己也说不明白，为什么在其他人面前她都不由自主地把自己裹得紧紧的，只有在沈鲍鑫的身边，这个包裹着自己的壳才会瞬间打开。哦，难道沈鲍鑫就是保护自己的"洋葱头"？她扭头看看他。

沈鲍鑫的眼睛也盯着电视机，但他的心思没有追随剧情。他还在怀疑，刚刚看到的那个人，究竟是不是康宏。

那应该是十一年前的事了，沈鲍鑫还在读小学五年级。那一年外公到浦州中心医院来看病，鲍芳托沈天喜帮忙，直接就找到了康医生。沈鲍鑫记得，那时的康医生也就五十多岁吧，头顶是秃亮秃亮的，白大褂有些皱巴巴，和人说话总是有些不耐烦。沈鲍鑫还清楚地记得，在那间医生办公室里，康医生对着妈妈和舅舅说："找个车拉回去吧。"

沈鲍鑫虽然年纪还小，但听得懂这句话的意思。他知道医生的意思是，外公的病治不了了。

最初，鲍老头儿只是偶尔说话说不清楚，算账常常算错。后来就是右手感到麻木，给客人打酒的时候抖得厉害，他在店里什么活儿都做不了了，慢慢地，脚也开始麻木。镇卫生院的王医生让舅舅赶紧送他到大医院去看病，王医生说，有条件的话应该到北京的医院去找大专家。舅舅和舅妈商量了大半个月，去北京可折腾不起，他们觉得浦州中心医院已经是很大的医院了。鲍芳的家也在浦州市，在这里看病找医生也方便得多，这才把鲍老头儿送到浦州市来检查。来的时候，他已不能走路，是用担架抬起来的。沈天喜虽然是放射科的医生，但他一看就觉得可能是脑肿瘤，就立即帮忙联系脑外科，拜托康医生多多关照。

住了半个多月的医院，康医生说可以做手术，但手术的风险很大。病人有可能下不了手术台，即便手术成功了，病人也不会有太多的恢复，可能余生卧床。后来他干脆改口说做不了了，让家属给病人办理出院手续。

沈鲍鑫听得懂大人的对话，他也跟着求康宏。他觉得自己作为小孩去求一个大人，大人总应该多给一点面子吧："医生，您一定要想办法救救我的外公。"十二岁的男孩已经进入青春期，嗓音有了改变，也变得有些敏感和腼腆，但这时的他全然不顾自己的恐惧求着医生。

康医生没有搭理他，甚至没有看他一眼，还是冷冰冰地对鲍芳和舅舅说："我们这里条件有限，我的技术也不行，哪个敢给你打包票你们就去找哪个，开玩笑吗？现在的医学也不是神仙道法，难道许个愿就灵？对你们的要求我无能为力。"

沈鲍鑫因为自己被忽视而愤怒，更因被医生拒绝而愤怒。愤怒中，心里会腾起火苗，脑子里会迸发火星。他突然想起曾听人说过，要想请医生开刀，必须给红包。他正处于变声期，嗓音容易失控，说出来的话总有那么一点怪腔调："你是不是要红包才给治？你说要多少？你要多少我就给你拿多少！"

康医生脸色瞬间变得特别难看，甚至懒得瞧他一眼，砰的一声合上病历夹，手往门外一指："请你们给我出去！"

鲍老头儿被舅舅送回了老家，拖了三个多月就去世了，沈鲍鑫没有去送葬，他害怕看到外公的遗像。

妈妈奔丧回来，给沈鲍鑫讲述了外公在老家熬过的最后的日子。

她说外公很想再多活几年，想看到沈鲍鑫长大。舅舅找到镇卫生院的王医生要到一个偏方，用酿酒的酒糟熬水，用这个水来熬小米粥给病人喝，还把酒糟烤热了给病人全身上下搓擦。偏方用了，命还是没有救回来。不过这个偏方还是让老人家少了很多痛苦，后面两个多月他一直昏昏沉沉地睡，也不像其他的老人临死前那样，浑身烂得发臭，鲍老头儿一身的皮肤都是好好的。

有一次，鲍老头儿在清醒的时候说了几句话，给儿媳妇儿交代了一些账本上的事。要听清楚他的话，还是要费很大力气的，他们听得很认真。交代完这些后，鲍老头儿又发了一声感慨，他说自己的外孙应该去当个医生。沈鲍鑫的命就是靠他自己捡回来的，那么多医生都治不了，他自己把自己治好了，这就是当医生的命。如果沈鲍鑫快点长大，或者自己晚几年再得这个病，说不定还真能享到外孙的福哟。外孙一定能救他的命的。鲍老头儿还握了握特意赶来看他的王医生的手，说如果自己家有个医生，就不会被他狗日的王医生这样折腾了。他骂王医生既贪了自己酿的好酒，还净想一些花招来折腾自己。

妈妈边说边哭，沈鲍鑫没有哭。他有些后悔自己没有认真读书，要想当医生就必须考上大学，今后自己长大了一定要考医学院，当一个与康医生和王医生不一样的医生。

长途汽车在城里慢吞吞地摇，刚摇出车站五六百米就遇上了堵车，几辆花车停放的位置把整个街都堵死了。司机把头伸出窗外就准备骂，有人在车下给他散了一颗烟，骂声才没出口。沈鲍鑫看着车窗外，路边就是醉八仙酒楼，是浦州市最好、最贵的一家酒楼。

四年前，沈鲍鑫的升学宴就是在这里办的。熬过了这么多年的辛苦，鲍芳觉得这是她一辈子最舒坦的一天，特意去做了一件绛紫色的旗袍，把头发烫得更蓬松了一些。她拿着沈鲍鑫的录取通知书，笑得脸上的肌肉酸痛不已，给所有的亲戚朋友展示着。咧着的嘴让她的脸看上去更胖了，脸胖了，所有的皱纹都好像被撑平展了。

　　他们家只办了三桌，挤在大厅的一个角落。大厅里面同时在办寿宴，有三十多桌。

　　班主任胡老师乐呵呵的，夸沈鲍鑫有出息。今年他们班上的六十多个同学中，考上了大学的也就二十二个人。沈鲍鑫的志愿报的全部是医学院，今年考医科院校的人特别多，竞争也激烈。沈鲍鑫有些发挥失常，只被属于一般本科的湖东省医学院录取了。胡老师有些贪杯，一同来的师母就劝他少喝一点，酒喝多了对肝不好，胡老师嘿嘿地笑："怕什么？我们这里就有一个沈大医生咧！将来呀，他啥子病都能治！"

　　旁边那些席桌的喧哗声更高，一阵突然爆发的笑声压住了胡老师的话。但很快，一阵从麦克风传出的"噗呲噗呲"的拍击声，又压住了这几桌的笑声。几声"吱吱吱"破响的杂音之后，一个满面红光秃着头顶的老头儿，拿着麦克风走上了中央的舞台："谢谢大家捧场啊，今天办的是我这个老东西六十岁的寿宴。今天，借这个机会，把我们这些亲戚朋友和老兄弟们弄来聚一聚，大家莫要嫌酒菜不好哟。要退休的老头儿只能请得起这个档次的席啊，你们要嫌弃也没得办法。等过几天我退休了，你们要想再来咬我一口，我也就只有去河沟里钓鱼给你们吃了。你们都知道，一退休就再也没有人会给我送鱼、送酒、送烟了，你们也莫再想着来吃我的福喜。"大家一阵哄笑。

　　沈鲍鑫认得他，这个办寿宴的老头儿就是康宏。只不过六七年的时间，自己从一个小学生变成了大学生，很快就要成为一名医生了。而康宏这个脑外科的"一把刀"竟然要退休了，头顶也更秃了，整个人看上去比几年前老了很多。

这边的谢师宴快要散的时候，沈天喜才从那边的席桌间窜过来，喜气洋洋地给所有宾客敬了一杯酒，然后说："鑫娃，我们医院的康主任今天也在这里办寿宴，他听说我的侄儿也考上了医学院，高兴得很。"

康宏正站在一张桌子前，边喝酒边招呼客人，沈天喜忙喊住他："康主任，康主任，这就是我家侄儿。"

沈天喜将沈鲍鑫连推带拉地拽了过去："鑫娃，康主任是我们医院的脑外科权威哟，你好好学。哦，他女儿也是你们湖东省医学院毕业的，现在人家读研究生就快毕业了。"

沈鲍鑫看着康宏，瞳孔里有两束用荷尔蒙滋养起来的火苗，也有些青春的不屑，他一句话都不说。

康主任拍了拍沈鲍鑫的肩膀："我在这里办退休宴，你在这里办升学宴，还都是同行。我们两个有缘分哟！天喜，你家侄儿以后一定会有大出息的，哈哈。"

沈天喜也在笑。

沈鲍鑫没有笑："康医生，不知道你还记不记得我，但我一直记得你。如果不是被你逼了一下，我也不会想着当医生。"

康宏闻言，脸上的笑容顿时更灿烂了："哦，我还把你逼成了医生？有这回事？什么时候的事？我还有这种功德？哈哈哈……"

沈鲍鑫也不惧："你不给我外公治病，我就只能自己来想办法当医生嘛，只不过外公他等不了这么久。"

康宏听他的话越听越觉得诡异，他认认真真地把沈鲍鑫打量了一遍又一遍，又看向沈天喜。沈天喜脸上有些挂不住，讪笑着，拍了拍沈鲍鑫的肩膀："你在说些啥呢？"手上一转劲儿，仍然是在拍他的肩膀，却是将他往后面轻推。

沈天喜把身子插在康宏和沈鲍鑫中间，双手端酒杯："康主任，我还没有敬过你酒咧，来，我敬你，祝你健康长寿啊！"

康宏越过沈天喜的肩膀又看了看沈鲍鑫，收回目光再看看沈天喜，突然间明白过来，微微摇头，好像是喃喃自语般："年轻人呀……"

沈天喜马上捡过话头："是呀,太年轻了。高中生,还是一个小娃儿,不懂事。"他躬了躬身,将酒杯抬了抬。

康宏举杯和他相碰,两人一饮而尽。沈鲍鑫已经走回了自己的席桌区,康宏看着他的背影,脸上的肌肉突然松弛下来,用没有端杯的左手摸了摸自己的头顶,好像要遮盖住自己的秃顶:"天喜,还是年轻好呀,我真的很羡慕你们这些年轻人呀。"

过了几天,沈天喜拿着一个旧的听诊器来了,说是康主任托他带给沈鲍鑫的礼物:"你这个娃,已经是大学生了,说话还这么不分场合,胡说八道!书读多了?人读傻了?说一些怪头怪脑的话!要说我们这个康主任和你都是一个脾性,说话做事也是怪头怪脑的。要送就送一个新的嘛,送一个用了好几年的旧东西,又不是什么名牌,就是我们医院统一配发的,也不知道怎么会想起把这个送给你!我想你到学校也会发新的听诊器,本来不想给你带过来的。算了,他要送,我就带给你,这个你就先拿着,自己看着办吧。这个老头儿,唉。"

沈鲍鑫拿着这个听诊器,突然觉得有种亲切感。他摸摸胸件,光滑的,小时候外公背着他在各个医院间穿梭,他用手去摸外公的肩胛,有汗珠的肩背摸上去的感觉就和现在一样。摸摸橡胶管,软软的,在候诊大厅里外公总是抱着他打盹,小鲍鑫总是睡不着,就去摸外公的耳朵,也是这样的感觉。他将听诊器戴在耳朵上,听着自己的心跳声。小时候他害怕进检查室,害怕那些在他胸膛上动来动去的仪器,外公就把他抱在胸前,他就听外公给他摆龙门阵,听他讲"山上有座庙,庙里有个小和尚",外公的心跳声也和现在听到的一样。

他把这副听诊器放进了行李中,带到了学校,就挂在蚊帐后面的墙上。

回到学校寝室,那副听诊器还没找到新的可以悬挂的地方。沈鲍鑫将它拿在手里慢慢摩挲,橡胶有些老化了,有了很多细小的裂纹。

沈鲍鑫心里有一种不好的预感。

　　同寝室的同学都还没有返校，第二天一早，岑恺璐就到学校来找沈鲍鑫。沈鲍鑫睡眼惺忪地打开门，见是岑恺璐，还是那一袭白裙。

　　岑恺璐说，昨天回家后，就给爸爸打电话说了他们两人的事情。爸爸很不高兴，他还在外面出差，明天才回云汉市，他说让沈鲍鑫明天晚上去家里见见面。

　　"你挨骂了？"

　　"没有。"

　　"你觉得他的意思……"

　　"我不知道。"岑恺璐摇摇头。平常她和父亲之间的交流很少，女儿家的心思也只有女人才能懂，有了烦心的事她也不会和父亲说。她宁愿去干妈家，干妈总是能给予她妈妈才能给的感觉。

　　青春的最大优势，就是可以不用为未来担忧。但现在，两个年轻人都陷入了淡淡的忧愁中。

　　第二天，沈鲍鑫特意去理了发，是穿 T 恤还是穿衬衣让他纠结了半天。他问岑恺璐，要不要买点什么东西。岑恺璐嘴一撇："哼，不买！"

　　沈鲍鑫就老老实实甩着手和岑恺璐向她家走去。她家很近，就在附一院的家属区。沈鲍鑫穿着一件崭新的白衬衣，这衣服还是他们俩昨天一起去商场买的，岑恺璐说这是名牌。虽然是名牌货，但衬衣的衣领仍然让他觉得不舒服。也可能是发碴子没清理干净，他很别扭，时不时左一下右一下地扭扭脖子。岑恺璐看着也觉得别扭，早知道就让他穿平日里常穿的 T 恤了。衣服还没整熨帖，就已经走到她家楼下了。岑恺璐以前就给他说过，她的母亲以前就是附一院心内科的医生，这是医院分的房子。

　　打开房门，门口有一双男式皮鞋，沈鲍鑫知道今天的"主考官"已经回家了。

　　岑恺璐领他进了家门，房间不大，简洁，但有些零乱。墙上挂着一张彩色的大照片，是一位中年女士，模样和神情都和岑恺璐有些相似。这应该就是岑恺璐母亲的照片，她是在岑恺璐读初二的时候，因病去世的，她现在就在墙上微笑地"审视"着沈鲍鑫。岑竹衫正在里面的房间接听电话。

岑竹衫打完电话走了出来，看看他，明显地愣怔了，哑然地站了片刻，然后自顾自地坐在了沙发上。他看沈鲍鑫规规矩矩地站在那里，心里默默地叹了一口气，暗道："原来如此。"他点点头，心里却是无可奈何地摇了摇头，他说："坐吧。"

沈鲍鑫小心翼翼地将半个屁股坐在了沙发里，两个人都默默无语。

岑竹衫穿着和沈鲍鑫同样牌子的白衬衣，只不过他的领口敞开了两颗扣子，显得更为随意。岑竹衫个子不高，如果站着可能比沈鲍鑫还要矮半个头，坐在沙发上个子更显小。但他半陷在沙发靠背里，整个沙发都透着一股气势，让沈鲍鑫感到一种说不出的压力。

岑恺璐站在他们两人之间，看看沈鲍鑫，又斜着眼睛瞄了瞄父亲，对沈鲍鑫轻轻挤了挤眼睛，目光指引他坐到旁边一个单人沙发上去。

岑竹衫怎会没看见女儿的小动作，他的眼光一直放在女儿身上。他说："璐璐，你去食堂弄几个菜回来。"

沈鲍鑫向岑恺璐递交了一个可怜巴巴的眼神，岑恺璐就开口了："我一个人怎么拿得了嘛，又是菜又是饭的……"

岑竹衫的脸是板着的，什么都不说。

沈鲍鑫不知道应该站起来还是继续坐着。岑恺璐看看父亲，再看看沈鲍鑫，看他们都没动静，也就只能瘪了瘪嘴，人往门边走去，用手带门的时候又探了探头，房间里的两个男人还是像在玩木偶人的游戏，"不能说话不能动，更不能开玩笑"。她掩着嘴轻轻地笑了笑，轻轻掩上了门，留下一条门缝。

沈鲍鑫犹豫了半天，绷不住了，主动开口打招呼："岑叔叔，我是……"

岑竹衫突然站起身来，干咳两声："哦，你等一等，我突然想起还有一个工作上的电话没有打完。"

不是一个电话，而是一个接一个的电话。岑竹衫在里屋，声音高亢地拨打着电话，好像是在安排着什么工作，语气很冲，语速很急。感觉他手里拿着的是一个即将引爆的炸药包，要赶紧点燃赶紧扔，想扔的时候又觉得引信没有燃到位置，还得再等等。直到岑恺璐回来，电话都还没有打完。

岑恺璐有些赌气般地点了八个菜，有汤和饭，还有一整条沈鲍鑫喜欢吃的干烧鲤鱼。食堂派了两个阿姨帮她把饭菜送到了家里，家里的桌子一下就被碗盘铺满了。

饭桌上两个男人还是没怎么说话。岑恺璐讨好似的先给老爸夹了一筷子菜，又顺手给沈鲍鑫夹了一块鱼肉。沈鲍鑫埋着头，用筷子将鱼刺理了出来，然后又将鱼肉夹到了岑恺璐的碗里。岑副局长停了筷子，看着沈鲍鑫的动作。片刻之后，他起身走到酒柜旁边，拿出一瓶酒，拿了两个酒杯："喝点？"

岑竹衫问沈鲍鑫："听璐璐说，你家里就只有母亲一个人？还有没有兄弟姐妹呢？"

沈鲍鑫忙放下手里的小酒杯，两只手交叉相握，放在膝盖上，毕恭毕敬地回答："嗯，我父亲是出交通意外去世的，他去世的时候我还没有出生。家里就只有妈妈一个人，还没有退休。"

岑竹衫转头对着女儿说："你呀，去哪里不给我说，我也懒得管你。但你也不想想，你这样冒冒失失地跑到别人家去，这多没礼貌！人家妈妈还在上班，还有工作，你这一去，大家都要来照顾你，你这不是给别人添麻烦吗？"

岑恺璐又给沈鲍鑫夹了一块鱼肉："帮我再弄一点。"然后对爸爸说："知道了，岑副局长，昨天你在电话里就已经批评我两个小时了，今天能不能给你最心爱的女儿留一点点面子？你要是再批评，我就回学校去了哟！"

岑竹衫喝了三杯，沈鲍鑫小心翼翼地陪了三杯，聊了聊在校的成绩。沈鲍鑫小心地措辞，虽有空调，但一顿饭吃完他仍是汗流浃背。

吃完饭，岑竹衫就出门散步去了。岑恺璐跑到窗台那里看到爸爸已经走到楼下院子里了，立刻转身欢呼了一声，庆祝他们俩顺利过关。

如果换一个地方，在这个只有两个人的空间里，沈鲍鑫一定会使坏，要么亲一亲岑恺璐，要么搂一搂她。可他的胆子再大，此时此地也不敢造次，他赶紧帮岑恺璐收拾好桌椅和碗筷就逃回了寝室。

岑竹衫对沈鲍鑫说，如果鲍芳工作不是很忙，得空的话就请她来省城耍两天。"璐璐到浦州去玩儿，给你们添了很多麻烦。到云汉市来的时候，一定要请她到我们家里来坐坐，吃顿便饭。"

这哪里是随随便便的客套话哟！沈鲍鑫一点都不敢耽搁，回到学校就去文印店打了一个长途电话。接到儿子打来的电话，鲍芳就在想，应该带点什么礼物才合适。

第二天，她东整整西搞搞，把头发好好打理了一下。又是一夜不安稳，天刚蒙蒙亮她就去了长途汽车站。

这一天正好是周末，岑竹衫在家休息。父亲给岑恺璐打来电话时，已经是下午三点多了。"家里乱糟糟的，在家里我们两个也弄不出什么好东西，也别让人家笑话了。你和小沈说一声，今天晚上请他们到长城酒店吧。离学校很近，等一会儿我打电话订一间包房，六点钟，你要早点去。"

鲍芳从家里带来了两瓶酒，是鲍家酒坊烤制的高粱酒，透过瓶子都能隐隐闻到一点酒曲的香味。沈鲍鑫知道现在是舅妈主持酒坊，招牌还是那块招牌，品质却比以前差太远了。酒里掺水，水里兑酒精，什么乱七八糟的都掺到一起。见沈鲍鑫皱眉瘪嘴，鲍芳说这两瓶里面装的可是真东西，一点都不含糊。用的是货真价实的优质红高粱和山泉水，鲍家的秘制酒曲，经过九蒸九烤，喝着淡，但每一滴都会留余香。"这两瓶酒哇，本来是备着请你二叔医院的院长吃饭时喝的。昨天去商场买了一些礼品，想来想去还是觉得俗气了。把那些拎到省城来，那不是拿猪尿包敬神吗？算了，还是自己家的这个实在，看着虽土气，但喝起来绝对不会掉价。"

鲍芳把酒拎得高高的给沈鲍鑫看，放下后又问："你说，药监局副局长究竟是多大的官？他说话能不能管用？你们，你的事，璐璐又是怎么给他爸爸说的？"

"药监局好像是厅级单位，副局长就应该是副厅级。"

"比你二叔大多少呢？"

"浦州市是地级市，市长最大也就是正厅级吧。下面还有一个卫生局，处级单位。中心医院的院长顶破天也就是副处级，二叔那个副院长可能只是正科级。和岑叔叔比起来，至少差了三级。"

鲍芳的脚好像被绊了一下，稳住步子的时候，她把酒瓶子搂在了胸前："那真的是大官了哟，那他给我们中心医院说句话，院长恐怕是会买账的哟。"

"哎呀，妈，今天就莫说中心医院的事了，我怕你说来说去就把话说过了。"

唠唠叨叨间，就来到了酒店。岑恺璐已在大厅等着他们，看到他们，只喊了一声阿姨，再没第二句话，转身就往前走，走到包房门前才停住脚步等沈鲍鑫他们娘俩。岑副局长见到来人进入房间，站起身迎了两步，将手搭在沈鲍鑫的肩上。他请鲍芳坐在上首位置，鲍芳连连推辞，几个回合的推让后，也只能面红耳赤地服从主人家的安排。

岑竹衫喊服务员拿来三个二两的玻璃酒杯，请她把鲍芳带的酒打开。岑竹衫举起酒杯："沈妈妈，我是璐璐的爸爸，叫岑竹衫。从小在老家修地球，没有什么文化，靠当兵才进的城。比不得你们的家庭，把小沈培养得这么好，在年级名列前茅，甚至还有保送研究生的希望。唉，这样一比较我就惭愧了。我家这个闺女虽然也是读了大学，但心思不在学习上，成天就想着东游西逛地玩儿。这不，前几天趁有一点点假期就又跑出去。我听说她和几个同学还跑到浦州去旅游了一趟，给小沈同学和您添了很多麻烦。回家我就狠狠地批评了她。今天听说您到了云汉市，嘿，正好给了我一个机会，可以尽一下地主之谊，感谢一下你们。"

他看看杯中的酒，笑眯眯地说："这个酒一看一闻就知道是好酒，本来是我感谢你们，结果还让你们破费。这，这整得我更不好意思了。好酒勾人心，闻着味我就想赶紧抿一口。哈哈，来，那我就借花献佛，这一杯酒我就先干为敬！"

鲍芳赶紧站起来："岑副局长，你慢慢喝，慢慢喝。这个酒是我们自己家的，不是什么好酒……"岑竹衫已喝完了杯中酒，亮了亮杯底，眼睛有了光亮："好酒，这个酒真是好酒。"

鲍芳赶紧也一仰脖子，二两酒全灌下肚了。她娘家是开酒坊的，这点酒量对她而言的确只是润润喉咙。沈鲍鑫也端起酒杯准备干掉，岑恺璐用脚踢了他一下，瞪了瞪他，轻声地说："是在给你敬酒吗？"

沈鲍鑫喝也不是，不喝也不是。岑恺璐又用脚碰了碰他，轻声说道："给我爸他们斟酒哇！"

岑竹衫微微一笑："我自己来吧，你给阿姨夹点菜。你看看，这家酒店的服务还是不行，没有起码的服务意识。我只考虑到这里离学校近了，又让你们见笑了。"

第二瓶酒也快见底了，鲍芳借着溢满脸颊的酒香举起了杯："璐璐爸爸，我们家鑫娃从小就没有爸爸，但我管他管得严，他也没有什么坏习惯，还很上进。今天我也不要脸面了，就求您一件事。如果有机会能在省城里工作，对他肯定是件好事。您现在就把他当自家的娃看待，我这个娃是最有孝心的娃，这个您放心，还要请您多帮帮忙，多费心了。如果有需要打点的地方，您就给我说，我会想办法，反正我们这些当父母的，存的钱还不都是要用到他们这两个小的身上……"

岑竹衫慢慢嘬了一口酒，微微点点头："这些年轻人的事情我也不想管，但有时候不管又不得行。儿子和女儿还是不一样，你就舍得让小沈离开身边。我不一样，我这个女儿从小娇生惯养，飞远了我还真不放心。"

"没得办法呀，我们那个浦州是个小地方。鑫娃有这个上进心，我再舍不得也不能把他拴在身边嚷。让他飞，飞得越高越好！我也有工作，身体又好，老家的事完全不用他操心。等他以后工作稳定了，成了家，那个时候我还能动，他们需要我来帮忙我就来帮忙，不需要我来，我也不得来添乱。"

岑竹衫明显地愣了愣，呵呵地笑："沈阿姨的思想是真正得到了解放的，这个我得向你学习。"

鲍芳犹豫了一阵，又说："璐璐爸爸，我还有句话不知道当说不当说？"岑竹衫没有言语，看着她，示意她讲。"鑫娃他爸走得早，我一个人把他拉扯大还是不容易，就是想对他们沈家有个交代。我也没有其他的要求，就是以后他们有了孩子，能不能还是姓沈？"

岑恺璐一下就羞红了脸，沈鲍鑫也不知该说什么该做什么，岑竹衫哈哈一笑："年轻人的事嘛，就应该问年轻人自己。小沈，你说是不是？"

鲍芳讪讪一笑："年轻人脸皮薄，不像我这张老脸，什么话都可以乱说。岑副局长啊，你刚刚还在说我思想解放，这下就让你看笑话了吧。我还是一个老封建的思想，是不？"

冷场。

岑竹衫喊来服务员再加了两个菜。

服务员离开后，岑竹衫目光向右一扫："小沈，你自己对毕业后的工作有什么想法？"

"岑副局长……"话刚说出口，他的脚就被踢了两脚，一脚重一脚轻。鲍芳踢的时候动作大了点，差点把面前的碗碰翻，岑恺璐只是轻轻地碰了碰他。沈鲍鑫悟过来了，"岑叔叔，在我们湖东省，应该是两所附属医院实力最强吧？"

岑竹衫点点头："不错。听璐璐说，你毕业想当医生？"

沈鲍鑫还没回答，鲍芳倒是不停地点头。

岑竹衫沉吟了片刻："没想过继续读书？没想过考研？"

沈鲍鑫说："我还是想早点进临床当医生，以后有机会再考虑读研究生的事。"

鲍芳抢过话头："我们家庭条件只有这样了……"

"璐璐是为读大学而读大学，有一个本科学历。你们的条件不一样，目光可以放长远一点。除了当医生，就没想过走另外的路？"岑竹衫收回目光，把玩着空酒杯。

沈鲍鑫不知道应该怎么去接这句话。

岑竹衫接着说："小沈，不要只看这眼前的一件事，也不要以为读了一个专业，这一辈子就只能去干这一份工作。我不是说当医生就不好，但是这个社会在快速发展。要做一个聪明人，你的眼光就要看得比别的人更远一些。十年之后，二十年之后，说不定换一条跑道会比你现在选择的这条路更舒适一点？"

他又说："璐璐可能也说过她的一些情况？是的，我和她的干爹干妈都商量过，毕业了争取进机关，没有那么辛苦。"

他接着说："小沈，你还没有真正进入临床实习，可能还不知道当医生是怎么回事。你们年轻，吃点苦是应该的，也是可以承受的。但长远来看，三十岁？四十岁？五十岁？天天就耗在病房里？要知道，现在你是一个人，将来你还有家庭。要把整个家庭都耗在里面？你想过这些问题没有？"

他呵呵地笑了一声："小沈，既然你妈妈今天拿来这么好的两瓶酒，喝了你们的好酒，我今天说的话就要对得起你们，也就给你们说点难听的心里话。我呀，劝你别当医生。"

岑恺璐推推父亲："爸爸，你别喝了……"

岑竹衫又笑："我说的可不是酒话，孩子，我刚刚说的你可以回去想一想。读研究生，也不是为了将来当临床医生，可以留在学校搞教学嘛。即便你喜欢留在医院，搞搞行政也可以。"

沈鲍鑫越听越茫然，见岑竹衫收住了话语："岑叔叔，您为什么会提这种建议？您觉得我不适合当医生？"

"那你说说，为什么想当医生？"

为什么想当医生？沈鲍鑫愣住了，好像从初中开始，就决定了要当医生。但为什么要当医生，这可没有真正去思考过。和康医生赌气？现在看来这根本就不是一个理由。对外公的去世感到遗憾？那当医生也改变不了过去。当医生穿着白大褂很帅气、职业很高尚？那岑叔叔说的，留在高校里面搞科研、搞教学不是也很帅气吗？为了挣钱？这个理由说不出口哇……我以前怎么就没去想过这些呢？岑叔叔今天说这些话究竟是什么意思呢？

他看向岑恺璐，希望能从她的眼睛里找到答案，结果岑恺璐的眼睛里更是一片迷茫。

四个人心里都装下了问题，宴席也就很快散去。

鲍芳问儿子："刚才岑副局长说的话，我好像没有听懂，他的意思是不是帮不了忙？要在省城大医院当医生他都帮不了的话，算了，你也就莫再起这么大的心了。我觉得还是你二叔那边要靠谱一些，幸亏我这张嘴巴没有乱说哟。如果我先就去回了你二叔那边，那不就惹大麻烦了哟？阿弥陀佛，阿弥陀佛。"

沈鲍鑫还沉浸在自己的思维中。

鲍芳又说："那你和璐璐……你也莫怪当妈的多嘴，你们两个本来就不是一路人。我们两家的家庭，哟，你看嘛，他们说是请我们吃顿家常饭，结果是去的大酒店。今天的这些菜，那不得大几百呀？我们如果要回请，一顿饭那不就花脱我半个月工资？你们那天回浦州来，说实话，我就不看好你们。我还是要说你，你这么猴急狗急的，人家可是一个姑娘。虽然说是大城市，唉，不说你了，说了也没有用。你还是和人家好好说，好说好散，莫再整一些事情出来，人家告到学校去就麻烦了……"

沈鲍鑫说："妈，你觉得我应不应该当医生？"

"怎么不应该呢？辛辛苦苦的，你们比其他大学生还多读了一年。这么辛苦，怎么能不当医生呢？"

"学医的最后不当医生的也有，岑恺璐今后就不会当医生……"

"那是她。我们家就是一个工人家庭，莫去和她比。她爸爸的官比市长都大，那还有什么可以说的呢？我觉得你还是要把听诊器拿到手里。除非，拿一个比县长还大的官给你，你才答应换，哈哈哈……"

岑恺璐在路上也忍不住问父亲："沈鲍鑫不能留在云汉市当医生吗？"

岑竹衫没有回答，他很享受和女儿漫步的这种时光，好像有好几年都没有和她这样一起走路，一起聊天了。感觉那就是昨天一般，而这一眨眼间，女儿一下就成一个大姑娘了，竟然也有男朋友了。这一夜之间呀，自己就不再是她心里最重要的人咯！这真让人有些伤感。

"你觉得他应该去当医生？"

"啊，是呀。"

"为什么？"

"因为他自己想当呀。"

"那你觉得他当医生好，还是不当医生好？"

岑竹衫把女儿问蒙了，她回答："还是当医生好。"

"当医生，那就和你妈妈一样哟。三天两头就在医院里值班，过几年就要去进修……"

这个事情不用多想，岑恺璐一下就明白过来了。她是医生家庭长大的孩子，怎么会不知道父亲这句话里的意思呢。

岑恺璐高考时填报了医学院，一是因为可以享受到学校的内部降分照顾，二是因为离家很近。正如岑竹衫所说的那样，是为读书而读书，她也没有将未来的职业和所读的专业完全联系在一起想过。现在父亲问到这个问题，她内心里还真的很不喜欢当医生，特别是想到医生要值班，那完全是自己的童年阴影。

以前妈妈还在世的时候，如果爸爸出差不在家，妈妈又要值班，岑恺璐就会到妈妈的值班室去做作业和睡觉。她总觉得医院的夜晚让人特别不舒服。整个晚上，值班医生也睡不了多长的时间，一会儿就有护士来敲门喊医生。心内科夜间抢救的情况也多，经常是护士发现心电监护仪报警了，一边往病房跑一边大声地喊："高医生！高医生！16 床！16 床！"这时根本就不需要说一句完整的话，值班医生就会"腾"地跃起身，白大褂也来不及穿，抓起听诊器就往病房冲。

但是沈鲍鑫是怎么想的，她并不清楚："哦，那不当医生……"

岑竹衫稍稍加快了一点，往前挪了半个身位，这样他就看不到岑恺璐的脸，女儿也只能看见自己的侧脸甚至只是肩膀。这样可以少一些尴尬："你和小傅……"幸好这几个字说得又快又轻，给重新修改留下了空间："你和小沈，今后是怎么打算的？"

岑恺璐知道父亲在问什么，但不知道怎么回答。

"他没有和你说过将来的打算吗？"岑竹衫停下脚步，转过身看着女儿。

"没有……"

岑竹衫心里有点恼怒。一边继续走，一边又问："你们认识的时候，我是说你们决定在一起的时候，他知不知道我们家里的情况？"

"不知道吧，前几天我和他一起去浦州的时候，在车上他才问起。他问起我的工作安排，我说了，他还不相信。"

"哦？"

"他紧张惨了。"

"不会吧？这个小伙子看上去就是鬼精灵，你呀，被人骗了都还不知道。璐璐，你有没有想过，你们今后如果不在一起呢？"

岑恺璐低着头："不在一起就不在一起呗……"

"那你还要我帮他吗？"

"你爱帮不帮。"

"你这么说，那就不用帮。"

"我什么时候说了让你不帮他了呀？"

岑竹衫无可奈何地摇摇头："璐璐，这些事并不是多大的事。你未来的日子才是真正的大事，要想好哟，爸爸还是有些担心你。你好好想想，如果他在附属医院当医生，那个辛苦不说你也知道。你们整个家庭都要慢慢地熬，要熬好多年，这个家你就别指望他能撑得住，你会很辛苦的。还有，这么多的护士小姑娘，你能保证他不受诱惑吗？"

黑夜，遮住了岑恺璐脸上的红晕。

快到家了，岑竹衫又停了脚步："如果他对你是真心真意的，我不会反对你们在一起的。你也别想什么跟着他去浦州，你们就留在云汉市。当然，如果他能为了你们的将来考虑，就不要太执着当什么医生了，特别是当临床医生，好工作多得很。爸爸还是要多啰唆一句，如果他真的考虑了你们的未来，我想他是应该接受我这个长辈的建议的，你说是吗？"

岑恺璐轻轻地回应道："哦。"

寝室里其他同学都还没有返校，鲍芳就借宿在儿子的寝室里。

"鑫娃，我现在又想了一下，他的意思好像并不是说不帮忙。你看，他好像还说了什么当老师，还说让你读研究生，我也搞不懂这些。你说，他建议的这些工作是不是比当医生更好哇？"

"这就看怎么想了。"沈鲍鑫应答道。

鲍芳说："如果能在你们医学院当老师，恐怕确实是比当医生更好一些哟。哈哈，妈妈回去给厂里的人说起，那不是也有面子了？就是不知道当老师收入怎么样，你又不可能像中学的老师，还可以去给学生补补课。"

"你莫想多了嘛，我觉得还是当医生稳当一些，实在选不了好单位，最后学校还不是会管分配，到哪里都是当医生。我才不去想其他的，那些都是非分之想。"

鲍芳说："稳当？你的性格我还不知道吗？我看你呀，就算是将来当了医生，也不会稳稳当当的。我刚刚仔细想了想，你还莫说，这个社会呀，当老师，还有就是当官，都要比当医生稳当哟。岑副局长说的也不是没有道理嘛，这当了医生呀一辈子都在学学学、考考考，家都照顾不了。就说你二叔家，如果不是你二婶贤惠，就沈老二那个样子，一天到晚不管家里的事。哎呀，说来好听，沈医生，屁的个医生，我看他不过就是个拍照的。他连感冒都看不来。"

"二叔怎么不是医生嘛，你莫乱说了，不然他听到了就又要怄气了。我给你说过的嘛，他是放射科医生，是搞诊断的。没得他们，临床的医生还真就不敢治病。"

"反正不会开药的就不是医生。"

"懒得和你说了，你这是不讲道理。"

"喂，我看岑家的那个姑娘，性子倒是温和，但总是木木的，温开水一样，今后怎么理家哟？你们要是真的成了家，你又想当医生，啧啧，还要带两个娃儿，你这一辈子要遭累死的。"

"你在乱七八糟地说些啥子哟？"

"你莫管我说啥，我给你说，你们以后住单位的宿舍也好，住在她家里也好，我还是只有一个要求，我的孙子必须姓沈！还有啊，如果他有本事，能给你们搞到指标，二胎是男是女都可以姓岑，这我就不管了。"

"睡了睡了，明天早上你还要赶车回去的嘛！"沈鲍鑫翻身，不再理会鲍芳的话了。很快，响起来鲍芳的鼾声，而沈鲍鑫则一直在黑夜里睁着双眼。

沈鲍鑫将妈妈送到长途汽车站的时候，时间还早，透过城市边缘层层叠叠楼房的空隙，可以见到天边的霞光。沈鲍鑫还在感叹，今天一定是个好天气。鲍芳催着他赶快回去，"朝霞不出门，晚霞行千里"，恐怕很快就会下雨了。等送走妈妈回到学校，岑恺璐已经等在宿舍楼下了。这时天空已积起了乌云，闷热。

岑恺璐说："看来我爸爸不希望我当医生，也不是很希望你当医生。"

沈鲍鑫有点恼怒，远处有雷声响起，可能沈鲍鑫认为雷声会提高听力阈值，也可能是突然想起妈妈走时没有带伞，他的声音突然就变得很大："我就是没想明白，你父亲为什么会……算了，不想说这些。"

潮湿而闷热的风吹过，裙子裹着岑恺璐的小腿，湿漉漉的，她也有点着急："你就是这个样子，有什么不高兴，就不说了，也不去想了。"

"想多了没用，车到山前必有路，山水有相逢，但愿人长久……"将一些古诗句乱七八糟地拼凑接龙，本来是他经常开玩笑的一招，常常可以换得岑恺璐的笑声，但这次联句就联出了问题。

岑恺璐根本就没有笑，泪水在打转："我爸爸没有帮你，你就想分手哇？你和我在一起，难道就是为了用我爸爸的关系来给你找工作？"

本是一句玩笑话，一个脱口而出，一个却心绪如麻，情绪和部分事实纠缠在一起，就是这个世界混乱的根本原因。

沈鲍鑫第一反应是想解释，但岑恺璐的误解也激起了他的小情绪。也难怪鲍芳经常骂他，让他学着收敛一下自己的臭脾气，好好说话，不要一点就炸。

他一激动就脱口而出："啊，就是，怎么样？"

岑恺璐这次真的像一根木头一样立在那里了。

闪电划过校园上空，紧接着就是啪的一声炸雷，雨点也应声而至，由疏到密，瞬时就大颗大颗地砸了下来。

这句没有经过脑子的话一出口，沈鲍鑫悔得想打自己的嘴。等他想再弥补的时候，岑恺璐已经转身跑进了雨中，雨水可以遮掩泪水。沈鲍鑫看着她的背影想追上去，却最终没有挪动脚步。

第二章　白衣飘飘

考官总是比考生聪明，你刚读完题，
信心百倍，他却突然宣布考试结束。

几天后，临床实习开始了。

沈鲍鑫抽空去了趟宿舍楼底的就业指导办公室。自从进入了大学五年级，年级办公室的牌子上方就增加了一块"毕业生就业指导办公室"的牌子。这块牌子暗示着，他们这一届的毕业生将从完全的包分配转向毕业生和用人单位双向选择这一新的就业模式。

办公室里只有赵义仁主任在。赵主任说，今年的就业形势还不错。目前收集到的情况是，整个年级至少百分之八十的毕业生，已有了意向性的接收单位。主要还是县一级的医院，县里的医院要人的心情很迫切。等到了九月份的时候，学校还会搞一次双选会，很多有意向要人的医院还会来学校摆展台，他建议沈鲍鑫可以参加一下。他又说，云汉市的三甲医院主要还是要研究生，本科生也会要一些，但是要得很少，那就主要看年级办的推荐意见。如果沈鲍鑫想留在云汉市，可以和家长好好商量商量，随时都可以来找他，他会帮着想办法。

"要说你们这些年轻人单纯咧，有些又很复杂，要说复杂咧，有些又很单纯。社会才是真正的大课堂，值得你们这些年轻人好好学，你们还有太多不懂的地方。有些学生刚刚进大学，家长就已经开始活动了。你别小瞧了这些家长的活动能力，他们甚至都摸到我家里去，把工作都做到我家属那里去了。但是，说一千道一万，你们的毕业推荐、保研推荐，毕竟成绩还是放在第一位的。我觉得有些学生可惜了，如果学习也多努努力，那就更好了。你就不错，这几年成绩排名都在前面。你应该好好争取一下机会，这可是关系到一辈子的事情哟。需要我帮什么忙，随时来找我，我也会尽力的。"

又有一个同学来找赵主任，沈鲍鑫起身准备告辞。赵主任摆摆手，示意他稍等，三两句话把进来的同学打发走后，他又问："你是不是有亲戚在药监局工作？"

"啊？没有啊。"

"哦？那可能是我记错了吧。"赵主任接着问，"你没想过读研究生？"

"我想先工作，以后有机会再考虑。"

赵主任脸上微微有些失望。

从办公室出来，沈鲍鑫长舒了一口气。这四年的时间，谁还不知道赵主任的德行？他的这些暗示，沈鲍鑫哪能不懂呢。这几年里，沈鲍鑫听到很多人在背后议论，说赵义仁是和财神爷赵公明姓的同一个"赵"，可"义"和"仁"呢？有人说，一个人的名字就像一服药，缺啥才补啥。可赵主任叫了一辈子的仁义，这个窟窿却是越补越大。这个社会是什么样子，沈鲍鑫并不是不懂，可自己的家庭条件是不能去和那些人比拼的，时不时地还得二叔家帮补一下才能支撑下去。

不过，今天他还是得到了一个好消息。至少了解到这一届毕业生基本还是会在县一级医院找到工作，本科生也有机会留在云汉市的三甲医院里，还有双选会。这都是机会。沈鲍鑫心想，有二叔在背后活动，浦州中心医院还可以作为保底，总比到县里面的医院好得多吧。

只是，如果实在不得已要回浦州，岑恺璐怎么办？

岑恺璐是一个很容易淹没在人群中的女孩。沈鲍鑫和岑恺璐同住一幢宿舍楼，两人三天两头会擦肩而过，前面三年里，沈鲍鑫对岑恺璐并没多少印象。不同的大班，上课不在一起，他熟悉的还是自己班的同学。胡凯是睡在沈鲍鑫上铺的兄弟，开玩笑说："我们寝室现在成了著名的和尚庙了，清一色的光棍，看来要被载入校史了。目前要洗刷我们的这个耻辱，那就得'一鸣惊人'，放炮就要放个高射炮，整个大动作。嘿，'猩猩'，如果你能把我们年级著名的'岑木头'搞定，那就在整个年级扬名立万了。从此以后，寝室清洁卫生我包了。如果你搞不定，嘿嘿，这一年就给我们再当一年的'老妈子'，如何？"

"岑木头"就是岑恺璐。一般同学间擦肩而过，女生总会含羞带怯，或者眉眼中有一丝娇羞。男生会故意雄赳赳地打打闹闹，其实都是欲盖弥彰。用一种虚假的无所谓，来遮盖身体里沸腾着的荷尔蒙。岑恺璐不会有过多的表情，因为她不会用目光去研究这些来来往往的男生们。就算你当着她的面，给她非常灿烂的笑，她也会迟疑一两秒钟后，才回你一个浅浅的微笑。当然，她的成绩也不算好，男生们甚至找不到向她借笔记的理由。久而久之，她成了这幢青春集中营中为数不多的"幸存者"。当然，在沈鲍鑫的认知范围内，他并不知道岑木头就是岑恺璐，岑恺璐就是岑木头。沈鲍鑫心里自有他对自己毅力的考核目标。

不用多说，"猩猩"就是沈鲍鑫。男生的绰号是一个绝对值得研究的文化现象，夸张、借代、拟物、变形、谐音。真实的校园和偶像剧是两个完全不同的世界，这里没有花样美男，即便有，也会成为同学嘴里的阿米巴和草履虫（均为单细胞原生动物，常被用来形容低等、原始）。

伸手是偶然，被捉就是必然；意外是偶然，死亡就是必然；多次无火花的相遇是偶然，从温度的上升到火星的迸发，再到漫山遍野恣意地燃烧——就是沈鲍鑫和岑恺璐爱情的必然。

不过，沈鲍鑫一直默默地当着寝室兄弟们的老妈子，哪怕后来他无意中让胡凯"一语成谶"，却也始终未将他的爱情曝光，他否认这是一份赌注。而胡凯则天天念叨"爱情尚未成功，兄弟我要努力"，他竟然不知道自己已经在无意中，成功地做了一次爱情中介。

如果实在不得已要回浦州，岑恺璐怎么办？

太多的校园爱情是无疾而终的，这和很多头破血流的婚姻决裂不一样。他们不需要撕扯、流血、破碎，他们是无奈地沉默。手牵手走了一个月、两个月、一年、两年，前面的路分岔了，两个人各走各的路。或许心里能留一份思念，就是对这青春岁月最好的怀念，哪里会有爱江山还是爱美人这样珍贵无比的选择哟。

沈鲍鑫很珍惜他在附一院的实习机会，这可是他心目中的圣地。鲍芳写信来说，抓紧时间再回浦州一趟，请假也要回去。二叔说双选会是程序，而实质的东西必须要在程序之前搞定。

既然心里有了明确的想法，沈鲍鑫觉得自己应该平静下来。儿科病房里很平静，刚刚入科的实习医生干不了多少活儿，就是反复写大病历而已。写大病历是实习医生必经的一个阶段，是一种重要的培训，是为了养成他们规范化的思维，但这也是最枯燥的活儿，不容许有任何错字和涂改。白天要跟着老师跑腿，抽空就写大病历，写不完晚上还得在病房加班加点地写，总觉得时间不够用。沈鲍鑫这晚值夜班，写完大病历又断断续续干了点杂活，竟然还有空闲。时间一空，心里就空，岑恺璐这几天实习的情况怎么样了？沈鲍鑫想。

值班的好处是第二天可以休息。

回到寝室，校园是自己熟悉的，但心里已经少了一样更熟悉的，也更重要的东西。

岑恺璐在附二院的普外科实习。附二院位于市中心，急诊病人比市郊的附一院要多很多。特别是夜间，一些急性阑尾炎、胆囊结石等普外科病人往往会到急诊就诊，然后转到住院部来。普外科的住院病房常常成了第二急诊部，在夜间也就成了整个医院最忙碌的科室。从下午五点钟接班开始岑恺璐就忙个不停。

岑恺璐的带教老师也属于运气特别不好的那种，岑恺璐都被老师

"霉"得要哭了。白天跟着管床医生上了两台手术，医嘱病历一大堆还没处理完，今天又恰恰排到她值班。这个晚上跟着值班医生，又连续上了两台阑尾手术。等下了手术台回到病房，她差点崩溃——护士说又新收了五个病人入院。

岑恺璐委屈得泪水在眼里打转，她去护士站拿新入院病人的病历夹，准备回医生办公室写大病历。翻来翻去都找不着，问护士，护士说另外一个实习的同学帮她收了新病人了，是不是他把病历夹拿走了？

岑恺璐以为是同组进科的同学在帮忙，一走进办公室，看到的竟然是让她这几天伤透了心的人。沈鲍鑫见她回来了，右手食指竖放在嘴边，做了一个嘘声的手势。他趁大家刚刚入科，护士对实习医生们不熟悉，骗了护士。

沈鲍鑫已经帮她写完两个大病历了："你赶紧帮老师把术后医嘱整理好，这几个入院病历还是我来帮你写。"

等这些工作全部做完，已经是凌晨三点多了。附二院的普外科没有女医生，所以只有一间医生值班室。为照顾实习的女同学，也只是在护士值班室里多安排了一张床而已。沈鲍鑫可不敢去医生值班室睡觉，那岂不是自我暴露。岑恺璐也没去睡觉，两个人就趴在办公桌的两边，你看看我，我看看你，擦干眼泪，笑一笑，然后眼睛又变得湿润。

一大早，沈鲍鑫溜出了值班室。他还得赶回自己的实习科室，他仍然不愿意就这样在同学们面前将两人的秘密曝光。

交了班，简单洗漱了一下，岑恺璐回到了自己的宿舍。寝室其他同学都到医院里实习去了，空落落的，她辗转反侧，难以入睡。

昏昏沉沉，等她醒来已经是下午三点多。肚子饿，嚼了两块饼干，肚子饱了，可舌头还是感到饥饿。岑恺璐想，可能这就是爱情的感觉吧。她幸福得想笑，想倾诉。

好想吃"好又来"的酸辣粉哟。"好又来"是云汉市一家著名的小吃大排档，在繁华的步行街上，岑恺璐干爹干妈的家也就在那附近。干妈经常笑她是"好吃狗"，每次去干妈家，干妈都会去买两碗"好又来"的酸辣粉回家，干闺女吃一碗，自己也趁机吃一碗。

岑恺璐仍然是换上她喜欢的白长裙，在繁华的街市上慢悠悠地闲逛，熟门熟路地就来到了干妈家里，路过"好又来"的时候排队买了两碗酸辣粉，小心翼翼地端着。两只手各端了一碗酸辣粉，没办法按门铃，她就在门外喊了几声"干妈"。门一开，一张灿烂的笑脸出现在面前："哎呀，我就说门外有小猫在叫。你干爹不相信，还说我是幻听，要让我去医院检查检查。我说不对，我的鼻子还闻到了香味，哪有这么香的猫咪呀？我一定要出门来看看，还要把她捉进来！"

干妈叫张大丽，却是个小个子女人，说话走路都是风风火火的。两年前车祸伤了腿，走快了就有些跛脚。张大丽以前是附一院心内科的护士长，和岑恺璐的妈妈是同一个科室的医生。她年龄大了，加上老公步步高升，也就没必要再耗在一线，到了医院护理部。再后来腿有伤，又还未到退休年龄，干脆就彻底地调整至二线，到院工会工作，基本就上半天班。岑恺璐知道这个时候摸上门去，她是肯定在家的。张大丽来开门时还穿着围裙，门内飘出了煎炸的油香味。岑恺璐故意吸了吸鼻子："干爹也在家？"

"啊，今天周末，他不在家又敢跑哪里去？"

岑恺璐做一个鬼脸，耸耸肩，做出害怕的样子。张大丽接过两个碗："老傅，我说这次你才是应该去医院检查检查了，还说我是幻听。你就莫看电视了，你闺女回来了。"

傅进军人未露面，声音倒是飘了出来："已经是加时赛了，就快完了。璐璐你来了正好，这个护士长快把我烦死了，看场球都看不清静！"

干爹干妈问了她很多实习的问题，当听说岑恺璐昨天晚上上了两台手术、收了五个新病人，都笑了。他们都清楚这是怎样一种惨状，虽然心疼，但还是忍不住笑。

张大丽说："你爸要是知道你累成这样，不知道会多心疼，说不定他还会来帮你写病历。"

这句话一说完，傅进军笑得差点呛着："就是，就是，你爸虽然病历写得乱七八糟的，但积极性很高，说不定真的会重操旧业哟……"

岑恺璐知道干爹干妈会说父亲的笑话，也不着急，静静地等着他们讲。

"你爸肯定没有给你说过吧，他就是因为帮你妈妈写病历俩人才认识的，不过他们两个都被我骂惨了。哎呀，那件事现在想起来就笑死人，当时却差点没把我气死！咳咳，咳咳，我顺手就把病历夹都给扔窗外去了，你爸竟然翻身就下了病床，想下楼去帮你妈妈捡，这事……你现在实习了，给你讲讲也算是一次教学。哈哈，可不是笑你家那位岑副局长哟，他呀，那次差点就把自己的命整脱了，可把我吓坏了……"

张大丽在旁边白了他一眼："也幸亏竹衫这么一折腾，你才知道害怕了？不然你的脾气还不知道收敛。"

见岑恺璐越发好奇，张大丽给干女儿的碗里夹了一条香煎小黄鱼，然后也半笑半嗔地催促他快讲下去。

"小高当时刚刚毕业，从上海分配到我们医院，我那时还在科里当住院总医师，负责带新来的年轻医生。碰巧你爸爸又是一个半路出家的'假医生'，他当了几年兵，然后考了军校，后来就分配到西藏昌都那边的一个连队当卫生员……"

张大丽纠正道："哪是卫生员嘛，军医和卫生员还是不一样哟。"

"是，是，是军医！但我看他连卫生员都不如！他在那里守了两年多，战友们头痛脑热的都没几个，他自己却得了心肌炎被转运回内地治疗。当时部队医院的心内科和我们科室恰好在合作一个科研课题，就这样又把他转到我们这里来了。他转院过来的那天正好是小高值班，好像也是一晚上连续收了几个病人，也是写不完的病历。竹衫同志不知道是看上了你妈妈，还是学了几年的医从来就没发挥过，技痒加闲得慌，反正就把他自己的病历偷出去了，自己写了一份转院记录。"

"我妈没发现？"

"小高也是刚分配到我们科室没多久，很多医生她都不认识，翻开病历一看，已经写好了，医生签名栏里签的是'岑竹衫'。她还以为是我们科室里名叫岑竹衫的住院医生帮忙写的。后来她还给我说起过，这个转院记录写得根本就不符合标准。她还觉得很奇怪，我们附一院的水平怎么这么差。"

岑恺璐还是第一次从干爹这里听到爸爸妈妈的糗事，忍不住笑了。

"第二天早上，我带队查房，翻开一看，完全是乱来！我就问'高医生，这写的是啥？你是怎么写的？'结果你妈妈被我问蒙了，我问了她两遍，她才说是岑医生写的。我就问是哪个岑医生，她就指着病历上的签名说是岑竹衫医生。这下轮到我发蒙了，我们科室哪有岑医生嘛？这时候你爸躺在病床上喊了一声'报告，我就是岑竹衫'！这下可把我气坏了，把病历夹合上顺手一扔。手抬高了点，本来是想扔地上的，结果不小心扔到了窗户外面。"

张大丽接话道："他这一扔就扔出名了。以前我们的老院长是以严厉出了名的，他查房时看到下级医生不负责任就一定会发火，一发火就把病历夹扔了，还要喊下级医生自己去捡回来。老傅这一扔，全医院就传开了，说这个主治医生医术没学到老院长的，脾气可是学到位了。敢情是老院长的亲传弟子？后来老傅当了院长，人家都还在拿这件事开玩笑，说要在附一院当院长很简单，只要学会扔病历就行。"

"也要看他们有没有那个扔的资格！"傅进军应该是比较反感这个"传言"的，这也是他工作中的一次重大教训。

岑恺璐喊了声干爹，把话题拉了回来："后来呢？"

"我一看，坏了，扔外面去了。但面子又放不下来，就喊了一声'去捡回来！'我是喊你妈妈去捡回来，结果你爸一下就从病床上蹦了起来，喊了一声'是'，就往病房外跑去。这下可把我的冷汗都吓出来了，心肌炎病人最重要的就是静养，绝对的静养，连解大小便都不允许下床的，他竟然还跑出去了，这是要出人命的！我真的是吓出了一身的冷汗，要是你爸突然就这么倒下了，我就摊上事了！"

"他怎么没有事呢？"岑恺璐话一出口就觉得问得十分不妥，伸了伸舌头。

"幸好你妈妈反应快，在门口一下就抱住了他……"

岑恺璐的眼泪都笑出来了。

吃完饭，岑恺璐一边帮着干妈收拾厨房，一边将自己最近的事讲给她听。张大丽听说恺璐交了男朋友，开心得不得了，又追着问了很多问题，还让岑恺璐下次把男朋友也带到家里来让她审查审查。

说着说着岑恺璐的眼泪竟扑簌扑簌地下来了。

傅进军给岑竹衫家里打了一个电话："岑副局长，是我，老傅，你最近在忙什么国家大事呀？"

"傅大哥，你和大姐还好吧？最近事儿有点多，前几天我还在给璐璐说，抽个时间我们来你家骗顿饭吃吧。"

"哦，璐璐刚刚就在我这里骗了一顿饭，正在洗碗抵饭钱。我问你一个问题啊，你是璐璐的亲爹还是我是璐璐的亲爹？"

这劈头盖脸的话一下就把岑竹衫问蒙了。两家关系非常好，但他心里始终有些憷这位大哥，不知道他又会玩儿哪一出，于是打哈哈道："啊，我不是早就说过吗，随时都可以把她的户口迁到你家里呀。这个闺女你们想要就拿去，明天我就把户口本给你们送去，我正好省了一份嫁妆。"

"你还操心嫁妆？不用了！她是不是已经要了朋友了？啊，你知道啊？我怎么会不知道呢？我还知道她被那个小王八蛋骗了，"他向岑恺璐眨眨眼，又做了一个嘘声的手势，"是呀，在我家咧，哭成了泪人，啊，璐璐，璐璐，你爸喊你接电话……她不接！"

啪的一声，他将电话挂了。

张大丽责怪他："你怎么总是喜欢欺负老实人呢？"

"他是老实人？呵呵，能把她妈妈骗到手，那就是癞蛤蟆把天鹅骗到了锅里……"话没说完，电话铃声一阵接一阵地响起。他不接，也挥手不让张大丽去接听。他指指岑恺璐："你觉得你这个亲爹会不会在半个小时内赶到？"

不到半个小时，岑竹衫就赶了过来，白衬衣被汗水浸湿了一大半，一进家门看到他们三个人欢声笑语的样子就知道又上当了。

傅进军递给他一条干毛巾："竹衫，听说你们两个亲家都已经见过面了？还满意吗？"

"满意个鬼！"他一边擦汗一边说。

"哦？那我再给璐璐介绍一个，我们厅里青年才俊多得很哟。"

岑竹衫看看岑恺璐，又看看大哥大姐："咋回事，你们合起伙逗我玩儿吗？"

张大丽已经把茶泡上了。看到父亲来，岑恺璐想躲，被傅进军一把就拉到了身边坐下："有啥事亲爹不能帮你办的，我这个干爹可以帮你办。你还莫说，我这个未来的女婿无师自通，竟然学到了他老丈人的独门绝技，帮着写病历，哈哈哈……"

岑竹衫对岑恺璐说："你这个姑娘，也不知道害臊？"

张大丽笑道："女生外向，还不是和她妈妈一样。"

傅进军接着对岑竹衫说："年轻人的事，我们能帮就伸把手。莫去想多了，儿女自有儿女福，想再多也没用哇……"

客厅里顿时沉默得如荒原深谷。

还是岑竹衫打破了这个沉默："还有一个月吧？唉，转眼就两年了。"

张大丽下意识地揉了揉自己的腿，叹了一口气："谁能想到的嘛，我陪他们到'宝贝天堂'去给孙子拍周岁照，结果，他们一家三口都……我就说这个影楼的名字要不得，怎么只有我活下来了哟……"岑恺璐挽着干妈的手臂，默默不语。

傅进军说："事都过去了，想也没有用，那个肇事司机可能也快放出来了。算了，算了，竹衫，我们两家……这么说吧，即便傅港还在，璐璐也是我的亲闺女。之前你提了她的事，我也给你说了，马上要进行人事制度改革，逢进必考这个口子我开不了。不过这个事儿你要放一万个心，以璐璐的水平和能力肯定没问题。这一两年我还不会退休，帮你照顾着璐璐还是没有问题的。"

他喝了一口茶："那个小伙子怎么样？他想到附一院、附二院，这不比到我们机关来还要简单得多吗？小伙子上进，给他们打声招呼就办得了的事，你搞那么复杂做什么呢？我是从那个医院走出来的，未必就人走茶凉。你呀，扭扭捏捏的，搞得两个孩子都不高兴，何必呢？"

岑竹衫沉默了片刻："那个小沈的情况我也找学校的人打听了一下，家庭条件差了点，"他看傅进军准备说话，知道他的意思，用双手按在他的双膝上，止住了他插话的打算，接着说，"我知道你要说什么，我对他的家庭条件一点都不会去计较。这个小伙子成绩不错，绝对有保研的希望。可是，他们年级那个赵主任，你我都知道他是一个什么样的人，所以璐璐入学时我就将她的家庭关系托人进行了保密，可以少很多的麻烦。还是说我了解的情况吧。不知道小沈是家庭比较困难，还是真的对社会上的人情世故不懂。赵主任明的暗的都卡了他好几次，连报名积极分子都被他卡住了，"他叹了一口气，"大哥大嫂，我给他建议，想考研、想保研，今后留校，这种考虑错了吗？他如果愿意，我还不是能搞得定，哪用麻烦你们呢。结果这小子又没明确表态，璐璐连家都不回来，躲着我。我怎么知道他们两个在嘀嘀咕咕些什么呢？你们两个又还一惊一乍地逗我玩儿，这就不像大哥大姐该办的事儿了哟。"

"哎，竹衫，我还以为你心里有啥想法，看不起人家。那现在究竟是个什么情况嘛？璐璐，你不给你爸爸交流，就跑我们这里来告状。看看，错怪他了吧？现在该你说说了哟。"他转向岑恺璐。

"他说就想当医生，没想过读研究生，也没想过要当官和教书。我给他说要他想一想，结果我们就吵起来了……"

"哦？这个混账小子！"傅进军笑骂道。

"他家里也还有点关系，在往浦州中心医院活动，他妈妈的意思是分一个好点的科室。"

"哦？浦州中心医院？"傅进军看看岑竹衫，不约而同地微微摇了摇头。岑竹衫更多了几分焦虑和无可奈何，他一直担心着某一天女儿就这样飞远了。

"不要去那里，离家太远。"张大丽插话道。

"那就把他留在附院吧，怎么样，竹衫同志？"傅进军用手指敲了敲椅子扶手。

岑竹衫摇摇头："我也不怕得罪大哥大姐，就说句实话吧，我是真心不希望他们再陷在医院里了。大哥，你是我们卫生系统的一号人物，我说这句话你莫多心哟。整个卫生系统看上去都是风风光光的，白衣天使，天使，好高尚嘛！换句话说就难听了，天使是不是人？'不是人'呀！求你的时候，你是天使；不求你的时候，你是狗屎……"

"哎，哎，哎，你先打住！既然你知道我是一号，你还在我面前说这些？今天你必须得把话讲清楚了，我不是怪你不尊重我，不尊重我们医疗系统。我们这个房间里四个人都是学医的。我是医生，你大姐是护士，你女儿也是实习医生，你也算得上是半个游医，还有高莲，也是医生。你这一句话就把我们全都骂了。岑副局长，你不得了了哟！现在去卖药了，卖药了不起是吧？我们医生都是靠你们这些药贩子养的咯？我明天去你们局里找老徐告状，说你忘了本！"傅进军半开玩笑地说。

岑竹衫不慌不忙地喝了一口茶，说："我哪里是不尊重医生嘛。虽然你说我是游医，我还偏偏就不会为这个生气。我的祖辈正儿八经就是游医，说起来我们岑家还算得上是医生世家咧。我们两家交往了这么多年，你可能都还不知道，我曾祖父是巴蜀地区的游方郎中，很有名气的一个游医，后来定居在竹山县城。我爷爷和我爸也是当地的名医，只是我爸在我出生之前就死了，到我这一辈就失去了家传。后来我在部队拼命地干、拼命地学，还不就是为了得到一个考军校当医生的机会吗？我哪里会瞧不起医生？"

"那我听你说，看你能把我们说得有多臭！"

张大丽说："你们两个确实是好久没有坐在一起摆龙门阵了，越说越得劲了。算了，璐璐，我们娘俩去街上逛逛去。"

岑恺璐向岑竹衫和傅进军作了别，就和干妈说着体己话出门去了。

傅进军说："竹衫老弟，你转业回地方，去了药监部门。但你也别在我面前装，你们那里是穷庙富方丈，你就知足吧。你老实坦白，心里是不是想把那个小伙子弄到你们那边去？如果是这样想，那我赞成。璐璐是女孩子，性子又温暾。你们那边水深浪急，如果那个小伙子能入你的法眼，那说明他确实有过人之处，去摔打摔打，确实比在医院里当医生好，我支持。"

"老哥，你又错了。我和高莲以前都聊过很多。女儿的性子安静，她这一辈子最好的生活就是安安静静，不要过得匆匆忙忙的，也不需要什么大富大贵，柴米油盐，朝九晚五，足矣。

"唉，这个小沈，璐璐竟然跑到他家去了一趟，才回来给我说。我还能说什么？现在年轻人的事，我们敢提反对意见吗？我赶紧找人摸了摸他的底，也还行，只是这小伙子是从小地方出来的，家庭……见到的东西还是太单一了。说好听点是理想主义，难听点就是自以为是。他当医生？他愿意受苦我管不着，但这会拖着璐璐一起受苦……"

傅进军一只大巴掌捏住了他的肩："你又来了，当医生就是受苦？嘿，你还要脸不要脸？跑我家里，说几句话就打我一耳光，说几句话就打我一耳光，你呀……"

岑竹衫接着说："医生工作是啥样咱们都清楚，我就不和你多说了。我看得出小沈是块读书的料。我相信性格决定命运这句话，他不适合待在机关，我建议他留校搞搞科研、搞搞教学，又有什么不对吗？老傅大哥，小沈是个聪明人，理想主义者又不等同于殉道者，我这不是在帮他吗？只是他看到的层次还浅了点，呵呵。"

傅进军摇了摇头，长长地叹了一口气："船快到岸，车快进站。

我还有两三年就退了，医院里的问题我看到了、想到了，也不是不想去解决，是目前没有条件解决。但是我相信，这些问题更高层面的也是看得到、想得到的。各家有各家的难处，各项建设、各项改革都在推进，总有先后、厚薄，医生多受点委屈又怎样呢？我现在就只想交好班，等着退休啦……

"竹衫，你这个家伙就是这样，遇事喜欢躲，你以为躲就躲得了？你想让小沈去学校，把璐璐放在我们机关。教育就没有难言之隐？机关就没有尔虞我诈？不过这次我不批评你，两害相较取其轻。这些单位随便怎么改革，个体是不会受到多大冲击的；而医生这些白衣天使一面和疾病斗，一面和病人家属斗，一面还要和医院管理甚至我们的医疗管理斗。算了，父母心，不让孩子去受这个苦，你想法也对。"

两人谈兴正浓，门铃响了，张大丽拎着一个购物纸袋回来了。女人不分年龄，衣橱里总是会差一件衣服的。"璐璐先回医院去了，这是她帮我选的。这个死女子，年纪轻轻成天穿得那么素净，帮我这个老太婆选，不是大红就是大绿，说穿上了我比她还年轻。"

她又说："我看她那么喜欢穿素净的衣服，还真应该让她去当医生，上班也是穿一身白。"

岑竹衫和傅进军相视一笑。

张大丽的唠叨一时半会儿结束不了："竹衫，那些忧国忧民的事就放在办公室里做，到我们家里想喝茶喝茶，想喝酒喝酒，莫想那么多。至于孩子的事，无非就是些柴米油盐酱醋茶，这些小事你操心得过来？他们风花雪月的小日子你掺和得了？我们家傅港走了两年了，我也才缓过这口气。儿女自有儿女福，他们一家三口在一起，我们老两口……不说这些了。那几年我是不太喜欢钟谷这个儿媳妇的，如果不是她牵绊着，傅港就应该出国去了……竹衫，我想说的是，孩子们的生活是他们自己的，我们作为长辈不要去干涉太多。孩子们都有一个自己成长的过程，等他们再过二十年，见得多了、被社会摔打得够了，他们说不定就比你这个老狐狸还像老狐狸——老狐狸是我们家老傅对你下的评语啊。"

岑竹衫只能不住地点头。张大丽白了他一眼："还有你家璐璐，啊，看起来是个木头，心里想法多得不得了，也是扮猪吃老虎的。如果在这个问题上，你们父女俩发生冲突，那这个事情就更麻烦了。所以啊，你要选择一个合适的方法引导，不要你认为这样好那样不好，要让她和她男朋友发自内心觉得我们的岑副局长是伟大英明的。我说，现在的年轻人逆反心重得不得了，哪怕是给他们一点教训，让他们受点挫折，不也挺好的吗？"

她端过傅进军的茶杯喝了一口，续上水，又说："我和璐璐聊了聊，她说那个小子是个理想主义者，想当一个大医生，你们年轻的时候不也一样吗？结果呢？理想还在吗？"

傅进军笑呵呵地说："我们这个护士长才干了几天的工会工作，这个业务水平提高得很快嘛，璐璐的小秘密都被你掏出来了。"

"哪里才是这几天哟，张大姐当年给我和高莲做媒，那时就显露出水平来了。"岑竹衫说。

傅进军对岑竹衫说："护士长说得有道理，要让孩子们自己去悟。你就像数学老师出题一样，给他设一个几元几次方程，里面有几个变量，看上去可以有好多个结果，其实把一些限制条件考虑进去，比如分母不能为零、负数不能开平方根，最后他解出来的正确结果不就是你出题时就预设好了的吗？"

沈鲍鑫经常去附二院给岑恺璐帮忙，其实他自己也挺忙的。他的第一科实习被安排在了儿科，带教老师叫康雪梅，是儿科的主治医师，也兼着科室的住院总医师。医院要求住院总医师二十四小时都住在科室里，且半年才能轮换。她很喜欢打扮，虽然所有人看到她每天都是穿着统一款式的白大褂，但沈鲍鑫能看出，康雪梅每天都别着不同的发卡，这也让她的短发发型每天都有一点变化。沈鲍鑫很想薅几个好看的下来，去别在岑恺璐的头上。

康雪梅年龄比他们大不了多少，和这一批实习医生很谈得来。晚上值班的时候经常会摸出钞票喊一位同学去跑腿，到医院外面去买西瓜，请所有在科室里加班的实习医生们吃。吃完了就看他们写的病历，然后用红笔修改，再不客气地退回给实习医生们让他们重写。

　　一天，夜间值班，康医生问沈鲍鑫是不是浦州人，浦州人说话会有一些特殊的方言和尾音。康雪梅也是浦州人，还是沈鲍鑫同一个中学的师姐。

　　关系拉近了，沈鲍鑫的胆子也就大了一些，他嘴里就将"老师"替换成了"师姐"："那些新入院的患儿，怎么一进来就给下一个病危？娃娃还在活蹦乱跳的，我去找家属在病危通知书的回执单上签字，很多家长都不相信，怀疑是我们实习医生乱说，我都被骂了好几次了。"

　　康雪梅收起了笑脸，很认真地说："你们接触儿科的时间不长，儿科病人的病情进展是超出你的想象的。有些病人活蹦乱跳地入院，可能一两个小时之后就阴阳两隔，根本就不给你做心理准备的时间。病危通知书不是为了推卸责任而乱下的，你心里其实是有这样一个疑问的，是吧？下病危通知书应该是很慎重的，你的上级医生开了这个医嘱，是说明他的诊疗思路是很清晰的，预见到了病情的发展。有时候我还真的希望家属骂我们是在乱发单呢。"

　　见沈鲍鑫疑惑的样子，她继续说："我给你们讲一个我刚当医生的时候发生的事吧。有一天，从急诊科转进来一个五岁多的患儿，呼吸急促，心跳极其微弱，化验结果各项指征都显示已没有抢救的必要。张主任来看了，也建议家属放弃。家属见主任这么说，就把孩子抱了回去。可谁知道那个孩子被抱回家后停了一切治疗，竟然逐渐好转起来，一个多月后完全康复了。"

　　"这么神奇？"所有实习医生都围拢过来。

　　康雪梅说："这还是孩子的父亲到我们科室里来送锦旗，把孩子一起带来，我才相信这个世界上真的有奇迹。"

　　"他来送锦旗？不会吧？"

"锦旗写的是'妙手推向死神，不治方能回春'。"康雪梅面无表情地回答道。

"这，这不是骂人吗？"实习医生们有些在撇嘴，有些在骂"狗咬吕洞宾"。

"唉，这还算好的，孩子健康就是最好的结果。我们医生又不是神仙，我们是创造不了奇迹的，生命才是奇迹的合成体，时不时就会给你带来一些惊喜。"

"你们肯定不会收这个锦旗吧？"沈鲍鑫问。

"收了，张主任收藏起来了，放在他的那个柜子的最里层。他一直都在说，这是一个教训，让我们尽最大的努力，不放弃任何一丝希望。张主任也会经常给年轻医生们讲，病危通知书不是给患儿家属增加心理负担，也不是帮我们医生免责。每下一次这种医嘱，就是提醒医生自己要打起精神。其他病人你们可以一天查两次房，对这些下了病危的，不管他们是不是活蹦乱跳的，最好每隔一个小时都去看一看，这种通知书是医生的'紧箍咒'。"

康雪梅又对着沈鲍鑫说："知道什么是奇迹吗？就是小概率事件，小到微乎其微。所以我们当医生的永远不会寄望于奇迹，只能寄望我们的努力和病人的配合。病危通知书给到家长，他们签字的手也会抖一抖，后面就更能积极配合医生了。医生前面受一点委屈，后面孩子的治疗就会少受很多委屈。学会受委屈也是我们医生的一项基本功哟。"

康雪梅给实习医生们上的这一课让沈鲍鑫大受触动，他首先想到的是岑恺璐，她受得了这些委屈吗？我呢？以前确实没有想到，只是觉得越是大医院，医生越神气，哪里会受委屈哟，现在才发现想错了。唉，当年外公生病，我们就应该到省城来看病。医院的平台不一样，医生的素质也是不一样的呀。沈鲍鑫心里又是一阵难过，他用笔下意识地将空白病历页上印着的"湖东省医学院附属第一医院"这排字勾画了一遍，"我要想尽办法留在这里。"

沈鲍鑫和岑恺璐虽然在实习期间见面的时间少了，但也有方便的地方。科室里都有电话，要找人一个电话就能联络上，而且用科室的电话还不收费。岑恺璐在电话中问，明天能不能请一天假，陪她去一个地方。

　　岑恺璐要去墓地，让沈鲍鑫陪着去。

　　以前她都是自己一个人去的。那个地方环境还不错，像公园，但氛围会让人退缩。她没想过让自己寝室的同学陪，女生胆子小、嗓门大，不仅不会陪她去，反而会叨叨得全校皆知。去年，她和沈鲍鑫已经开始恋爱了，但她仍然保守着这个秘密，毕竟她要去墓地看望的是另一个男人。她很在乎沈鲍鑫的感受。而今天，她已经将沈鲍鑫看作了自己最亲密的家人。家人之间就不会再有什么秘密，即便是秘密，也到了该逐步揭晓的时候了。

　　岑恺璐仍然穿着一袭白裙，拿了一束百合。墓地在城郊，他们下了公交车后还走了半个小时，好几次沈鲍鑫想帮她拿花，岑恺璐都没让，一直抱着。这里绿树掩映，青色的围墙围着很大一片地，环境很是优雅。

　　这是一座园林式公墓，放眼望去是一片接一片的草坪。这里没有传统样式的坟头和墓碑，凸立在地面上的是各种不同的雕塑，也有一些墓碑是平贴着地面的。各种各样的造型，有的是书本，有的是贝壳，有的是一种抽象的科技模型。这些要么是逝者生前的最爱，要么是逝者生前的职业标志。沈鲍鑫是第一次看到这种公墓。

　　岑恺璐带着他来到其中一个墓前，在一棵大树的下面，有一块像展开的大折扇的白色大理石，扇面上用线条刻画着素描状的一幅画，两个开心的成年人中间是一个更开心的孩子。

　　素描画像边上铭刻着几个字：

　　傅港

　　钟谷

傅钟鹰

欢乐永在

"这是……一家三口？"沈鲍鑫问。

"傅港是我的哥哥，钟谷是我的嫂子，钟鹰是我的侄儿——那天他刚满周岁。"岑恺璐回答道。

"你的哥哥？"

"他是我干爹的独生子，我们一起长大的，他像亲哥哥一样带着我玩儿。我想来看看他们，也让他们认识认识你。我哥说过，以后我有了男朋友要第一时间告诉他，他要看看我的男朋友是不是啄木鸟——他喊我木头，他说我的男朋友肯定是一只啄木鸟。"岑恺璐笑了笑，扭过头看着沈鲍鑫说，"如果他还在，说不定还能帮你出出主意，怎么去对付我家里的那位岑副局长了。我爸爸特别喜欢他，我知道我爸故意没有把对他的那种喜爱表达出来，是担心我有想法，说他重男轻女。其实我们两家真的应该互相换一下，干爹干妈是特别想要一个女儿。对了，我把你毕业的打算给干爹干妈也说了，干妈说不要回浦州，她会帮你想办法的，那天他们就把我爸喊到她家去了。"

沈鲍鑫心里不禁有一点点酸涩，小心翼翼地端出一个话题："你从来都没给我说过你哥哥的事情。"

"我为什么要给你说？"岑恺璐一边说着，一边将手从他的手里抽了出来，"和你在一起就想说点开心的事，为什么要给你讲这些不开心的事呢？"

沈鲍鑫又一把牵过她的手："我们不是一家人吗？你不想和我走一辈子？要走一辈子的话哪能全是开心的事呢？今后说不定哪天就会遇上伤心的事，你的爸爸，我的妈妈，还有我，都有玩完的时候……"

啪的一声，一个巴掌就拍在了他的背上，沈鲍鑫一扭头，岑恺璐的手就捂住了他的嘴："不许说！"

沈鲍鑫就用另一只手抓住她的这只手，往身前一拖，将岑恺璐揽入了怀里："咱都是学医的，还忌讳说这些？"

"就是不许你说！"岑恺璐的这句话说得像一根木棍子，硬邦邦的。

墓园的远处也有人在扫墓，显然是被这两个年轻人的举动所打扰，不满地朝这边看过来。

岑恺璐放低声音："我哥哥就是喜欢胡说八道，他说我是木头，我说我才不是，他说他如果说谎就被汽车撞死，结果……"她默默地抽泣起来，沈鲍鑫摸摸口袋，忘了带纸巾，他又不好去翻岑恺璐的包，干脆撩起 T 恤衫的下摆去擦她的眼泪。岑恺璐忙推开他，自己从包里拿出纸巾，一边擦眼泪，一边说："我哥也是从不带纸巾，他给儿子擦鼻涕也是撩起衣服来……"说着说着她就破涕为笑了。

她突然指着沈鲍鑫说："我现在才明白我为什么会喜欢你了，你和我哥的很多动作都相像，哼，不过你比他笨多了！他会哄我开心，你从来都不会！"

沈鲍鑫从来都没想过，竟然是这样一个故去的人在冥冥中帮着自己追求到了岑恺璐。

他很感激在另一个世界的这个人，从岑恺璐手里接过纸巾包，抽出两张，轻轻擦拭"扇面"上的那些浮尘。

岑恺璐被他的这个动作感动，于是继续说："那天是我侄儿满周岁，他们刚刚去影楼拍完孩子周岁的照片，坐着出租车赶往餐厅。我、我爸，还有干爹、嫂子的爸爸妈妈，我们是直接去的餐厅。出租车在停着等红灯的时候，一辆水泥罐车直接从后面撞了上去……"

岑恺璐泣不成声："有些时候死并不可怕，可怕的是他们死亡之后亲人所受到的伤害。干妈手术后从重症监护室转到普通病房，刚刚能说话，她看到我在，就要我去影楼把他们的照片拿回来。这些照片应该是琥珀，将会永远保留着他们最后的快乐笑脸。"

沈鲍鑫只能是点头，岑恺璐又说："我去影楼，影楼的人翻找了一下，然后喊经理出来。他给我解释，他们的设备出了故障，他们拍的照片全报废了，可以重拍一次……重拍一次，我……"

岑恺璐蹲下了身子，说不出话来，沈鲍鑫也蹲下陪着她。

岑恺璐缓过气来，抬头对他说："以前我对你没有什么印象，只知道我们是一个年级的。就是在我回学校的那一天，看到你在食堂外面提着拖布和食堂的工人吵架，突然就觉得你的样子，还有你的动作都很像我哥……"她指了指"扇面"上的素描像。沈鲍鑫仔细地看了又看，素描像看上去也只是一个轮廓而已，他摸摸自己的脸颊，岑恺璐也将手放在他的脸颊上。

岑恺璐看了他一眼："我说了这些，你不会生气吧？"

"我为什么要生气呢？"

"那天你为什么要走过来找我说话呢？你以前都没和我说过一句话。"

"哦，我就是感觉到有人在看我。我四处看，就看到了你的眼睛。你的眼睛里有水，很多很多的水。我突然就觉得好像已经被淹死在里面了。我要赶紧过来，从你的眼睛里爬出来。"

岑恺璐泪水未干，却轻轻笑出了声："那你爬出来没有？"

"早就不想出来了。"沈鲍鑫说。

今天这一来回就折腾了大半天，好在是请了一天的假。虽然沈鲍鑫心里还有点记挂着科室里的事情，但也不好扔下岑恺璐独自回科室去。岑恺璐更是不愿回医院，他们简单商量了几句，觉得还是回家最好。

"你爸在家没有？"沈鲍鑫心里有些怯意。

"他最近忙得很，就没看到他准时下过班。现在才三点钟，就算正常下班，他回到家也要六点钟。"

"哈哈，"沈鲍鑫附耳低语，"那我可以亲亲你了哦。"岑恺璐的脖子顿时飞起了一片红霞，映红了沈鲍鑫的眼。

岑恺璐拿出钥匙开了锁，推开家门，立刻后退了一步，退出门外，转身就推沈鲍鑫。沈鲍鑫还没明白是怎么回事，就听见门内传出声音：

"璐璐回来了？"

岑恺璐只能应声："嗯。"

门内迟疑了片刻，应该也是听到了门外的异响："还有人？是小沈？"

沈鲍鑫只得跟着岑恺璐一起走进房门。岑竹衫正坐在客厅的沙发上，房间里很安静。茶几上放着一个茶杯，水满满的，却无氤氲的热气。阳光透过窗落在门边，恰好落在沈鲍鑫站立的位置，像舞台上的追光灯，一下子就让他成为舞台上的主角。

岑竹衫带着诧异的目光打量了一下他们，什么都没说，只是手背微微一扬，示意他们两个坐下。岑恺璐刚坐下就站起来，拿过暖水瓶给沈鲍鑫沏了一杯茶，给自己倒了一杯白水，她看见父亲杯子里的茶早已凉了，赶紧又新沏了一杯。

新沏的茶很烫，沈鲍鑫一边小心地吹着杯子边，一边极小口地啜饮着，他是在借着喝热茶的动作稳定心神。

"最近在医院里实习感觉如何？"他问岑恺璐，目光却望着沈鲍鑫。

岑恺璐只回答说科室里比较忙，沈鲍鑫见岑竹衫的目光并未转移，赶紧放下烫手的杯子，搓了搓手，回答道："我现在在儿科实习，临床的带教老师很有水平，给我们讲了很多书本上不会讲的东西。"

岑竹衫显然对这个话题有些兴趣。沈鲍鑫见岑竹衫问到科室里的事情，也就将一直紧绷着的身子放松下来，半靠着沙发背，把康雪梅医生讲的科室张主任收藏的奇怪锦旗的事又讲了一遍，岑恺璐也听得睁大了眼睛。

岑竹衫微微点头，说道："要当一个好医生是很不容易的，这个康医生能给你们讲这些，很不错。学医和学其他学科是不一样的，书本上的知识你们都可以自己去学、去揣摩，技术和经验也可以在实习和工作的过程中慢慢去看、慢慢积累，但是这些，不是亲身经历过、不是经过自己的思考，是不会有这些感悟的。"

岑竹衫端起杯子喝了一口茶，接着说："在一定程度上，每个人的判断，首先都是以自身利益为中心的，其次才会顾及其他人的感受。我可以说，几乎百分之九十九的病人都是这样，这不是说病人做错了，人一生病，关注的焦点肯定就在自己的身上了。就拿医生去查床这件事来说吧，你多去几趟，病人就会猜疑自己病重，不然医生怎么会这么重视呢？你少去几趟，他又会猜疑，是不是医生没把自己的病放在心上？小沈，你说是不是这样？"

沈鲍鑫挠了挠脑袋，觉得岑竹衫说得有道理，点点头。

"当医生，不能奢望让病人理解医生。医生是最应该具有理想人格的人了。什么是理想人格？其实就包含在两个词中，慈悲和谦卑。以慈悲心待人，以谦卑心待己。而且当医生也要看运气好不好，遇到情商高一点的患者那就是医生的福气，配合治疗、认同生死就是自然规律……小沈，我们国家的教育水平提升得很快，主要是科学知识，但在人文教育方面却是瘸子，别说看破生死，就是尊重生命、敬畏生命都有很多人做不到，更不要说尊重医生了。"

沈鲍鑫学的是理科，显然他不理解岑竹衫所说的这一套。但他能感觉到岑竹衫仍然是对医生这个职业选择不认同，而此时说这些话，也就是再次给沈鲍鑫表达一个态度，不希望他当医生。

沈鲍鑫稳稳心神，很诚恳地说："岑叔叔，我明白您是为了恺璐和我们的未来考虑。我妈妈想让我当医生，是觉得当医生这一辈子吃喝不愁。我能理解你们长辈的心。而对于我来说，我想当医生，确实是出于理想，想治病救人，想做一个比其他医生更好的医生、救更多的人。我的父亲去世很早，我对他没有任何记忆，但像父亲一样把我从小带大的外公去世的时候，我知道那种痛苦有多深。我上临床课的时候还专门请教过老师，老师说像我外公那种情况，就算是十年前，在我们医学院的附属医院，都是可以进行手术治疗的，成功率还比较高——我现在仍然不能理解也不能原谅不给他做手术的医生。"

岑恺璐也坐了下来，离沈鲍鑫很近。

岑竹衫看懂了女儿的肢体语言，心里酸酸辣辣的。

"小伙子，有理想是好事。我当年也想当医生，很想，也很拼命。过了这么长时间，我都忘不了自己当年的那股狠劲。我相信你今后能成为一名好医生，只是，你成为好医生之后，有什么意义？"

有什么意义？沈鲍鑫从没想过这个问题，但他很快就给出了一个自己认为比较满意的答案："患者可以活下来，家属也可以没有那些痛苦。"他小心翼翼地期待着岑竹衫的肯定和赞许。

岑竹衫哈哈地笑出声："是吗？小沈，你真的是这么想的吗？"

沈鲍鑫想不出还有什么更好的答案。岑恺璐也疑惑地看着父亲。

岑竹衫说："仁心、仁术的结果并不一定就是你所想象的那样仁慈哟。小沈，你的的确确是一个全身都充满了理想的人，但有理想的人往往会很痛苦……"

沈鲍鑫越来越觉得今天和岑竹衫的这场遭遇战，既是一次偶遇，也是蓄谋已久。岑竹衫不想让自己当医生，这是他的想法，为什么岑竹衫会产生这种想法，沈鲍鑫不知道。沈鲍鑫唯一知道的是要尊重他，不能对抗，也不能被他说服，而要做到这一切，就只有一个办法，先说服岑竹衫。但是，这好困难。

现在突然间谈到了理想，沈鲍鑫就像抓到了救命稻草。高中的时候写过太多有关理想的作文，这类作文很容易成为考题，所以他背诵过很多关于理想的名人名言。比如：托尔斯泰的"理想是指路明灯"，苏格拉底的"世上最快乐的事，莫过于为理想而奋斗"，屠格涅夫的"没有理想的人，是可怜的人"，还有巴金的"理想并不能够被现实征服，希望的火花在黑暗的天空闪耀"。

这些名人名言毫无疑问都佐证了理想的重要性，沈鲍鑫就像高考考场上看到作文题目的考生，想起了前一天背过的范文。

可是考官总是比考生聪明，你刚读完题，信心百倍，他却突然宣布考试结束。但更出乎意料的是，岑竹衫不仅宣布考试结束，还直接给沈鲍鑫打了一个满分。

岑竹衫说:"小沈,工作的事情现在不要想得太多,好好珍惜你这一年的实习机会。我很羡慕你们,有整整一年的实习时间可以亲身感受这份职业。"他看着女儿,"你也一样,既然要在医院里当一年的实习医生,就认认真真的,动作快一点、做事聪明一点,争取少挨点骂,不是所有人都会迁就你的。"

沈鲍鑫没想到岑竹衫竟会说出这么出乎意料的话来,他是什么意思?同意自己当医生?那他是不是要帮忙落实毕业分配的问题?

岑恺璐真是一个木头美人,节奏就是要慢半拍,可这慢出来的半拍却是一记"神助攻":"爸爸,你现在还有理想吗?"

岑竹衫愣了愣,摇着头笑了,伸出手想摸摸她的头,可女儿靠近沈鲍鑫坐着,离自己的距离超过了一臂远,所以岑竹衫的手臂只是在空气中虚晃了一下,他悻悻地把手收了回去:"有哇,我的理想是想着你长大,又想着你仍然能没心没肺的。"

第三章 医者仁心

医生的心里都住着勇敢和怯懦两匹
狼，它们在不停地争斗，哪匹狼更强，就
看你平常喂的是哪一匹。

医院一共给实习生安排了六个科室的实习，平均下来每个科室的实习时间就只有一个半月。沈鲍鑫很快就转科到了肝胆外科，他的带教老师叫苏鑫，于是同批实习的学生就将他们这一组称为"多金组合"。

沈鲍鑫家里并不富裕，而苏鑫却是一个名副其实的"多金"医生。虽然上班都穿着白大褂，但沈鲍鑫能明显地感觉到，白大褂的里面从上到下肯定都是名牌。沈鲍鑫想，如果这一身名牌能穿到自己的身上，啧啧，"人靠衣装马靠鞍"，那可是帅上加帅。和岑恺璐走在一起，绝对像是一幅画。可惜呀，这身衣服套在苏医生的身上，就算是被糟蹋了。苏鑫嘴有点歪，不说话的时候不明显，戴着口罩更是看不出来。可是戴口罩也不能遮住眼睛，苏鑫的眼睛是标准的三角眼，沈鲍鑫第一次和他对视时不自觉地打了一个寒战，感受到一股邪气。沈鲍鑫甚至觉得苏鑫能看透自己的心思，故意对自己射来一道寒光，意在打消他的觊觎之心：安分一点，你在这所医院只是一个短暂停留的实习生，你是没有可能成为这里的医生的。

真实的苏鑫其实是个心善的人，喜欢和护士开玩笑，也喜欢和这些实习医生们一起侃大山。

这天晚上是沈鲍鑫和苏鑫一起值班。

"好饿，好饿，我去张麻子那里查下房，你帮我盯着一点，病房有事就打我传呼，如果院办来巡查，就说我去消化内科会诊去了，很快就回来，要不要给你带两串？"医院大门外有一个烧烤摊，只有晚上才摆出来，小摊的招牌上就写着"张麻子烤串串"，小摊旁还架了两三张小矮桌，可以坐下来吃烤串、喝啤酒。

沈鲍鑫知道，苏鑫这个"很快"有可能就是半个小时以上。上组在这个科实习的同学已经交换过情报，苏医生经常会在晚上值班时溜出去吃点夜宵。据说他的这个特殊爱好早已被院办察觉，院办经常会来肝胆外科巡查，可是他的运气好，从未被逮住过。值班的护士和实习生们会编各种借口帮他打掩护，当然，他回来的时候也会带一些小恩小惠。

还好，病房里面很平安，几件小事都被沈鲍鑫轻轻松松地处理了。有三个同学先后回到办公室，大家一边吹牛一边补写着病历。

苏鑫慢悠悠地回到了办公室，脸上有些红润，一开口就能闻到烧烤的味道。同学们相视一笑，又埋头写着病历。

苏鑫在护士值班台插科打诨了几句，扔给她们一袋香瓜子，踱进医生办公室，一看有好几个实习医生，而且全是男同学，顿时就兴奋起来："过来过来，老师给你们上上课。"但是同学们都没理他，各自做着自己的事。

苏鑫大喇喇地搬过来一把椅子骑坐着，将两个手臂搁在椅背，下巴搁在手臂上，略带神秘地说："刚刚我看到一个裸体女人。"

四个实习的男同学几乎同时停下了笔，抬头注视着他。

苏鑫的三角眼又透出邪邪的目光，他知道什么话题对这些男生最有吸引力。苏医生说他在医院门口，正准备穿过急诊室抄近路回住院部，一辆出租车停在了门口，从车上冲出一个抱着小孩的妇女。小孩可能只有两岁多，显然是被烫伤了而且很严重，头脸部都能看到大范围的烫伤水泡。这个女人很年轻，也就二十岁出头吧，她赤裸着上身，衣服脱下来被用来包裹着小孩，沿途很多人都在看她……

正说着，院办巡查的人迈步走进了医生办公室，大家都看见了，苏鑫装着没看见，一本正经地给同学们继续讲道："你们看看这个当妈的急成了什么样子？连自己的羞耻心都顾不得了，昨天我恰好看到一本书里写到这样一句话，'若希望儿女伟大，好的父母应承担伟大的悲惨'。当父母的真的很不容易，为了儿女可以做出任何的牺牲。"

他用三角眼斜瞥了一眼院办的人，故意放大声音说："俗话说医者父母心，你们现在见到还有哪个医生还能有这种父母心？病人才是医生的父母，医生现在是众人的儿……你们以后千万莫要当医生。"

苏鑫将这个值班的夜晚搞得欢声笑语，但是未能将这种氛围持续到第二天交班。苏鑫忙惨了，抢救了三个小时，病人还是没能救回来，死亡时间是凌晨四点半。

死亡的病人刘国清就像在这张病床上逝去的其他亡者一样，被推出了病房，推去了太平间，推向了未知的世界。他的床位空着，号码没有变，换了床单，32床继续等着新的病人到来。

这是沈鲍鑫写的第一份死亡记录，也是他真正接触到的第一个死亡病人。

病人很年轻，只有二十二岁，重症肝炎导致的急性肝坏死。病人临终的时候沈鲍鑫还在实习医生值班室里睡觉，或许他们认为实习医生根本就帮不上忙，或许他们认为病人这样冲刺到终点已经是不可挽回，抢救也只是一个标准的流程，苏医生和值班护士都没来喊他。

早上起床他才知道这件事，苏鑫也只是轻描淡写地说了一句："你写一份死亡记录，等会儿他的家属去火葬场的时候是要拿去的。"

沈鲍鑫写错好几次，他的心里很乱。

苏鑫见沈鲍鑫撕了好几张记录纸了，用三角眼瞥了瞥："第一次写？"

沈鲍鑫只能是点点头："这个病人好年轻哟！"随着这句话，沈鲍鑫的眼里突然滚落一串热泪。

"年轻？那人流弄出来的那些胎儿岂不是更年轻？" 苏鑫撇撇他的嘴，使得他的嘴看上去更歪，他用手指敲敲桌上空白的死亡记录："你这种心理素质最好还是不要当医生，幸好当时抢救的时候没有喊你。"他抱着几本病历来就走出了办公室。

当天，32床就又新收进来一个肝癌晚期的病人，是从其他医院转过来的。

病人转院来的时候，沈鲍鑫正在和苏医生一起做一台胆囊结石手术，今天的值班同学已经帮他写好了入院病历。

沈鲍鑫下了手术回到办公室，值班同学将病历扔给他。沈鲍鑫仔细翻看着这份病历，家庭住址写的是浦州中心医院，职业是医生，名字叫康宏。

他平复了一下心情，拿着病历就往病房走，走到门口双腿却已经软得迈不开步子。他没有推门，只透过门上的玻璃窗口往里面看。病人很憔悴，面色蜡黄。32床的病人，的确是浦州中心医院脑外科的康主任，是四年前和沈鲍鑫同在醉八仙酒楼办宴席的康宏，是挂在蚊帐后面那副听诊器的原主人。四个多月前，沈鲍鑫回浦州在车站外还看到过这个老头儿。

沈鲍鑫看了很久。

背后有人伸手推门，沈鲍鑫往旁边向后退让了一步，推门的人给他打招呼："沈鲍鑫，你转科到这里了呀？"

是康雪梅，儿科的住院总医师，沈鲍鑫回过神，忙打招呼："师姐，您是过来会诊吗？"

康雪梅摇摇头："我爸爸在这里住院。"她右手拎着一大堆东西，是入院病人常备的那些物件；左手拎着一个保温饭桶，外壳颜色就像康宏的脸，蜡黄色。

肝胆外科的刁主任带着苏医生和沈鲍鑫他们，一群人浩浩荡荡地来查房，在病床边絮絮叨叨地又讲了很多。病人康宏非常配合地让年轻医生逐个来摸他肿大的肝区。沈鲍鑫伸出手来轻轻地触摸他的右肋下沿，没有触及肝脏，康宏的腹水很明显，腹部已有明显的鼓胀，沈鲍鑫用力探摸，康宏的嘴角细微地抽搐了一下。

沈鲍鑫抱歉地看看康宏，康宏轻轻颔首，示意他可以继续。

刁主任站在32床旁边对医生们说道："这位患者也是我们的同行，是你们的前辈。他是一位有着近四十年经验的脑外科专家，所以他的病情我也没必要作任何隐瞒。他对病程的了解可能比你们当中很多医生都要清楚，他不仅是我们科的病人，更是你们各位的老师。另外，他的女儿也是本院的医生，于情于理我们都应该多给予照顾。苏医生，你是他的管床医生是吧？好！"

大家循序退出病房的时候，沈鲍鑫感觉康宏一直在盯着自己。

沈鲍鑫正在整理查房记录，康雪梅进医生办公室来找苏医生，沈鲍鑫起身让座，康雪梅面带焦虑地说："苏医生，我爸现在肝腹水这么厉害，能不能再想办法开几支白蛋白？"

苏鑫皱着眉头，嘴更歪了："我和药房吵着要了好几次，都说没药，喊他们去调几支也说没货。看来还是只有想老办法了，打这个传呼号码联系，对方还是比较靠谱的，你直接联系他吧，贵就贵点，好在保证有货。报我的名字。"

康雪梅无可奈何地出去了，沈鲍鑫又站起来将她送出办公室。

苏鑫见沈鲍鑫和康雪梅关系较为熟络，也就不遮掩："那是一个药贩子的传呼号码，怎么说呢？本来合法的都整成了非法，他们也害怕，不是熟人介绍再多的钱他们也不敢卖。"

康宏已经是肝癌晚期，没有手术的指征了，目前最主要的治疗就是改善他的生存质量，换句话说就是通过药物让他多活几天，让痛苦尽量少一点。

人体白蛋白是血液制品的一种，俗称"生命制品"，从健康人的血液中提炼加工而成，对肝腹水等危急重病人有较好的效果。这种药物因为一般用于危重病人的抢救，是限价的。先不说公费医疗能不能报销的问题，因为限价，药商觉得利润不够，就喊缺货。但是药贩子手里会有，只不过价格要翻上四五倍。

听苏鑫讲到这些隐秘的交易，沈鲍鑫有点愤愤然，叹口气："这些药贩子真黑。"

苏鑫嘿嘿一笑："用钱能买到就是好事。如果他们没有钱赚，你就是拿着钱也买不到，那才是真的麻烦。我们以前临床上用过很多又便宜又好的药，结果药厂偏偏就不生产了，这……还真是不好给病人解释，是吧？"

"没钱的病人怎么办？"

"没钱的可能就不会到我们这家医院来了。"看沈鲍鑫很疑惑的样子，苏鑫眨眨他的三角眼，给沈鲍鑫讲了讲他自己的故事。苏鑫也是湖东省医学院毕业的，分配到了紧邻云汉市的一个县城。那个医院真是萧条，县城的人小病不去医院，大病扛不住了就到云汉市找大医院了。苏鑫在医院里也就只能做做阑尾炎这类急诊小手术，两口子都是医院的，日子窘迫，苏鑫就在晚上搞个小摊卖烧烤补贴生活，但这不是长远之计。最终他咬牙苦读，通过考研究生来完成"二次投胎"，这次就比较幸运，研究生毕业被分配到了附一院。"虽然都是一块砖，有些是焚尸炉里的砖，有些是艺术家私人砖窑里的砖，你想被摆到哪里？你们这些同学，今天看起来都是一样的，过十年、二十年那差距就大了，真的是你们之间智商的差距？平台，平台！懂吗？"

沈鲍鑫也嘿嘿地笑，这个道理他不仅懂，更是揣摩了很久。

苏鑫又问他："你是哪里的人呢？"

"浦州市。"

"哦，浦州市还是不错，地级市，离周边大城市又还有些距离。当地的浦州中心医院不错，是那个地方技术实力最好的医院，医生收入也不错。哦，32床的康宏就是浦州中心医院的，你们老乡哟。这几天你对他多用用心，多去看几趟，至少可以打听一下浦州中心医院里面的人事情况。"他摇了摇头，"唉，他的时间也没有几天了，已经是失代偿晚期，白蛋白也帮不了多少忙。"

康宏的情况越发不好，沈鲍鑫作为管床的实习医生不断地记录着他的病程，疼痛是康宏经受的最大折磨，《外科学》的老师就曾在课堂上讲过："食道癌病人是饿死的，肝癌病人是痛死的，这两种恶性肿瘤是特别残忍的，病人备受折磨。"

沈鲍鑫没法感受那种生理上的痛苦，可他却感受过亲属的那种心理上的痛苦。康雪梅天天都陪伴在病房里，沈鲍鑫最多间隔一个多小时就会去病房一次，每次去都感觉康雪梅又瘦了。她的肩瘦削得让沈鲍鑫忍不住会有去抱一抱她的冲动，沈鲍鑫很清楚，这并不是自己的男性荷尔蒙在作祟。她是自己的姐姐，在代替自己照顾着病床上的外公，外公的弥留之际如果有自己在身边，会少很多痛苦。

病床上是康雪梅的父亲，沈鲍鑫管床的一个病人。只是这个病人也在经受着外公曾经经受过的痛苦。沈鲍鑫一直认为，如果这个病人当初肯出手相助，是不是外公现在还活着？

32 床上的康宏状况越来越差，他的生命像一条泥鳅在向潮湿黑暗的地方拼命地滑落，身上的各种管子是拼命地想把他拉回地面的线，这线是上帝钓鱼的线，沿着这些线最终落在他身上的是鱼钩，剧烈的疼痛就是钩肉里的那些饵料。医生是上帝的钓手，一深一浅、一快一慢地将他向上提起，提一下痛苦就加深一分，他的挣扎和滑落也就更用力一分。

康雪梅和苏鑫说话的时候声音有些嘶哑，她在恳求，希望尽一切手段能让康宏拖过 10 月 28 日。

苏鑫一边摇头一边说："尽力吧，看老人家的情况恐怕也就是这一两天的事了。你们还是先做好准备，赶快把你妈妈接上来再看一眼，他是随时都有可能走的。"

他转身对沈鲍鑫说："哦，沈同学，你现在就给 32 床的病人下一张病危通知书，家属也在这里，正好把字签了。"

是悲戚，是同情，还是释然。沈鲍鑫这几天来病房都特别早，走得也特别晚，甚至忘了世界上还有一个岑恺璐。

他还特意带上了康宏托二叔送给他的那副听诊器。

康宏已经用上了心电监护仪，可以通过显示屏很清晰地看到他的心率，但沈鲍鑫每次进病房都还是要用听诊器去听听他的心跳和呼吸，用的就是那副橡胶管已经老化龟裂得惨不忍睹的听诊器。

10月27日那天，沈鲍鑫值班，晚上九点多，他被值班老师带着去手术室做了一台阑尾手术，手术很顺利，四十多分钟就结束了，主刀的老师还特意让他练习了几针皮肤缝合。沈鲍鑫的手法很熟练，线结也打得很漂亮，一切都那么完美。

今晚应该也是一个完美的夜晚。

下了手术台回到病房，康宏已经去世了。二线的值班医生进行了常规的抢救，刁主任也专程从家里赶来，可没有人能改变最终的结果。

沈鲍鑫到病房的时候，护士正在拆除康宏身上的导管，他的家属都聚集在病房外。沈鲍鑫听到的是满耳的乡音，没有人号啕大哭，病人的情况大家都是知道的。

死亡是一种奇怪的东西，它能放大感官，惊醒沉寂。停尸房的工人推着车"嘎吱嘎吱"过来了，问过家属，康雪梅的先生和她哥哥拿着寿衣跟进了病房，工人熟练地掀开被子，给逝者换上寿衣。两位男性家属在旁边默默地伫立。工人操作的时候没有将逝者的寿鞋穿稳，在他将康宏挪到推车上的时候，寿鞋滑脱了，落在沈鲍鑫的脚边。沈鲍鑫没有多想，捡起来准备帮忙给他穿上。工人连忙抢了过去，正要发火，看见是一个还穿着手术室洗手服的年轻人。他不知道沈鲍鑫的来路，不能确认他是医生还是实习生，就把正要脱口而出的脏话生生地吞了下去，但还是轻轻瞪了他一眼，无声且严厉地示意沈鲍鑫往后退。工人一边掰着康宏肿胀发亮的脚给他重穿寿鞋，一边念念有词："尘归尘，土归土……"

推车推出病房的时候，康雪梅的哥哥给工人塞了一个红包，工人对他耳语了几句，他轻轻点头。过了几分钟他再次走入病房，给还在望着空病床出神的沈鲍鑫塞了一个红包，给沈鲍鑫的左手手腕系上了一根红布条："谢谢你，师傅说了，要用这种办法断了和他的缘，这是风俗。"

故人湮灭于烟雨尘埃中，一去不再来。

一周之后，护士站的人喊沈鲍鑫接电话，是康雪梅打来找他的，问他晚上有没有时间，请他到儿科病房去一趟。

康雪梅刚刚办完父亲的葬礼回来。她把张主任的办公室门打开了，喊沈鲍鑫到里面坐，这里比外面的办公室要安静和隐秘得多。

康雪梅说，病房里面的事她已经听她哥哥讲过了。

康雪梅又说："你在这里实习的时候，我只知道我们都是毕业于同一个中学的，我一直喊你小老乡，没想到你和我家老头子以前还认识。"

"嗯，我二叔也是浦州中心医院的……"

康雪梅点点头："老头子认出你来了，他说还送了一个听诊器给你？"

沈鲍鑫有些吃惊。他每天都要去康宏的病床前转几次，看看病情，和康雪梅打声招呼，可他并没和康宏单独交流过。沈鲍鑫还以为康宏从未认出自己。

沈鲍鑫心里有疑惑，入院没多久康宏就一直在疼痛和昏迷中挣扎，他怎么会向女儿说起自己来呢？更大的疑惑是，他会说些什么呢？

沈鲍鑫把白大褂兜里的听诊器拿了出来，递给康雪梅："就是这个。"

康雪梅接过，轻轻抚摸着软胶管上的龟裂纹，红了眼眶，哽咽了声音："这个他也用了好多年了。"

沈鲍鑫不想她太伤心，而且他心里也有一个疑问待解："师姐，那次你给苏医生说无论想什么办法都要让康……康主任过了10月28日，是怎么回事呢？"

过了一周的时间，沈鲍鑫感觉到她已经像是换了一个人。一周前是丧父的柔弱女儿，现在的康雪梅已恢复了以前那种在科室当住院总医师的干练神情，几乎看不到几天前的那种憔悴了。刚刚那一瞬，就像是短暂的时光倒流，沈鲍鑫再次有了搂住她瘦削肩膀的冲动。康雪梅用擦拭眼角的动作恢复了时空固有的顺序："这是老头子的心愿，28日是他和我妈的结婚纪念日，今年是四十周年的红宝石婚。几年前，他用退休前的最后一笔工资给我妈妈买了一条镶有红宝石的项链，说要等到四十周年那一天送。这一直是他的心愿。他自己很清楚，其实早走一天他就少受一天罪，但他偏偏要熬着等那一天。"康雪梅眼睛仍然有些微红，"结果这个怪老头儿还是斗不过命，到了最后时刻还不想走……"

沈鲍鑫试着安慰师姐，但说出来的话自己都觉得太小孩子气，可他想不出还有什么更合适的话："康主任很勇敢，那么痛苦都在坚持。"

"老头子把你认出来了。要说勇敢还是你最勇敢，敢骂他，而且还含沙射影地骂过两次，是不是？"康雪梅突然逼问他，她的脸上既没笑意也无怒意。

沈鲍鑫不知道应该怎么回答，只能低下头。康雪梅把听诊器还到他手里："第一次见面他就认出你来了，那段时间他还清醒，又知道了你是我带过的学生，就把你们以前的那些事讲给我听。"

康雪梅说："老头子很欣赏你，他说当年把这副听诊器送给你，觉得是个缘分。他办退休宴，你办升学宴，在同一个地方……这次他到我们医院来，没想到你就已经快要毕业成为真正的医生了，还是他的管床医生，他更高兴。他还说自己越老越没有勇气，希望有机会能向你道个歉。"

"道歉"二字让沈鲍鑫惶惶不安，从何说起呢？他有点后悔没有和老人聊过一句话。这是一个老者，不管过去发生过什么，他曾经送自己一副听诊器，如果再多想一想，还有一点传衣钵的味道。

"老头子说，你外公的脑部肿瘤是一种良性肿瘤，凭中心医院当时的条件和他的技术，手术成功的概率在百分之八十以上。如果是到北京去做，用伽马刀的话成功的概率还要高一点，百分之九十以上吧。但是，在给家属讲了病情和手术风险后，家属的态度让老头子犹豫了，又是熟人介绍过来的，老头子就更不敢做这台手术了。唉，老头子见到你后就给我说，一定要代表他向你们家道个歉。"

"我妈妈？她……"

"是你舅舅，他要求手术必须成功，而且不能留后遗症，说是手术后如果生活不能自理就要医院和医生负责。医生又不是神仙，谁敢打这个包票？你的舅舅还说，如果你的外公死在了手术台上，他就要医生以命偿命，谁还敢做这样的手术呀？所以老头子就只能让你们把病人拉回家去。结果你这个小朋友凶得像要咬人一样，骂他是想收红包……他满六十办寿宴，你好像是考上了大学也在那里办酒席。老头子根本就没想到考上大学的是曾经的那条'小狗'，看在你二叔的面上勉励你几句，结果你又含沙射影骂了他，让老头子郁闷了好几天。

"后来他也想通了，医生挨骂受气是常有的事，但他回忆起你外公的情况，觉得实在是对不起这个病人。如果当时他能多一点勇气，这个手术就做了，你也不会失去亲人了。"

想到外公无助地离开医院、离开浦州市，沈鲍鑫的眼泪不受控制地滚落下来。

"沈鲍鑫，这是我爸爸在清醒的时候托付我的，他说让我一定向你道个歉，给你外公道个歉，这也是我今天请你过来的目的。"

康雪梅继续说道："老头子也到那边去了，就让他自己去给你的外公道歉吧。最后那几天，我看到你都是在用这个旧听诊器给我爸做检查，你应该早就原谅他了吧？"

康雪梅拿出一包纸巾，抽出两张给沈鲍鑫，她自己也抽出一张拭了拭眼角："我刚刚穿上白大褂的时候，老头子就对我说，医生不能有救世主的心，不要觉得自己是万能的，任何时候都要学会保护自己，哪怕别人嘲笑你是庸医，也千万别去逞强。"

康雪梅擦干泪痕，她的脸上又浮现出温暖的微笑："这段时间我父亲和我交流了很多，他说自己以前可能错了，也教我教错了。'害怕'是一个医者这一辈子给自己贴得最多的标签，每见证一次病人死亡，每经历一次医患纠纷，这个标签就会多贴一张，把心裹得紧紧的，最后就把医者最应有的仁心裹死了。

"医生的心里都住着勇敢和怯懦两匹狼，它们在不停地争斗，哪匹狼更强，就看你平常喂的是哪一匹——这可能是我爸这辈子说得最有哲理的一句话了，他突然说出这句话时还吓了我一跳，我还以为是他回光返照了。

"只有用尽毕生的勇气才能撕掉它。"她似乎是在自言自语。

康雪梅从旁边桌子上拿过一个盒子，里面装着一副听诊器。"你考上医学院的时候老头子送给你一份礼物。你马上要成为真正的医生了，我这个师姐也送你一份礼物。既是祝福也是感谢，祝你实现理想。感谢嘛，谢谢你照顾他，送他最后一程。"她又补充一句，"这个是医药代表送给我的，不值几个钱。"

岑恺璐看到这个新的听诊器时喜欢极了："大猴子，把这个送给我嘛，好不好？"岑恺璐知道沈鲍鑫的绰号叫"猩猩"后笑了很久，但她觉得自己喊不出口，"大猴子"是她给沈鲍鑫特有的称呼。

"你不是不想当医生吗？你拿着不太浪费了？"

"我还要当半年的实习医生嘛，用这个好高级哟。"她把听诊器横挂在脖颈上，背着手，身子扭了又扭。

沈鲍鑫知道这个听诊器已经要不回来了，就逗她："你也要送我一样礼物才公平哟。"

岑恺璐闭上眼睛假装思考："那个康医生说的四十年是什么婚呢？红宝石还是蓝宝石？好贵哟，我可买不起。"

"哎呀，这些哪是让女孩子买的呢，都是老公买给老婆的……"沈鲍鑫见她认真思考又有些犯难的表情，以为岑恺璐真的是在盘算要买宝石，这个误会可就太大了，赶紧断了她的念头。

"你要记住哟，说话要算话哟，你要给我买红宝石！哈哈哈，不过我不想等四十年，我怕时间长了你会变心，我最多等你二十年，必须给我买红宝石！"木头小姐心里的鬼点子多着呢。

与沈鲍鑫的忙碌相比，岑恺璐的实习相对轻松，她已经轮转到了神经内科。

神经内科本来也是一个繁忙的科室，但她管床的几个病人都得了脑中风，并且都是度过了急性期的。分派在她名下的七张病床有六个病人是挂着床位进行康复治疗的，每天早晨，家属将病人送到康复科去进行器械治疗，做完治疗再回病房打吊瓶，输液结束后又被家属接回家去。

只有一个叫谢国芬的病人是长期住在病房里的，护士长每次巡视到这个房间都要埋怨病人几句："你恐怕还是要喊一个家属来照顾才行哟。"谢国芬住在7床，五十多岁，脑溢血导致偏瘫，没有家属的陪床，也没请护工。她恢复得并不好，因为没有家属每天推着她去康复理疗科做治疗。神经内科的护士和护工都忙得脚后跟贴后脑勺的，没办法给予她更多的照顾。她就只能成天躺在病床上，病人的这种情况虽然会影响她的功能恢复，但不会有什么生命危险。岑恺璐作为实习医生，就是想帮忙也帮不上。

然而，偏偏最不可能出问题的病人出了大问题，谢国芬成了岑恺璐见证的第一个死亡的病人。

病人是夜间去世的，值班护士在凌晨查房时才发现。

岑恺璐早上来上班时发现科室里的人情绪都不太好，护士长更是脾气火暴，见一个护士就骂一个，看见岑恺璐这个管床的实习医生，也是心有余愤，送给她两颗白眼仁儿。

岑恺璐自然也受了不少的刺激和委屈，她是第一次写死亡记录，笔落在纸面上都是颤抖着的。

上午科室内进行了死亡病例讨论。中午，岑恺璐给沈鲍鑫打来传呼，说自己心里很难受，晚上她要回家，想让沈鲍鑫到家里来陪陪自己。沈鲍鑫也一直在找机会到她家去，他虽然有些胆怯，却又十分想见到岑副局长。

沈鲍鑫一下班就跑到家属区去转悠，他在岑恺璐家的单元楼道里转着圈地等。今天岑竹衫下班回家也比较早，沈鲍鑫很远就看到岑竹衫的身影了，他悄悄地躲开，直到岑恺璐回来，才和她一起进了家门。

中午的时候，岑恺璐就已经给父亲打过电话说要回家。岑竹衫也就顺理成章地推了很多工作应酬，回家准备饭菜。他的准备也很简单，就是路过医院职工食堂的时候，在小灶上点几个女儿喜欢的菜，让他们在约定的时间送到家里来。

岑竹衫看到女儿和沈鲍鑫一起进家门，有些诧异，想想也觉得正常，只是心里还是有一点酸酸的感觉。这几个月，这个小伙子比自己还沉得住气，既没来家里找过自己，也没有让璐璐对自己旁敲侧击。岑恺璐这几个月也很少回家，岑竹衫还一直以为是女儿的实习比较忙。现在看来，女儿就算不忙的时候也不会急着回这个家了。岑竹衫的目光往墙上的照片投去，停留了片刻，轻轻叹了一口气。

岑恺璐是第一次遇到管床病人死亡的事，情绪非常低落，现在都还没缓过气来，饭也没吃几口。情绪是会传染的，三个人都是默默地吃饭。

厨房没有动火，根本就不需要收拾，只需将餐桌抹一抹就可以了。看岑恺璐在擦桌子，沈鲍鑫坐不住了，拿起了扫帚。他还没行动起来，岑竹衫挥挥手，让他们两个都坐下。

岑竹衫问女儿："你今天怎么想起要回家了？还给我打电话，有什么事要给我说吗？"

岑恺璐撒娇道："就是想你了呗，不可以吗？"

"哦？又在说假话了吧，我看你今天回家以后都是闷闷不乐的，是不是吵架了？"他挑眉看了一眼沈鲍鑫，沈鲍鑫立刻手足无措地低下了头，回避着他的目光。

岑恺璐可不想沈鲍鑫被冤枉："他才不敢咧，是在科室遇到事情了。我管的一个病人死了。"

"哦？唉，当医生哪有不遇到死人的？只不过你们还年轻，虽然穿的是白大褂，但是第一次接触到还是有个心理适应过程，这很正常。我当兵的时候，听到当地天葬的风俗，尽管我已经是医生了，只是听老兵们讲起，我就觉得接受不了，甚至是害怕，途经天葬台，能绕着走我就一定绕着走。后来听得多了，在那种离天空很近的高原环境里生活了一段时间，我再看那些鸟，不由自主地就有一种神圣的感觉，感觉它们真的是在带着那些灵魂在翱翔。

"我就觉得，那些能看破生死的人是值得尊重的，他们领悟了生命的真谛。人来这个世间，应该有比生和死更重要的，比如亲人、财富、名誉、痛苦、信仰……这些无所谓好和坏、高尚与卑劣。如果这些都没有，那就只是为了活着而活着，用什么话来形容更恰当呢？对，熬日子，把日子一天天地熬下去，熬到最后，还不是一样的结局？这样的生命才是毫无意义。

"医生，应是无神论者，但更该是宿命论者。生死有命，富贵在天。生是每个人都无法选择的开端，死也是每个人都避免不了的结局。医生，只是这个过程中的帮助者和陪伴者。医生只要尽力了，然后告诉自己，能治的是病，不能治的是命。"

沈鲍鑫没想明白岑竹衫的话，"能治的是病，不能治的是命"，那医生的意义是什么？陪伴者？这个角色沈鲍鑫还是第一次听到，他心里暗暗叹了一口气，岑竹衫是话中有话呀，他还是不认同我当医生的想法呀。

岑恺璐的脑子也转不过弯来，她并没理解到父亲话语中的安慰，说："可是，我觉得这个病人的这种死法……我就是接受不了……我们医生什么办法都没有，连她死的时候任何求救的声音都听不到，我们都不知道她究竟有没有发出声音来——她是在病床上吃东西噎死的。"

岑竹衫和沈鲍鑫都吃了一惊，沈鲍鑫心里想的是这个科室肯定摊上了大麻烦。

昨晚7床的病人谢国芬死了,是被嗓子眼里的一小团食物噎死的,用法医学的术语就是因异物阻塞气道导致窒息死亡。这团异物可能是半粒元宵,因为床旁的小桌子上有一个一次性饭盒,里面还剩有一些元宵。

没有监控,也没有旁观者。那个病房有三张床位,但当晚只有7床病人谢国芬一个人住在病房里。

岑竹衫安慰女儿:"意外就是谁都想不到的事。既然是意外,就说不上是谁的责任,就不用一直去想这个事了。"

他又看看沈鲍鑫:"当医生会遇到很多奇奇怪怪的事,我们能做的也就是按部就班做的那些事情。可能并不会像你们这些年轻人想象的那样,会遇到惊天动地的事,会有拯救人类的大事。这就是理想与现实之间的距离。你们在这个实习期里也应该有所感受了吧?"

尸体上午就被拉走了。下午,7床又住进了新的病人。病房里真实的7床和病历夹里虚幻的7床现在都对应着一个新的名字,只有岑恺璐面前尚未完成的死亡记录上的"7床"和谢国芬还存在着联系。死亡记录上只写了"脑卒中后造成软腭和咽部肌肉麻痹,进食时食物误入气道造成窒息死亡"。至于谢国芬是自行进食还是有人喂食?食物从何而来?这个不是医生需要记录的。

陪着岑恺璐回科室加班的沈鲍鑫也觉得奇怪:"她怎么会在半夜里吃元宵呢?元宵又是从哪里来的呢?病人行动不便应该不可能自己去医院外面买吧?她进食并出现意外是在半夜,这个病房就她一个病人,连陪护都没有,怎么会吃夜宵呢?"

这个世界上有很多的事都是经不起推敲和拷问的。凌晨两点的时候,夜班和深夜班的护士值班交接、巡查病房的时候,一切都还正常。有一个半夜起床在走廊转悠的病人回忆说,好像7床的家属来过病房,大概是在凌晨三点多的时候。夜班护士当时去另一个病房给病人取输液瓶，护士站没人，而且这个时候几乎不会有人来病房探视，在走廊捂着肚子打转的病人也感到有些奇怪，所以下意识地看了看护士站的挂钟。

谢国芬的死亡手续是她的儿子吴逸来办的。

最终，根据警方的深入调查，终于拼凑还原出一个完整的故事。这个故事是一个星期以后才在科室里传开的，也从岑恺璐的嘴里传到了沈鲍鑫的耳朵里。

吴逸快三十岁了，是一个事业单位的小职员，钱挣得不多但生活也过得去，他还在准备婚事。然而，母亲突发脑溢血把他的生活都搅乱了。母亲在医院治疗了三个多月，经济上还能承受得起，可单位的工作让他分身乏术。哪怕成天无所事事地喝茶看报，可人必须在办公桌前坐着，领导要的不是工作结果，而是工作态度。至于婚事，他哪有精力再操持，往后面延一延吧。

谢国芬因自己得病而懊恼，她心疼儿子。进入康复期后，她就坚决不请陪护。对她而言，住在医院比住在家里要好得多。就餐的问题越简便越好，她经常请别人帮忙在医院食堂买几个馒头，自己凑合着用一只手拿着慢慢进食。岑恺璐有几次看见了还跟她说，让她尽量吃软食，嚼碎一点，让她吃东西的时候多喝点水，以免噎着，谢国芬都是笑嘻嘻地点头答应。

虽说久病床前无孝子，但吴逸对母亲并没有多少怨言，他只埋怨自己没有兄弟姐妹可以帮忙分担一下。那天他在单位加班写材料，直至凌晨才回家，路过小摊看到有卖元宵的，想到妈妈最喜欢吃元宵，自己也有好几天没去医院了，就买了一碗，准备带给母亲当作第二天的早餐。

吴逸刚进病房谢国芬就醒了，她见儿子来了，高兴地聊了几句。因为第二天单位有事，吴逸没有多停留，匆匆忙忙地离开了。

死亡附身在这一碗包裹着孝心的元宵里，收去了 7 床的一切，甚至连呼救的声音都没有留下。

吴逸从警方那里得知母亲是因为吃了他送过去的元宵被噎死的后，悔恨交加，默默地把丧事办了。

这是沈鲍鑫听到的故事。

但这个故事并没有剧终——有人找到吴逸，帮他鸣不平，说这是医疗事故，是医院看护不当导致了病人死亡，不能让他的母亲就这样冤死。这个朋友主动提出要帮他去向医院讨个公道。

吴逸一直认为自己对母亲的死亡应该承担最大的责任，这种自责让他夜夜失眠。经过朋友的提醒，他心里突然就释然了，也对医院充满了憎恨。朋友向吴逸要了两万元的烟酒钱，帮着组织了二十多个人，还约定得到赔偿后拿出百分之五十作为他和这群兄弟的酬劳。

没想到情况还是失控了。这是吴逸的朋友第一次"单飞"做业务，请来的这一批"医闹"并非专业队伍，没掌握好节奏。他们不仅堵了医院的大门，造成了半天的停诊，而且打伤了医生和保安。最终的结果就是吴逸被治安拘留了七天。

因为这七天的治安拘留，吴逸被单位辞退了。

离毕业越来越近了，双选会也在学校召开了两次。沈鲍鑫咬了咬牙没有去，他安慰自己，来得早的，都是条件不太好的医院，要人心切才会赶早场。沈鲍鑫去看过参会单位的名单，这两次双选会，省城云汉市的医院都没参加，浦州中心医院也没来，来的都是一些县城的医院。

沈鲍鑫对岑副局长能不能出手相助心里是没底的。他觉得不能把希望都放在岑竹衫的身上，还是应该有其他准备。如果下一场双选会有云汉市的医院参会，还是应该去递一份简历。可云汉市这么多医院，也要分个三六九等，别挑个名字看上去响当当，进去后才发现穷得叮当响的医院。沈鲍鑫想到了苏鑫，他是师长更似兄长，可以向他讨教一点经验。

苏医生是个人精，这是沈鲍鑫对他的评价。沈鲍鑫甚至悄悄地勉励自己，苏医生就是自己学习的榜样。

苏鑫的技术不用说，江湖人称"苏飞刀"，也就是说他手术做得快。手术室的麻醉医师和护士们都喜欢这种利索的医生，大家都能准时下班和吃饭。

病人也喜欢有这种口碑的医生，快就代表有信心，有信心就是有实力。

苏鑫很喜欢沈鲍鑫，不仅因为他们两个的名字组成了"多金组合"，而且他觉得沈鲍鑫很会来事儿，做事也利索。有一天他趁医生办公室只有他们两个人的时候突然问沈鲍鑫："单位找好没有？"

"还没有，家里帮我联系了一家，我还想再看看有没有机会留到云汉市。"沈鲍鑫看看四周没有其他人，就将自己想留在附院或者云汉市其他三甲医院的想法给苏鑫讲了，"苏老师，你帮忙指点一下？"

"你想留在大医院？"苏鑫拍拍他的肩，"当年我就没有明白过来，总觉得最好是回老家，县城里亲戚朋友多，结果后悔惨了。什么都多，就是病人少和收入少。咬着牙考了研究生出来，结果还是找了很多的关系才留在了附一院。"

"你读了研究生，进附一院还要费劲？"沈鲍鑫问。

"那你觉得呢？"苏鑫反问他，"你知道我当年为什么拼死拼活要离开县医院？我当时在县医院，医院里有些医生去省里的大医院进修，一年结束了都舍不得回去，还要想办法搞第二年第三年的进修。我就觉得奇怪了。我当时不懂呀，去进修医院只发基本生活费，又这么大的花销，老婆娃儿照顾不了，这些人有病呀？后来我才搞懂，他们是来挣钱的，进修这一年的各种收入，比在县里医院辛辛苦苦干三年还要多。"

沈鲍鑫还面临收入压力，也就没考虑过这方面的问题。沈鲍鑫以为苏鑫说的大医院病人多，医生收入也高，这应该是合理的事情，但听苏鑫说到"各种收入"，一想到医药代表络绎不绝地来找苏鑫，就恍然大悟，不过沈鲍鑫还是装作不懂的样子。

沈鲍鑫相信这个闭着眼睛都能看见的事实，但他只是有些不相信苏鑫所说的这个数字，不由得脱口而出："一年挣三年的钱？"

苏鑫将身子往后仰靠在椅子上："还有那种白蛋白，说起来供应很紧张，而且走的不是医院药房的渠道。病人去买了，是我介绍的，他们自然也要给我介绍费，不给？又不是真的只有一家在卖，以后谁还会介绍到他那里？他要给，我能不收吗？我能去退给病人吗？我都不知道这算不算不义之财。唉……"

沈鲍鑫默默无语，他心里并没有鄙视苏鑫。即便今天苏医生没有讲这么透彻，这几个月里，他眼睛里哪能没有透一些影子进来呢？

"苏老师，为什么你要告诉我这些呢？"这些内容早就超过了老师的带教范围，就算是一般的朋友，也是不会聊到这些问题的。沈鲍鑫不理解苏医生为什么会给他讲这些，他心里有些发慌。

"呵呵，小兄弟，你真的是扮猪吃老虎，名堂多得很哟。你还向我打听省城医院的情况，你不知道还有大人物在打听你的情况吗？老实坦白，你后面有没有啥子大人物？"苏鑫故作严肃，但三角眼却让他的脸呈现不出严肃的效果，反而感觉是在嬉笑。

沈鲍鑫心里咯噔一下，不知道苏鑫的话是真是假。既然苏医生说自己是扮猪吃老虎，那就继续扮猪吧，他装成谎言被当场揭破的模样，不好意思地对苏鑫说："我二叔是浦州中心医院的副院长，我不想回去，就是怕别人说我是关系户才进去的。"

"你个小狗东西，"苏鑫在沈鲍鑫背上狠狠拍了一巴掌，"我就说你这狗日的水深得很，还想和我绕……不过你这个二叔也真不简单，关系通了天了。你呀，就莫再去动脑筋了，你二叔肯定在帮你办大事。我就给你明说吧，你刚进科没几天，院办和人事处的就向我询问你在科室的实习情况，我隐约听说好像是省卫生厅那边有什么人物在打听你的情况。我就在想，你小子绝对是有背景的，说不定毕业没几年就噌噌地成为管我们这些小医生的领导了。那时我要巴结你就巴结不上了，现在就勾搭成兄弟不更好吗？"

附一院的院办和人事处？沈鲍鑫心里一热，难道是岑恺璐的干爹已经在开始帮自己的忙了？他的心在狂跳，但他故意继续装作什么都不知道的样子。

沈鲍鑫说："苏老师就别开我的玩笑了吧，我二叔有那个本事，他不自己蹦出来了？"

苏鑫用手指在他额头前虚点几下："你还在装！"

"我哪里敢在苏老师面前装？如果以后真的有机会留下来，还要靠苏老师您随时指点指点。您什么时候开始招研究生？我来考您的研究生，多照顾一下！"他抱拳道。

苏鑫摇了摇头："我照顾你？这个话就不要乱说了，如果你瞧得起我这个大哥，说不定以后就给我的碗里多刨两口饭吃，谢谢你照顾照顾我。"

见沈鲍鑫不解的眼神，苏鑫长叹一口气："人各有志，你这个小兄弟想当医生，而我可能过个半年或一年就不再当医生了……"他挺直背、头上扬，轻咳一声，"每个人都有自己的追求，我是一个俗人，想多挣点钱。从我穿上白大褂的第一天，我就知道我成不了真正的医生。有段时间我摆摊卖烧烤，每收一笔钱，哪怕只有一两块钱，我都会高兴一阵子，这就是你说的成就感吧。当医生不一样，最初我以为是县医院平台小了，限制了我，结果到了这里，最好的平台，我反而找不到那种成就感了。说句实话，处处都是挫败感。不是说这个医院不好，手术成功了我也会激动，但是，病人死了，我会觉得心里蒙了一层猪油。再上手术台，无影灯一照，就像是太阳在烤，那层猪油膜就会紧缩，我会呼吸困难，两眼发黑……"

沈鲍鑫想了想，苏医生站上手术台时总会静默半分钟，深呼吸两次。他一直以为这是苏医生的习惯，每个医生都有自己的习惯，有些很平常，有些像怪癖，麻醉医生和护士也都习以为常。

苏鑫继续说："你以后如果真能留在附一院，肯定是好事，留下来就要当一个好医生。什么是好医生？不是技术好，而是识时务，千万别特立独行！你呀，别仗着自己有后台去和其他人较劲，也更别和自己较劲，不要像我这样。我真不怕你们笑话我爱钱，大家谁不是在挣钱吃饭？也千万别装清高，人是一样的人。但是大哥还是有一句话要讲，一定要有底线，这个我是问心无愧的。昧良心的黑钱不能去挣，别开口索取，别因为钱多钱少违背医疗原则，别给病人造成伤害，这就是一定要守住的底线。我不想干这一行了，就是害怕自己哪一天守不住这条底线了。"

苏鑫又搂住沈鲍鑫的肩膀："现在大家都在搞经济，有本事就搞快一点、搞多一点，各行各业都在想尽办法赚钱，换句话说就是不择手段，什么叫不择手段？就是我刚才说的，突破了规则和底线。你也是一个医生，到那时你就会明白，医生和所有人一样，一样要买房子、要养孩子、要给老人送终，条条蛇都咬人……沈同学，如果你到了我们这样的大医院，利益的诱惑就会更多，你想拒绝都拒绝不了。哦，你不是很想了解我们这些大医院吗？你想知道我们医院，甚至是医疗圈里最大的潜规则是什么吗？"

沈鲍鑫连连点头。

苏鑫那诡异的三角眼又是眯缝着一笑："绝大部分的医生都是很讲医德的，你有的同情心、悲悯心，他们都有。不管如何抹黑医生，'医者父母心'一直都是医疗圈里最大的潜规则，这一点从来没有变过。"

苏鑫顺手抓过桌边的一份《湖东商报》："医生挣钱天经地义，要养家，也要享受生活。但可怕的就是这些媒体，它们将医护人员吹上天——白衣天使，什么是天使？天使是不食人间烟火的。如果放了一个屁，吃了一颗米，你这个天使就马上变成了狗屎，它们将你捧得多高就会把你踩得多狠。根本就不懂医生的人，来对我们学了八年医学的人评头论足，连起码的常识都没有，看着就闹心。"

俩人正说得热火朝天，有病人进了医生办公室，他们只得打住，假装刚刚什么都没有说过。

第二天查房，病房外有人探头往里看，苏鑫向那人挥挥手，然后给沈鲍鑫说，先带他到检查室去等一下，他马上就查完房了。

　　病人龇牙咧嘴的，蹒跚着跟随沈鲍鑫走进了检查室，没有穿裤子，下身就围着一张床单。就是一个前后脚的时间，苏鑫也查完房赶了过来，他把病人身上裹着的床单撩开，惊得愣了好几秒钟。病人的阴茎肿胀发黑，阴囊也发红肿胀得发亮，肉眼可见有少许暗红液体的水疱。随着床单的撩开，整个房间里顿时就弥漫着一种恶臭。

　　苏医生表情有些凝重："杨国晖，你这是怎么搞出来的？怎么不早点去泌尿科看看呢？"

　　杨国晖觍着脸说，他就是去了泌尿科做了手术才整成这样的："手术做了几天了，然后越来越痛、越来越肿，医生说这是正常反应，让我继续治疗，还用了什么等离子微波仪器哟。最后我钱都花了五万多了，还是痛，后来才想起你在这所医院。昨天找你的电话好难找哟，我打了好几个高中同学的电话，问来问去，最后才找到你的。你帮忙看一看嘛，你看了千万莫给同学们说哟，我都没给他们说找你是为啥事。"

　　"你在哪个泌尿科做的？不会是我们医院吧？"

　　"爵士专科医院。电视里说，那个医院的泌尿科专家是全国最牛的。"

　　苏鑫眉头紧锁，明显有话想说，但他做了一个明显的吞咽动作，什么话都没说。爵士医院，沈鲍鑫是听说过的，这家医院在业内臭名昭著，坑蒙拐骗无所不用其极。他们利用电视台打了很多广告，吸引了很多人去看病，而这些人绝大多数是没有病的。

　　爵士医院名为医院，但只设立了四个科室，皮肤科、性病科、妇科和男性泌尿科。沈鲍鑫看过电视上的广告，最近确实是有什么全国最权威的男性泌尿科专家莅临爵士医院，开展为期一个月的免费义诊。

　　苏鑫问："你是去做'阴茎延长术'？"杨国晖点点头，有些难为情。

　　苏鑫叹了一口气："你去做那个手术做什么？高中上生理卫生

课你只去翻女同学那一章去啦？你做决定前还是动一动脑壳嘛！你呀……"

沈鲍鑫知道苏鑫叹气的原因，爵士医院最近一段时间天天在报纸和电视上宣传阴茎延长术，搞得这个名词家喻户晓。阴茎延长术说起来其实很简单，就是切断阴茎上的浅悬韧带和深悬韧带，使埋藏在体内的那段阴茎海绵体分离出来，这样一来阴茎体外可视的部分就能延长三至五厘米。这种手术本身有很严格的手术指征，但电视上宣传手术后能改善夫妻生活质量，还真吸引了一大批人去做。可是绝大多数人去做了手术之后，不仅没有达到预期的效果，反而极大地损害了夫妻生活质量。

苏鑫又重重地叹了一口气，摇头说："你这个已经感染了，我们外科是可以收治，但我觉得你还是直接到泌尿科去办住院更好，而且越快越好。你这个情况可能需要清除一些坏死的组织，先控制感染，后期能怎么样我也不好说。我带你去泌尿外科找人看看吧，这个他们更专业。"

杨国晖见老同学这样说了，也知道严重性，默默地点点头，慢慢围上床单，无可奈何地长叹了一口气，跟着苏鑫蹒跚着向泌尿科走去。苏鑫对沈鲍鑫悄声说："把检查室的门锁好，不要让其他病人再进这个检查室了。赶快通知护士长来进行彻底消毒，有可能是气性坏疽。"

过了没几天，苏鑫请假回了一趟老家。他的高中同学杨国晖去世了。

他只去了一天就回来了，在科室里仍然是谈笑风生地和护士们插科打诨。

苏鑫带着沈鲍鑫上手术，两个人一起刷手，苏鑫一反常态地没有和他说笑，专心致志地用刷子刷着指甲缝。

沈鲍鑫还是忍不住自己的好奇心，问苏鑫杨国晖的情况。

"哦，败血症。"

沈鲍鑫停下了刷手的动作。

"这个算是医疗事故吧？他的家属有没有去找爵士医院？"

苏鑫摇头。

沈鲍鑫心里有点犹豫，脑子里转了几个弯，最后还是说出口了："苏老师，我觉得你应该和家属说，应该索赔，追究责任。"

苏鑫再次停下了刷手的动作："杨国晖临死的时候都不愿意和家人说他做了什么手术，虽然最后也不可能瞒得住家属，但是你想想，家属会不会把这个事满城张扬？人都死了，还是要留一点最后的脸面。"

"那也不能让这种医院继续害人吧？"沈鲍鑫说。

"哧，"苏鑫冷笑了一声，三角眼在口罩上方斜斜地看向沈鲍鑫，"这些地方也配称'医院'？同学，你要记住，这一辈子哪怕走投无路了，也不要去这些所谓的医院端饭碗。挣昧良心的钱！丢祖宗先人的脸！丧儿女子孙的德！"他的声音一句比一句高，两位过路的医生侧目而视，手术室的巡回护士也跑过来提醒他："苏医生，小声点嘛，你们刁主任在2号手术室哟。"

苏鑫没理她，将刷子往水池中一扔，做了一个长长的深呼吸，然后继续洗手。沈鲍鑫看见他的眼角溢出了一些泪花。

第四章 暗潮涌动

> 潮起潮落都是一瞬间，人浪退去，他
> 们就势抱在了一起。

————————————

天冷了，沈鲍鑫和家里通了几次电话。鲍芳也有点着急，催问儿子工作的事情究竟有没有进展，要不还是让他二叔帮着继续活动着？

家里的经济状况并不乐观，沈鲍鑫很怕花冤枉钱。尽管鲍芳不说，但沈鲍鑫还是知道她们工厂已经停了一半的生产线。能继续保持目前这个状况就是阿弥陀佛了，这个厂要想再红火起来，是基本不可能的了。沈鲍鑫现在心里想的是这半年赶快熬过去，自己一开始工作，妈妈的担子就能轻松了。

岑恺璐也帮着他着急起来，回家找父亲，岑竹衫和女儿打了一阵"迷踪拳"后，只能给女儿透了点风："女生外向，这怎么得了哟！我只接触一些药厂和医药公司，哪里管得到医院嘛？要不给小沈找一家药厂作为接收单位？"

岑恺璐知道父亲是在故意逗自己，继续撒娇，终于逼出了实话。"越是大医院工作越忙，我怕他以后忙起来管不了你，你就天天跑回家来骗吃骗喝，我才不愿意帮他养懒媳妇儿。放心吧，你干爹在帮忙了，他说话比我叩一百个头都管用……不过你们两个都要有心理准备哟，既然选了这份工作，今后自己家里乱得一塌糊涂的时候，你不要怪爸爸啊。"

岑恺璐按捺不住，一见到沈鲍鑫就小跑几步，似乎是扑向前去，把这个消息告诉了他。沈鲍鑫心里一阵激动，也顾不得校园里来来往往的人流，给了岑恺璐一个紧紧的拥抱，抱着她转了半个圈。

但是岑恺璐还是隐瞒了一些信息。岑竹衫告诉女儿，虽然是留在附一院，但并不会让他进临床科室，而是到科研中心。当然，进科研中心以沈鲍鑫的本科学历并不合适，但后面都有安排，医院会让他去读定向研究生。"你们前面会辛苦几年，但后半辈子就会轻松得多。如果进临床，你们这一辈子都会很辛苦。你现在先不要给他说这些，毕业报到之后，那时他也应该会想明白。可能小沈还会有经济方面的顾虑，这个就看你怎么去做了，要支持他，一个家是你们两个人的，你一定要顾及他的面子。"

"这个事情很敏感，不到拿到派遣证的那一刻，随时都有可能出问题，所以要绝对保密！不要向任何人说！不是我死缠着爸爸，他都还会保密着咧，就怕走漏了消息鸡飞蛋打。"这些话是岑竹衫要求女儿必须转告沈鲍鑫的。

沈鲍鑫给妈妈打电话的时候就差点泄密，但想到以鲍芳的性格可能会在老家大摆筵席，他决定还是忍一忍，小不忍则乱大谋。"工作的事情您就不用操心了，岑叔叔已经答应帮忙了。对，他答应了就没问题了，具体的我也不知道，哪个医院也不知道，等毕业的时候拿到派遣证才知道的。行了行了，我知道，您千万别到处去说啊，等得到正式通知后我会第一时间告诉您。行啦行啦，说出去我的工作是靠女朋友家，这也有些丢脸不是？好啦，我挂电话啦！"

沈鲍鑫告别了普外科，转到消化内科，进入了他的下一站实习。在"多金组合"解散的时候，沈鲍鑫很想将自己留下来的消息告诉苏鑫。他想过"出科"时拍拍苏鑫的肩膀，很亲热地说："我们今后真的就是同事了哟。"但他忍了又忍，忍得自己咧着嘴、眯着眼，憋回了眼角的泪水。

沈鲍鑫在消化内科的带教老师叫文津。文医生是一位中年妇女，琐碎、鸡婆、态度傲慢，做事情马马虎虎，带教更是马马虎虎。这是上一轮实习的同学留给沈鲍鑫的"遗言"。只不过现在沈鲍鑫心里有了希望，感觉这个世界都是明媚的，对文医生的态度也充满了善意的理解——今后说不定就是同事了，会经常见面的，我一定要比她干得好。

文医生带着他熟悉病房，23 床、24 床是一个双人病房，只有 23 床安排了病人，24 床空着。看着走廊上住满了的加床病人，沈鲍鑫自然就明白这肯定又是一个关系户，不过这种关系户交给文医生负责，谁这么不长眼？沈鲍鑫心里有一种暗爽，他打心底瞧不起一些有权有势的人，看着他们所托非人，心里滋生出幸灾乐祸的情绪。

只不过沈鲍鑫有些想不明白，附一院这么牛的殿堂级的医院，怎么也会有这种素质的医生？他挠挠头，突然就笑了，在心里说："嘻，林子大了什么鸟都有。沈鲍鑫同志，你今后思想应该尽快成熟起来，要配得上这所医院，别再像个单纯的学生了！"他右手轻轻抚摸了一下自己的脸，这是他悄悄给自己的一记耳光。

一走进病房，沈鲍鑫见到了熟人。这个病人是学校食堂财务室的，应该还是一个小领导，沈鲍鑫每次买饭票时透过餐口都能看到他，但从未见他收过钱卖过票。陪护的人是一个小姑娘，也是熟人，学校食堂打菜的厨工。

沈鲍鑫看病历，病人的名字叫杜凌，男性，五十岁，门诊诊断是伤寒。

杜凌躺在病床上，沈鲍鑫仔细看了看，他的样貌让沈鲍鑫有一种说不出的感觉，不由得在脑子里稍微多转了一下，沈鲍鑫恍然大悟，病人的脸和医院膳食科的杜科长有些神似。嘻，又是姓杜，不用多猜，两人可能是兄弟。

沈鲍鑫继续翻看住院病历，入院记录写的是急性胃肠炎。他愣了一下，继续翻看，从病程记录、用药等情况来看都不是按急性胃肠炎来进行治疗的，而是按照治疗伤寒的方法来做的。他问文医生："文老师，23床的病程记录和治疗方案不太像急性胃肠炎，门诊的诊断感觉应该是符合的，是不是应该转到传染科去？"

文医生没理他，转身自顾自走出了病房。沈鲍鑫赶紧跟上，但他还是继续问："文医生，这个病人好像是学校膳食科的。伤寒是急性肠道传染性疾病，是不是应该通知其他职工也要做检查呢？要不要上报防疫站？"

文医生瞪了他一眼，只回答了一句："这个病人不用你管了。"

下午，沈鲍鑫正在办公室写病历，23床的陪护小姑娘进来找到他，说要请他到病房去看看病人。沈鲍鑫摇摇头说自己是实习医生，不管这个床，由文医生直接管，如果是病人有事他可以帮忙去喊文医生。

小姑娘说就是文医生说的让他去病房看看。沈鲍鑫一听，赶忙放下手中的病历，抓过23床的病历来就跟着小姑娘往病房走去。一进病房门，又见到熟人了，膳食科的杜科长在里面坐着。杜科长就像是这间病房的主人一样，把走到病房门口的实习医生当成客人，点点头，示意沈鲍鑫可以进去。

未待沈鲍鑫开口，杜科长就自顾自地闲聊开了。大概意思是他哥哥回了一趟老家，可能是在回来的火车上吃坏了肚子，下车就直接到医院来了，还没来得及进医学院的大门，更没进入食堂。

杜科长的遣词造句成语比较多，用得也比较生硬，但他很健谈。沈鲍鑫听出了他的意思，也不戳破，就算是传染病的上报，作为实习生是根本就没有资格的，而杜科长担心的是沈鲍鑫在私下进行传播。这个消息如果在学生中传播开了，特别是医学院，大家都知道伤寒是消化系统的传染病，一旦闹起来，后果无法去预测。何况沈鲍鑫还有"前科"。两年前，因为食堂员工用早餐盛稀饭的大桶洗拖布，学生和食堂员工之间上演了一场攻防战。学生们抢夺了食堂所有的拖把，并将其一一踩断。在这次"战役"中沈鲍鑫还是一个"领头羊"，并且被扯坏了衣服，最终食堂方面还向他赔偿了一件T恤衫。

食堂员工感染了伤寒隐瞒不报，不采取传染病防控措施。沈鲍鑫是准备悄悄把这个消息散布出去的，没想到杜科长棋高一着，先来给他打预防针了。

杜科长说："沈同学，我也在医学院工作，这么多年，就算当旁听生起码也能拿三五个本科毕业证了。这些规矩我肯定懂，就算他不是我的员工，只是一个普通的患者，他有隐私权，我也不敢把他的病情拿回办公室乱说，你说是吧？"他指了指病床上的患者，杜凌正拿着一本《故事荟》，当作周围所有声音都不存在一般。"文医生是主管医生，你也是管床的实习医生，你们说他是什么病、怎么治疗，我们全力配合附一院。"

嘿，不仅要封沈鲍鑫的口，而且把医院也"绑架"进来了。这个杜科长真有水平，沈鲍鑫心里暗暗叹服。

沈鲍鑫看看杜科长的话说得也差不多了，杜凌看了大半天的《故事荟》，也没翻动一页，再待在这里也尴尬。他笑了笑说："我刚刚到这个科来实习，对消化科的疾病还不熟悉。23床是文医生直接管床，我是她带的学生，一切都听老师的指导。你们如果有什么病情方面的需要交流，就直接找文医生。"

躺在床上的杜凌放下了书，对杜科长说："你就莫来了，有弟妹在这里，没得哪个医生、护士会到这个病房来多嘴。她说我再住几天就可以出院了，你对一个实习生还说这样那样的，哪里需要整这么多麻烦事嘛？"

杜凌从半躺变为盘腿而坐，把手里的书往床铺旁边一扔，面对沈鲍鑫，指了指杜科长，说："他和你的文老师是两口子。"话一说完，腿就搭在床沿，陪护的小姑娘赶紧帮他把拖鞋套上，他头都不回地踢踏着走出了病房，小姑娘也紧赶两步跟了出去。

病房里只剩下杜科长和沈鲍鑫两人了，杜科长轻叹一口气，似乎这样可以打破尴尬。他看着沈鲍鑫，打圆场："我这个大哥没有什么文化，粗人一个。"接着，他走近两步，肩膀靠着沈鲍鑫的肩膀，"沈医生，今天我来医院，一是看看我的这个哥哥，给他念念紧箍咒，让他好好配合医生的治疗，彻底康复了再出院。他呀，忙惯了的，一闲下来就这样乱说话，你也别往心里去。第二件事，可能还要麻烦你。"他停顿了一下，没给沈鲍鑫回应的时间，就继续说道，"我们现在膳食科正在做提升服务质量的工作，准备聘请几位同学作为监督员，就是做暗访。你发现我们食堂工作有哪些地方做得不好的，就直接把意见提到我这里来，我要狠狠地处罚！当然，我们也会给监督员提供一些支持……"

说着，杜科长拿出一个牛皮纸信封，塞到了沈鲍鑫的白大褂的口袋里。

沈鲍鑫脑袋空空的，忘了推托，一句话都没说，转身走出了病房。

刚走几步，他突然想到，自己的白大褂和医生们的白大褂还是有些不一样的。医院给医生们发的白大褂面料较厚，实习医生们买的白大褂面料要薄得多，不仅没有"正牌"的挺括，而且有些透，信封装在口袋里，外面还是能隐约看见的。沈鲍鑫将手伸进口袋，用力地攥住信封，攥得很紧，手心里的汗水很快就将信封皮润湿了。

沈鲍鑫进了一趟洗手间，没解裤子，站在隔间里。

他将信封拿出来反复看了又看，终于鼓起勇气将蓝色大面额钞票抽了出来，一共两张，他用手搓了搓。

沈鲍鑫小心翼翼地将钞票放在上衣内侧口袋，用手按了按，那是心脏的位置，跳动得特别明显，耳朵里都听得见跳动的声音。

他又把信封口打开，往里面看了看，然后对着光照了照，最后将空信封撕成了碎片，扔进便池，放水。

回到办公室，沈鲍鑫的心率还是没有降下来。

没有人注意到他，办公室里，医生们正眉飞色舞地聚在一起摆龙门阵，话题很劲爆："昨晚省药监局的周处长被人捅了十一刀，送到我们医院来抢救，现在还在胸外科的 ICU 里，还没有脱离危险咧。"

省药监局？那不是岑竹衫的工作单位吗？沈鲍鑫竖起耳朵听，但从医生们的议论里也听不出更多的信息。

他抽空打了传呼给岑恺璐，岑恺璐很快就回了电话，他们压低声音简单说了两句。她说附二院那边的科室也在传，这件事应该已经成为了云汉市的大新闻了吧，不过她还没联系过岑竹衫，不管真假，现在都应该是他最忙的时候。她说以前见过很多次周叔叔，他是湖东省药品监督管理局市场监督处的处长，岑竹衫恰好分管市场监督处，他是岑竹衫的下属。

第二天，官方的新闻还没出来，民间的新闻热度进一步升温。大家都在议论，有说法是副处长为了上位买凶杀人，有说法是周俊勾引有夫之妇被捉奸在床，还有一种说法是周俊赌博欠了巨额债务被杀手追杀，甚至还有人说他拿了药商的巨额贿赂又不帮人平事终遭横祸。

中午时分，一个确凿的消息从 ICU 传出来，周俊死了。

沈鲍鑫见科室里人多嘴杂，跑到医院外面找了一个公用电话给岑恺璐打传呼："究竟是什么情况？你爸爸现在怎么样？"

"我昨晚给爸爸打过电话，他说具体情况他也不清楚，现在刑警队还在调查。"

"刚刚听说那个人已经死在 ICU 了……"

岑恺璐拿着话筒沉默了半晌。

又轮到岑恺璐值班，沈鲍鑫跑过去陪她。病房很安静，晚上有点冷，值夜班的护士点亮了电烤火炉，大家就在护士站天南海北地聊了一阵子。下半夜，岑恺璐到实习医生值班室睡觉去了，有空着的病房，她让沈鲍鑫去找一个床睡半宿。

在病房里总是睡不踏实，第二天一大早，他看看已到了公交车开班的时间，就和护士悄悄打了招呼，溜了。

沈鲍鑫直接回到附一院的消化科，时间还不到七点，离交班查房还有一个多小时。沈鲍鑫一进到消化科的楼层就感觉到气氛不对。

昨晚值班的实习医生胡凯面色苍白地站在医生办公室门口，耷拉着头苦着脸，见到沈鲍鑫，用笔敲了敲面前的病历夹，用更为凄苦和夸张的表情来求同情。

沈鲍鑫赶紧换上白大褂，用眼神询问胡凯，胡凯说："23床，你的病人，这下该我倒霉，要写死亡记录了。"

沈鲍鑫走到护士站，护士长和科主任已经到了，脸色都是铁青的。

走廊上，病人和家属来来往往，声音逐渐嘈杂起来。有眼神诧异的，有好事打探的，更多的则是忙忙碌碌地自顾自洗漱、打开水、用微波炉热稀饭。死亡，既不平常又很平常，只要不是自己的亲人，就不会有悲伤。

一阵紧张而杂乱的脚步声从楼梯口传来，杜科长和文医生还有一大帮人匆匆而来。文医生没有穿白大褂，后面那一大群人气势汹汹，这些都是沈鲍鑫脸熟的人，每天在学生食堂打饭打菜都要见面。他们似乎看不见任何人，从沈鲍鑫面前经过，乌泱泱地往前冲。

病房门口有两三个保安，将他们挡在门外，眼看正要发生冲突，两名警察从病房里走了出来，他们刚刚查勘了现场，正在等法医到来。

一群人见警察和保安在病房，犹豫了片刻，立即转向护士站。此时院办的喻主任也赶到了，她一把就把文医生拉到一旁，和人群分隔开来，半是安慰、半是劝说、半是推拉地把文医生带进了主任办公室，同来的院办小沈也把杜科长劝进了主任办公室。一群人眼见突然之间失去了领导者，都不知道该怎么办，或靠着墙，或撑着护士站的桌子，还有人在医院点燃了香烟。

护士长半是生气、半是撒娇地将这群人驱散，将他们暂时安置在医生办公室里，科主任用眼神示意早到的医生们赶紧从办公室里撤离出来。很快大家就恢复到了正常的工作状态，该查房的查房、该治疗的治疗，病房里的病人们说笑的继续说笑，呻吟的继续呻吟，看着账单叹气的继续叹气，除了23床的那间病房被锁上，一切都和平日里一样。

经过警察的询问和法医的初步检查，得出了初步结论。

昨晚来陪护杜凌的小姑娘叫杜红梅，看年龄也就十六七岁。昨晚她和杜凌挤在一张病床上睡觉，有时候陪护的亲人会和病人在一张病床上挤一挤，打个盹，毕竟病房里条件有限，但是这个病房里有两张床，24床空着，并未安排病人。

为什么要挤睡在一张床上，这个问题警察问了，好像没有答案，警察也没有继续追问。

警察根据叙述大致还原了当时的情况：杜红梅毕竟年轻，睡得实，睡觉的姿势又不太老实，翻身的动静太大，就将杜凌挤下了病床。至于杜凌摔到床下后有没有呼救或发出呻吟，杜红梅一直在睡梦里，没听见，值班护士刘静婷也没听见。杜红梅说自己半夜还迷迷糊糊醒了一回，觉得床变宽了，伸手摸了摸，没有摸到人，她以为杜大叔被她挤怕了，到另外一张床上去睡了。她眼睛都没有睁开就又睡了。

早上刘静婷来病房抽血的时候在门口看了看，病床上只有一个小姑娘，没看到病人，还以为23床的病人上厕所去了，就去了另一个病房抽血。等她忙完再转回来，看到小姑娘还在睡，病人仍然没有回来，就走过去准备推醒她。这个时候刘静婷才看到两个病床中间的地上躺着一个人，23床的病人躺在地上一动不动。刘静婷心里一惊，有一种不好的预感，赶紧过去，杜凌的呼吸和脉搏早就没了，身体都凉了。

法医确认杜凌是因为跌落造成了颅脑损伤，最终导致死亡。

岑恺璐给沈鲍鑫打来电话，说爸爸约他们两个人今天到家里吃饭。

岑恺璐昨晚值班，今天轮休，早早地就回了家。沈鲍鑫今天的日子则相当难熬。科室里出了事，虽然出事时是胡凯值班，但沈鲍鑫还是23床名义上的管床医生，有很多待补的医疗记录需要赶紧补上。今天科室里所有人都很压抑，脚步快、声音轻，就害怕冒头被人注意到，所以沈鲍鑫到了下班时间也不敢走。一直等到大部分医生换了衣服下班了，他才趁人不注意溜出办公室，踱到楼梯间后，撒腿就跑，一边跑一边脱白大褂。

好在岑恺璐的家很近，几分钟就跑到了楼下。等他将气喘均匀后，才一步一步地爬上楼去。

家里饭菜都摆上了桌，应该还是去职工食堂喊的小灶。见沈鲍鑫到了，岑竹衫也没说话，将岑恺璐从她的房间里喊了出来，三个人围着桌子坐下就开始吃饭。

岑竹衫自顾自地小酌一杯，岑恺璐则打破了话匣子般，将刚刚从父亲那里听得的信息全都倒给了沈鲍鑫。

外界对周处长被杀原因的猜测并非空穴来风，这人又好赌又好色，酒色财气均沾。

这两天省公安厅行动非常迅速，但更迅速的还是嫌疑人，已经投案自首。

据交代，周俊长期庇护着博华药业集团公司，收受了他们的巨额贿赂，但上个月在周俊出国考察时，副处长陈亦平带队突击检查了博华的库房，起获了两千多万元的假药、劣药，这也是湖东省有史以来查获的最大案值的假药案。

虽然案发，但对于博华药业集团公司而言还不至于倾家荡产，毕竟旗下公司分布在全国各地，它们之间既有关联又彼此独立。他们甚至已经采取了舍车保帅、断臂求存的做法，让湖东分公司的总经理去自首，揽下了所有责任。

本来案子就这样局限在湖东省了，陈亦平不知道怎么的，将这个案子上报给了总局。为这个事儿，省药监局的徐局长大为冒火，岑竹衫作为分管副局长，那段时间也被搞得焦头烂额。恰好周俊回国，局里意见是让陈亦平从这个案子里撤出来，由周俊出面和总局周旋，尽可能把影响缩小到省内。

博华的老板罗斌本已经跑出国，见事情出现转机，又飞了回来，和周俊见了面，希望周俊能帮忙周旋和疏通一下，他们甚至愿意将博华湖东省分公司的股份再切割一部分给他。

第四章

周俊认为湖东省分公司已经元气大伤，这个股份要来无益，他要博华总公司的股份。谈到后来，双方并未达成一致。罗斌知道周俊手里有他们很多的材料，他甚至怀疑这一切都是周俊在背后布的局，就是想吞了博华公司的股份。这让罗斌再无退路，最终买凶杀人。

"啊，是真的吗？"沈鲍鑫不敢相信，他觉得岑恺璐是在编故事逗他玩儿。

岑竹衫轻轻点了点头："罗斌想跑，但发现自己已经被限制出境了。他又听说周俊没有死，只是受了重伤，凶手也被抓了，心里发慌，就自首了。"

房间里的灯光很温暖。沈鲍鑫的头脑里运转得很激烈，心里却很平静。

后来他们闲聊了很多的事情，大家都没有去提工作安排的事。

23床的问题最终是怎么解决的，沈鲍鑫不知道也不太关心，他现在最后悔的是不应该将信封撕碎。如果信封还在，他还可以将那两张钞票放回信封里，悄悄扔到文医生的办公桌上。那样他就会觉得自己的人生中，从来没有和23床发生过任何关联。现在，23床已经刻在了他的心上，为了两张钞票，他要记一辈子，沈鲍鑫觉得这笔买卖自己做得太不划算了。

23床很快就住进了新病人，杜凌和曾经的很多个23床一样，消失了。随着这次23床的更替，消化内科最漂亮的护士姐姐也被替换掉了。

当天值班的护士叫刘静婷，已经在这个科室里上了一年多的班了，可她的年龄也才刚满二十，比沈鲍鑫他们这批实习医生的年龄还小一点，只不过男医生们约定俗成，年龄大的都喊护士孃孃，年轻的都喊护士姐姐。

刘静婷是实习医生们最喜欢的护士姐姐。如果只听她的名字，都会认为刘静婷是一个亭亭玉立、安安静静的女子，可现实中的她小巧玲珑，挂输液瓶时还要踮起脚尖。小个子也有好处，给病人打静脉针扎漏了，病人龇牙咧嘴正要冒火，一看这个小护士已经是眼泪汪汪，什么脾气都没了，如果旁边桌上有糖和水果，都恨不得要给她塞一个，哄哄她。别看刘静婷经常在病人面前装可怜，转身回到护士站，她就又变回了一枚开心果，一笑起来，眉眼弯弯，巴掌大的小脸上还有两个浅浅的小酒窝，能淹死人的。

她的小酒窝就真的"淹死"了一个实习医生。

和沈鲍鑫一起转科过来的胡凯，到这个科室的第二天就"溺水"了。胡凯是那种拼了命地学习，可成绩却总是不上不下的学生。四年多的大学生活中，他一直铆着劲想考研，错过了很多谈恋爱的机会。可是他一见到刘静婷就立刻放弃了人生理想，天天围着护士站打圈，他还和其他实习医生换了几次班，就是要和刘静婷的值班时间凑到一起。

刘静婷不仅在胡凯的心里发了芽，在很多男同学的心里都发了芽。尽管沈鲍鑫喜欢的是岑恺璐这种"木头美人"，但他也被刘静婷这种活泼的小妹妹所吸引。轮到刘静婷上夜班的时候，男实习医生都会来主动加班，就连上一轮在这个科室轮转过了的同学也经常回来"强化学习"。他们也不待在医生办公室，而是围着护士站，洋溢着自己青春的荷尔蒙。他们的做法激起了同组女实习医生们的鄙夷目光，但她们也不会讨厌刘静婷这个小妹妹。

有一位曾经在消化内科实习过的男同学盯准她值夜班的时候送了一束花，同学们都在起哄，只有胡凯面色苍白。

刘静婷脸上立刻染上了红晕，她没有理会这些起哄的声音，还是甜甜地笑着，她也没有接过花束，而是看着送花的人说了一句："谁能帮我解决附一院的正式编制，我就做他的女朋友！"这句话绝对不是只说给眼前这位送花的人，这句话所有人都听见了。

实习医生们都知道，留在附一院难比登天，对护士们同样如此。她们要想得到正式编制只有两个途径，拿到护理专业的副高职称，或者家属是附一院的正式职工。对年轻的姑娘们来说，显然只有第二个途径更有可行性。她们知道，每年的实习医生中总会有几个幸运儿能留下来，可谁是幸运儿她们不知道，沈鲍鑫现在也不知道。

刘静婷的这句话或许是她的真心话，但沈鲍鑫认为她这句话更有可能是退兵之计。

果然，送花的同学灰溜溜地败退了。他显然没有经验，见刘静婷软软地拒绝了，花束没有归属，他竟然在原地转送给看热闹的同班女同学，换来了一句"神经病"的叱骂，这又引起了大家的一阵哄笑。

在哄笑声中，胡凯已经溜出了人群，只有沈鲍鑫注意到了。他们住一个寝室，等他回到寝室，胡凯已经呼呼大睡了，地上还扔着三个空啤酒瓶。胡凯平常是滴酒不沾的。

后来胡凯仍然是执着地换班，经常望着刘静婷忙碌的背影发呆。

刘静婷被辞退了。据说是学校食堂的工人来医院闹了一场，辞退当班护士是医院给家属的一个安抚。消息没有公布，所以刘静婷走的时候大家都不知道，她就像突然隐身了一样。在她消失的第十天，胡凯又喝醉了，喝了五瓶啤酒，然后拎着两个空酒瓶子跑去学校食堂和工人们打了一架。

没人帮忙，他被一群人揍了。学校看在他快毕业的份上，而且他是一对多，又受了伤，最终只是让他在年级大会上公开做一个检讨。如果背一个处分毕业的话，他已经签约了的县医院也不会接收他。

开年级大会的时候，他走到礼堂舞台中央，清清嗓子，拿出稿子就开始念。前面半截还顺利，念了大概两页，他把稿子揉成一团，转身，走下舞台，留下目瞪口呆的赵主任和满场的哗然声。

胡凯就这样离开了学校，没要毕业证，也失去了和所有同学的联系。

胡凯的离校对沈鲍鑫的触动很大，为了一个如蒲公英般的爱情幻象，这个"狐狸"竟然连毕业证都不要了。他还有考研究生的理想，也一起随风飘到远方了。他要到哪里去生根、发芽和开花？

"猩猩"望着"狐狸"曾住过的空床铺，"'狐狸'的爱情和理想同归于尽了，而我离自己理想的距离越来越近了，爱情也已收获，我们怎么会有这么大的差别？"

沈鲍鑫试着问自己，如果自己在理想和爱情之间出现了徘徊，会选择哪个方向？尽管胡凯的自我毁灭让沈鲍鑫感到了震撼，但他首先就排除掉了这一选项。沈鲍鑫承认自己是一个市侩的现实主义者，永远都不会去走胡凯那条路。他按了按胸前的口袋，两张大钞还在。自从那天他收下了信封，沈鲍鑫就接受了"市侩"的标签，尽管之前心里对这个词是无比的鄙夷，但行为暴露了真实的自己。

市侩的人能拥有浪漫的爱情吗？我还值得拥有岑恺璐吗？沈鲍鑫闭上眼睛，强迫自己去思考这样一个问题，如果自己的理想和爱情发生了冲突，自己会做何选择？

"一、二、三，睁眼，快速回答——我放弃爱情！"

任何一种爱情都是美好的，任何一种现实都是残酷的，任何一种过程都是不可预测的，任何一种结果都是不可逆的。

"我真是一个浑蛋！"沈鲍鑫自言自语道。

星期天上午，岑恺璐值班，内分泌科病房 4 床病人牛罡刚刚入院，需要做 X 光检查。住院病人周末做检查都得去门诊部，病人行动不便，偏偏护工又特别忙，牛罡的儿子牛天宝膀大腰圆，是个急性子，把老爷子放上轮椅就要自己推着去。岑恺璐正准备去病案室调取他以前的病历档案，病案室在放射科的旁边，于是就顺路和他们一起去门诊部。

沈鲍鑫早晨交了班就坐车来到附二院，路过医院外面的小卖部时，他特意去买了一大包零食，准备在科室里陪岑恺璐好好过一个值班的周末。他要尽快把那两张大钞用掉，用掉才会心安。

沈鲍鑫刚走进医院就看到内科住院部外面的空地上，聚集了一群人，都在昂着头望着楼顶，沈鲍鑫也跟着众人的视线往上看。太阳刚刚升起来，光线并不强，由于逆光，沈鲍鑫只看见一个人影站在七楼的楼顶，看他的动作，应该是正半探着身子在往下看。早春二月，风吹在身上仍然有些寒意，楼顶的人应该是穿着那种统一样式的条纹状病员服，这种衣服过于单薄，楼顶更为寒冷，楼下的人都能感觉得到他在不停地颤抖。

他是在犹豫，还是在等待？

牛天宝推着轮椅一边走一边想方设法和旁边的岑恺璐搭话，岑恺璐穿着白大褂落后了半个轮椅位置，低垂着头，十句问话她也就只回答一两句。牛天宝步子急，轮椅始终会窜到前面去，他又想说话，所以基本是扭着头在走，有几次都险些撞上前面的人，好在牛罡坐在轮椅上不断地向行人发出警报："让开，让开。"

他们都没发现内科大楼外面的异常。

岑恺璐刚走出门洞，光线由暗转亮，那一刹那，沈鲍鑫就看见她了，沈鲍鑫对岑恺璐走路的姿势太熟悉了。也就在那一刹那，沈鲍鑫将手里抱着的一大包零食全都扔在了地上，双手伸过头顶剧烈地挥舞着，喊出的声音却是嘶哑的："不要出来！"

门洞外的人大都感觉到了危险的存在，迅速向四周奔跑逃散。生死就是这样一道门，推开就来，再推就走。只是谁都不知道，死神是躲在门的前面还是门的后面。

三个人中，牛罡最先发现了危险。他也是顺着外面围观人群的目光抬头往楼顶看，"呀"的一声大叫，他双手按着轮椅扶手，拼尽全力地向前一撑，滚出了轮椅，软瘫在地上。

紧接着反应过来的是牛天宝，手里的轮椅突然一顿、一倾斜，他扭回头往前看，见父亲已经跃出了轮椅翻滚到了地上，此时人群的惊呼声响起，他当即撒手，回转身，两步就跨回了楼里。

医院是离天堂最近的地方，也是离地狱最近的地方。你站的任何一寸土地都可能是在天堂与地狱之间。

岑恺璐只顾低着头走路，当听到前方突然爆发出的惊呼声，她只是停下脚步，抬起头来看向声源地，这个时候她眼角的余光瞥见一个影子从上而下向她狠狠地砸来，本能让她蹲下了身子，双手抱头蜷成了一团。

他们三人的动作都还没有来得及完成，一个身影就随着声闷响就已经狠狠地摔在了楼前的空地上。

当那团灰白色条纹的影子从天而降时，沈鲍鑫发不出任何呼喊声，取而代之的是浑身哆嗦。他眼睁睁地看着那影子迅速坠落，在坠落的过程中，遮蔽了一小束阳光，在地面投下一团阴影，而这团灰黑色的阴影以更快的速度从围观的人群中飞速平移，向岑恺璐的脚下聚焦，瞬间，灰白色的影子就和岑恺璐的影子重叠。沈鲍鑫的大脑只来得及发出一个动作命令——闭上眼睛。

在更大的一片惊呼声中，沈鲍鑫慢慢睁开了眼睛，他像失聪一般什么都听不见，眼睛也像是镶嵌了很多碎玻璃，朦朦胧胧看不清。

周围的人群在往后退，他双腿机械地在往前挪。他整个身体就像一团泥巴向前方淌过去。

牛罡躺在地上也抖成了一团泥，裤裆下也浸出了一大摊水渍。轮椅翻倒在一旁，一个轮子还在旋转着。

离他两米远的地方，那团灰白色的影子在抽搐，仿佛还有微弱的呻吟声。岑恺璐在这团影子的旁边，他们几乎碰在了一起。

沈鲍鑫眯蒙着双眼，他终于靠近了岑恺璐，蹲下身子紧紧地搂住了她。岑恺璐还是保持着双手抱头、弓着背的姿势，蜷缩着身体蹲在那里，跳楼者的头就在她的脚边，他花白的头发随着穿过人群的微风轻轻摆动，摆动一下，就蹭一下她的右脚踝。

有一些血和脑浆溅在了岑恺璐的身上。她在发抖，整个身体就像是一根刚结束演奏的琴弦，紧绷绷地颤抖着。

沈鲍鑫环抱着她，想包裹住她的身体，让她重新变得柔软。

保安们很快就围了过来，隔离人群。急诊科的护士将牛罡移上了担架车。急诊室的医生也奔跑过来，看了看跳楼者，又悄悄地回去了。

在沈鲍鑫怀里，岑恺璐的身体很快就从僵硬变成了瘫软。沈鲍鑫抱着岑恺璐，慢慢地站立起来。他的腿软得无力，只能半拖着将两人挪到了内科楼的门厅里面。

太平间的推车已经吱吱呀呀地过来了，死者家属从楼里扑了出来，号啕声突然响起。

在这号啕声中，突然又加进了另一组哭声，细弱无力，却比那巨大的号啕声更撕裂人心。那是岑恺璐的哭声，沈鲍鑫感觉岑恺璐的哭声是从他的胸腔里迸发出来的。

"我想回家。"这是岑恺璐在痛哭之后说的第一句话。

沈鲍鑫很清楚地记得她家的电话号码，在离得最近的门诊办公室找到电话机后，他哆哆嗦嗦地拨打，按错了好几次数字，接通后又是语无伦次，好不容易才说清了一句话："岑恺璐出事了，现在在医院里……"

没过多久，一辆出租车飞驰而来，远远地就被保安截停了。车还未停稳，岑竹衫推开副驾车门就扑了出来，刚迈出两步就看到沈鲍鑫搂抱着岑恺璐还坐在大楼门洞处。岑恺璐俯在沈鲍鑫的肩膀上抽泣，肩背都在抽动，旁边有一位女警察拿着本，也蹲在那里，颇不耐烦的样子。出租车司机本想下车追，看到现场乱糟糟的，岑竹衫又一下子挤入了人墙中，知道追也无用，再一看他的外套和手包还在座椅上，也就不着急了，干脆熄了发动机，点燃一根烟，坐在驾驶室等。

岑竹衫突然间就像泄了气一般，步子一慢，旁边的围观者一挤，行走的节奏也一下乱了，跟跄了一下，险些被自己绊倒。这个跟跄的动作被沈鲍鑫注意到了，他拍拍岑恺璐的背。

岑恺璐转过头，见到父亲，啜泣声又起。岑竹衫见女儿无恙，长舒了一口气，直直腰、挺挺肩，似乎有一股气场回到了他的身上。这个气场瞬间就被刚赶到现场的张副院长感应到了，他快步走上前来，伸出双手和岑竹衫握了又握。

出租车司机嘴上的那根烟已经只剩下一个烟蒂，正准备再续个火，见他们三人走过来，也就放回香烟盒，将车启动。岑竹衫和女儿坐往后座，沈鲍鑫茫然不知所措。司机一脸不快，努努嘴，示意他坐副驾座。当他看到沈鲍鑫的鞋和裤腿上沾染了血迹，脸上的表情变得更加难看，忍不住嘟囔了几句。

到家后，岑恺璐急忙冲去洗澡，用了很长时间。岑竹衫这才注意到沈鲍鑫裤腿上的血渍，外套也弄得很脏，就拿出一套自己的西服让他换上。沈鲍鑫本想推辞一番，再看看自己的衣裤，心想还是换掉更好。

岑竹衫和沈鲍鑫的个子差不太多，还略魁梧一点，沈鲍鑫穿上衣服还算合身，只是裤腰大了一些，皮带系上也无大碍。

岑恺璐洗完澡出来，见这爷俩已经在沙发上相对而坐，面前各有一杯茶。人靠衣装马靠鞍，第一次见沈鲍鑫穿西服，岑恺璐心里突然有了一种想马上被他再搂入怀里的冲动。恍惚间，眼前这个年轻人不仅仅是沈鲍鑫，更像是年轻版的父亲。当年，自己的母亲也是一把搂住了他……想到这里岑恺璐的脸红得发烫了。

刚刚出浴，岑恺璐整个身子都在蒸腾着热气，晕染全身的热气让她变得更润滑，朦胧得像浴室里的镜中人。她的头发还是湿漉漉的，松松地盘在头上，耳朵边还有一缕未驯服的发丝，似熔化边缘的弹簧，正挂着几滴水珠，不断地滴落下来，每一滴都恰好滴在沈鲍鑫的心尖上。心尖吸吮着这水滴，就像种子在春天被唤醒，它拼命地继续吮吸，将周围的水都吮吸进去。它抽干了沈鲍鑫身上的水分，让沈鲍鑫的口唇发干、喉咙发紧。此时沈鲍鑫就快干渴而死，能拯救他的，只有岑恺璐那温润的嘴唇。

看看时间，已过了中午饭点，岑竹衫也没征求他们的意见，从冰箱里拿出冻饺子煮了满满的一大锅，端上了桌子。

"吃饺子啰！"沈鲍鑫敲响岑恺璐的房门。桌子上已经摆上了几大盘饺子，有蘸料，还有一瓶酒，两个酒杯。

"喝点？"岑竹衫举起酒瓶。

沈鲍鑫注意到岑竹衫拿着酒瓶的手在轻微地颤抖，今天的事情让三个人都产生了巨大的震撼，沈鲍鑫的心也一直没回到原位，他能理解岑竹衫的这种激动。这时，岑竹衫的手抖得越发厉害，酒也泼洒了一些。

沈鲍鑫赶紧接过酒瓶。

交过酒瓶后，岑竹衫的目光就转向了女儿，她正在往沈鲍鑫的碗里夹水饺，碗里已经有了好几个了，她还没有停下的意思。

岑竹衫想提醒她，只是轻声地说了一个"嘿"字，但这却让正在走神的岑恺璐如闻惊雷，筷子一抖，一个饺子立刻滚落在桌面上。

饺子落在桌面上的声音很轻，却震得房间里的两位男士不约而同地站了起来。

沈鲍鑫想打破这种尴尬，低声似自言自语："别去想了，死得可怜，也死得可恨。"他对自杀者在人员密集处的举措难以理解，而且这个人险些给岑恺璐带来生命危险。沈鲍鑫的心里蓄积了一些愤怒，如果今天的运气差了一点点，就不是一个悲剧，而是几个悲剧了。他又感到幸运，就算把他和岑恺璐这一辈子的好运气都在这一天用尽，余生饱受命运的折磨，他都觉得值得。

岑竹衫早已坐下，饮尽了杯中酒，又自斟了一杯，对沈鲍鑫说："小沈，你还是想当医生？"

岑恺璐终于也参与到他们两人的对话中来了，只不过她是用的肢体语言。岑恺璐闭上眼，摇头。她的摇头不是为了给他们看，更像是自问自答，动作很轻微，可是两个男人的注意力却是时时刻刻都放在她的身上，她再微小的动作都能被他们捕捉到，再放大。这让沈鲍鑫费心猜测了片刻，是她想忘记今天的噩梦，还是在提示自己，两人都一起选择远离？

岑竹衫问这句话，沈鲍鑫的心跳再一次加速了，经过这几个月的忐忑和猜测，在这句话之后就应该能揭晓答案了，可是他又犹豫了。

当医生真的就是自己的理想？他现在有些怀疑了。

岑恺璐摇头的动作让他更加犹豫。如果没有今天这件事，沈鲍鑫可能会不加考虑就给岑竹衫一个回答，但是有了今天如此强烈的刺激、有了岑恺璐刚才摇头的示意，这又是一道难题呀。之前岑恺璐对沈鲍鑫未来的选择没有任何阻碍，甚至是没有原则地支持，但今天她受到了这样的伤害，她摇头的动作至少反映了她内心的拒绝，这让沈鲍鑫犹豫了。

他想起胡凯为一个所谓的虚幻爱情不顾一切。

沈鲍鑫沉默着。

岑竹衫说："要当一个好医生越来越难了，不仅是自己的努力，还要看看周围的环境，现在的环境……"

他吃了一个饺子，又一口干掉一杯酒，接着说："病好治，人心不好治。小沈，你想留在这里当医生，一定要有心理准备。虽然你只实习了很短的时间，但你应该也看到了很多东西，可还有更多的东西你还没有机会去感受和承担。今天的事是极端个案，人已经死了，可怜也好，可恨也罢，都不要去作评价。有些人求生很难，但你们不知道求死更难。死，说来是最简单不过的事，一个意外就能阴阳两隔，可如果一个人真要去求死，那将是相当困难的事。他站在高处时不可能不颤抖，他不可能没想过活下去的种种可能，但最终……算了吧，只能说璐璐今天的运气特别不好，从另一个角度来看又是运气特别的好，遇上了，但躲过了。唉……"

他接着说："小沈，你想当医生，技术可以慢慢磨，但心理防线要快速铸造，要做好经受痛苦的准备。医生最大的痛苦，就是你真心帮助的患者，是个让你觉得不值得帮助的人。"

沈鲍鑫点点头："岑叔叔，我会注意尽量避开这些人的，我知道我的责任，不仅仅是工作，还有家庭。"他看了看岑恺璐。

岑竹衫摇头："避是避不开的，医者父母心，无论对方是圣人还是人渣，都要尽最大努力予以救治。只是，要学着保护自己，只有学会了保护自己，才能保护你的家人。"

岑恺璐最近的睡眠非常糟糕，不能容忍一丁点的声音，就连手表秒针的沙拉沙拉声都让她烦躁不安。更让人担心的是，她每天要反反复复地洗两三次澡，她总是感觉身上很脏。

　　岑恺璐自己也觉得最近的这种状态有些不对劲，去年她和沈鲍鑫都选修过精神病学。兰教授给他们两个上过课，私下里兰教授对沈鲍鑫印象还很不错。他总是提很多问题，兰教授并不全给予解答，而是说："精神病学在全世界都是一门充满着问号的科学，你问的这些问题都是我们在探索的，你如果有兴趣，可以进入我们这个专业领域中来，自己去寻找答案。"

　　兰教授一周只看半天的门诊，门诊号特别难挂，但沈鲍鑫知道兰教授只有一小段时间在医院，大部分的时间是在学校的教研室里。学校的教研室对学生们是不"设防"的，果然，他很容易就在教研室找到了兰教授。

　　兰教授还记得沈鲍鑫："你这次又准备拿什么问题来考我呀？"

　　沈鲍鑫挠挠头，将岑恺璐的情况作了叙述。

　　兰教授显然对沈鲍鑫能详细叙述岑恺璐近期的各种异常的情绪表现、她的生活背景、所受到的刺激因素，以及他担忧和揣测式的结论感到诧异。兰教授问："你们两个是什么关系？不只是同学关系吧？"

　　沈鲍鑫嘿嘿地笑。

　　兰教授却沉下脸："小姑娘的未来生活究竟如何，会有很大的责任要落在她家庭的另一半身上，这个你是否考虑到了？其他同学评价这个岑同学是'木头'，然而木讷的对立面是敏感。我以前上课时给你们讲过，人的情绪、性格都不会是单一维度的。我们日常看到的并不一定是真的'我'，面具下面的才是真正的'我'。而为什么会罩上这层面具，又如何取下，面具上和面具下的两个'我'会不会发生剧烈的冲突，就是我们临床精神病学科要去解决的问题。"

　　他接着说："我接诊过很多类似的病例，他们并不是病人，只是特定的环境冲突激发了他们的应激反应，出现各种异常的行为表达。

我用你能理解的说法来讲吧，这是一种'精神易感'人群，他们的木讷并不是反应迟钝，而是一种自我保护，他们的想法是什么呢？就是根本就不屑于把精力放在外界，懒得去应对这些损耗，他们会将自己的'爱恨情仇'很专注地投射在特定的人或事情上面，爱会爱得死去活来，恨会恨得天崩地裂。对，你的理解没错，就是'偏执'！这类人平常会活得很超脱，可一旦受到特殊的激发，认死理了，那会很辛苦，自己很辛苦，家人也很辛苦。"

教授翻看了一下桌面上的课程表，停顿了一两分钟，见沈鲍鑫目光恳切地盯着自己："这样吧，刚刚我说的这些你得好好去想一想。如果想好了，后天上午我有课，十点钟结束，你带她还是在这个教研室等我，当然，让她自己来或者让她父母陪她来也可以。"

沈鲍鑫没有多想："谢谢教授，我一定会陪她准时来。"

兰教授静静地又盯着他看了半分钟："不是准时不准时的问题，是你有没有必要一定陪着来？你要想的是这个问题。"

沈鲍鑫这才明白教授的意思，也没说话，重重地点了点头。

沈鲍鑫提前请了假，他担心岑恺璐"临阵脱逃"，于是早早地就来到附二院大门外等她。大门外有一家书报亭，书报亭旁边有一个巷道，从实习生的宿舍出来这是必经之路。

沈鲍鑫拿零钱买了一份当天的《湖东晨报》草草地翻着打发时间。

早晨是卖报业务的高峰，老板忙忙慌慌地打理好了报摊就开始了大声地吆喝："看新闻，看大新闻，买凶杀人，再爆大案！看晨报看晨报！"

这一声吆喝立刻招徕了好几个过路人，一人买了一份《湖东晨报》。

沈鲍鑫赶紧翻看报纸，翻了两遍都没看到老板说的那条大新闻，又细细地再翻一遍，终于在第三版看到了字数很少的一条简讯，标题是《周俊案再生变局，副处长被逮捕》。两三百字的新闻，并非像老板吼得那样耸人听闻。报道称，从检察院获得的消息，省药监局副处长陈亦平已被刑拘，但检方未透露具体案情。因为不久前被药商买凶所杀的周俊和陈亦平恰好是一个处的正副手，处长被杀，现在副处长又被刑拘，难怪会招人猜想。

沈鲍鑫听岑竹衫提过周俊的案子，了解其中的一点内幕，其信息比报纸上的详细多了。这条新闻明显是通过臆想在哗众取宠，生拉硬拽地将这两件事拉到一起，夺眼球而已。

可药监局也真是处于多事之秋，连连出事，而且这两个案子都牵连到同一个处室。想到这里，沈鲍鑫心里又一惊，这可是岑竹衫分管的处室。唉，不管是医院还是机关，没有哪一个地方是净土啊。

一件紫色的羽绒服挡在了沈鲍鑫面前，他抬头一看，岑恺璐换了一件新衣服，紫色的衣服比她以往常穿的白色衣裙更能衬托皮肤的白皙。"好看。"沈鲍鑫忍不住夸赞了一句。岑恺璐白皙的脸庞顿时泛起一丝红晕："你以前从来就没有说过这句话。"

"以前的话都是装在心里，今天已经装不下了，溢了出来，今后天天都会溢出来的。"

红晕在岑恺璐的脸上晕染开来："那我以后可没办法天天买新衣服呀！"

沈鲍鑫一下就牵住她的手："千万别，我夸的可不是你的衣服。还有，以后你天天买新衣服，我可养不起你。"

兰教授听完岑恺璐和沈鲍鑫讲述发生在附二院的跳楼事件，也是唏嘘不已："小岑同学，我非常理解你，如果换作是我在现场，我一样会害怕。害怕是人的正常情绪，何况你又离得这么近。这种因为应激性事件的刺激而诱发的一些身体症状，你不用太焦虑，事情已经过去了，你慢慢地就能忘记它了。如果你觉得皮肤上有异常感觉，也没关系。你自己也知道那只是一种感觉，可以试试换衣服。穿上新衣服，换一种新品牌的沐浴露，也可以用一点香水，有了这些新的视觉和嗅觉刺激，原来那些不好的感觉就会逐渐消退。"

他又指了指岑恺璐的羽绒服："紫色会给人带来一些神秘和沉郁的暗示，你这么好的青春年华，应该多选择明亮欢快的色系，比如，红色、黄色……"

沈鲍鑫一下没忍住，插话道："她平常的衣服几乎都是白色的。"

"哦？"兰教授问，"你在医院也穿白大褂，下班了在生活中也喜欢穿白色的衣服？为什么呢？"

"很干净呀。"

"白色看上去很干净，但只要沾上一点脏东西就很难看了，怎么办？"兰教授追问。

"换下来就是。"岑恺璐答。

"如果没有办法换了呢？"兰教授又问。

岑恺璐沉思了很久，没法回答，她摇了摇头。

兰教授也没催促，继续看着她。又过了好几分钟，兰教授说："你就没想过接受它？污渍虽然在衣服上，但并不是在你的身体上……"

兰教授一边说一边脱下自己的白大褂，又抓过桌上的一支吸满了红墨水的钢笔，在白大褂上面随意地涂写了几笔："你看，我的衣服弄脏了，这些颜色洗也洗不掉了，无论怎样都会有痕迹的。但是我这里还有各种颜色的笔，你可以在我的白大褂上任意涂写，把脏了的白大褂当成画布，你可以创作一幅画出来，可以帮帮我吗？"

岑恺璐笑了，她知道兰教授在帮自己，她自己也很想走出困境。岑恺璐在兰教授鼓励的目光中伸出手，办公桌上有各种色彩的笔，但她只拿了黑色的。

兰教授示意沈鲍鑫一起走出教研室，轻轻带上了门。

他们走到一个少有人经过的角落，兰教授说："小沈同学，小岑同学的情况并不严重，也就是比较典型的应激性精神障碍。这是一种心因性障碍，与明确的精神创伤和事件有关，预后是良好的。我觉得也没服用药物的必要，只不过她这种'易感'是怎么形成的，恐怕我也问不出什么了。你和她长久相处，或许能找到根本原因。"

沈鲍鑫问："我应该怎么做才能更好地帮到她？"

兰教授拍了拍他的肩膀："如果无精神打击，一般是不会再度复发的，不过还是要多注意。如果再遇上应激强度大、频度高、时限长的刺激，有可能会更严重……"

兰教授接着问："小沈同学，我记得去年在给你们上课的时候，你几乎是每节课都来找我问问题，对我们精神科感兴趣？有没有考研究生的打算？"

沈鲍鑫不好意思地笑了笑："兰教授，我家里条件不太好，还是想赶快工作……"

"我看小岑同学家庭条件应该是不错的，你们既然已经确定了恋爱关系，就没想过让她支持你一下？今年我这里有一个公费的名额，你就真的不想考虑考虑？哦，如果觉得今年来不及，明年？明年我还会去招办再争取的。"他看沈鲍鑫低着头，没有回答，突然就长长地叹了一口气，"唉，现在这个学科确实是不受重视，也挣不到多少钱，就算研究生毕业了，就业面也很窄。我理解，我理解！"

岑恺璐已经完成了她的创作，这是一只黑天鹅，那几小块红色的墨渍是黑天鹅身上的伤口和伤口里流出的血。

离开兰教授的教研室，已近中午。

岑恺璐的精神明显好多了，主动提出想去吃砂锅米线。砂锅米线要一锅一锅地现煮，排队的人很多，队伍一长就前后挤在了一起。岑恺璐很不喜欢这种拥挤的场面，沈鲍鑫说要不你去旁边等，我在这里排队。岑恺璐说就不，就要在一起。突然一股拥挤的人浪袭来，岑恺璐一个转身，和沈鲍鑫面对面紧紧地贴在了一起。潮起潮落都是一瞬间，人浪退去，他们就势抱在了一起。

校园里这种场景已是司空见惯，可对他们两人来说，在众目睽睽之下还是第一次。

沈鲍鑫突然有一种不舒服的感觉，这种感觉不是岑恺璐带给他的，是来自周围，离他还有一定的距离。他没有推开岑恺璐，而是用余光扫视了四周，果然，不远处年级办公室的赵义仁正经过，看见了他俩。沈鲍鑫敢肯定，赵主任一定看见了他们，但故意装作没看见。

不知哪里来的一种冲动，沈鲍鑫在岑恺璐的额头上亲吻了一下，动作幅度还特别大，周围见怪不怪的低年级同学也有人忍不住抿嘴浅笑。他相信赵主任这下应该也看见了，沈鲍鑫觉得自己应该这么做，这么做的目的好像是为了证明一点什么。

还在倒春寒，午后的操场很空旷，只有沈鲍鑫和岑恺璐手牵手地在那里漫步。

岑恺璐指了指操场旁边的行政办公大楼："你不怕校长看见？"

"怕什么？你不知道，刚才我就看见了一个人……"

"哼，我知道，赵主任，是吧？"

"你也看见了？你不是……"沈鲍鑫有点吃惊。

"你以为我不知道你们班的那些男生给我起了木头的绰号？"岑恺璐装作生气。

沈鲍鑫连忙告饶："不会吧？我怎么没听说过呢？谁在胡说八道？下次让我听见了肯定会揍他！"

岑恺璐甩开他的手，挑衅地看着沈鲍鑫："木头也没什么不好呀，没有木头，大猴子、小猴子、大猩猩、黑猩猩，全都活不下去！"

沈鲍鑫知道她说的"猩猩"就是自己，他也只能嘿嘿地笑。这么多天，难得看到岑恺璐如此开心，难道去了一趟兰教授那里、聊了聊、在白大褂上画了一幅画，就有这么神奇的作用？他小心翼翼地问："你在兰教授的白大褂上画了一只什么鸟哇？怎么画了之后感觉你开心多了？要不明天我把我们寝室同学的白大褂都偷出来，你全给画上？"

"滚！"两人一前一后在操场上追打起来。

跑累了，在操场边的石阶上坐下，岑恺璐说："我也上过兰教授的课，其实我也知道自己最近很不舒服，也想寻求帮助。只是，只是不知道怎么开口，也不愿意让爸爸陪我去精神科，结果……你就帮我联系好了。"她小鸡啄米一样在沈鲍鑫的脸颊上轻轻吻了一下，低着头，"谢谢你。"

"这个……说什么谢嘛，要谢也是谢兰教授，你还毁了他的一件白大褂咧，不过，你画了一只什么鸟哇？"

"天鹅。"

"天鹅？天鹅不是白的吗？"

岑恺璐轻轻拧了一下他的胳膊："我看我不是病人，你才是病人！天鹅怎么会没有黑的？你没看过《天鹅湖》吗？在《天鹅湖》中，最精彩的就是黑天鹅奥吉莉娅的独舞变奏，黑天鹅要一口气做三十二个被称作'挥鞭转'的单足立地旋转，这是衡量芭蕾演员和舞团实力的试金石。嗨，你这个笨蛋！你可能就只听说过八只小天鹅，那是群舞，只能看热闹，只有黑天鹅才值得看咧。可惜我也只看过一次，还是上小学的时候，爸爸妈妈带我去上海看的，真美！"

岑恺璐耸了耸肩："我也只是听说《天鹅湖》有好几个不同的版本，有王子和公主在一起的喜剧版本，也有悲剧版本，你喜欢哪种版本？"

她自问自答："你肯定是喜欢喜剧版本，我才不喜欢这个版本，太虚假了，我觉得悲剧版本的更真实。你知道吗，悲剧版本的还有两种不同的结尾。一种是王子与白天鹅双双投湖殉情，我上次看到的就是这种。据说还有一种结尾是王子被恶魔的魔法害死了，所有天鹅的魔法都没有被解除，天鹅被魔王带走了。唉，我还没看过，如果能看上一场这样的芭蕾舞，说不定我会更喜欢这个结尾咧。"

沈鲍鑫说："等我们工作了，有了工资，我买票陪你去看。"

岑恺璐笑了笑，她双手托着脸颊，手肘顶着膝盖，弓着身，看着远处："兰教授让我画画，突然就让我想起了《天鹅湖》中的黑天鹅，那是真的美。你知道吗？在《天鹅湖》中，不管是白天鹅还是黑天鹅，她们都是那么的美，就连死去的时候都很美。她们在飞翔中坠地……"几颗泪珠已悄悄挂在了她的脸颊上。

稍微久坐就还是能感到寒气上涌，两人都跺了跺脚，沈鲍鑫将她拉了起来，又踩着跑道慢慢往前走。

"恺璐，我一直没听你讲过你家里的情况。"沈鲍鑫用闲聊的口吻，他其实是很想通过岑恺璐的成长经历来找到她"易感"的原因。

岑恺璐看似木头，实则是中空有节的竹子，心里清楚得很。她也愿意向沈鲍鑫倾诉，这比对兰教授或其他医生倾诉更放松。

"我的外公外婆以前生活在上海，已经去世了，我还有一个姨妈，现在在德国定居。我妈妈毕业到湖东省，她就反对；我妈妈要嫁给我爸爸，她也反对。她认为我们这里是乡下，瞧不上我爸爸。后来外公外婆去世后，她也就离开了，所以和我们的联系很少。妈妈去世时通知过她，她也没有回来。现在我们两家就再也没有联系过了。"

"那你父亲这边呢？"

"我爸爸是孤儿，还是一个遗腹子，奶奶也早就去世了。我听爸爸说过，他当兵后就再也没有回过老家了。你还不知道吧，我爸祖上好几代人都在行医，我们家可是医生世家哟。"

岑竹衫是穿着崭新的草绿色军装离开家乡的，离开了家乡，他就忘却了在家乡的所有恩恩怨怨，几十年的时间从未回去过，也从未和家乡有过任何联系。但岑竹衫应该是以自己的血脉为傲的，他还是把自己家的故事零零碎碎地给女儿讲过很多次。家乡不是自己独有的，但家却是自己内心深处独有的。

故事还得从岑恺璐的高祖父那一辈说起，她的高祖父是一名闲云野鹤般到处漂游的郎中。他走到康北省的竹山县，遇上了一位可以绊住他双腿的女人，于是就结庐而住，定居下来，生了儿子。儿子后来也长大成人，子承父业，做了郎中。成家之后，他因感念父母的爱情，儿子的名字干脆以"结庐"为名。岑结庐是岑恺璐的祖父，也就是岑竹衫从未见过面的父亲。虽然俗话说"荒年无六亲，旱年无鹤神"，但却没有饿死的郎中。虽是战乱年代，但岑结庐凭着这家传的医术也积攒下了一些财富，不能说富甲一方，日子也算过得比较惬意。岑结庐人如其名，有了钱就买田买地，建了一座宅院。家里富了，人也慢慢变老了。

造化弄人，虽救人无数，老郎中岑结庐所生的几个子女却无一存活，老妻也逝，本也想孤独终老，放出话来，身后家产全数捐作公产。

又有一句俗话叫"财聚人散，财散人聚"。竟真的应验在了岑结庐的身上。五十岁时，他收留一逃荒女子，再结良缘，很快就怀有一胎，老来再得子，岑老郎中喜不自胜。可惜还没等到抱上自己的幼子，家里就出了事，他也寻了短。

岑竹衫是岑老郎中的遗腹子，岑老郎中那可怜的少妻孤守在家，幸得逃荒的经历才让她免了很多的苦。但人在思念中是会麻木的，在空守中是会迅速老去的，两年后，她竟追着岑老郎中的脚后跟去世了。

这之后，岑竹衫就吃着百家饭长大，长大后当了兵，在部队还获得了读大学的机会，他选择了学医，再以后就转业回到了地方。

沈鲍鑫对那段历史了解得不多，一直以为岑恺璐的家庭条件比自己好得多，甚至可以说是两个有距离的阶层，不承想还有这样一段故事。

🔖 第五章 生死之托

> 他们无知、迷茫，却又糊里糊涂地对未来充满希望。

按照兰教授的建议，岑恺璐请假在家休息了一周。这一周的时间里，岑竹衫也是晚出早归，尽可能多地待在家里。沈鲍鑫稍有空闲也会来家里陪着她。

沈鲍鑫和岑恺璐常常说说笑笑，岑竹衫会悄悄地避开，避开后又静静地看着他们。

岑恺璐回科室之后，一切都像回到了以往的轨道，三个人都忙碌起来。之前那段时间仿佛消失了，没留下痕迹。

后面几周的时间，岑恺璐回到科室继续实习，但附二院的整个环境还是会让她感到有些不舒服，仍然是经常回家住。可是有一周多的时间，岑竹衫竟然没有回过一次家。

父亲出差几天不回家的情况也曾经有过，岑恺璐也没觉得有什么奇怪的，但时间长了，她还是给岑竹衫的办公室打了一个电话。是岑副局长本人接听的，声音很疲惫，嗓子有些沙哑，不过听到是女儿打来的电话，他的声音里明显透着一些开心。岑竹衫从椅子上站起身来，看看办公室里的人，电话是用免提接听的，他一边用双手捶打着腰部，一边和女儿聊了起来。岑竹衫说自己这几天工作很忙，这段时间就住在单位里面了，他说反正女儿现在很少回家，他回家也是孤老头一个。

岑恺璐问他："您多久回家呢？"

岑竹衫沉默了好一阵，抬眼看看办公室里的人："可能就这几天吧。"

几天后，岑竹衫仍然没能回家，作为他唯一的直系亲属，岑恺璐得到了药监局办公室给予的正式通知：由于案情复杂，岑副局长将协助专案组进行调查。地点保密，回家时间未定，若有变化再通知她。

岑恺璐马上就给沈鲍鑫打了一个传呼。

谁都没有经历过这样的事情，这时已经联系不上岑竹衫了。药监局办公室的王大姐说这是专案组在进行调查，他们都不知道具体情况，局里也是得到专案组的通知后，才按规定告诉岑恺璐的。

"他们只说案情很复杂，岑副局长作为分管领导协助专案组进行调查是很正常的程序。"王大姐安慰岑恺璐，"不用担心你父亲的生活，专案组那边应该都有妥帖的安排。再说，即便需要什么，还有我们局里嘛，还有我王大姐在这里嘛。你一个小姑娘，也帮不上忙的，少操点心，把自己照顾好就是。"

办公室张主任也过来关心岑恺璐，虽然暂时不方便联系上岑副局长，如果岑恺璐在生活上有什么需要，让她来找王大姐，可以帮着去向财务处预支一些现金，等岑副局长回来上班时再还上就是。

沈鲍鑫听到岑恺璐的转述，也安慰道："你就别担心岑叔叔的事了，他们局里出了这么大的案子，不是一时半会儿能结案的。看局里的态度，岑叔叔肯定没有问题。"他又开玩笑说，"如果是岑叔叔犯了事，他们还敢借钱给你？"

沈鲍鑫心里其实是有着担忧的。一个是为自己担忧，这个时间也太不凑巧了，马上就要落实毕业分配的事情了，岑叔叔联系不上，自己究竟该如何办？会不会错过？第二个担忧才是为岑竹衫，如果只是协助调查，那就不应该失去联系呀，至少可以和女儿见见面，随时能通通电话吧？

要么这个案子确实非常重大，要么是岑叔叔也受到了牵连……

沈鲍鑫不敢让自己想下去。他看岑恺璐也是忧心忡忡的样子，更是再添第三份担忧，这会不会又加重对她的精神刺激？

"去你干爹家问问，他多少应该知道一些情况吧？"沈鲍鑫提议。

晚上他们去了傅进军的家，一直在门外等到九点多，才看到傅进军和张大丽两个人散步回来。

干爹干妈嗔怪岑恺璐不提前打电话过来，岑恺璐只说是顺路过来看望一下干爹干妈，也是刚刚才走到这里。

张大丽招呼岑恺璐进家门，沈鲍鑫站在一米开外，他们都没注意到岑恺璐今天是带了人来的，直到岑恺璐在向他招手，示意他也进家门，张大丽才注意到沈鲍鑫，室外的灯光较暗，但也让她怔了片刻。

沈鲍鑫是第一次到这位省卫生厅厅长的家里，想到眼前这位就是将来能掌管自己的最大的领导，他心里就有些慌乱的，双手满是汗水，也不知道是不是应该主动去握手。傅进军也没有要和他握手的意思，眼睛一上一下快速地瞥了他一下，竟然自顾自地走进了书房。

张大丽将两个年轻人让进屋里后，就忙着去削苹果，心慌手乱，差一点把手伤着。她见傅进军已经闷声不响地进了书房，也顾不了太多，疾步跟了进去。傅进军站在书桌前，已经点燃了一支香烟，透过袅袅升起的烟尘，他在看书桌上儿子的照片。张大丽和他对视了片刻，两人都似乎被烟尘所呛，有点迷了眼睛，朦朦胧胧。

最终还是傅进军在烟灰缸里掐灭了香烟，拍拍张大丽的手臂："我们出去吧。"

沈鲍鑫坐在沙发上比在岑恺璐家里还紧张，岑恺璐则放松得多，她看见沈鲍鑫额头冒汗、焦灼不安的样子，忍不住笑出声来。这一笑，沈鲍鑫心里紧缠着的十个金箍顿时就卸掉了一半。

傅进军努力不去看沈鲍鑫，却又忍不住地要去瞧着他。在傅进军的注视下，沈鲍鑫额头上的汗生长得更快更多了。张大丽于心不忍，用手肘撞了撞傅进军。

傅进军转向岑恺璐，心里已知其来意，干脆主动点题："你是不是担心你爸？"

岑恺璐眼圈一下就又红了。

张大丽和傅进军应该都知道了岑竹衫的事，张大丽瞪了他一眼："你说这些干什么嘛，岑竹衫能有什么事？闺女心里着急很正常嘛，你知道什么消息就赶紧给她说说。"

傅进军轻轻地点点头："他能有什么事？这个竹衫，你又不是不了解他，嘴上没有把门的，胆子却又小得不得了，真要像外面那些小道消息传的，打死我都不会相信。我觉得竹衫肯定没有问题，但是他们局里最近麻烦大了。这两起案子确实不是一般的案子，岑竹衫又是分管的领导，'裤裆里藏黄泥巴，不是屎也是屎'，反正够他难受一阵子的。这些事哪是几天说得清楚的？说不定他那张嘴又要惹祸，他和他们局里的老徐走的不是一条道，老徐那个老狐狸……呵呵，如果我能见到竹衫，肯定会再劝他，最好是什么都不要说，说得越多越麻烦，老徐总有一天会露出狐狸尾巴的，但竹衫最好躲远点。"

沈鲍鑫和岑恺璐听到傅进军这样一说，心里就安稳了。

周俊被杀、凶手被抓后，博华药业的老板罗斌也已投案自首。按理说这个案子就已经可以结案，等着走审判程序了，但考虑到博华药业在全国都有分公司，顺着湖东省的这根藤还可以摸出很多瓜来。公安部门敦促和配合着药监部门继续深挖，在湖东省起获两千多万元的假药劣药之后，顺着博华的关联企业一路查下去，陆陆续续地在全国范围内又查获了价值三千多万元的劣药。

说来说去，湖东省药监局也算立了大功。

可新的问题还是出在他们局里。

周俊的老婆成了寡妇，她几次三番地给局里提要求，要给周俊申报"烈士"，但"烈士"的评定需省政府定夺，局里也给民政厅汇报过，明显不符合标准。局里为了安抚她，也为了给他们多争取一点抚恤金，按"因公殉职"上报。周俊的老婆却不答应，抚恤金收了之后仍然要那个"烈士遗孀"的身份，频频上访，甚至实名举报。

她实名举报的是副处长陈亦平。陈亦平和周俊长期不和，所以外界曾有传言说这次买凶杀人的导火索——查博华药业就是陈亦平蓄意策划的，为的就是通过查抄博华药业来激化博华药业和周俊的矛盾，鹬蚌相争，陈亦平是最终的得利者——坊间传言说得是有鼻子有眼，她也就把这些传闻当真。

事情就这样越闹越大，表面上案件已告破，但对案件后面的调查也悄悄启动了。

这一查，就把陈亦平也查了个底朝天，"听说因为陈亦平的案子目前已经抓了十多个药老板？"张大丽插嘴道。

"你的消息比我还灵通？护士长啊，有些话听到就听到，莫出去乱传，外面的小道消息满天飞，唯恐天下不乱。现在买凶杀人的事已经查清了，案犯投案自首，交代得明明白白，还是怪周俊太贪了——不是一家人不进一家门，他那个老婆也是贪得无厌，老公死了，死得并不光彩，这个事儿过了就算了吧，她竟还想着要在死人身上整两笔，恐怕最后会鸡飞蛋打的。这个周俊胃口太大，外面也有声音说明面上是周俊一张嘴，其实背后是周俊和老徐两个人的胃。结果呢？把博华公司整急了眼，昏了头。这个凶案与陈亦平无关，如果出事儿，那可能是另外的事儿了。"傅进军直摇头。

对这个案子，傅进军并不像他自己说的那样，一无所知或道听途说。案子的很多细节，他其实都已经了解到了，但他不能说。

周俊被博华药业的罗老板买凶所杀，确实是一次利益冲突，也确实和副处长陈亦平点燃导火索有关。陈亦平的点火有故意的成分，但也属意外。本来只想燎几根眉毛，结果一下就把房子烧了。

傅进军在心里还是骂了岑竹衫的。他认为这件事错就错在，他们局里做事欠缺魄力，没有安抚好周俊的老婆，越闹事儿越多。组织上的调查一旦重启，就像一辆高速奔腾的列车，急速行驶和碾压路过的一切，再也没有可阻挡得了的了，陈亦平自然也就因此浮出了水面。接下来还会有大鱼，傅进军认为这次将岑竹衫隔离起来进行调查，不一定是针对岑竹衫，而是项庄舞剑，意在沛公。

傅进军安慰岑恺璐："他分管这个处室也有好几年了，他下面的部门出了这么大的事，让他配合调查是很正常的事，你们别太担心了。"

傅进军又说："璐璐，今年我们厅里要进行国家公务员录用考试的试点，说今后都要'逢进必考'。你要知道，试点试点，上上下下就盯得特别别紧……你自己不要着急，也找几本这方面的书来看看，做点准备。"

他又将目光转向沈鲍鑫："你呢？你的工作确定没有？"

沈鲍鑫摇了摇头，他的眼睛里充满了期待。

傅厅长却一言不发。

半个月的时间一闪而过，日历翻到了三月底。岑竹衫还没有回家，双选工作也近尾声。就业指导办公室开始整理已签订的双选合同，下一步工作就是对于那些没有签就业合同的毕业生进行分配了。

就业指导办公室在楼梯间的黑板上出通知，陆陆续续通知相关同学去谈话。沈鲍鑫被排在了最前面，但他没有在约定的时间前往。他对工作的安排心里有底，并不着急，只是现在迟迟未见岑竹衫出来，难免有一点担忧。

沈鲍鑫和家里通过几次电话，鲍芳心里也很着急，但她还是要比儿子沉得住气一些。她心里很清楚，儿子已经攀上了高枝，自己也没能耐再帮得上什么了。她并不知道省城发生的这些新闻。鲍芳觉得也到了可以和儿子交底的时候了，她在电话里说："家里总共存下来两万多块钱……不过我现在总算是可以喘口气了，我现在就把家底交给你了，这些钱都是给你准备的，你觉得该用就用，留着今后也是给你结婚的时候用……虽然是人家在帮你办事，用的是他们的关系，你自己还是应该有点眼色，不能让人家花钱……"

电话里鲍芳还在絮絮叨叨，沈鲍鑫的传呼响了，上面的电话号码有些熟悉，沈鲍鑫想了想，这个号码好像是岑竹衫办公室的号码。岑恺璐和他说过一次，虽然只说过一次，他也没有刻意去记忆，但这个号码却像刻在了脑子里一样，或许就是在等待这样一个时刻吧。沈鲍鑫突然激动起来，他有些迫不及待。匆匆挂断和鲍芳的通话，沈鲍鑫开始拨打，外面已是春天，天气转暖了，沈鲍鑫握话筒的手都已经出汗了，但拨号的手指还是像在寒冬，发僵。

那边电话拿起来的一瞬间，沈鲍鑫就明白了，这个电话里传来的不会是一个好消息。电话接通了，听筒里没有说话的声音，沈鲍鑫能听到的是呼吸声，这呼吸声极为沉重，掩盖了胸腔深处的啜泣声。

药监局办公室的王大姐也是找了好几个地方，才终于辗转找到了岑恺璐实习的科室。岑恺璐见到她有些惊喜，还以为王大姐是到医院来看望病人。她拉着王大姐的手摇来摇去，一蹦一跳的，王大姐突然就说不出话来了。最后只能说是局里有点儿事，岑副局长不在，需要她去签个字，这事儿比较着急，要岑恺璐赶紧和她一起去一趟。

到了局里，办公室张主任才将情况通知到了岑竹衫的家属——岑副局长在协助调查的过程中遭遇了意外，已经身亡。岑恺璐作为他唯一的家属，局里将尽力配合她办理岑竹衫的后事。

她一直被世间最舒适的温暖包裹着，命运却在最寒冷的一天将她和包裹着她的棉被一瞬间都扔进了冰窟。彻骨的冷，紧裹着的冷，令人窒息的冷。

岑恺璐突然就成了孤儿。

面对没人能够对抗的无常命运，除了眼泪，岑恺璐什么都没有了。

得到消息之后是一瞬间的眩晕，她竟然笑着对王大姐和张主任说了谢谢，然后提了一个要求，她要去父亲的办公室看看。

王大姐犹豫地看着张主任，张主任点了点头。岑竹衫的办公室早就被搜查了几遍，今天又被紧急清理了一次，所有纸张之类的全部被转移封存了，办公室空荡荡的，只有几件办公家具和一部电话。

进到这间熟悉又荒凉的办公室，岑恺璐再也无法保持她的微笑，哭着说请让她一个人待一会儿。张主任看了看已经锁紧了的窗户，还是摇头，示意王大姐留在里面，他自己轻轻退出了办公室，将门虚掩上。

岑恺璐痛哭了很久，王大姐也只能是坐在靠窗的椅子上静静地陪着。楼道外的脚步声越来越少，窗外的光亮也暗了下来，早就过了下班的时间。

"璐璐，你看还有没有需要通知的人？"王大姐抚着近乎虚脱的岑恺璐的肩。这句话终于惊醒了她，而岑恺璐这时唯一能想到的就是沈鲍鑫的传呼号码。

第二天一早，王大姐领着沈鲍鑫和岑恺璐一同来到专案组。专案组设立在近郊的一座山上，这座山风景优美，修建了很多度假山庄。他们的车一到门前，大门口的挡车杆就自动升起，车刚开进去，挡车杆又自动落下。

他们出示了介绍信，在服务员的指引和带领下，来到山庄最里面的一栋楼。在210房间，他们终于见到了专案组的工作人员。房间是宾馆的标准装修，撤走了一张床，只留下一张，并增加了几把可折叠的靠背椅。

专案组有两个工作人员负责接待他们，先招呼他们在房间里坐下，然后一一询问身份。听说沈鲍鑫是岑恺璐的男朋友，两个工作人员相互交换了一下眼神："你们没有结婚？那你和岑竹衫就不存在亲属关系，按规定现在必须请你离开这里。"

岑恺璐紧拉着沈鲍鑫的手不放，身子在不住地发抖。

王大姐和专案组的人商量了好一阵，个子较高的工作人员犹豫了半天，然后拿起房间里的电话拨了一个号码，他只按了四个号码按键，应该是拨打的内线。

两三分钟后，一个步态沉稳的中年人走进了210房间，听了高个子的简短汇报后，转身问道："你叫沈鲍鑫？是哪几个字？请把身份证再给我看看。"

再次确认身份后，他才对着沈鲍鑫说："我姓廖，是这个专案组的副组长。岑竹衫同志留下了两封信，我们检查过，是他写的遗书。一封是写给女儿岑恺璐的，另一封是写给你的。事发突然，我们还没来得及进一步联系你，既然你们已经来了，那我就代表专案组向你们介绍一下事情的经过？"

廖副组长眼光扫视了一下高个子，高个子接过话头补充道："由于这个案件目前还在继续深挖，我们是不应该向你们透露任何情况的，但考虑到情况特殊，就和你们家属先进行沟通，以便把岑竹衫同志的后事先处理了。但这有个前提，就是所有情况必须保密，包括你们单位派来的同志。目前案件未了，还不能下结论，对岑竹衫同志的情况也无法定性，建议单位可按因公死亡来给予抚恤。这是我们专案组的意见，你们还有意见没有？"

未等沈鲍鑫和岑恺璐表态，王大姐就已出声应承了下来。

十多年前，岑竹衫从部队转业到地方，就一直在湖东省药监局工作。他从副处的位置干到了处长位置，然后又在市场处处长的位置上，被提拔成了副局长。周俊和陈亦平都是他的部下，现在连续出了这么多事，既然要深入调查，岑竹衫肯定是回避不了的被调查对象。

让专案组头痛的地方也就在这里，通过大半个月的外围调查，没查出岑竹衫有什么问题，可陈亦平却一口咬死，自己所得的赃款是分了一半给岑竹衫的。专案组推断，一种可能是陈亦平吐的是事实；另外一种可能就是，陈亦平想和专案组缠斗，故意牵出岑竹衫来干扰和转移专案组的调查视线。

两种情况都有可能，都得继续查下去。专案组不得不将岑竹衫请来协助调查。

专案组在岑竹衫这里调查受阻的时候，另一个小组有了新的突破，在徐局长家的床垫里，搜出现金两百多万元，在厨房的米缸夹层里，还搜出 2.3 公斤的黄金。

但这个消息反而让专案组陷入了两难，上级也陷入了两难。如果调查再深入下去，随着调查范围的进一步扩大，不知道还会牵出哪一级的领导干部，也不知道波及面会扩展到多大，总不能把省药监局一锅端了吧？这让省里又怎么再向上面交代呢？

岑竹衫感觉到了风向的变化，专案组的语气越来越硬，对他的限制也越来越多。

只要认真，终会有人认输。

岑竹衫向专案组投降了，他承认和博华药业的罗斌曾有过经济上的瓜葛。高莲重病住院时，周俊曾借给他十万元现金，岑竹衫也给周俊打了借条，后来岑竹衫经济上逐渐宽裕之后就想分期还钱，周俊说的是钱不是他的，而是罗斌出的。

钱是分四次还清的。每一次还钱罗斌出具的收据，专案组在岑竹衫的办公桌里悉数找到了，对罗斌进行提审，证词也是一致的，就算是查询岑竹衫的存取款记录，每一个时间点也能完全吻合。

这一系列调查，也间接证明了罗斌和周俊有很深的瓜葛。可对岑竹衫而言，专案组认为要么是他太狡猾，做事滴水不漏，要么也确实无所牵涉，负有一定的管理责任。

专案组对岑竹衫的态度已经大为缓和，但陈亦平一天没有新的招供，岑竹衫也就只能继续留在山庄配合调查。

他在房间里又埋头写了半个多月的材料。近五万字的文字材料，把湖东省药监局的隐蔽交易情况来了一个详详细细的彻底曝光，所有可疑之处一一指明。

专案组的态度终于再次缓和下来，难得地赔上笑脸，以至于他提出要外出，专案组考虑再三，为避免进一步激化矛盾，也给予了迁就。只是对于联系家属的事儿却坚决不松口。

没料到事情如此诡异，现在在审查期间竟然出了人命。

更何况岑竹衫是自杀身亡，这也导致他们这个专案组所有的工作人员和工作流程都将面临被人审查的命运。

"自杀？不是说是意外吗？"岑恺璐已陷入了悲伤之中，只有沈鲍鑫反应过来这两个词语的差别，听到廖副组长所说，立刻就打断了他的话，问他。

廖副组长也没想着再去修饰这两个不同意思的词语："是的，岑副局长留下了两封信。这两封信的措辞和语气能证明是他留给你们的遗书。经过法医对现场的查勘，可以确认是自杀。当然，如果你们家属对死亡原因的认定有异议——这个我个人也表示理解——无论你们是否有异议，其实也不用你们提出要求，我们都会接受上级部门的调查和复核。"

"那把岑叔叔写的信给我们吧。"沈鲍鑫也有些无力，只能想到哪里就说到哪里。他见岑恺璐的表情从悲伤渐渐演变成了一种木僵，顿时就有一种急火攻心的感觉。

廖副组长仍然先阐明规则："尽管这是写给你们两位的私人信件，但按规定这些资料必须存档保存，所以……我们也请示了上级，出于对逝者的尊重，你们可以查阅，但不能复印和拍照。"

"我不要看信，有什么话我爸爸是会亲口告诉我的！"岑恺璐终于说话了，她的声音就像一只母狮，只是还没完全冲出喉咙。

工作组的三位工作人员均面面相觑，廖副组长明显有经验得多，他用眼神求助着王大姐。

王大姐一直搂抱着岑恺璐的肩，又轻轻抚摸着她的背。

她对着廖副组长说："告诉她吧，孩子们有权利知道事情的经过！"

岑竹衫将材料上交后，清闲了两三天。专案组在未得到上级指令的情况下，也不便再来找他谈话。每天有人好吃好喝地陪着他，就相当于一次度假。他们都在等待着上面的意见。

早上，岑竹衫和专案组的工作人员刘宏林说："小刘，今天是我妻子的生日，每年我都会在这一天去祭奠她，不知道你能不能请示一下，我想去陵园看一看？你们跟着去也行，只是怕你们有忌讳，委屈了你们。"

刘宏林向领导进行了请示，他们又再次复查了档案，今天确实是高莲的生祭。他们同意了岑竹衫的请求，除司机外还派了三个陪同人员和他一起去。岑竹衫上了车还和他们开着玩笑："这个待遇不错嘛，我这个副厅级的今天也享受了一次正厅级的专车待遇了，哈哈，实不相瞒，今天还是我这辈子第一次公车私用哟。"

在比较轻松的氛围中，车子驶向了六塔陵园。六塔陵园就在云汉市殡仪馆旁边，六座巍峨的塔形建筑都是安置骨灰的地方，每一座"塔"里面可以安置上万的亡灵。清明节那天以及前后两个周末，这个地方人山人海，交通经常瘫痪，恐怕云汉市有一半的人都会汇聚到这里来祭拜逝去的亲人。但此时的六塔陵园异常冷清。

到了，岑竹衫却不下车，他就隔着车窗望了望六塔建筑，挥挥手，让车往回开。

"看一眼就行了，她不想被其他人打扰，我想你们肯定不会让我一个人去看她的，是吧？算了，没必要让你们为难。回去吧，辛苦你们了。"

回驻地的路途中，岑竹衫比来时沉默多了。一回山庄，刘宏林立刻就将这些情况详详细细地进行了汇报并形成了记录。

吃过午饭，岑竹衫就一直坐在房间里，拿着纸笔写着东西，刘宏林陪在旁边还问了一句："岑副局长，写什么呢？休息一下吧！"

"这么多年了，也难得有今天这么一个闲的日子，写点心情文字罢了。小刘，晚上我不想去餐厅吃饭，能不能麻烦你给梁师傅说说，帮忙下两碗面，端到房间里来。"

这种要求并不过分。

餐厅梁师傅用托盘端来两碗鸡蛋面，撒上了葱花，闻着就很香。"岑副局长，要不要喝一点？"他还拿来一瓶半斤装的湖东特曲，"我再给你整点下酒菜？"

岑竹衫笑着拱拱手道了一声谢："下酒菜就不用再麻烦你了，人家说'饺子下酒，越喝越有'，今天是面条下酒，越喝……越……有。梁师傅，谢谢你了！"

这句话就是岑竹衫留在世间的最后一句话。

刘宏林看着岑副局长在房间里找来两个茶杯，拧开瓶盖给两个杯子里都斟了一些酒，他就跟着梁师傅前后脚离开了房间，顺手将门轻轻地带上。

半个小时后，刘宏林回到房间，岑竹衫已经自杀多时，根本没有抢救的可能。

岑竹衫用两根筷子分别插入两个鼻孔，对着桌子用力一磕，两根筷子都穿入了颅脑。

第一封信。

璐璐：

爸爸走了，但愿我的离去不会让你感到耻辱。即便有人议论，别去听，是是非非就和生生死死一样，谁也看不到其他人的内心。

既然我做出了选择，我自有我的道理。这也不是一时的冲动，或者，对我而言这才是最好的选择。人的心里都有着一尊佛，如果赶跑了佛，就会放出镇压着的魔。人死如灯灭，生前利、身后名皆为云烟。想明白了这些，我也就不惧怕死亡了。

悲剧其实早就在上演了，只是无声地隐匿在角落和缝隙中，最终只有悲剧变成惨剧才会引人侧目。只希望这些都到此为止。

我现在只有一个遗憾。陪你长大是我这一辈子最高兴的事，我还想看着你出嫁，我一直都在等着那一天。在你妈妈弥留之际，我给她说的最后一句话就是："我一定要把女儿的手交到一个值得托付终身的人手里。"你妈妈是听到这句话后，才闭上了眼睛。十分抱歉，我没能实现我的承诺。

璐璐，毕竟我们父女一场，我就给你提最后一个要求：二十年后，请你一定要将我的骨灰和妈妈的骨灰混合在一起，撒到江里去吧。现在千万别去惊扰她，我愧于见她。二十年后，我们也应该有了外孙或者外孙女了，他们也应该长大了，你拥有了真正的幸福，了却了我对这世间的最后一点牵挂，我才能无愧去见她。

即便日子再艰难，你也一定要熬下去，熬到那个时候，将我们留在这尘世间的唯一一点东西撒进江里，撒了，就断了对我们的怨恨。如果是悲剧，就让悲剧在那一刻彻底谢幕。那一刻，我和妈妈都会变成星星，天上的星星有它的位置，你也有你的路要走，在天人永隔的那一刻，我们之间能得到彻底的和解。

我和妈妈永远都记得你的生日。

永远爱你的爸爸

1998 年 4 月 1 日

第二封信。

沈鲍鑫：

不知道应该怎样称呼你更好，还是直呼你的名字吧，只有这样你才能看到这封信，但愿他们会尊重一下我这个死人。

小沈，如果你能看见这封信，说明在她人生最艰难的这一刻，你也在陪着她。我要谢谢你。我也希望你能一直陪她走一辈子，人这一辈子要遇见的坎坎坷坷还有很多，你能一直陪着她，就一定会有福报。

如果你认为目前的就业是最重要的事，很惭愧，我已无力帮你。但我还是要说，家庭和婚姻会比一份工作重要得多，相守一生所得的回报，比任何职业给你的回报都值得。

如果你能善待恺璐，这个世界是不会让你失望的。

谨托！

岑竹衫
1998 年 4 月 1 日

楼外的院子里已是春暖花开，草长莺飞。

生命却如夏花秋叶，死亡不过是最后一步。

岑竹衫的这一步迈得太突然，所有人都没有准备。

从离开山庄到回家的路上，沈鲍鑫问岑恺璐的所有问题她都没有应答，只是望着车窗外飞驰的风景默默流泪。沈鲍鑫知道后面还有很多的事情要办，但具体怎么办他也一无所知。沈鲍鑫现在能想到的就是打电话，要给岑恺璐和自己正在实习的科室打电话请假，还要给妈妈打个电话。

他借了王大姐的手机打回浦州的家里。听到是沈鲍鑫的声音，还未等他说第二句话，鲍芳就在电话那头埋怨起来，责怪儿子好几天都没有联系她了，目前工作究竟落实没有，在医院实习累不累……

每个人都关心和牵挂着自己的亲人，谁都没有时间去观望远处的生死。

沈鲍鑫看看岑恺璐，岑恺璐就靠在他的身边，仍然望着窗外。

车里很安静，再低的说话声都能传遍整个车厢，沈鲍鑫用低得不能再低的声音对着话筒说："妈妈，岑叔叔出事了。"

"什么？你说什么？你说大声一点！"

沈鲍鑫只能再次重复。悲伤的事只能说一遍，第一次说只是用刀划一个口子，肌体可能是麻木的，并无痛感，第二次说就是撒盐。

"啊？！出事？出了什么事？你快说呀，真是急死我了！"

"哎呀，一句两句说不清楚，您能不能赶紧坐车过来？对，越快越好。"沈鲍鑫匆匆挂了电话。

沈鲍鑫将手机还给王大姐，这时岑恺璐终于开口了："不要让她来了，我不想让其他人知道。"

　　"那……还是应该给干爹干妈说一声吧。"沈鲍鑫征求岑恺璐的意见，岑恺璐点了点头。

　　一进家门，来不及睹物思人，也来不及黯然神伤，沈鲍鑫拨通了傅厅长家的电话。可岑恺璐拿着话筒始终说不出话来，最终还是沈鲍鑫接过了话筒。

　　傅进军接听了电话，有些吃惊。大约半小时，张大丽就坐着出租车赶到了岑恺璐家里。

　　张大丽走进家门的时候也是红着眼圈，连连说没想到，沈鲍鑫往她身后看了看，没有人，傅进军没有一同前来。他正犹豫着需不需要关门，张大丽忙解释了一句，说正出门时临时有些事情耽搁了。

　　唏嘘了半天，张大丽好像突然想起了什么，一惊一乍："小沈，你们把岑叔叔的丧事抓紧时间办了，以后你和璐璐的日子还长得很。现在双选工作还没有结束，赶紧选一选，还能有一些机会。我个人有个建议啊，最好是你们能在一起，相互之间也好有个照应。璐璐，前几天我听老傅说，今年卫生厅马上也还会有些大的变动。具体怎么变化我们都不清楚，但可以明确的是，机关和下面的事业单位不再招收本科毕业生了。你干爹还在说，无论如何你的事情他是要办的，过几天他会去省人事厅和编制办沟通一下。你知道你干爹的脾气，平常从来都不去求人的，特别是自己家的家事，更不会跟工作扯到一起，但你的事是要破例的。"

　　沈鲍鑫看着她说个不停的嘴，这个目光似乎也烧灼到了张大丽，张大丽的目光快速扫了他一眼，又立即转向了岑恺璐，岑恺璐一直低着头，能看到的只是满头的发丝在有节奏地颤动。张大丽舔舔嘴唇，犹豫了一下，还是接着说："本来你干爹不让我给你说这些的，但我觉得你们现在这种情况……还是应该早做准备才行，如果双选会上能有更好的机会，你们两个又能在一起，说不定会更好一些……"

房间里似乎很燥热，张大丽说完这些，身上湿漉漉的，特别不舒服，又安慰了几句就告辞了。临出门时，她又回头看了看沈鲍鑫，干咳两声，这两声咳嗽竟然呛得她眼睛里都泛起了泪花。

两个年轻人在屋子里默默地坐着，隔壁的人在家吼着卡拉 OK，楼道对面的人在家骂着做作业的孩子，楼下有几个年轻人在莫名其妙地狂笑，还有老年人拿着半导体收音机开着很大的音量听着最流行的音乐。穿过宿舍楼不远处就是医院的住院部，或断或续的号哭声在宣告着另一个生命的逝去。人与人之间的悲喜并不相通，每个人都只觉得对方很吵闹。

鲍芳一大早就赶到了学校，她是从浦州市包了一辆出租车连夜赶过来的，发现沈鲍鑫不在寝室，就找了楼下电话亭给沈鲍鑫打传呼。

沈鲍鑫跑回学校把妈妈接到岑恺璐的家里。

她又带了好几罐家酿的酒："你岑叔一直说这个酒好喝，早知道我就早一点带来，他也可以再喝上一口。"

沈鲍鑫用眼神制止了妈妈的唠叨，岑恺璐本来已经梳洗好了，听到鲍芳这么一说，转身就又进了洗手间，哗哗的水流声掩盖了此时的悲伤。

鲍芳自知失言，就压低声音问儿子有没有吃早饭，沈鲍鑫说药监局派的车已经在来的路上了，时间来不及，就不吃了，他们马上要赶去殡仪馆。

"我给你们先做点早饭，不吃饭的话，这一天我怕璐璐会顶不住。"鲍芳边说就边往厨房走去，她还示意沈鲍鑫跟她一块儿进厨房。

"来，把这个带上。这是辟邪的，到这些地方去，特别是遇上那些枉死的，宁信其有。"她拿出一个叠成三角形的黄色符咒悄悄塞给了沈鲍鑫。

"那恺璐她需不需要也……"

鲍芳没回答，把沈鲍鑫推出了厨房。

王大姐来敲门，鲍芳赶去开门然后寒暄了几句。

"你们的车还坐不坐得下？"

"她姨，你坐了一晚上的车，就在家先休息一下吧。"

鲍芳连连应声："那我就在家帮忙收拾收拾，这个屋子也是很久都没有收拾过了。"她没忘转身去拎来一瓶酒，交到沈鲍鑫手里，又从贴身的口袋里摸出厚厚的一叠钱塞给他："把这酒带去祭奠一下你岑叔，让他安心上路吧。虽说这些事有公家帮着办，有些地方可能也不会办得太上心，你觉得需要花点钱的就花点钱吧，也别给公家找太多的麻烦了。"

沈鲍鑫搀扶着岑恺璐上了空荡荡的车，鲍芳转身揩了揩眼角。

临近黄昏他们才回到家。

屋子已经被收拾得整齐而干净，一扫之前的阴霾氛围。

鲍芳等儿子安顿好了岑恺璐，就让他把自己先送回到学校里去。鲍芳说想在沈鲍鑫的宿舍借宿一宿，让沈鲍鑫回去给室友打声招呼要更妥当一些。

沈鲍鑫陪着妈妈往学校那边的毕业生楼走去，今天寝室里另外三位同学都在，沈鲍鑫到了寝室给他们打了招呼，其他寝室的有些同学也已经知道了岑恺璐父亲去世的消息，看他回来，纷纷跑来向沈鲍鑫表示慰问。

人都散去后，鲍芳和沈鲍鑫的那三位室友打商量，让他们先去其他寝室玩一会儿，她想和沈鲍鑫商量一点事。室友们都爽快地离开了。

鲍芳从包里拿出一本病历和一叠检查报告，让沈鲍鑫看。

这是他们附一院的病历和报告，沈鲍鑫对这种病历和检查报告已经是非常熟悉了，他看了看封面，病人是一个陌生的名字，沈鲍鑫以为是妈妈厂里的哪位熟人，就翻开阅读里面的内容。

看完门诊病历，再翻开几张检查报告，沈鲍鑫说："妈，你看病史是这样记录的，'患者自诉头痛、视物模糊四个月，进行性加重两个月，肢体有疼痛和麻木感，查体右上肢肌力减弱，疑Glioma，建议CT、MRI进一步检查'。这是你们原来厂里的哪位朋友吗？我说一句实话啊，这个情况看了不太好哟。Glioma就是神经胶质瘤，你看这个诊断报告，虽然不能确诊，但有百分之八十的可能就是这种病了，我觉得恶性程度很高。外公那种还是相对良性的，这种，即便做手术，成功率也不会太高，而且复发的可能性还很大。唉，得了这种病不仅病人受罪，也会把一个家拖垮。"

鲍芳问："这种情况……还能活多久呢？"

沈鲍鑫看看妈妈："如果是你很好的朋友，你就劝劝他，不要治疗了，这种治疗价值不会太大，都不能多个一年半载的，但人基本是躺在床上捱日子。最好是能吃点想吃的，去看看想看的，还能有三四个月的行动自由。后面躺下了，想了的心愿也没法了了，也就再多拖了三四个月。"

鲍芳一句话都没说。

"这是你在璐璐家拿到的？"沈鲍鑫突然觉得心里有这么一个疑问，而且这个疑问不由地脱口而出。他说的时候还不由自主地看看四周，整个寝室里只有他们母子二人，房门紧闭着。鲍芳默默点了点头。沈鲍鑫连忙又翻回所有病历资料和检查报告去看，检查时间是1998年2月6日，也就是两个月前。

鲍芳叹了一口气，从他手里把病历和检查报告拿了过去，小心地折叠好，放回到包里。"今天收拾屋子的时候发现的。他没跟你和璐璐说过？他这样做是不是因为怕这个病拖累女儿……"

什么是喜极而泣？就是和阎王爷玩俄罗斯轮盘赌，已经连扣了五枪，明明知道最后一个弹槽中肯定会有一颗子弹，但扣动扳机后竟然是一颗哑弹。

胰腺癌恶性程度很高，一般发现的时候就已是晚期了，再加上手术难度极大，故又被医生称为"癌中之王"。

办完岑竹衫的后事，没过几天，鲍芳又风风火火地赶了过来。她这次是搭乘的救护车，浦州中心医院专门派了一辆救护车将沈天喜送到了附一院。

沈鲍鑫的二叔在车上就一直面如死灰，他没有想过能活着下手术台，所有的医生也都没想到他能再活过三个月，但奇迹总会在所有人都放弃希望的时候悄悄到来，沈天喜就像他的名字中蕴含的意思——"老天要给一个惊喜"。病灶局限，周边脏器没有浸润，远处淋巴结没有转移，病理科的报告结论是良性的。主刀的刁主任说这种情况是从医三十多年都没见到过的，手术前他还查过医学文献，这种罕见病例国内一共只有一例报道，他想发表出来，这应该是国内发现的第二例了。

沈鲍鑫为二叔的奇迹而高兴，可喜悦掩饰不了他内心的焦虑。

工作还没有着落啊！

以前他只需考虑自己一个人的工作，而且那时可供他进行选择的时间还很多，有二叔在运作的中心医院做保底，还有岑竹衫可给予他更多的选择，他一点都不着急。现在，岑竹衫这条路彻底地断了；二叔这一病，即便康复出院，基本就处于退养状态了，这条路也基本断了；时间也是一个问题，现在已经到了四月底，双选工作已进入尾声。毕业指导办公室公布的最新数据是百分之七十三的毕业生都已通过双选落实了单位，签订了正式合同。另外有百分之十的毕业生考取了硕士研究生。包括沈鲍鑫在内的还剩近百分之二十的学生，要么后面蓄有大招，暂时不宜公布和报送就业信息，要么就是双选落败，等待着学校统一的二次分配。

现在，还有岑恺璐的毕业问题。

岑恺璐之前没做过双选的准备，连简历都没写，就等着傅进军那边的通知。她以为工作就像搬寝室一样简单，把行李从学校宿舍搬到单位宿舍，身份就从医学院的大五学生直接变成了卫生厅的新职员。

岑恺璐的精神状态非常不好，最初几天，她失魂落魄的样子很让人同情，老师和同学都能担待。可过去了一周、两周，她失魂落魄的情况不仅没有改善，脾气也有了很大的变化，以前温柔得多说几句话就会脸红的人，现在常常和人发生争吵，让人难以接受的是还口吐脏字。老师频频皱眉，同学也渐渐疏远她。

和沈鲍鑫在一起的时候，一言不合她就动手打人。

沈鲍鑫来到年级就业指导办公室，赵义仁见进来的是他，装作没见到一般，手里拿着笔自顾自地在纸上勾勾画画。

沈鲍鑫也沉得住气，敲敲门框，喊了一声"报告"，见没回应，也就没有继续敲门和喊"报告"了，规规矩矩站在门边，等待着被发现。

这也太奇怪了，平常办公室人来人往，今天偏偏是门可罗雀。一个坐在桌前，一个站在门边，直到墙上挂钟的时针跳过了六个字，赵主任手里的签字笔又恰好用完了最后一滴油墨。赵义仁抬头，脸上迅速堆满了笑容："哟，沈鲍鑫，你什么时候来的？也不敲敲门！来，快进来坐！"

赵义仁只是稍微前倾了一下身子，屁股都没离开椅子，顺手撩开茶杯的杯盖，吹一吹，抿一口，茶水是凉的，这口凉茶水让他脸上的笑也迅速冷了下来："你的双选合同签好了就要拿回学校备案哟！你未必现在还在保密呀？"

有些话是不能在办公室说的，沈鲍鑫说："赵老师，马上就要毕业了，您这几年对我照顾不少，我想请您吃顿饭，感谢感谢您。"

赵义仁眯着眼睛，压制住那里面闪过的一道光。他打了一阵哈哈，但沈鲍鑫却执拗起来，一推二挡，最终将吃饭的地方定在了长城酒店。

沈鲍鑫带来的是舅舅家自酿的好酒。沈鲍鑫是在酿酒坊学会走路的，从小就经历着酒气的熏蒸，这几杯对他而言确实是"小儿科"。但赵义仁被这美酒一熏、酒气一催，脸上的红晕立刻散发开来，一直浸染到了他的脖颈。赵义仁兴致颇高，言辞中虽带着酒意，话语却显得有一两分真诚："我听人说你和乙大班的岑恺璐在耍朋友，看来你小子是又有心又有眼光。前一段时间我看你对毕业分配的事不太上心，我还帮你着急，看来我是自作多情了哟。"

沈鲍鑫只管给他斟酒，不停地敬酒。赵义仁嗞的一声，美美地又品了一口酒，美酒催得心里暖洋洋的，很舒坦："唉，我也是上周才听说，岑恺璐的父亲……他是因公殉职？"他看着沈鲍鑫，眼睛里透着 X 光，沈鲍鑫心里一紧，但酒精帮助他稳住了表情，似醉意也似悲痛。

"你和岑同学两个挺般配的，你的成绩好，岑同学的命好，听乙大班的袁主任说她好像已经被省卫生厅挂了号？岑副局长……唉，虽然他这个时候走得突然了点，好在他女儿的事情都安排好了……"

赵义仁放下酒杯，眼睛直愣愣地盯着沈鲍鑫："你可能不知道，几个月前省药监局的人还来我们办公室了解你的情况，应该是在考虑接收你，我最初就没明白过来，后来才知道你和岑同学的关系，呵呵，你看你看……"他拍拍有些微秃的前额，打着哈哈。转瞬间他收住笑容，换上了悲痛的表情："没想到啊，世事难料，节哀节哀。"

他一口，干掉了一杯酒，推脱沈鲍鑫准备给他斟酒的手，一边给自己满满地斟上一杯，一边说："岑副局长干了这么多年，在局里应该打下了很好的根基。小沈，岑副局长虽说人不在了，他的关系还在……你们年轻人呀，有时候眼光比我们还要放得远，佩服，佩服。"

沈鲍鑫在心里措辞了良久，他觉得这是到了可以开口的时机了："赵老师，今天就是想拜托您一件事。正如您所了解到的，岑恺璐的父亲去世了，局里对她和我都比较照顾，但是我和她商量了一下，没有了老爷子，在机关单位我们可能也混不出个名堂。我们两个都是学的临床专业，最好还是吃技术这碗饭，您看看就业指导办公室还有没有推荐的计划，我和她就一个要求，能不能把我们俩分配到一个地方——就算是不能留在云汉市也没关系。"

赵义仁停下筷子，愣愣地盯了他很久："你们不是在开玩笑吧？"

赵义仁在确认沈鲍鑫说的不是玩笑话后，似乎明白了一点什么，顿时心里就又有了新的盘算："看嘛，我一直都在说让你们读大学的时候不要谈恋爱，一二年级还吼得住你们，后来哪里还管得了嘛。你们也都是成年人了，我也就睁一只眼闭一只眼。看嘛，现在知道我说得没错了吧？毕业的时候麻烦就出来了吧？你要说她也是我们甲大班的，这也还好说一点，有些单位来我们学校要人，要一个男生我们还可以强行给他们搭一个女生。你说说，我不可能给人家医院的说，你要我们一个男生我给你搭一个乙大班的女生嘛！我倒是很愿意帮你们的忙，可乙大班的袁主任又怎么看我呢？不是又要乱说我赵某人拿了学生的钱，捞过界？"

沈鲍鑫捏捏裤兜里那厚厚的一叠钞票，三千元，是鲍芳那天塞给自己，准备给岑叔叔办葬礼时应急用的，现在也是一种应急。

"赵老师，您是真心实意地在帮我们学生，我也知道您办这些事也要托人，求人的事还不少，那这……就拜托您了，感谢的话，以后我还会再找机会给您说的。"沈鲍鑫就等赵义仁先开口说出那个字，他只要说出了那个字，自己就可以顺水划船了。他一边接过赵义仁的话，一边将那叠纸钞从裤兜里摸出来，塞到赵义仁的手里。

沈鲍鑫的脸上早就罩上了一副谦卑真诚的面具，透过面具盯着赵义仁的脸。赵义仁面色很平静，他脸上本有一副得意的面具，瞬间就又换上了惊讶、愤怒、同情等面具，这些面具更换得太快，就太累人了，干脆全部扯下："小沈不仅成绩好，对社会也看得透。你说得对，这就是社会现实。给你们学生办事是我们当老师的责任，但我们也要到处求人，我们也要去打点，小沈你能理解就好。不然，我没把事情办好，你就会说赵老师不厚道不耿直；办妥了呢，又像有些人那样忘恩负义胡乱说，说是我赵某人贪得无厌，专吃学生。这个事你放心，我尽力去办，用多少是多少，我尽量帮你省着点，最后能剩多少我也就原封不动地退给你。不过这事办不办得成我可不能打包票哟。"

送走赵义仁，沈鲍鑫转身回去请服务员将剩得较多的几个菜打包，岑恺璐还在家里等着。

天色已晚，沈鲍鑫开门进去的时候，家里一盏灯都没开。

沈鲍鑫站在黑暗中，感受到了岑恺璐在黑暗中的呼吸。

沈鲍鑫站在黑暗中，感受着这间屋子。

本以为在不久的将来，自己会从这间屋子里接走披着婚纱的美丽新娘，那时这间屋子一定灯火通明。再然后，自己会经常陪着妻子一起来这间屋子蹭饭，尽管是妻子去旁边食堂叫人送过来的饭菜，但和岳父喝的一定是自家酿的美酒。再然后，就是陪着孩子的母亲来这间屋子接孩子，是调皮的儿子还是可爱的女儿，或者是两个可以闹翻天的小魔鬼，外公一定是心疼得很，一定舍不得让他们回家，哪怕第二天他们又会被送来，揪揪外公的胡子、搞乱他的书房。

现在，那个人不在了，只有照片挂在墙上，安静地陪着另一张照片。

岑恺璐坐在照片的下面，黑暗中她的眼睛还是那么明亮。

沈鲍鑫摁下开关，屋子亮了，岑恺璐被这亮光所惊醒，站起来，走过来，抱住了沈鲍鑫。沈鲍鑫手里还提着打包回来的饭菜，小心翼翼地将袋子放在旁边的桌上，也抱住了她。

看着她吃饭，沈鲍鑫也稍微放心了。在厨房洗碗的时候，沈鲍鑫无意间望向窗外，夜也是漆黑的，前面的小道有着几盏昏黄的路灯，黑暗仿佛有黏稠的质感，灯只能撕开一小片。不知道未来的工作在哪里，那里也是这样黑的夜吗？

他们无知、迷茫，却又糊里糊涂地对未来充满希望。

就这样，毕业的六月到来了。聚餐的时候，沈鲍鑫大醉一场，舍不得这个校园。五年的青春岁月都抛洒在这里，每一个台阶都留下了自己的足迹。

赵义仁还是笑眯眯地看着整个甲大班的同学，开宴前，各个寝室总要组队各自吼几首歌。赵义仁趁着同学们的情绪还没燃烧到顶点，先就宣布了规则："同学们，今天大家可以尽情地喝，只能喝啤酒，不能喝白酒。喝酒可以，绝对不允许砸瓶子，谁砸瓶子我就处分谁！你们所有人的毕业证都还在我的手里！"

同学间互相喝了几杯，情绪越来越高昂，多少年未能说出来的心里话，这一瞬间都借着酒劲流淌出来。

　　很多同学都想向赵义仁敬酒，酒是了结恩恩怨怨最好的工具，这也是最好的时刻，以扣发毕业证作威胁也没有用。但赵义仁太有经验，已经提前尿遁了。

　　沈鲍鑫是真心真意地想敬他一杯，在毕业分配的难题上，赵义仁确实帮了他们两人的忙。沈鲍鑫和岑恺璐都已经和云海县卫生局签了合同。云海县是浦州市下辖的一个县，市里到县里的车程也就一个小时，这个县风景很美，湖东省赫赫有名的白云矿务局也在那里。

　　由于是统一分配，具体是到哪家医院还要等到了县里进行二次分配。赵义仁给沈鲍鑫谈过一些情况，说县卫生局很欣赏沈鲍鑫，他们的意思是要沈鲍鑫多签一份补充协议，约定五年内不能考研、十年内不能工作调动。如果签了这份协议，分到县人民医院是没有问题的，而且科室都可以由他选择。毕竟湖东省医学院的本科毕业生，现在还很抢手，大多数双选或分配到了县级以上的医院。像沈鲍鑫这样能主动到县里的，又还是品学兼优的毕业生，县里就像捡了一个宝，他们只怕留不住人，白费了工夫。赵义仁还开玩笑说，这些县里的人就是小肚鸡肠，用不了几年，等沈鲍鑫把研究生一读，再一回去，给他一个院长当当，老婆娃儿也在那里，他哪里还会走嘛。

　　可一说到还要"搭"给他们一个女生，云海县卫生局的同志还是犹豫了一下，问这个女生是什么情况。县里是不太愿意接收乙大班的毕业生的。

　　当听说他们两个是恋人，他俩为了能在一起才愿意到县里来，卫生局的同志顿时就松了一口气，两个忧虑都不存在了，于是爽快签约，还给赵主任送了一大包云海县的土特产以示感谢。

　　沈鲍鑫在这边没寻着赵义仁，那边好多同学却都找上他来，一个女生带着醉意和醋意要敬沈鲍鑫这位"乙大班的家属"。她故意将其简称为"乙属"，这个称谓立刻赢得周围一片哄笑，在哄笑声中沈鲍鑫这位"遗属"和那位带着遗憾的女同学一人一瓶啤酒，就这样仰脖灌下了肚。

六月，注定是一个充满离愁的月份。沈鲍鑫打包好行李走出毕业生楼，这一刻也宣告了他大学生活的终结。岑恺璐站在不远处的操场边，白色的长裙在微风中摇摆，学校的广播里恰逢其时地响起了《白衣飘飘的年代》。这两年，学校广播站很喜欢播这首歌，或许是广播站的那些小同学错误地认为这首歌就应该是为医学院中的白大褂学子们所写。这首歌旋律挺美，但今天听到却格外悲伤，在一连串"那白衣飘飘的年代"反复叠唱的尾声中，沈鲍鑫再一次牵住了岑恺璐的手。

学生时代的爱情，是以分秒计算的。沈鲍鑫和岑恺璐在学校的每一次牵手，都在大脑的沟回中有着刻痕，建立了永久的神经元的树突链接，历久弥新。

牵手时，生命线就已交错。

学生时代结束后的生活，将是以年月计算的。沈鲍鑫和岑恺璐在工作中的每一次苦难，都将如浓墨浸染的宣纸，慢慢经历屋檐水的冲刷，越来越淡，慢慢将纸张滴穿。

第六章 相依相偎

> 灰蒙蒙的黎明，黑沉沉的小镇，热腾腾的馒头，雪白的豆腐脑。

沈鲍鑫选择了最后离校。他送走了所有同学，和他们拥抱时，同学们纷纷邀请他到自己工作的地方去喝酒打牌，或远或近，或成双结对，或形单影只。沈鲍鑫只是帮他们每一个人都拎拎行李，从不说邀请的话。有同学实在逼问得急了，他也只是说："欢迎有空回学校来看看。"这句话说得颇像留校任教的老师。

搬离了学生寝室，沈鲍鑫又在岑恺璐家里盘桓了两天，这个家还需要好好收拾。

张大丽也赶来帮着收拾了两天，虽然瘸着腿，却也毫不惜力。岑恺璐把这间屋子的钥匙交给了她一把，拜托干妈帮忙照看一下。岑恺璐不愿意出租，整个屋子都还保留着父母和她在这里生活过的气息。

张大丽说傅进军出差去了，不能来送他们。但她还是借用了傅进军的车，将沈鲍鑫和岑恺璐送到了云海县卫生局。

县卫生局办公室的顾凤凤，迎来送往，八面玲珑，对所有领导机关的车牌都有记忆存储。当门卫老马正准备过去敲车窗玻璃问话时，她在办公室透过窗户，已经远远地就瞧见了小车的车牌。

她并没有去通知魏局长，如果是傅厅长来云海县卫生局公干，浦州市卫生局就应该提前来个通知，这种"突然袭击"很少见。顾凤凤见到车牌时紧张了一下，屁股一从座椅上弹离，便想好了应对的招儿。

小车司机心里还真是早就有了安排，没搭理门卫老马，半带笑容地示意后座的两位乘客已经到了。这两个年轻人一路上没有和他主动说过一句话，心事重重，司机倒也懂事，不多嘴，中途该停车吃饭、停车撒尿都安排好，两个年轻人是怎么安排都服从。

等顾凤凤快步下楼走到大门口时，司机已经把行李从后备箱里搬了出来，正在调头。顾凤凤正要摸到车屁股，小车就已经往回程方向加了一脚油门。

她看着站在门口的两位年轻人和地上的行李，也就明白了他们的身份。

顾凤凤把沈鲍鑫和岑恺璐迎接到了她的办公室。

"傅厅长也下来了？"她问，然后顿时又感觉自己的失言，虽然面色未变，却是心跳得特别厉害。

对官场的人而言，"下"字是最大的忌讳。

沈鲍鑫没有感觉到这话里的玄机，却也多了一点心眼，知道了张大丽"公车私用"的真正用意。于是，他答道："傅厅长最近出差了。"更多的话他也编不出来。而岑恺璐不言不语，但"下"字入耳却不由自主地皱了皱眉头，其实她并不是对个别字眼敏感，而是很不喜欢眼前这位大姐的客套。顾凤凤却从两位年轻人的神态和语言中第一时间就作出了判断，眼前这位小姑娘看人都是冷冰冰的，一言不发，但她才是真正的主角。了解到这两位竟然是今年毕业分配来的医大毕业生，顾凤凤有点挠头了，去湖东省医科大学签约的事她没参与，本来这事儿与她毫无关系，但由于她看到了省厅的车牌，自作多情地冲出去接待了，这个事儿现在就落在了她的头上。

怎么安排？顾凤凤一下子拿不定主意。今年的毕业生分配工作本就头疼，魏局长天天躲着下面各个医院的院长。

"你们今天既然来了我们县里，就算正式报到了，但今年有点特殊情况。要不你们先去县里的几个风景区玩一玩，7月30日那天再到局里来，那时再确定你们的具体工作单位？你们不用担心，这些行李也不用运来运去了，就放在这个办公室里，顾大姐保证帮你们保管好。"

上一周，顾凤凤已经知道了会议精神。今年县里将在八月份对卫生系统毕业生的工作进行统一安排，人事局也会一起参加，要走"阳光程序"。也就是说，今年有进人需求的十家县属卫生单位将和所有毕业生见面，再进行一次双选，双选不成功的，再由县卫生局和县人事局统一安排。她有点奇怪，按说今年要来的毕业生都应该接到了相关通知，至今都没听说有人冒冒失失前来报到，而这两个年轻人，怎么像是什么都不知道？

还有好几天的空闲，他们没有去旅游。沈鲍鑫很想回趟家，但张大丽直接安排车把他们送到了云海县，途经浦州市时，他都没敢和司机提这个茬。

他向顾凤凤道了谢，拉着岑恺璐就上了回浦州市的客运班车。

坐上了客车，岑恺璐的话就慢慢多了起来，沿途看到的树、花、鸟都能让她说上几句。

在家的那几天，鲍芳像是捡回来了一个闺女，岑恺璐则是重新找到了妈妈。鲍芳和岑恺璐亲热得不得了，甚至嫌弃沈鲍鑫不应该插在她们两人之间，怪碍眼的。

沈鲍鑫回了老家，总是要和中学的同学聚几场。虽有犹豫，却要带着岑恺璐一起出场，而带着岑恺璐出现在同学们的面前，沈鲍鑫总是能赚足面子。她出现在人群中，总是会让沈鲍鑫的同学们有一种异样的感觉，就是目光会渐渐地被她吸引，她的白裙子竟然成了最艳丽的服装，所有人的注意力会时不时被吸引到她的身上，就像是有一种磁场。

沈鲍鑫心里是真的喜悦。离开省城虽是无奈之举，但能让恺璐重新快乐起来又是幸运至极。但愿回到云海县，到了工作岗位上，她仍然能这么开心。

在这几天的平静和欢乐之中，沈鲍鑫的心里仍然有些发苦。他至今都不敢将发现岑叔叔病历资料的事告诉岑恺璐。

作为一个马上就会"转正"的医生，他所知道的专业知识也让自己的心里堵得慌。虽然能瞒过岑恺璐，却无法让自己无视这一知识点——这种脑神经胶质瘤往往有遗传的可能，精神症状又是这种肿瘤发病的一种明显的先兆表现。

未来不知有什么在前方等着，沈鲍鑫唯一能确定的是，他们俩会继续往前走。什么时候会遇上礁石，他不知道，也不能再去想了，再想下去他觉得自己会疯掉。

日子就这样晃荡着滑过。

沈鲍鑫和岑恺璐按时来到云海县卫生局报到。

今年毕业分配到云海县卫生局的三十多个毕业生，都在大会议室等待着。此时，沈鲍鑫和其他所有毕业生们一样，每个人的脸上都有一种指点江山的豪迈和一种羔羊待宰的惶恐。这群人中只有一个例外，那就是岑恺璐，她根本就不去顾盼他人，只时不时地看看沈鲍鑫，她的脸上有着极为恬静的小幸福。

另外一间小会议室里，县卫生局下属的九家医院的负责人，有八位已经各自找位置坐下了，相互打着招呼。

云海县卫生局组织的双选会正式开始了。工作人员拿着密封的档案袋，不用打开袋子去看里面的照片，看看名字，就直接对着人招招手，把袋子交到他们手里，同时还有一份空白的合同书，仪式感十足，并且没有一个拿错了的。拿到自己档案袋的人，一个接一个地被带往有点像礼堂一样的地方。这里早就布置好了各种横幅，桌子也是整齐地排列，上面放着各家单位的名牌，用人单位坐一方，都穿着白大褂。毕业生们很迅速地就各自找到了自己该坐的地方，就在桌子的另一侧和他们面对面地坐着。

前面已经完成了两轮，这时顾凤凤亲自过来接引沈鲍鑫和岑恺璐，将他们也带到了礼堂。顾凤凤先将沈鲍鑫带到了县人民医院院长张东风面前，她还有意无意地对着张东风轻轻摇头，送了他一对白眼仁多黑眼仁少的眼球，张东风装没看见。沈鲍鑫和张东风隔着桌子刚刚坐下，张东风就把沈鲍鑫手上的档案袋抓了过去。张东风的桌上已经有了一份档案袋和双选合同，他把那些东西往旁边推了推。

顾凤凤继续往前，将岑恺璐引领到了白云职工医院的桌子前。其他桌子上或多或少都有一两份档案袋，而这张桌子上却是空的。桌子另一边的钟启明院长已经看了两轮的热闹，闲得无聊，见她们停在他的桌前就忍不住地搓手，搓了好一阵才去接过岑恺璐手上的档案袋。顾凤凤也送给他一对差不多的眼球，甚至更过分，一点黑眼仁都不剩。

沈鲍鑫和张东风寒暄了几句，他见岑恺璐被带到了另一张桌，愣了愣，实在忍不住就抢了张东风的话头，问："院长，那位女生是我的同学。我们是一起签的双选合同，她不是和我分配到同一家医院吗？"

张东风装莽："哦？那她愿不愿意来我们医院嘛？愿意来的话我也就把你们都接收了，就怕她不想来我们这里。你看那个钟院长，心眼多得很，说不定是给局里做了工作。你看他再说几句，那个女同学就可能信了他的话了，把合同签了……白云职工医院也是我们县里比较好的一所医院，为了照顾矿区，也给他们定了个二级甲等医院，除了位置偏远了一点，其他都很好……"

沈鲍鑫问："是矿区的医院？"

"是呀，白云煤矿，离我们县城还有七八十公里，坐车还要坐两个多小时。"

沈鲍鑫又小心翼翼地问："您说我们两个如果都来您这里，您都接收？"

这次张东风没有说话，只肯定地点点头。

沈鲍鑫站起来，走过去，拉了拉岑恺璐的袖子，岑恺璐诧异地看看他，却毫不迟疑地站了起来。沈鲍鑫和她耳语了几句，岑恺璐脸色微微泛红，咬了咬下嘴唇，张张嘴，却没有说出一个字，最后她伸出手，轻轻抓住自己档案袋的一个角，往自己面前拖了拖，意思是要拿回来。

那个档案袋钟启明抓得比她还紧，他很诧异地打量了沈鲍鑫一番，然后又望向张东风。张东风转过脸看着另一个方向。钟启明几乎是恶狠狠地攥紧档案袋，走到张东风的背后，在他肩膀上狠狠一拍，又往前窜了几步，把正在接受县电视台采访的魏局长手臂一挽，拖拉着离开了现场。

局长办公室里，三个人都站着。魏局长叉着双臂看着这两人。张东风双手叉着后腰不紧不慢地搓着肾区，梗着脖子望天花板。钟启明在喘粗气，好半天才重重地深吸一口气，再重重地呼出一口，开口说："东风，你娃下手这么狠？我今年唯一的一个人才你都想给我挖走？你这也太歹毒了点哟。"

张东风的个子比钟启明高大得多，这下他也不搓肾区了，身子往前微倾，两人几乎是一上一下地脸对着脸了："老钟，你莫乱冤枉人哟！你凭啥说是我来抢你的人？你的人，哼，你还好意思说。老钟，我问你，你们现在医院有多少人？有几个干正事的？莫说你今天把这个毕业生'骗'去了，就是你把今年这几十个都'骗'去了，你又能留得下几个？有些难听的话，我本来不想说，你今天偏偏要张起嘴巴乱咬我，说我'下烂药'。还有一句话我本来不想说，你看看人家一个水灵灵的医科大学毕业生，到你那里像个什么样子？她留得下来吗？"

钟启明好像被说到了痛处，又特别委屈："魏局长，你看这条张疯狗是不是在仗势欺人？我在那里有什么办法呢？卫生局是我的爹，矿务局是我的妈，谁的话我敢不听？你是知道我那里的困难的，好心给我分一个人来，你看看这条疯狗，他别人不去要，就欺负我这个最好欺负的！还有没有一点人性嘛？"

魏显津等他们两人都发泄了一番，才拿出烟盒来，一人发一支。张东风拿出打火机来笑嘻嘻地给三人都点燃。

魏显津说："东风，我刚刚给你说好了的嘛，你转眼就变卦？你是不是看电视台的在这里，欺负我不敢收拾你？好，反正今年你只有两个编制，胡娅你必须接，这两个本科生都要也不是不行，要么你回医院去先开一个医生，要么调一个医生给启明。"

三个人吵了半天，顾凤凤来催了几次，说电视台还在等着采访，魏显津突然想出了一个好主意："你们都知道这个会是双选嘛。我们也就不要只是医院选医生，也让医生来选我们医院嘛。"趁张东风没注意，魏显津悄悄向钟启明眨眨眼，使了一个让他放心的眼色，转过身，避开钟启明的视线，他又给张东风使了一个同样的眼色。做完这些，他让顾凤凤去把沈鲍鑫和岑恺璐都请进局长办公室，也将电视台的记者和摄像一起请进来。

魏显津眼睛扫视着镜头，对沈鲍鑫和岑恺璐讲起了云海县卫生系统的情况，也分别介绍了这两所医院的简单情况。用他的话来说，两家医院都是二甲医院，都是县里的王牌。不同的地方在于，县医院地理位置有优势，而白云职工医院位置虽然在矿区，生活可能没有县城里面方便，但优势是白云职工医院受县里和白云矿务局的双重领导，白云矿务局是湖东省的重点企业，老牌国企，对医院的资金投入也大，所以医院职工的收入要高一些。当魏显津说到这里时，钟启明在镜头外不停地点头，张东风则嘴一瘪，毫不吝啬地扔了一个白眼给他，而这时镜头不早不晚恰恰扫向了他们两人。

镜头已经将沈鲍鑫和岑恺璐框了进去，这时魏显津的话就像播音员在给画面配音一样："我们为了县里医疗资源的均衡发展，你们两个作为我们县卫生局引进的优秀毕业生，我们考虑把你们放在这两家医院作重点培养，但具体是到哪一家去，我们今天搞的双选会的主要目的就是要充分尊重你们的意愿，不仅是要让你们高高兴兴地来，更要让你们高高兴兴地留下来，高高兴兴地发展起来。"

钟启明乐呵呵地将手臂搭上了张东风的肩膀，显得特别得亲热。

沈鲍鑫和岑恺璐就在镜头前商量了一下，做出了选择——这也是不得不做的一种选择——岑恺璐留在县人民医院，沈鲍鑫选择去了白云职工医院。然后他们两人分别和两位院长握手合影。这些镜头都在当晚的新闻中反复播出，后来省电视台的新闻中也还播出了一则简讯，里面就有沈鲍鑫和岑恺璐的这组镜头。

顾凤凤送电视台的记者先离开了，局长办公室里就剩下他们五个人，魏显津又勉励了两个年轻人一番，然后对着两个院长说："现在全县都知道了，这两位新同志都是我们县卫生局要重点培养和发展的对象，你们就不要在下面再搞小动作了。"他用眼睛狠狠地盯着张东风，刚才张东风的小动作被他看得一清二楚。

他又说："就不要给他们安排集体宿舍了，安排单间，方便两个年轻人互相串门，这也是加深你们两家医院友谊的好办法嘛。"

这个时候两个院长全都说没问题。

魏局长又对着这两位年轻人亲热地说："你们尽快安定下来，安定下来后就尽快把喜酒办了嘛，莫忘了请我哟！你们是想在县里办还是回省城办？到省城办我就到省城来赶个嘴，在县城办就更好说了，酒水就由我老魏赞助了。哦，如果傅厅长哪天来了，就请他在县里多耍几天。"

岑恺璐羞红了脸，沈鲍鑫则厚着脸连连说"一定一定"。

其他的毕业生们早就双选结束，散了多时。白云职工医院今天只签下了沈鲍鑫一个人。原计划还有一个毕业生也是安排到这家医院来的，不知道他的家里人又动用了什么关系，钟启明昨晚才得到消息，那个毕业生双选去了县里的防疫站。今天一早看张东风这么闹腾，他还以为自己会白跑一趟，没想到闹腾来闹腾去，把沈鲍鑫搞到手里了。钟启明心里开心得不得了，他现在就想请张东风一起喝顿大酒，在县里最贵的馆子，点最贵的菜、喝最贵的酒。

等他四处找寻时，张东风早就不见人影了。

县人民医院离卫生局并不远，只有两百米的距离。沈鲍鑫和钟院长打了声招呼就去顾凤凤的办公室取了他们的行李，这时一辆县医院的救护车"呜哇呜哇"招摇万分地开了过来，停在他们面前。驾驶员抢过他们的行李装上了车，说是张院长安排他来接的："我们张院长现在正在亲自给岑医生腾单人宿舍，过来不了，让我先把岑医生送到招待所去住下来，等收拾好了再搬进宿舍去。"

"这个狗日的张东风，是不是输不起？专门耍这种阵仗给我看？"钟启明实在忍不住了，往地上啐了一口，他对救护车司机说，"你把行李给她拉回去就是，住什么招待所哟，要住就住酒店，白云宾馆，我们云海县最好的宾馆，我们白云矿务局开的，记到我的账上！"

转身他又对着沈鲍鑫说："你今天也住白云宾馆，我先回去，把医院宿舍给你收拾好，明天派车来酒店接你。我和你说，要吃要喝，大气一点，莫给我们医院丢脸！"

第二天一大早，白云职工医院的救护车果真就开到了白云宾馆的停车场，车身上的"矿山救护"四个字特别醒目。和县人民医院那"呜哇呜哇"的救护车不一样，这辆救护车低调得多，司机是个胖叔叔，弥勒佛般地笑着对沈鲍鑫说，钟院长再三要求从进县城开始到出县城，救护车都要把警报拉响，而且还要接了沈医生之后专门去县人民医院转一圈。胖司机说，他觉得这个声音听着心里特别不舒服。

"你到了医院就给钟院长说我是一直拉着警报的，行不行？"沈鲍鑫当然点头同意。

"那还去不去县医院？"胖叔叔好像很不想去，怯怯地问。

当然要去。第一，他要把岑恺璐送到县人民医院去；第二，他的行李昨天被县人民医院的救护车拉走了，还得去拿。

到县人民医院拿了行李，沈鲍鑫也没办法多待，终于到了不得不分别的时候，沈鲍鑫将岑恺璐揽进怀里，紧紧地抱了抱："过两三天我就来看你。"

到矿区的路并不是张东风说的七八十公里那么远，最多也就四十多公里吧，不过时间倒没有说错，救护车开了快两个小时。主要是道路状况不好，而且沿途车又多，各种运煤的卡车不断地碾压，白色的救护车在黑色的道路上不停地扭动，躲避着一个又一个的大坑。

路边也越来越脏，树叶上都是黑乎乎的煤尘。

沈鲍鑫的心越来越凉。胖叔叔不善言谈，沈鲍鑫也不习惯主动找人聊天，现在他干脆闭上了双眼假寐，但哪里又睡得着呢？他心里在庆幸，如果昨天自己选择了留在县医院，那现在在车上吃苦的就是岑恺璐了，万幸万幸！

庆幸之后他突然眼睛发酸，心里重复了张东风骂他的那句话，心想道："我真是个笨蛋！我怎么就没想到多动动脑子，我们两个都可以留在县里的，哎呀！哎呀！"越想越觉得肠子都在打搅，最后实在忍不住只能喊胖叔叔靠边停车。他一下车就吐了出来，吐出来人就舒服多了，眼角的泪花也能因此而得以掩饰。胖叔叔还连连道歉，说自己开得太猛了，沈医生见到钟院长千万千万帮着担待一点，有机会了他请沈医生喝酒赔罪。胖叔叔心想，如果这个新来的医生因为坐他的车，难受得半路就打了回票，那他回到医院还不得被钟院长活剥了？胖叔叔还殷勤地从车里拿出一瓶输液用的 500 毫升的葡萄糖，三两下就撬开了瓶塞："沈医生，喝点这个人就舒服了。"

终于到了，见钟院长等在医院大门前，胖叔叔的冷汗顿时就吓出来了，今天接的这个新医生是什么不得了的人啊？他急速地回想和自我检讨了一番，还好，一路上自己什么话都没有乱讲，也还算殷勤，沈医生也是客客气气的。"反正我把人拉回来了，只要他下了车，哪怕拔脚就往回走，也不关我的事了。"他心里暗暗松了一口气，又看了看沈鲍鑫，还是忍不住暗暗叹了一口气，"何必要来这里呢？"

白云职工医院的规模还真不小，这个地方是白云矿务局的所在地，医院算是镇上最新的建筑。如果和其他医院相比，除了白色的外墙瓷砖已经发灰之外，在二级医院中，这样的硬件条件确实算是很好的了。沈鲍鑫看看不远处，也有几幢四五层的楼房，门前飘着国旗，他想，这不是镇政府就是矿务局的办公楼吧。他再看医院，医院的主楼就有七层楼，是小镇最高的建筑。

钟启明带他简单地参观了一下医院："我们医院是受县卫生局和白云矿务局的双重管理。白云矿务局始建于1940年，年原煤采量达到两百多万吨，有八对矿井，员工一万多人，不仅是湖东省的大型企业，也是云海县最重要的支柱产业和最主要的纳税企业。"

矿务局拨付了大量的经费，使得医院设备购置得都挺全的。住宿条件也的确不错。给沈鲍鑫安排的宿舍还是单间配套，自带了卫生间，冷热水都有。房间里还有一个小厨房，有瓦斯灶可用，这就是靠矿吃矿的好处。锅碗瓢盆都是全新的。

晚上的接风宴是摆在乌金酒楼的，乌金酒楼就在医院旁边，坐了两桌人。一桌是主桌，除了院长钟启明外还有两个副院长，以及支部书记、工会主席等，班子成员到得整整齐齐的。眼前一下出现这么多位领导，最难受的还是沈鲍鑫，完全记不住他们的名字。这一桌还在主位留了一个空，钟启明说矿务局的龚局长答应了会晚点来，这位置是给龚局长留着的。

另外一桌，就是各个科室的负责人。沈鲍鑫心里很清楚，院领导还可以慢慢认识，各个科的科主任必须得认清楚。一上临床，这些都是自己的老师。但是很奇怪，钟院长向他介绍了内科的唐主任、外科的李主任，还有一个皮肤科的詹主任，除了这三个是临床科室，其他的都是辅助或后勤科室的主任和科长。还有一些临床科室的主任怎么没见来呢？

沈鲍鑫来县里的时候就已经有了心理准备，县里的医院肯定和医学院的附属医院是无法相比的。附一院的普内科就分为呼吸、消化、心血管、内分泌、血液等五个不同的科室，还有神经内科、老年科、康复科等专科科室。这些就不去说了，虽然分科不会太过细致，县里面的医院总还是应该有骨科、传染科、妇产科、儿科这些吧？不说也细到眼科、口腔科、耳鼻喉科，总会有一个做大全套的五官科吧？

只见到三个临床科室的主任，沈鲍鑫心里隐约有种不太好的预感。

沈鲍鑫现在最忐忑的是，不知道医院会给他安排到哪个科室。作为医生，安排科室就相当于人生的第二次投胎。绝大多数医生从进医院开始，然后进修，甚至考研，直到退休，这一辈子就从事某个科的工作。沈鲍鑫很希望能分派到脑外科，不过自从决定到县里来以后，他就知道自己的这个梦想有可能就永远只是梦想了。县里面的医院很难开设脑外科这种专科，除非他今后再考研和读博。

但是，最重要的前提条件是，得让自己先分配到外科去呀。如果分配到了内科，再换科室，再换专业去考研究生，那就是难如登天。

沈鲍鑫特别留意着另一桌的李主任，一个干瘦的老头。沈鲍鑫凭借自己以前的经验揣摩，这种干瘦的老头一般脾气不会太好，但如果你尊重他，顺着他的脾气来，他就会对你特别好。沈鲍鑫在向各位前辈轮流敬酒时，也就对李主任格外的谦卑，杯子放得矮，还有意无意地多敬了几次，想让李主任加深一些对自己的印象。

沈鲍鑫的表现让大家都很吃惊，一般而言，刚出学校的新人都还比较腼腆，今天虽然说是给他接风，其实也就是大家想了一个理由聚聚餐而已，根本就没把沈鲍鑫放在心上。没想到沈鲍鑫倒是主角意识十足，落落大方，主动向各位前辈敬酒。于是这场酒大家喝得特别尽兴，对沈鲍鑫也多了几分好感。

酒半酣，詹主任拿出手机来说了一通。十几分钟后，皮肤科的两个医生和四个女护士也匆匆忙忙赶了过来，店老板忙忙慌慌地加凳子、加碗筷，重要的是又拖了两件啤酒过来。

多喝了点酒，朦朦胧胧中，沈鲍鑫想到了早上和岑恺璐分别时的那个拥抱。

宿舍门被咚咚咚地擂响，一个年龄三十多岁的男医生在门外大声喊他："沈医生，沈医生，钟院长在等你，喊你快点去！"

沈鲍鑫一下就清醒过来，冷汗唰地就下来了，这是自己的第一天上班，竟然会睡过头。沈鲍鑫定定心神再一看，自己竟然是坐在床上歪着身子就睡着的，衣服裤子都没脱，连鞋都还是穿在脚上的。他腾地站了起来，忙去开门，身子还站不稳，有些微微晃动，头疼得厉害。沈鲍鑫是在烧酒作坊里长大的，他知道昨天晚上喝的有可能是假酒。

钟启明在内科门诊室等着沈鲍鑫。

来叫沈鲍鑫的医生叫章喻，是这里的内科医生。他是浦州市医药中专毕业的，在这里工作了好几年，刚刚才升了主治医师的职称。

沈鲍鑫跟着他一路小跑而来，钟院长并没有发火。

但沈鲍鑫心里却一直打着鼓："把我叫到这里来，不会是就这样把我分配到内科了吧？"

他的担忧是多余的。钟启明说，今天早上接到临时任务，要求统一补种脊髓灰质炎糖丸疫苗。医院一下抽不出人来，让章医生带着他一起去矿区转转，一是完成补种任务，二是熟悉一下这个地方。"这两天的门诊我来帮你看，你把多的白大褂找一件出来先借给小沈穿。"钟启明对章喻说。

钟启明又拍拍沈鲍鑫的肩膀，好似在他肩头压下了千斤重担一样："大多数医生只是将治好病作为自己的责任，医生还有一个重要的使命，就是要预防疾病的发生。小沈，你从事医生职业的第一天是很有意义的哟！"

章医生应该是早就领教够了钟院长忽悠人的套路，嘴角抽搐了一下，想说未说，想笑未笑。他看看沈鲍鑫宿醉未醒的样子，路过门诊输液室的时候，就进去又拿了一瓶 500 毫升的葡萄糖输液水，用剪刀一下就撬开瓶盖，将瓶子拿给沈鲍鑫："既解酒又充饥，补充一点能量。"

沈鲍鑫既尴尬又感激地笑笑："谢谢章老师。"

"喊啥章老师哟，我们不像你们这些高才生，要不了几年你就可以评主治，说不定还要当我的上级医生，我还要喊你老师才对。你就喊我章医生嘛，喊我章鱼也行。"

沈鲍鑫知道喊一个人的绰号就是亲切的表现，他必须尽快和他们套近乎，于是他也就在"章鱼"之后再加上一个"哥"字："章鱼哥，大学同学都喊我猩猩，我们两个都是野生动物咧，你也喊我猩猩就是。"

只有一个保温疫苗箱，沈鲍鑫抢着背到了自己的肩上。

章喻对沈鲍鑫这个小伙子怎么分配来这里的颇感好奇："沈医生，你怎么会愿意分到我们这个医院来的哟？听说你是湖东省医学院的高才生，犯错误了？"章喻是七年前分配到白云职工医院的，那一年和他一起分配来的也有几个本科生，一问，不是犯了错误他们怎么会来这里嘛？一看这几个就不是安分的人，没过几年这一批人就都想办法离开了。这么多年来，医院就再也没有本科毕业生被分配过来。

沈鲍鑫初来乍到，哪里知道这所医院的过往？但他想到自己在这一年里的各种折腾。本来到浦州中心医院的工作是铁板钉钉的，自己又心比天高，想留到省城的大医院里。结果折腾来折腾去，在船要靠岸的最后一刻，才签下到云海县的合同。最后还没完，竟然把自己又从县医院折腾到了矿区的医院。这也算是自己人生中犯的一个大错误吧。想到这里，他也就只能模棱两可地点点头，算是回答了章喻的问题。

章喻叹了一口气，安慰道："在这里也好，清闲，你有时间就好好看书，明年就考研究生离开这里吧。"

"章鱼哥，这个医院规模挺大的嘛，这么大的矿区，怎么会清闲得了呢？"

章喻把路中央一个很大的煤块踢到了路边，看看沈鲍鑫，摇了摇头，一边走就一边将医院的情况给他简单地介绍了一遍。

医院确实是二甲医院，员工有两百多人，可真正的医护人员并不多。昨天晚上沈鲍鑫的那种预感是对的，其他医院都在逐渐发展，分科也越来越细，白云职工医院却因医护人员逐渐流失，不得不逐渐裁减和合并科室。目前这家医院的的确确只剩下了三个临床科室。内科有六十多张床位，护士十七人，医生八人。外科本来也有六十张床位，但现在只有三十多张床位，护士十人，医生五人。另外三十张床位划给了去年新成立的皮肤科。

沈鲍鑫心里算了一下，这么说来一线的医护人员也就只有四十个左右，那后勤和辅助人员难道有一百六十多人？

章喻读懂了他眼神中透露出的疑惑，掰着指头给他数数："药房有四人，检验科有三人，放射科有五人。除了这些其他的都是后勤科室了。电梯工有十人，六台电梯，白天轮班主要开两台电梯。总务科十五人，设备科八人，信息科六人，保安二十人，水电组五人。其他的就是财务科、人事科、科教科、病案室、工会、计生办、党办等行政科室……"

章喻掰着指头数完数，神秘兮兮地问沈鲍鑫："你觉得太夸张了吧？这就把你吓到了？怕了？想打退堂鼓了？呵呵，也没得必要大惊小怪，我们医院这种情况已经有好几年了。你看，我不还是干得好好的，愉快得很。哦，你还不知道我们这里的收入吧？"

沈鲍鑫摇摇头。

"你们本科生工资定级，可能也就七八百吧。我学历上吃了亏，现在才拿到六百多。嘿嘿，不过我是没有喊着钱不够用。每到逢年过节，钟院长就会找矿上'化缘'，一年下来每个人也能多发五千左右，相当于给我们多发了一份工资。去年我们的日子就过得更安逸了，我们每个人发了一万，安逸惨了。"

沈鲍鑫心里立即就盘算开了，这个地方的收入还是很有诱惑力的，过小日子应该很滋润了。可自己学医并不只是为了挣这些钱，这一辈子还长得很，他还是想当个好医生。他一边高兴，一边纠结。

这一年就先熬着吧，傅厅长说不定还是会想办法帮帮忙的吧？沈鲍鑫心里想着。

一直不停脚地走到了下午，章喻也带着沈鲍鑫把花田岩矿井生活区转了一大圈，把他累得够呛。

章喻说这个任务本来是安排了三天时间，他商量说，今天就把所有的地方走完，把时间省出来，明后两天他想进县城去。矿区不小，他们这半天时间就已经走了近十公里的路，沈鲍鑫的腿都提不起来了，肩膀也被药箱背带勒红肿了。但他不好意思拒绝这个提议，他也想去县城。

　　发完糖丸回到医院已经是晚上八点钟，章喻要做东请他一起去小馆子吃饭。沈鲍鑫连连推辞，说身上脏得不得了，必须先回房间洗洗。他已精疲力尽，什么东西都不想吃，就想回宿舍洗个澡好好睡一觉。

　　章喻拽着他就往镇上的馆子走，馆子离医院还有一点距离，穿过镇上的一条街，街边是和白天灰蒙蒙的小镇风格完全不一样的灯红酒绿。"人是铁饭是钢，你早饭没吃，中午也就只吃了二两面条，晚上不吃好点怎么行呢？先去吃，吃了再洗澡，想怎么洗就怎么洗，哥哥今天请客。"

　　不是盛情难却，确实是章医生的力气够大，就像章鱼的吸盘那样粘在了身上拔不下来，推搡着就把沈鲍鑫带到了餐馆。

　　沈鲍鑫来了两天了，渐渐习惯了这个矿区小镇，到处都是黑灰，哪个餐馆看上去都不是那么干净。

　　吃了些什么，沈鲍鑫没有记忆了，他只记得两人各喝了三瓶啤酒，又累又渴。加上在矿区走了一天，他第一次知道这个世界还有这么一种生存状态，这几天的纠结进一步影响了他肝脏解酒酶的催化作用，又喝倒在餐馆里了。

　　半夜，他被口渴唤醒，房间里家具用具一样不少，但沈鲍鑫始终觉得空荡荡的。没有开水，口渴得厉害，身上脏得难受，沈鲍鑫干脆到卫生间打开沐浴龙头，仰着头，任凭细小的水流冲刷着自己的脸。他张开口，狠狠地喝了几口。

　　这水很涩，很咸，很苦。

　　当他再赤裸裸地躺回到床上时，沈鲍鑫怎么都睡不着了。现在他

　　　　　　　　　　　　　　　　　　　　　　第六章

已经是一名医生了，不再是要依靠他人才能生活的人了，他要工作要挣钱要自己养活自己了，但是这第一天怎么就过得这么难呢？

这并不是他曾经憧憬的。他要的是成为一名能真正救死扶伤的大医生，而不是发糖丸的工作；他想要的是和心爱的人一起漫步校园小径的浪漫生活，而不是这种充满空虚和寂寞的夜晚。

沈鲍鑫已经不敢想象未来的自己会是什么样子了。如果被分配到浦州中心医院，今晚他可能会很舒坦地沉睡，睡梦中还会想到自己十年后、二十年后的样子：从住院医师到主治医师再到副主任医师，最终晋升为主任医师，退休后还可能被返聘回医院，继续看专家门诊，继续查房。

而现在，他在这个黑灰漫天的矿山小镇。借来的白大褂刚穿了半天就已被染灰，发暗，被团成了一团扔在了门边。这应该是自己在酒意中的一次行为艺术吧？宣泄了回房间那一刻的最真实的想法！

扪心自问，院长对自己是很热情的，医院里所有的科室主任对自己也是很热情的，章鱼哥对自己更是掏心掏肺地热络。今天去矿区看到的小孩和他们的家长，接过糖丸后都会微笑着道谢、鞠躬，对自己极为尊重。可自己的心里怎么就会潜藏着这么大的愤懑呢？三瓶啤酒根本就不是自己的量，自己的心为什么就觉得有点堵呢？

是自己内心深处的那种在大城市扎根、留在大医院当大医生的奢望落空了？是黑沉沉的小镇和灰蒙蒙的白大褂带给自己的视觉反差和心理冲击？还是章鱼哥臆断自己是因"犯错误"而被"发配"，以及"本科生一个都留不住"的前车之鉴？

夜深但并不安静，不远处运煤的火车轰隆轰隆地驶过。

是章鱼哥将他拉着往医院宿舍走的。沈鲍鑫酒醉心明白，他知道自己那时骂了脏话，为什么要骂脏话呢？哦，对了，自己骂的脏话应该是想骂给章鱼哥听的。

沈鲍鑫起身又去冲了一个冷水澡，就着水龙头又狠狠地喝了几口又涩又咸的苦水，因为唇干舌燥得要吐火了。

沈鲍鑫想起了岑恺璐，她现在睡得还好吗？

明天就和章鱼哥一起去县城吧，去看岑恺璐。如果她过得也不舒服的话，我们就一起回学校去，看看赵主任能不能帮我们做做工作，改派换个地方。妈妈那里不是还留了两万块钱准备给自己结婚时用吗？可以先挪出来用了。沈鲍鑫心里想着。

天刚蒙蒙亮，沈鲍鑫就悄悄地溜出了宿舍。路上行人很多，脚步匆匆，都是穿着工装准备去下井的工人。

沈鲍鑫最怕遇见医院的人，看到这么多的矿工反而坦然了。他正准备打听应该到哪里去坐到县城的班车，就听到后面有人在"猩猩、猩猩"地喊他。

是准备进城的章鱼哥。当得知沈鲍鑫也想进城，章鱼哥就带着他往镇上的发车点走去。镇上没有车站，只设了一个临时发车点，过往的车辆都会在这里刹一脚。

发车点旁边就有一个早餐摊点，摊上卖着豆腐脑。摊主是个中年妇女，她只管给碗里舀豆花。摊上还摆着很多不锈钢碗，碗里分别盛放着白糖、葱花、香菜、江米、黄豆、榨菜粒、花生碎、生抽、香醋、花椒面、油辣椒等作料，供人自取。旁边还有一个大蒸锅，蒸着不少的馒头。

灰蒙蒙的黎明，黑沉沉的小镇，热腾腾的馒头，雪白的豆腐脑。

章鱼哥找了张长板凳坐了下去，自己要了一碗豆腐脑，一边加着各种调料，一边示意沈鲍鑫自便。章鱼哥向摊主打着招呼："西施姐，今天是二号吧，怎么不是贵妃姐摆摊呢？"

"刘姐生病了，她多休息一天。"

"她哪里不舒服嘛？也没见她到医院来看病呀？"

被称作"西施姐"的摊主并未停手，只是白眼一翻："哪个还敢到你们医院去看病哟？！"

章鱼哥也不生气，依旧笑哈哈的，随手又拿了两个馒头，递给沈鲍鑫一个："喜欢吃馒头不？西施姐的馒头又大又白又软，好吃得很。"

桌子边上另外一些食客就哈哈大笑起来。在这个灰色的清晨中，这些笑声好似激发出了整个矿山小镇的喧嚣。刹车声在身后响起，客车到站了。

章鱼哥拿出十元钱扔在桌子上就招呼着沈鲍鑫上了车。

一路都是坑坑洼洼、黑灰漫天，很是无聊。章鱼哥是闲不住的，没人问他，他却像一个在单人牢房里关了八年的囚徒一样，好不容易见到又进来一个囚徒，就滔滔不绝并添油加醋地给沈鲍鑫讲起了早点摊的西施姐和贵妃姐的香艳故事。这故事让沈鲍鑫听得目瞪口呆。

西施姐姓张，本名叫张希诗，很美的一个名字。贵妃姐姓刘，本名叫刘国惠。两个人轮流在这里摆早点摊，镇上的人也就干脆帮她们改名叫做张西施和刘贵妃。让两大美人为自己轮流供奉早餐，只是这么想一想，都觉得这一天美得很。

让镇上的人心理最不平衡的是一个叫"大佬贺"的矿工，他们说大佬贺死得不冤，左拥右抱两大美人，早就该爽死了。何况这两大美人还都给他生了孩子，这个故事如果没有一点意外和后面的悲伤，可能所有的矿工都会把煤块扔上天去砸死老天爷。

章喻感叹道："你说这个命运谁说得清楚？我现在还在打光棍，大佬贺坐享两美。你要说他有钱、有权、有才、有貌，这四样他只要占一样，我也服气。他就是一个钻地洞的，哪来的这种福气哟？唉，不过老天爷也确实是公平的，命不硬，不该享的福就不能去享。

"今天你看到的这个'西施'是有过正牌老公的，也是矿上的，不是矿工而是技术员。一次冒水事故死在了井下，扔下她和两岁多的女儿。矿上赔了一些钱，张希诗拿到这些钱后，也就想着要改嫁，毕竟钱赔得不多，靠着这点钱要把女儿养大还是不太可能。老公死了，她就在这个地方摆一个早点摊。没过多久，大佬贺就和她勾搭上了——其实在她刚刚出来摆摊的时候，大佬贺就帮她打了一架——大佬贺和她死去的老公是一个村的，还有点远房亲戚关系，看着孤儿寡母的也有些可怜，好意相帮。摊子撑起来了，他每天就守在摊上豪爽地请相熟的工友吃早餐，还要把场子扯圆噻。本来两家宿舍住得也很近，最初早上你帮我拉生意，晚上我就帮你洗洗衣，帮来帮去，两个人就帮到了一起。张希诗也不想再找人嫁了，第二年还生了个男娃。

"大佬贺在老家也是娶了媳妇的，就是我刚刚说的'刘贵妃'。张希诗也认识刘国惠，也知道大佬贺和刘国惠的夫妻关系，但娃已经生了，这也是事实。刘国惠每个月都能收到大佬贺寄回家的钱，她在家也拉扯着一个四岁多的女儿，但大佬贺在矿山的事她却不知道。直到大佬贺死了，必须通知家属，刘国惠到了矿上才知道这些事的。这件事张希诗想瞒也瞒不住了，无论如何都是瞒不住的，毕竟大佬贺的死还是和张希诗有关系的。

"那天，大佬贺和张希诗生的那个男娃娃办满月。得了儿子的大佬贺这一个月里都是喜气洋洋的，他在医院旁边的那家乌金酒楼摆了五桌酒席，请了些朋友，酒没喝两杯就躺下了，突发心肌梗塞，人被抬到医院里来的时候正好是我在接诊。

"我能诊断得出来，但没有那个金刚钻，赶紧通知大何医生下来。那时，我们的大何医生刚刚从湖东省医学院附一院进修回来，可以开展冠状动脉介入手术——哦，我们的设备比县医院都还好，不过一例都没做过，买来的设备完全闲置了。大何医生后来也气得辞职走了——本来大佬贺是第一个可以做这个手术的病人，如果做了的话现在应该还活得好好的，也不会有后面这么传奇的事情了。"

沈鲍鑫被这个故事吸引住了："是费用的问题吗？"

"唉，是那个张希诗不签字，她不签字我们就不敢做手术。"

"怎么会不签字呢？"

"唉，她说自己不是大佬贺的家属。娃都生了，而且就是办满月酒的时候出的事，她也是扑爬跟头地跟着跑到医院里来的，脑壳上还包起坐月子的帕子。她还说不是家属，你说我们该怎么办嘛？我们又马上联系矿上，矿上又说有家属在身边，单位不能来签这个字。那真叫急死人哟！我们就不断地看心电图，通过一张接一张的心电图看着大佬贺的心肌梗死范围变大，大何医生自己的心脏病都差点急出来了。"

这就是一个悲剧。大佬贺的死既不能责怪医院也无法责怪张希诗，更责怪不了矿上的领导。有时，人的生死就在这一念之间。而这一念又可能被一些细枝末节的事左右——可能是强有力的医疗制度，也可能是世俗和法律上对身份的不同界定。遗憾的是，对生和死的悲悯却难以左右这一念。

沈鲍鑫对这个故事里面所有的人都不熟悉，不会带有感情色彩。但此时，他却不由得同情起大何医生来。难怪他会离开这里。"如果那时站在急诊室里看着病人垂死挣扎的是我，我会做何选择？"沈鲍鑫心里默默自问。

章鱼哥继续讲了后来的故事。

大佬贺死了，真正的家属就带着女儿来了。大佬贺把眼睛一闭什么都不用管，所有的问题就摆在了两个女人和三个小孩的面前。她们可能吵过，也可能抓过脸、扯过头发，但她们都没有了经济来源。怎么活下去比怎么去声讨死者和怎么去羞辱对方更具现实意义。

于是一种奇怪的家庭组合就出现在了矿区。逢单日子张希诗出来摆摊，逢双日子就由刘国惠出来摆摊，各自挣的钱各自用。这是她们不得不做出的妥协和合作，这个合作还进一步渗透到她们的生活中。比如谁早上去出摊，另外一个妈妈就负责照顾三个孩子的起居；两个女人各用各的钱，各吃各的饭，但三个孩子却互相窜到对方屋子里抓姐姐、妹妹或者弟弟碗里的东西往自己的嘴里填；两个女人各自给自己买衣服，而给孩子买衣服的时候，常常是买三件大小不一的，一个孩子一件。

沈鲍鑫听完后内心唏嘘不已。他闭上了眼睛，谈话就这样结束了。

到了县医院，沈鲍鑫直接去了岑恺璐的宿舍。前天他来拿自己的行李时，来过一趟。临走时，岑恺璐给了他一把钥匙。他直接开门进去。

屋子里很整洁，床上用品都是张大丽帮着置办的，全是新的。沈鲍鑫也不在意自己一身的汗，衣裤上还都是煤灰粉尘，直接就躺在了她的床上。他用鼻子使劲嗅了嗅她留在枕头上的发香，沈鲍鑫最喜欢的就是这种味道，这种味道能让他很快就平静下来，很快就睡着了。

梦里，他梦到自己也被砸到了矿井里。

赵义仁在伸着手向他要钱，他拿不出钱来，赵义仁就笑眯眯地封了井。但自己还活着，他在呼救，却没有人听得见。他可以透过透明的煤层看到地面上的人们脚步匆匆。他看见章鱼哥变成了一个老鸨，站在一个旋转着霓虹灯的发廊前招呼着钟院长。一群手里拿着脊髓灰质炎糖丸的小孩嘴里喊着："我们要去县里吃糖丸，我们要去省里吃糖丸，我们要去大城市吃糖丸。"然后他们登上了一辆客车，客车飞快地开走了。

他看见岑恺璐在发车点那里摆早点摊，卖着雪白的豆腐脑，章鱼哥拉着她。他很生气，十分愤怒，但自己被困在了地底，只能看着岑恺璐被拉走。岑竹衫突然出现了，他拼了命地去阻挡章鱼哥，可傅厅长却出现在他的身后，傅厅长给岑竹衫铐上了一副手铐。沈鲍鑫想冲过去，这时大佬贺突然出现在他的身边，和他并排站着。大佬贺双手抱肩，抬头望着地面，嘿嘿嘿地笑着。沈鲍鑫伸出左手去推大佬贺，左手消失了；他用右手去抓上方的煤层，右手也消失了。沈鲍鑫不再呼喊和挣扎了，他觉得自己已经死了，对一切都无能为力了……

岑恺璐推醒了他，沈鲍鑫虽然醒了过来，但他还是愣怔了好一会儿。他看到岑恺璐就坐在自己身边，正用右手的小手指在轻拭沈鲍鑫的眼角，枕巾已经被他的泪水浸湿了很大一片。沈鲍鑫突然狠狠地抱住了岑恺璐，使劲地嗅了嗅她的发香。岑恺璐这时发现他从床上起来后，自己的床单上留下了一个灰蒙蒙的人影，再一看沈鲍鑫的衣服和裤子都是脏兮兮的，于是就拼命地推他。

挣扎了一会儿，岑恺璐放弃了挣扎，两个人的舌头纠缠在了一起。

岑恺璐问他做了什么梦，竟然在梦里哭得这样伤心。沈鲍鑫不会把自己真正的梦境讲给岑恺璐听，他就胡编了说自己这两天被灌了很多酒，又没怎么吃饭，饿得难受。今天早上在候车的时候看见了一个馒头摊，又白又大的馒头，正准备买两个，结果车来了就没有买成，所以刚刚做梦就梦到了那些馒头，很伤心很伤心。

岑恺璐才不信他的鬼话："你是不是梦到你们医院哪位护士阿婆？做梦都不老实，想去偷吃，被噎着了吧？"沈鲍鑫身边的、眼里的护士妹妹，只要一到岑恺璐的嘴里，一定会被她篡改成护士阿婆，嫉妒是女人的天性。

"天地良心，这两天我连病房都没进过，一个护士都没见过！"撒谎是男人的天性。他肯定要隐瞒在接风宴上见过的那几个护士妹妹。

"你还没进科室？那你今天怎么就到县里来了呢？"

沈鲍鑫就把昨天去发疫苗，然后和章鱼哥偷了两天空闲时间的事说给了她听。沈鲍鑫现在最关心的还是岑恺璐科室分配的情况。

岑恺璐说，昨天人事科将自己安排到了心内科，自己还挺高兴的，毕竟妈妈以前就是心内科的医生，她对心内科还是很有感情的，和科室里的医生护士都见了面，安排了自己的办公桌。科主任骆医生还说了，这半年的时间准备亲自来带自己，晚上整个科室也去聚了餐："吃饭的时候骆主任还说他以前在附一院进修过，竟然还是我妈妈带过的进修医生，他还说我们医院的张院长也在附一院进修过，比他早两年，张院长也是我妈妈带过的进修生，哈哈，你说巧不巧？"

"那你现在就是科主任的嫡系了哟？但心内科的工作可能会很累哟！"

"你说奇怪不奇怪，今天早上我去上班，骆主任就说人事科的找我。他说话的语气感觉很不高兴，我也不知道哪里得罪他了。到了人事科，人事科科长给我谈话，说心内科工作压力大，担心我承受不了，医院考虑之后还是准备把我安排到超声科去。可能骆主任是以为我怕吃苦，想离开心内科才生气的吧？"

沈鲍鑫心想，这是哄小孩的鬼话吧，谁不知道医院里都天然存在着一个"医、药、护、技"的鄙视链？说这种话也只能是看岑恺璐比较好欺负吧。"和你一起分到县医院的还有几个人？他们是在什么科室？"

"护士有五六个吧，医生就两个。一个是我，还有一个也是我们学校毕业的，也是女生，不过她是专科部的，在学校我们都没见过。"

"她是不是昨天分到了超声科？今天又把她调整到了心内科？"

"啊，你怎么知道？今天上午去超声科报了到之后，我就回心内科做交接，这才知道就是她和我互换了的。"

"狗日的！"沈鲍鑫脱口而出。

"你又骂脏话！"岑恺璐有些生气。

沈鲍鑫把县医院的院长张东风在心里恶毒地骂了一千遍，他认为一定是自己得罪了张东风，现在张东风才会故意使坏，来打压岑恺璐，毕竟大家都想进临床科室而不愿意进医技科室。不是院长发话，人事科的难道吃饱了撑的？

可是沈鲍鑫骂错人了。张东风也是从心内科成长起来的，心内科就是张东风的嫡系。当然，心内科也是整个县医院的重点建设科室，技术实力虽然与省城无法相比，但与浦州中心医院的心内科比起来也是不分伯仲的。

前天回到医院，张东风仔细看了岑恺璐的档案，推敲了她的家庭关系，从他父亲的名字就大致猜测出了她来云海县的原因，也猜想到了沈鲍鑫选择去了职工医院的原因。张东风心里是喜欢有情有义的人的。在云海县卫生系统中，他和白云职工医院的钟启明彼此看不顺眼，却也彼此敬重，这是因为钟启明焦头烂额的时候，还接收了不少死难矿工的遗孀。

在沈鲍鑫担心岑恺璐的时候，张东风却在担心着沈鲍鑫，怕他到了职工医院会颓废。他心里又摆了一个八卦阵，想等他们两个年轻人结婚以后，就以解决两地分居的理由把这个小伙子调回县里来。这可能是最合适的时机和理由，哪怕和老钟撕破脸也没关系。

当张东风再看到岑恺璐妈妈的名字，心里就更激动了。高莲医生的女儿，高医生是自己的恩师，这份情可忘不了。他突然想明白了为什么省卫生厅的傅厅长会安排自己的小车把这两个年轻人送到县里来，傅厅长以前也是附一院心内科的医生，傅厅长和高医生那也是非常好的师生关系。

正是基于这个理由，本来心内科今年是暂时不需要新进医生的，张东风还是将岑恺璐安排到了心内科。他怕一根筋的骆主任不懂怜香惜玉，还专门给他打了招呼，说了实情。胡县长的侄女胡娅是专科生，超声科今年差医生，也就顺理成章地将她安排过去了。

天算不如人算。胡娅可是一个人精，第一天就紧紧盯上了岑恺璐，看到岑恺璐被分配到了心内科。她是云海县的土著，当然知道县医院心内科医生的含金量，晚上就去找了大伯，又哭又闹又撒娇，逼得胡县长只能给张东风打了一个电话。胡县长态度谦和，语气温和。他对张院长的医术和管理才能赞赏有加，还说今年县医院的设备采购报告县财政局已经报了上来。他通这个电话一是感谢张院长对小胡的照顾，二是想请张院长放心，县政府一定会优先考虑他们的具体困难。他和魏局长、张院长是同样的心情，也希望能将县医院的硬件和软件都再往上推一个台阶。特别是心内科，更是要加大培优力度，多培养有前途的医生："我希望能听到你们心内科的好消息哟。"

　　一个实质性的字都没有说，可这番勉励的话让张东风一晚都没睡好，不停纠结。纠结的结果就是，凌晨四点，他用电话把人事科长从床上吵醒，骂他不会做事、没有做好新进员工的思想工作。当然最后也发出了新的指示，警告他，把那个姓胡的姑奶奶照顾好，别再闹出什么幺蛾子来。

　　人在屋檐下，下午岑恺璐还要到超声科去上班。沈鲍鑫在床上又躺了好一阵，心里一阵烦乱。想来想去，他决定马上坐车回自己的医院，明天一早就去找钟院长，看他把自己安排到哪个科室。他从多嘴多舌的章鱼哥那里已经把医院的情况大致了解了一番，临床科室不是外科就是内科，没有什么可选择的。他已经熄灭了心中的火苗，可如果明天钟启明敢将自己也安排到超声科或放射科，自己就拿上行李回学校，要求学校重新分配。

第七章 白衣蒙尘

> 那双手想把沈鲍鑫拉回来，拥在两臂
> 之间，就像拥抱年轻时的自己。

沈鲍鑫这一赌气就暴露出了他的"智商缺陷"。

白云职工医院的外科，虽然剥离了三十张床位给皮肤科，但仍然保留了三十张床位。护士有十人，把归属到外科的一名麻醉医师除去后，现在医院外科的临床医生只有四人。这与人满为患的各个后勤辅助科室形成了鲜明的对比。

钟院长和李主任早就盼星星盼月亮等着县卫生局给安排一个医生来，前几天在接风宴上的热情并不虚伪。虽然这个热情不一定全是给沈鲍鑫的。

其实外科的病人也没几个，医生人数虽少，但基本闲着。一般有人浅表性擦伤、划伤，他们就做做简单的清创缝合；严重的创伤，就开着救护车往县医院转送。邓医生已经在这个岗位上工作了六年多，照理说已经有晋升主治医师的资格了，可这六年里他做过的手术还不到十台，一拿起手术刀手就抖。

李主任想摸摸沈鲍鑫的底，恰好有一个被机器划伤手臂的矿工来看病，伤情并不严重，做一下伤口的清创，然后缝合四五针即可。李主任让沈鲍鑫来处理，他站在旁边当助手兼考官，邓医生也凑上前来围观。

看到邓医生的头凑了过来，沈鲍鑫停下了操作，欲言又止，犹豫了片刻最终还是忍不住提醒道："邓老师，能不能麻烦你把口罩戴上……吧。"刚刚离开附属医院的沈鲍鑫对这所医院整体的邋遢状况感觉极不适应，医生不能连起码的无菌操作概念都没有吧？

沈鲍鑫用双氧水反复冲洗伤口，清创之后，给予止血和缝合。他缝针的手法娴熟漂亮，四个手术结也打得干净利索。李主任连声啧啧，回头就训邓医生："你看看，你看看，这个结打得多好，你打的手术结像个什么样子？"

邓医生尴尬地笑笑，也不敢反驳，毕竟技术差距就摆在面前。沈鲍鑫心里有一些得意，也有一些感激。当初实习时"苏飞刀"用止血钳敲自己手背的情景历历在目，也是苏医生要求自己有空闲就练习缝合和打结，这第一炮才没哑火。想到这里，他更怀念起在附一院的实习生活。那里的病人真多，在近一年的时间里，他进手术室观摩学习了七十几台手术，做助手动手参与的也有四十多台，不敢说技术怎样，至少现在拿着手术刀时手不会抖。

就是这几个简单且漂亮的缝合和打结动作，尽管名义上邓医生还是沈鲍鑫的上级医生，在李主任的心里已经将沈鲍鑫的位置排在了邓医生之前。

在科室里闲了两个多月，岑恺璐也趁着国庆假期来了一次矿区。她对沈鲍鑫的住宿条件很满意，其他的却觉得适应不了。这个镇上连避孕套都买不到，情急之下逼得沈鲍鑫半夜跑去敲医院计生办昝大姐家的门，面红耳赤地求她江湖救急，支援两个免费的避孕套。昝大姐一边笑一边连连检讨自己，说自己隔三岔五地去外面发放避孕套，竟然忘了关心自己身边真正有需要的同事。

岑恺璐一到镇上就发现了"鸡街"的存在，三十多家发廊、酒吧和卡拉 OK 厅就在离医院两百多米的地方，顺着公路连成了一片。只有管住了男人的钱袋子才能管住他的裤带子，她警告沈鲍鑫，发了工资就要全部上交给自己。她说要帮沈鲍鑫保管好，免得他手里有了钱就管不住自己。沈鲍鑫嘿嘿一笑："我出去还要花钱吗？你看我这么玉树临风，说不定还会挣一笔钱回来。"

岑恺璐笑得花枝乱颤："你还以为自己是柳永？你那个……"她害羞得说不下去了。

沈鲍鑫也将早点摊张西施、刘贵妃和大佬贺的故事讲给了岑恺璐听，岑恺璐听了咂舌说她们两个女人也真不容易。

其实岑恺璐的日子过得也不顺心。

县医院的人际关系远比职工医院复杂。到医院的第一天，胡娅就在背后开了冷枪，将她换到了超声科。而这两个月里，她在超声科的日子也过得十分憋屈，只是她不愿意讲给沈鲍鑫听。

岑恺璐并没有因为换科室的事而影响心情。毕业去哪里、干什么，她都是交给沈鲍鑫去安排。父亲去世后，这个世界上就只有沈鲍鑫是自己可依靠的人了。沈鲍鑫走到哪里，自己就跟着去哪里，尽快成个家才是她最迫切的想法。对于具体的工作岗位，在她的心中就是三个字：无所谓。

岑恺璐从小就生活在省城，一直处在校园这个圈子里，书香味远多于脂粉味。如果不是重要的活动，她都习惯保持着素颜的状态。她选的服装也是比较素雅知性的，这种素雅和白大褂的苍白有着本质的区别，而整个县城里的女娃娃们都还以穿着艳丽的衣裙为美。岑恺璐本身并不是貌美之人，可这个色彩的反差让她的清冷之气特别地沁人心脾，到县医院没几天就以"素西施"的绰号闻名于全院。

整个超声科六个医生都是女的，岑恺璐不仅气质上超过了她们，而且在学历上也是最高的。更不幸的是科主任史蔷是一位更年期的大妈，史大妈每天都要和不同的科室发生摩擦和争吵。她从一开始就看不惯岑恺璐。当得知胡县长的侄女从自己的科室跳到了心内科，而岑恺璐又从心内科被"淘汰"到了自己的超声科，她心里更是郁闷，觉得自己被歧视，觉得自己低人一等，对岑恺璐也就越看越不顺眼。

骆主任一直以为是自己说错了话，把岑恺璐调换走是为了避免这种个人感情影响工作，自责不已，于是隔三岔五地就去给人事科说，要求将岑恺璐调回自己科室。人事科科长是哑巴吃饺子，心里有数但是不能说出来，遇上骆主任这种一根筋的，个中缘由就更不能说了，只能是含含糊糊地打太极拳。

这下子骆主任就按照自己的良好愿望去揣测了，他认为让岑恺璐到超声科说不定是张院长特意安排的一种锻炼。他自己坚定了这种认识后，就去给超声科的史老太婆"安排工作"，希望让岑恺璐专门去学做心脏彩超："今后我们心内科就可以自己做彩超了。"

史蔷一怒之下就故意把岑恺璐"发配"去做妇科B超。

做妇科B超的病人比做心脏彩超的病人多得多。而且一个病人尿没憋够还得喊她从检查床上下来，再去喝水，直到尿憋得快溢出来了再来做。这一来一去自然又增加了很多的工作量。

妇科B超室同时还兼做产科的B超检查，孕妇动作迟缓，问题又多，出的检查报告承担的责任也大。有时家属还很冲动，一言不合就讲打讲杀的。负责妇科B超室的医生提了很多次，要求换人轮岗。

现在终于来了一个顶缸的，岑恺璐本身悟性就高，学习认真，老师想早点甩包袱，所以也教得很用心。半个多月的时间，老师就向史主任汇报，岑恺璐已经出师了，可以独立上岗。如果实在有把握不准的病例，再喊她们一起来看就是。

岑恺璐就这样独立上岗了。最初几天，她忙得连午饭都吃不成，还出了一些小差错，被史蔷狠狠地骂了几次。她委屈得连晚饭也不想吃，一个星期下来人就瘦了一大圈，更像一个病西施，她"素西施"的花名传得更广。

对工作越来越熟悉，岑恺璐就越能从容地对待病人，几乎再没有差错。史蔷找不到对她发火的理由也懒得来管她，岑恺璐的妇科B超室就成了一个独立王国。岑恺璐觉得这样的日子也挺好的，妇科B超室是男士止步的"禁区"。没有那些年轻的男医生到这里来对她嘘寒问暖、献殷勤，她可以多一些时间去想沈鲍鑫，去畅想他们的家庭和两个人的未来。

也有美中不足的地方，就是没人来顶替她。周末她也要上半天班，就一直没有机会去矿区。沈鲍鑫可是愿意每周都往县城里跑。周末的那半天，就是他们俩最盼望的日子。

岑恺璐是一个有底线的医生，孕妇做完B超，家属来问男孩还是女孩，她从来不说。即便这样，还是有很多人把包好的红包塞给岑恺璐，为自家孩子讨个吉利。

半年的时间，岑恺璐就收到了八十多个红包，但她一个都没有拆开过。她害怕自己去数了里面的纸张就会失去对底线的坚守，会对下一个红包充满期待，会有更多的欲望。她决定找一个合适的时机全都交给沈鲍鑫，沈鲍鑫是她最信赖的人，这些钱怎么用，她都听沈鲍鑫的。

周末，沈鲍鑫又跑到县城来找岑恺璐。岑恺璐早早做好了准备，她将大大小小的红包平平地铺满在床褥下面。

云雨缠绵后，两人浑身是汗、肩靠肩地躺在小床上喘息。岑恺璐问沈鲍鑫今天有什么感觉，他倦倦地回答了一个"爽"字，再看岑恺璐故作严肃的表情，马上又补充了"很爽""超级爽""要爽死了"。岑恺璐扑哧一笑，侧立起身子，用一只手指拨弄着他的唇："有没有觉得背上很烧？"

沈鲍鑫色眯眯地笑着说："我觉得浑身都烧。"气得岑恺璐在他身上拍了几巴掌，紧接着就是用牙咬、用脚踹，直到沈鲍鑫滚到了床下。岑恺璐也跳下了床，掀开了床褥。沈鲍鑫光着屁股从地上爬起来，看到床板上铺满了的红包，一脸诧异。

岑恺璐把这些红包的来历说了一遍，她有些忐忑，她不想看到沈鲍鑫生气。他们俩早就聊过这个话题，只是沈鲍鑫没想到她将这些红包积攒起来了，一个都没用。这两个年轻人虽说都刚刚工作，但并没有太多的花销，每个月的钱都够用。而且沈鲍鑫想的是，以后要是成了家，生活费用也应该是自己来承担。岑恺璐挣的钱，不管多少，就该是她自己的零花钱。

"怎么办？"岑恺璐征求沈鲍鑫的意见。

沈鲍鑫一边将红包收拢在一处，一边说："这还用问吗？你把嫁妆都拿出来了，我还能说什么呢？要不我们明天就去结婚，然后抓紧时间生个娃！"

听到他说"结婚"二字，岑恺璐突然害羞起来。结婚这个话题对他们而言是回避不了的，也是应该讨论的了，只是一贯羞涩的她开不了口。既然沈鲍鑫说了结婚这个词，再娇羞也得想一两句话来回应呀。岑恺璐觉得不能点头应允，她想嫁，可又不想让沈鲍鑫这么得意。岑恺璐只是在沈鲍鑫面前特别得好强，她说："这才不是嫁妆咧，我们用这些钱去买一间我们自己的房子，以后我就是这个家的户主，这个家就是我说了算。"

沈鲍鑫一拍脑门："哎呀，都怪我受不了美色诱惑，还有很重要的一件事差点就忘了向你汇报——我在单位也得了一大笔奖金，第一时间就想着拿来给你。你那些钱哪里买得了房子哟？又不是买玩具，你把这些钱也一起存起来，我们还要再多存一些钱才能买得起房子。"

沈鲍鑫一边说，一边拿过背包，从里面拖出厚厚的两扎钱来："两万！"

沈鲍鑫不声不响一下就拿出这么厚的两扎钞票，这超出了岑恺璐的想象。

沈鲍鑫讲了这笔奖金的来源。这笔钱的背后，流过很大一摊血。

事情发生在一周前，矿务局出了事故。死的人是一名矿工，他刚刚升井，是在回家的途中遇难的。

上午刚上班没多久，沈鲍鑫正在医生值班室翻看着《外科学》教材，医院院子里停着的那辆矿山救护车鸣响了警报器。警示灯闪烁的蓝光让所有人都不由自主地产生了一种紧张感，不管是病房里的医生护士，还是在后勤科室里的人，这些平常慵懒闲适惯了的人，这一刻都将身子绷得紧紧的。

警报就是命令。当沈鲍鑫从窗户里探头向外看时，已向前行驶了几米距离的救护车突然一个急刹，只见李主任跳下救护车，抬头冲着楼上大声喊："沈医生，小沈！"沈鲍鑫立刻缩回头，飞奔下楼。他还保持着当实习医生时养成的习惯，时时刻刻保持着可冲锋的状态。

沈鲍鑫赶到救护车前时，发现邓医生也站在车前，他刚刚被李主任赶下了救护车。

邓医生今天急诊值班，接到调度命令就急急忙忙地跑上了救护车。可是邓医生胡子拉碴、满面倦容，应该是昨晚打了通宵麻将，脚上还趿拉着一双鞋，鞋带松散。"你的听诊器呢？"李主任问他，邓医生将白大褂的左右口袋都摸了一遍，这才发现没有带。

李主任看着跑下楼来的沈鲍鑫，虽然气喘吁吁，但着装整洁，一副听诊器缠绕着放在白大褂的右口袋里，左上衣兜还插着两支笔和一只袖珍手电。李主任喊邓医生留在医院值班待命："好好把自己收拾一下嘛，少打点麻将！"这个干瘦的李老头明显偏爱着沈鲍鑫，他招呼沈鲍鑫上车和他一起去现场。

救护车颠簸着来到矿区的铁路货场，大量的煤就是在这里装运上车皮，然后编组拖离货场的。在铁路局的编组站会再次编组，煤就这样被运往了远方。

一节节火车车皮就像小孩玩的积木一样，随时可以拆分开，也随时都能连接在一起。两个车皮之间像拳头似的、起连接作用的东西就叫连接器，英语叫Janney Coupler，汉语音译"詹氏车钩"，铁路上的人一般都喊作"大钩"。分解列车时，连接员断开风管、提起销子锁、给信号到车头，火车头继续往前开就可以顺利拉走分解后剩余的车皮。需要再次组合列车时，只需拖过别的车体，连接员提起销子锁轻轻一碰，两节车皮借碰撞之力就能重新组合在一起，然后连接员锁死钩销，再联通风管，给信号就可拉车走人。

这个货场仅有一千多平方米的平地，修了火车站却没有封闭护栏，十几条线路横亘在生活区和矿区之间。虽然这些车皮零零散散地沿着铁路线停靠着，中间都留有半米或一米的间距，但按规定是不能让人通过的。可往来行人抄近道横跨铁路已经成了常态。

这次，就碰上了这样一起意外事故。

何云是有着二十多年工龄的老职工了，天天在这条铁路上穿越。晨曦初露，今天的晨曦格外的美丽，何云刚刚下班，低着头匆匆往前走。

每一次从井里出来他都有着一种好心情。多干一天就多挣了一天的钱，家里养了三个孩子，他们都等着自己的这一份工资。他觉得自己多干一天，家里的娃娃就多长大了一天，离他们自食其力的日子就近了一天，自己肩上的担子就轻了一点，他的心情就这样每天轻松一点点。

按他的年龄来说，是早就可以不下井的了。他自己不愿意，井下收入要高一些。现在的矿长也姓何，何矿长年龄要比何云大，但见到何云会叫他一声师父。这不是客气，何矿长当年大学毕业被分派到矿上做技术员，带他第一次下井的人就是年龄比他小两岁、工龄却比他多四年的何云，也幸亏有何云这位师父，何技术员的命才没有在第一次下井的时候画上句号。这么多年来，何矿长在任何地方只要是碰到何云，仍然是恭恭敬敬地叫声师父。既是习惯，也是感恩。

何云的死可以说是自找的。他的小儿子今天正好满十岁，所以今天他特别着急回家。他在井下发现了一块特殊的煤块，巴掌大，里面有一个雪糕棍大小的虫类化石。儿子让他找化石已经说了好几年了。看着长长的列车横在面前，他趁着列车停息的空当就想抄近路从车皮中间跳过去。

偏巧调度员命令连接员给信号走车，他没看见正在两个车皮之间穿行的何云。司机见彩旗挥舞，鸣笛、缓解、拉了一下气门，接着就传来了列车沉闷和持续的碰撞声，两节车皮是挂上了，可连接器中间挤了一个人！何云脸煞白，嘴直抽搐，连接器在他的肚子里面挂上了。

你说死神的选择是随机的吗？他们这一行一共八个人，何云本来走在中间，赶巧他躬身去系了一下鞋带，落在大部队后面也就十来步的距离。前面七个人都过去了，连接员也习惯了这种景象，说了也没用，反而会发生口角。他看着这群人过去后，还等了十几秒才挥的旗，而这时何云正在侧身穿越。他刚侧身，大钩就锤上了。

事故已经发生了二十多分钟，人就这样挂着，血流得不少，看着已经快不行了。救护车到的时候，矿上安全科的人也赶到了。几分钟后，何矿长的小车也开了过来。

现场会议的效率是最高的。事故必须尽快处理。他们不能确定的是，人还能不能救？要救的话，先要让车厢脱钩，可这样做，势必给何云带来更严重的伤害。众人望着救护车这边，沈鲍鑫也望着李主任，面对如此伤情，李主任简洁明了地摇摇头。

得到了李主任的答复后，矿长对着何云苍白而狰狞的脸，语调沉重地说：“师父，你就安心吧。这算因公了，师母和侄儿、侄女的生活就由矿上负责，这件事我做得了主。”

“做得了主”也是何矿长自己这样说而已。不管刚才的现场会是怎么开的，按法律法规和规章制度来讲，这种情况都与因公死亡挂不上边。要知道，这一个“因公”，很多人的利益就会受到影响。整个矿上的安全考核自不必说，就是安全科的几个人，他们的奖金直接就会打水漂了。

何云极端痛苦，已经要睁不开眼了，他眯着眼看着何矿长，眼神充满了感激，痛苦地一个字一个字地挤出了一句话：“大何，赶快，你有车，去把何月球找过来……”何月球是他的儿子。

何矿长立刻让用自己的小车赶快去接何师傅的家属们：“必须用最快的速度把他的儿子接来。”

沈鲍鑫不由得摇了摇头，眼前的这位伤者已经出现了典型的潮式呼吸，进入了濒死状态。

所有人都知道死亡即将来临，就连何云本人，那种无法言说的痛苦让他只想尽快结束一切。那种痛，是胸部再剧烈的起伏也无法再导入氧气的窒息感。但是，沈鲍鑫还是能感觉到何云眼神中的不舍，这种不舍让他愿意忍受这种痛苦的煎熬。

沈鲍鑫自作主张地从救护车里拿出血压计，走近流满鲜血的现场，然后从白大褂的兜里拿出听诊器听何云的心跳，心跳很弱，心率很快。接着沈鲍鑫又侧扭着身子，挤到了缝隙间给他测血压，可是血压已经测不出来了。

这时，沈鲍鑫回头看看李主任。李主任并未因沈鲍鑫这一擅作主张的行为生气，医生的理智是需要千百次的折磨才能练就的，沈鲍鑫还是医院里最年轻的医生。他默默地摇头，他的白大褂已经遮挡住了他心窝里伸出的一双手，那双手想把沈鲍鑫拉回来，拥在两臂之间，就像拥抱年轻时的自己。

李主任下了命令，让随车同来的护士准备好肾上腺素和多巴胺。沈鲍鑫刚把血压计的袖带从何云的手臂上撤下，李主任已经站在他的身后，把装好了药液的针筒递给了他。这个年轻的护士并不是第一次见到血腥的现场，但如此场面仍让她害怕，她的手和腿都在抖。李主任接过针筒，向前几步，转手递给了沈鲍鑫，让他注射。

何云脸上的灰色消散了一点点，多了一点点潮红。护士也终于上前来给何云挂上了葡萄糖水。

现场鸦雀无声，所有人都静默地看着这三个穿白大褂的人的动作。唯一的声音是何云发出的呻吟声——他终于能发出一点声音了，他嘶哑着嗓子喊："我要死了，我要死了……你快点来呀，我想快点死呀……"

"你不会死的，我们会救你，一定能把你救活的。"这是现场除何云的呻吟之外唯一的声音了，这个声音听上去老气横秋套话味十足，却是从沈鲍鑫嘴里说出来的。他一直在何云的身边，一直在应和着和他说着话。"再注射一针吗啡！"沈鲍鑫对护士喊，这是沈鲍鑫有生以来第一次下医嘱，却下得非常不严谨，护士看看李主任，李主任点了点头。

又熬了一会儿，小轿车的刹车声打破了这里的宁静。在沸腾的人声中，一个中年妇女哭天抢地地冲出车门，但她没有跑几步，就软瘫在了地上。在其他人的帮助下，又从小车的后座牵出了三个孩子。两个女孩一个男孩，最大的也就十五六岁，最小的男孩就是何月球，穿着一身崭新的衣服，下车后他还很注意地扯扯衣襟上的折纹，这是他的生日礼物，他今天满十岁。

还没等他们触摸到何云的身体，何云已经无法再坚持下去，呼出一口长气，身体彻底地瘫软了。他们昨天拥抱的还是他的身体，现在再次触摸，却是一具还有体温的尸体。几秒钟的迟疑，却是生和死的界。

三个孩子怯怯地围着，他们很想往后躲，只是大人们扶着他们的双肩往前推着。

只有中年女人在号啕大哭，往前扑，而其他的人又使劲地将她往后面拽。号啕声中，她对着那具尸体喊道："老何，我就是卖血卖腰子，都要把他们养大……"

五分钟的号哭之后，安全科的工作人员和派出所的警察将所有人推离了现场，他们艰难地分开了车厢，抬出了死者的尸体。何云手里一直攥着的那块化石掉落了，没有人注意到。

沈鲍鑫也早已放下手中的输液瓶退到了救护车上。何矿长坐在车上，透过贴着深色遮阳膜的车窗，最后看了一眼两个车皮的连接处，示意司机开车。何云的家属就挤坐在小车的后排。

两天之后，何矿长请钟启明和李主任喝酒，而且特别点名要请当天在现场的那位年轻医生，何矿长还不知道沈鲍鑫的名字。

何矿长说到对自己有过救命之恩的师父就唏嘘不已。他一把搂住沈鲍鑫的肩，拍了又拍："如果不是你，师父可能早就痛死了，哪里还能坚持那么久？怎么能了最后的心愿？"

他一边喝酒一边感慨，说到师母和她三个儿女今后的生活，涕泪俱下。他说想了很久，矿上实在是没有合适的岗位可以安排，所以他拜托钟院长能不能帮忙在职工医院给何云的遗孀安排一个工作。

看钟院长面有难色，何矿长就说矿务局这边手续没有问题。"我去找了龚局长，龚局长说只要您点个头，他那里就签字。"

钟启明喝了一杯苦酒说："每次都这样，一出了事你们就做好人，我也同情这些孤儿寡母，但你们不能把这些人全都安排到我们医院来嘛。你看看，我们医院现在一线的医生没有几个，后勤人员一大堆，好多人都在笑话我！"

他把酒杯一顿："这些员工我管起来也好作难！说也不是，不说也不是。一句话说重了她们就哭哭唧唧。你不管她们吧，一个两个就没规没矩的，医院越整越乱。"

"老钟，我知道你的难处，但天地良心，我听到的都是说你大慈大悲的话，从来没听到过说你的怪话哟。如果我听到了，老子想方设法都要弄死他这些狗日的！"何矿长给钟启明斟满了酒，"大家都在说你是活菩萨，如果没有你，她们好多人的生活可就没着落了，像张西施和刘贵妃一样。"

说到张西施和刘贵妃，钟启明的话匣子也就打开了："这也是我们想帮帮不了的，大佬贺的死情况特殊嘛，又不是因公，你矿上没有办法，我这里就是想帮也帮不了哇。编制哪里来？没有编制哪来的钱发工资？是她们两个自己命苦！"

何矿长借势接话："老钟，张西施和刘贵妃是两个人拖三个娃，我师母是一个人拖三个娃，这是要逼死她呀！"

钟启明沉默了半晌，重重地叹了一口气。何矿长知道这事就算办成了，立刻喜笑颜开，举杯敬酒。

酒局要散时，何矿长从随身的提包里拿出两个厚厚的、用报纸包裹着的方砖，一叠推给钟启明，一叠塞给李主任。

沈鲍鑫想起身回避一下，但看他们三个人都毫不介意，也就不敢擅动了，生怕自己的任何一个细微动作打破了这一微妙的氛围。

"老钟，这是我们花田岩矿井的一点心意。一是感谢你的菩萨心，救了我们师母一家。二是拜托你今后还要多多照顾。李主任，感谢你仁心仁术，了了他的最后一个心愿。"

很快何矿长就先起身离开了，临走前打了声招呼，挂账。

他们三个又继续喝了一阵，感慨一番，钟启明也离开了，走时又找老板拿了一条烟。

见再没外人了，李主任从包里把"板砖"拿出来，把报纸扯开，里面露出了五扎钱。李主任掐出三扎递给沈鲍鑫，沈鲍鑫惊得椅子都坐不稳，一番激烈的推辞后，李主任说："拿着吧，那种情况我们医院无论哪个医生去了，可能就是站在旁边看一下而已。只有你还规规矩矩地去听心跳、测血压，给他打强心针和建静脉通道补充血容量。不管救不救得回来，让周围的人看着，给病人和旁边的人都是一种安慰。你这个样子才像一个真正的医生，你给我长脸了！"

他又说："你还年轻，别嫌弃这里。这些你就拿着，添置点东西，好好搭个窝。"

沈鲍鑫觉得再推辞就是矫情了，不过他只收了两扎，给李主任留了三扎。

一个月后，沈鲍鑫终于被拖进了鸡街。鸡街只有两种商业业态，发廊和卡拉 OK 店，互相交错，甚至偶尔还会实现劳动力共享，就像街坊邻居偶尔锅烧红了，临时借一勺醋、借几瓣蒜一般。听到被邀请的时候，沈鲍鑫心里是狂跳着的，脚踏进了一家卡拉 OK 店后，他的心跳才稍微平缓了一点。就像身上被剥光了之后，有人又将内裤扔回给他。

这是整条街上最豪华的一家店。今天有大老板请客。

这个大老板就是皮肤科的詹主任。

詹主任不是本省的人，来自湖前省一个很小的县城。这个县城或许与佛教从印度传入中国时的故事有关系吧，叫菩提县。"菩提"一词是梵文 Bodhi 的音译，意思是觉悟、智慧。沈鲍鑫只知道《西游记》中孙悟空的师父叫菩提祖师，来到矿区后，听说医院皮肤科的承包人是菩提人时，还产生了兴趣，专门到矿务局的图书室里翻了翻辞典："菩提是大彻大悟，明心见性，证得了最后的光明的自性，也就是达到了涅槃的程度。"涅槃，沈鲍鑫的理解就是死了。管他是涅槃还是死了，菩提应该是很有佛性的词语。可能是受了菩萨的感化，想济世救人、扶危助困，詹主任他们家族在全国各地开办了很多医院。

章鱼哥是医院里的活辞典，每个人的资料他都知道。詹主任全名叫詹觉候，小学还没毕业就和他的堂叔詹吾良一起出来闯荡了。刚出来时，他们就长租了一个廉价的旅馆，对外到处张贴退休老军医的广告，总之能让人看到广告找上门来就行。能看到他们的广告、能信他们广告的人，一般都是不愿意去大医院的。詹觉候虽然没有读过多少书，却能摸熟他们的心理：这些人有隐疾，所谓的隐疾就是与生殖相关的、与隐私相关的，好哄好骗好吓唬。虽然很多人不一定有病，可詹觉候不管他们有病无病、有钱无钱，反正能从他们的钱包里弄出钱来就行。

人都是会学聪明的，当车站码头那些小旅馆里的老军医再也哄骗不了人的时候，詹觉候也完成了原始积累，开始单飞。他找到正规医院来承包科室，目标人群还是那些有隐疾的人，比如：皮肤性病、男性生殖、妇科和泌尿科。白云职工医院就是在詹觉候来了之后，才开设皮肤科的。他很看好这里的市场。果然，开设独立的皮肤科之后，来这个科室的病人比医院内科、外科病人的总和都还要多。

但来了第一个病人就搞砸了。病人下午来做的手术，晚上就被两个工友扶着又进了医院，伤口有明显的渗血，阴茎出现了大血肿。

皮肤科的汤医生一看，把脸上的笑容一抹，操着普通话就把病人训斥一番，斥责他不听医嘱，手术后怎么能去看录像呢？没看录像也不能去想那些录像的事儿！病人听了，有口难辩又羞愧难当，进来时的愤怒瞬间就变成了苦苦哀求。汤医生又喊他拿两千元手术费，几个工友东凑西凑从身上一共凑了八百多元。汤医生拿着钱说先去帮他们缴费，然后就跑回宿舍把值钱的东西一收拾，彻底地跑了。

病人左等右等不见医生，就大吵大闹起来，甚至扬言要杀了医院院长。等詹觉候火速赶到后，发现汤医生已经跑路，这才慌了神，知道自己这次是遇上了祖师爷。

毕竟是老江湖，医院这块牌子只是自己借的，砸了的话他也一跑了之就是。只是现在还不到那个时候，还可以试试运气，詹觉候就跑到外科来借救兵。

外科的李主任回县城喝侄儿的喜酒去了，今天值班的是邓医生。沈鲍鑫的宿舍窗户正对着鸡街方向，不远处的霓虹灯在闪烁，他一个人在房间里，心也跟着闪烁，闪得书也看不进去、闪得脸上潮红不已，干脆抱着书来科室找邓医生吹牛。

詹觉候把情况一说，邓医生连忙摇头，手术失败后再处理，比第一次手术更麻烦，况且邓医生从来就没做过泌尿科的手术。两个人不约而同地，都望向了沈鲍鑫。

沈鲍鑫确实胆子大。他想起在附一院实习的时候，苏医生的中学同学杨国晖在爵士医院做阴茎延长术失败的事情。虽然病人被转到了泌尿外科，杨国晖也因败血症而死亡，但沈鲍鑫却仔仔细细地把《外科学》中泌尿外科的章节看了好几遍，也向苏医生请教过一些问题。沈鲍鑫愿意试一试，他认为这并不是多复杂的问题。包皮环切术中，内、外板间的血管断端往往会向近侧退缩，如果经验不足或操作粗糙了一点，没有把断端进行结扎，就有一定的概率出现渗血或大血肿。

邓医生当他的助手。沈鲍鑫剪开三针缝线，用生理盐水一冲洗，很快就发现了出血点，止血钳往这个血管断端一夹，轻轻一提，让邓医生帮忙拿着止血钳，双手又是一个漂亮的打结动作。这动作漂亮得让邓医生和詹觉候心里叹服不已。这种情况麻药也不好打，沈鲍鑫让病人忍着痛，重新缝了两针。这两针也比之前的缝针漂亮得多。

一场危机就这样度过了，劫后余生的詹觉候向沈鲍鑫递出了橄榄枝，让他帮着皮肤科做手术，每月多给他三千元钱。沈鲍鑫在邓医生羡慕的目光中拒绝了，他出手相助并不是想帮詹觉候收拾残局，而是想帮帮那位患者。

他一想到"苏飞刀"在手术室愤怒地摔刷子的动作，就不由得感到一种温暖，哪怕他还吼过自己："同学，你要记住，这一辈子哪怕走投无路了，也不要去这些所谓的医院端饭碗。挣昧良心的钱！丢祖宗先人的脸！丧儿女子孙的德！"

詹觉候既是想表达感谢，还有继续拉拢沈鲍鑫的想法，干脆就搞了一次外科和皮肤科的联谊活动。这一次他带了两个男医生；外科李主任留了一个人值班，带着沈鲍鑫、邓医生和另外一个张医生一起来联谊。

沈鲍鑫听说詹觉候要请科室的医生一起联谊，就有点躁动。他只是不喜欢詹觉候说话时的那种菩提口音，但他并不排斥那个科室。沈鲍鑫想起来医院第一晚的那顿接风宴，那个吸引了他所有目光的护士，自己就是醉倒在她的几杯假酒里。之后再见面虽然略有尴尬，但沈鲍鑫却一次又一次地忍不住故意从皮肤科借道而行，希望能偶遇一下，或者偷瞥一眼。沈鲍鑫自己也骂过自己贱相，但骂过之后他仍然要往那边借道。

多走了那么几次，两人见面时，也偶尔客套地打个招呼，沈鲍鑫知道她的名字叫蒋晖莹，仅此而已。

乌金酒楼的包房内，七个人，全是爷们儿。沈鲍鑫很失望，酒喝得就有些闷。

酒足饭饱应该就要散场了，詹觉候又喊着要去娱乐娱乐，沈鲍鑫的心就开始跳舞了。几番拉扯，李主任笑眯眯地说他跟不上这个时代了，要"告老还乡"，他走了年轻人才能尽兴。最后，张医生陪着李主任回去了。外科代表队剩下沈鲍鑫和邓医生这个光棍，被拉进了本地最豪华的卡拉 OK 店。

人往沙发上一坐，服务员就送上了果盘，拎来几打啤酒。酒瓶还没打开，"妈咪"就带着七个姑娘进来了，她向詹觉候熟络地打着招呼。

詹觉候大气地一挥手："都留下。"哗地一下，莺莺燕燕就涌了过来，交替着挤在了他们中间，只有"妈咪"趁乱溜了出去。

这一晚上的花天酒地，让沈鲍鑫有点郁闷，他再一次感到了窒息感，他觉得在这个医院很难有发挥。他不想像邓医生一样在这里混日子，还是得抓紧时间想办法蹦出去。

那晚他认识了一位大姐姐，并检查出她有乳腺增生的问题，建议她尽快去大医院做检查。

第二天上午，那位大姐姐竟然到医院来找沈鲍鑫，说最近确实是觉得乳房里面有些疙瘩、有些不舒服，之前还以为是客人捏的力气大，捏伤了。她昨晚听沈医生说了几句，心里就有些打鼓，但忘了要去做的检查的名称，希望沈医生能写给她。

虽然没有挂号，但沈鲍鑫还是给她简单地写了一份门诊病历，为了避免她跑冤枉路，还提醒她最好是月经干净之后三到七天去，这样受到体内雌激素分泌的影响最小。

大姐姐拿着病历就去了县人民医院，检查结果是"BI-RADS 4B""可疑恶性"，而且是中度可疑，需要进一步活检。

沈鲍鑫一下就出名了。恰巧周星驰主演的电影《济公》在县里的有线电视频道中播出，县医院传出的故事就使沈鲍鑫成了一个类似济公和尚的人物：一个医学院毕业、刚刚工作不到一年的住院医师，拿着微薄的工资，成天在各个发廊徘徊，目的是拯救受苦受难的那些姐妹。到县医院来检查出乳腺癌的大姐姐，就是对这个故事最好的背书。

在矿区的白云职工医院，沈鲍鑫更是成了一个传奇人物。短短的时间里，很多女士争先恐后地来挂外科的门诊号，指明要挂沈医师的号。云海县其他地方的女同志也在陆陆续续向职工医院集结，外科的门诊号变得一号难求。看到李主任在坐门诊，一群人竟然叽叽喳喳地把李主任轰出了诊室，强烈要求有着"圣手"称号的沈医生来给她们检查。此时正因休班而在宿舍睡大觉的沈鲍鑫，莫名其妙地被满面怒容的李主任拖到门诊诊室。

这些故事很快就传到了岑恺璐的耳朵里，她气得想咬死沈鲍鑫！

岑恺璐在县人民医院也有被宠的一面，院长张东风和心内科的骆主任都知道岑恺璐的家底。可县官不如现管，超声科的史蔷主任才是她的直接上级，更年期的妇女手下安放着一个高学历、貌美如花还有些清高的下属，怎能不让她痛苦地回忆起自己的青春？

从最初的处处刁难到如今的隐忍不发，时间已经过去近一年。这段时间的相安无事，岑恺璐认为可能是史主任已经熬过了自己的更年期，也可能是自己低调地蛰伏在妇科 B 超室，没给史主任惹过麻烦的缘故。

她悄悄舒了一口气，却不知道自己无意中已经给史蔷惹出了一个天大的麻烦。

史蔷结过婚，离过婚，无生育。只有一个侄儿叫史大河，史蔷将他当亲儿子一样看待。

史大河现在是云海县计生委的副主任，在云海县也算是一个人物。三十五岁的史大河婚史和他姑妈雷同，曾经结过一次婚，但因为一直没有小孩，他就离婚了。史大河对自己第二次婚姻的对象要求仍然很高。他对外公开宣称，自己找媳妇就是要符合优生学的规律，要有学历、要漂亮、性格要好。这一系列条件，就把范围局限到了每年分配到县里来的那一群女大学毕业生中了。前两年，他瞄准的还是一些分配来的师范生，他喜欢她们的文艺范儿。可惜的是，找了五六个都被拒绝了，理由出奇得一致：因为很多县里的人都在背后戳他的脊梁。这些姑娘是文艺范儿、爱浪漫，也追求物质，可她们并不弱智。学校里面帅气的男教师多了去了，没谁稀罕史大河。

史大河从别人嘴里听说，今年县人民医院分配来了一个"素西施"，而且还是在姑妈的科室里，一下就动了心，管她是不是文艺范儿，漂

第七章

亮就是最大的文艺范儿。

姑妈冷笑一声，警告他，岑恺璐是和男朋友一起分配到县里来的。史大河对"素西施"的兴趣就迅速冷淡下来。况且姑妈还呲嘴继续泼冷水说这个人根本就不漂亮，"素西施"之名只是外面的好事之徒瞎掰扯的，她觉得应该叫"冷狐狸"才更为恰当。

可一段时间之后，史大河还是忍不住到超声科来找姑妈。他抱着"看看又不吃亏"的心，故意找错检查室，要去瞧一眼正在给孕妇做检查的这只"冷狐狸"。因为擅闯诊室，他不仅遭到了岑恺璐的叱骂，也险些遭到孕妇丈夫的一顿暴打。岑恺璐虽然是背对着门，但她听到了门被推开的声音，而且是男子的脚步声。她一边扭转过身子，一边前倾身体，用身子帮患者遮挡住裸露的检查部位，见闯进来的男子并非和孕妇同来的家属，顿时柳眉倒竖，涨红着脸，轻斥他："快出去！你怎么能乱闯进来？快出去！快出去！"那是很悦耳的省城口音。

史大河被岑恺璐骂了一顿，心里反而像被放进了一座炼钢炉，自己的肉和骨都熔掉了。"即便是真挨一顿打，也是值得的。"

吃了秤砣的王八，谁都拿他没办法。史蔷拿她这个侄儿更是没办法，所以碍于这个面子，对岑恺璐也就懒得去看懒得去说。

可沈鲍鑫风里来雨里去，这一年的时间里，这两个年轻人如胶似漆。史大河找不到任何突破的机会。

"圣手"沈医生的传言一起，他觉得机会终于来了。

史蔷难得有这样的好心情，她带来一大袋的石榴，说是自己侄儿到云南的会理去开会，专门带回来孝敬她的："早就听说会理的石榴天下闻名，可我这个老太婆哪里还消遣得了这种'多子多福'的水果哟，还是给你们这些大姑娘、小媳妇的尝尝吧。"一人分了两个，留了四个最大最红的，连同袋子一起给了岑恺璐。

史蔷见没其他人了，堆了笑："我侄儿有一次来找我，闹出了误会。他说想找个机会给你道个歉，就看你喜欢吃什么，他请你吃饭。"

岑恺璐心里很清楚，这是黄鼠狼给鸡拜年。

她虽然尊称史蔷为史主任，在业务上也尊其为老师，但真要说到史蔷这个名字，她就有点犯胃痛。她非常不喜欢这个史老太婆的各种做派。上次史大河闯进检查室，她就对这个人感到恶心。后来得知他们竟然是姑侄关系，更是有一种反胃的感觉。

"谢谢史主任，我从来都不吃酸的，再甜再红的石榴，里面可能仍然是酸的。"岑恺璐用双手把口袋递回给史主任。

"小岑，你别误会啊，我家小史是真心实意地想给你道个歉。再怎么说，他还是县计生委的领导。今年主任要退二线到政协去了，他就要接主任的位置，要提正科了哟。我们医院和计生委有很多业务往来，你还是应该从大局出发，从我们县医院的整体利益出发，还是要给他一点面子嘛。就是张院长见到他，都还得客客气气敬一支烟呢。"

岑恺璐的涵养被这个更年期的老太婆消耗殆尽，史蔷反复地显摆"计生委"和"副科级"更是激起了她潜藏在心底的无名怒火："业务往来？面子？他连人都不是，还有什么面子？"

岑恺璐还想继续说下去，这一年来她在这个科室忍气吞声挨了史老太婆很多莫名其妙的骂，现在终于爆发了。曾经在正厅和副厅官员面前随时撒娇的岑恺璐，听着她正科、副科的傲慢口气，气得想笑。

恰好这时心内科的骆主任路过，多事地探头看了一下超声科的办公室。本来又想找史蔷唠叨唠叨的，突然见到了这一幕，他赶紧拉着岑恺璐就走。骆主任胆子小，什么事都不想去惹。按他的性格，听到有一点点吵架的声音，他就会第一时间缩头，转身，靠着墙边往回走。可这一次，他是大着胆子到人家的地盘上抢了一个人出来。

岑恺璐已经被他拉到了办公室门外，但她怒气未消，竟然扭身冲着门里面又补了一句："你告诉你家那个科长，他的心里太脏了……"

史蔷暴跳如雷，她的骂声响彻了整个医院。

沈鲍鑫听到了章鱼哥传来的"舌战"故事，哈哈一笑。他根本就不相信岑恺璐会和人争吵，更何况是和她的科室主任。尽管他们两人在一起时也摆谈过各自医院一些事情，但岑恺璐从不评价任何一个同事。她说自己每天就在 B 超室，见到的都是一些病人，很少和其他医生护士打交道，说到主任，也是说"还好吧"三个字。

章鱼哥说："你还不知道嗦，她们两个吵架的原因是那个主任要把她的侄儿介绍给你女朋友，你还好意思在这里笑……"话还没说完，就见沈鲍鑫在脱白大褂，沈鲍鑫说："哥，你帮我顶一会儿，等会儿李主任来了，你就帮我请个假。"

"你这是外科的事，我是内科医生的嘛！"章鱼哥的这句话也还没说完，沈鲍鑫就已经冲出了值班室。

沈鲍鑫风风火火地到达县人民医院宿舍楼，才发现岑恺璐把门锁都换了。完了，岑恺璐是在生自己的气了。

在门外敲门，哀求、唱歌，怎么哄都不行，门就是不打开。从走廊路过的人都快笑疯了，憋着笑给他打招呼，沈鲍鑫也只能憨憨地、尴尬地回笑打招呼。

有一个路过的年轻男医生把手往他肩上一拍："'圣手'医生，你在哪个教授那里学的这一招？告诉我，我也准备去进修进修！真牛！"

这句玩笑话一说，就听见房间里面传出暖水瓶被踢爆的声音。男医生见自己的玩笑话让战事升级了，对沈鲍鑫做了个鬼脸，匆匆而去。

沈鲍鑫这才明白了岑恺璐生气的原因。他也知道自己真的遇上麻烦事儿了，这可不是一下子就能解释得清楚的。要解释最起码也要进了门、面对面地才能解释呀，哪怕是跪着，也比被关在门外强啊。

敲了半天门，还是敲不开。沈鲍鑫只能到商场里去买了新的暖水瓶，放在门前，又敲敲门，给岑恺璐说了几声，悻悻地坐车回矿区去了。

第二天，终于接到了岑恺璐的传呼，看代码翻译过来就是"想你"。沈鲍鑫稳了稳心神，再慌也得坐两个小时的车才能赶到县城里去，急也没有用。他扭扭捏捏地向李主任请假，李主任一眼就看穿了沈鲍鑫的心思，指了指他的衣服："你衬衣的领子都黑了，不换一件？还想挨骂？"

沈鲍鑫急急忙忙地回寝室换了一身，想了想，又在包里多带了一套干净的衣服。如果路途中又弄脏了，到了县城就先换一换，免得恺璐见到了又生气。临出发前，他还特地跑到计生办找昝大姐领了一点福利，做好必要的准备。

岑恺璐见到沈鲍鑫就扑到他的怀里哭了，抽泣着诉说她的委屈。

沈鲍鑫也只能劝说："你们那个史主任是有些讨厌，但是，你也没必要和她直接发生冲突吧？"

岑恺璐："可我的确很讨厌那个人，哪有一个大男人直接闯进妇科 B 超室的嘛？又不是不识字，而且又还是计生委的，更应该懂这些规矩的吧？"

沈鲍鑫："哎呀，你可千万别用职业来给人贴标签。包括对病人，看着可怜兮兮的，你同情她们，但她们可能转身就狠咬你一口。你现在和她这样一吵，说不定那个史主任就会天天来找你工作上的茬……"

岑恺璐从沈鲍鑫的怀里露出头来："嗯，我真的很不喜欢他们这些人，我觉得我这样做是没有错的，但就是……"

"有什么办法呢？我们都改变不了哇……不如我们早点光明正大地……"沈鲍鑫想安慰，想方设法地引导她，他觉得现在应该和岑恺璐谈谈结婚的事情了。搂抱，稍稍用了一点力。

岑恺璐听得懂沈鲍鑫话里的意思，她把头埋进沈鲍鑫的怀里，这样可以掩饰住她的娇羞。她也早就想着能结婚，能一起建一个家，但她心里又很明白，沈鲍鑫心里的世界很大。别说那个矿区小镇了，就是这个县城也不是他能尽情驰骋的地方，不能让他一辈子就这样憋屈着。岑恺璐说："我们现在不说这个嘛，心里烦得很。平时只要一有空，我也在看书，反正我们迟早都要考研离开这里的。"

沈鲍鑫继续安慰她："别去想那些烦心事了。有句话说的是'宁得罪君子莫得罪小人'。这些人在县城里跋扈惯了，我们本来就不想一直生活在这里，就别去招惹这些地头蛇了。"

沈鲍鑫突然推开岑恺璐，看着她的脸："你刚刚说什么？你也在准备考研？"

两人瞬间就转到新的话题上了。沈鲍鑫想通过考研究生回到云汉市，岑恺璐却不想再回那个城市。沈鲍鑫想想觉得也能理解，那就往更大的城市考吧，岑恺璐说不如我们出国去。沈鲍鑫说："我妈妈一个人在浦州市，她年龄也大了，还要靠我来养老送终。"

他们想逃离这座县城，总之，他们将这个地方只当作起点，而非终点。可他们还没想好未来究竟是在东南西北的哪个方向，现实中的麻烦就围堵过来，令人窒息。

史大河听姑妈添油加醋地一哭诉，火冒三丈，一拍桌子："这像是一个高级……卫生工作者可以说的话吗？"他本来是想说"高级知识分子"，但"高级"二字刚一出口，顿觉不妥，好像自己就是"低级"的一般——史大河已经在心里将岑恺璐和自己绝对地对立起来。

这是一个周日的上午，夏日炎炎，临近吃午饭的时间了，妇科 B 超室外还有几个病人在等待着。今天的效率有点糟糕，岑恺璐往洗手间跑了几次，每次都是有些想呕吐的感觉，但到了洗手间又吐不出来，只呕出两口清口水，这就很是耽搁了一些时间。

这几天天气变化大，胃肠型感冒的病人很多，岑恺璐还有些头晕，她想下午必须要请半天的假了。

这时，人事科长、院办主任、保卫科科长一起来到妇科 B 超室，一同来的还有史蔷主任。史主任亲自上阵，拿下了岑恺璐手里的超声探头，关了机器，一言不发却又一脸的鄙夷和幸灾乐祸。

岑恺璐被他们带到了院办，她突然又有了反胃和干呕的感觉。等她强忍不适走入房间时，看到房间里竟然坐着县计生委的史大河副主任。虽然只是见过一次，但印象深刻。

院长张东风在房间里团团转，又是递烟又是劝茶，看见他们来了赶紧招呼坐下。张东风介绍了一下来宾，两个穿制服的是县公安局的，史大河和另外一个叫王猛的同志都是县计生委的，还有一位是县卫生局办公室的顾凤凤。岑恺璐见到是熟人，就对她微笑了一下。这也属难得，不然她也不会因为长期冷着面孔而被史主任骂作"冷狐狸"了。顾凤凤表情复杂，她一见被弄进来的医生竟然是岑恺璐，心理活动剧烈。这完全出乎她的意料了。既怕把事情闹大，又怕事情闹不大。她心里很清楚，今天这个事儿小事化了是不可能的，会一直阴魂不散，他们县卫生局就会一直无休止地被扯进来。事情整大了，这个事儿肯定也能被按平，只不过县官不如现管，疙瘩如何解是后一步的事，但眼前这个姑娘肯定会吃一些苦头。而大事化小，就看张东风的本事了，这里本来就是他的戏台子嘛。

史大河是这里面最强势的一个人，他看岑恺璐的眼神就如屠夫在检阅围栏里的羊群，在她身上扫过来扫过去，然后双眼直盯着张院长："那我就再重复一遍。我们收到举报，你们医院B超室的医生岑恺璐，非法进行胎儿性别鉴定。这是和县委县政府作对。今天，我们就是要来看看你们医院是什么态度！"

岑恺璐慢慢地缓过神。她性格温和但并不懦弱。如果是两年前她会紧张得不得了，但这一年多的时间里，她经历过擦身而过的死亡、承受过丧父之痛、见到过诊室门外的悲喜，也饱受史老太婆的欺负。而眼前的这个史大河，只不过是求爱不成，想公报私仇。只不过，这种卑劣的手段是她见过的最低级的，也是她想象不到的。但她缓过神后，脑子也就迅速转开了。

张东风还在想着怎么应答，岑恺璐就站起身来："民警同志，就是他……"她突然很激动地用手指着史大河，语速也加快了，"我要报案！两周前我正在给一个患者做检查，就是这个流氓突然闯进了检查室，还和患者的家属发生了扭打，我们还没来得及报警他就逃跑了。就是他，我记得清清楚楚！"说完，她像是课堂上回答完老师的提问后，安静地坐下了。

太诡异了。两个民警面面相觑。他们是计生委喊来的，说是协助调查案子，其实就是"帮手"。他们怎会想到，这个文弱的女医生，双方还没有进行正儿八经的语言交流，她竟然现场报案，还指控计生委副主任为流氓。

顾凤凤咬着嘴唇忍住笑。她很清楚地记得，这个年轻医生毕业报到时的情景。省卫生厅的傅厅长用自己的小车把他们送来。她的男朋友更不是一个省油的灯，差点把局里的双选会搅黄了。

顾凤凤听到岑恺璐的这几句话，心里可乐了，知道后面还有好戏。

张东风悬着的心也放下了一半。他也一直担心史大河出下三滥的招数。他知道史大河这个人，但得罪不起。张东风最担心的，还是老老实实的岑恺璐被人欺负。撇开私人感情，自己的医生被欺负了，作为院长，他脸上也是抹不过去的。

他赶忙打圆场，希望能够大事化小，说这肯定是一场误会。

史大河今天可是抱着吃定了岑恺璐的心来的，不理会岑恺璐的指控，不理睬张东风的台阶，对着两个着装民警，声调高了八度地吼道："今天我就要以诽谤的罪名，将这个败类交给你们公安机关。你们要赶快立案，予以严惩！"

已经过了午饭时间了，早上也是因为不舒服没有吃什么东西，岑恺璐胃里又是一阵翻腾。她强压下胃里的不适感，本就无力不想理他，但她听到"败类"两个字，心里的火苗腾地就燃了起来。她也不知道这几天里怎么就这么烦躁，容易发火。和沈鲍鑫吵了好几次，把门锁换了、把他关在外面，吵过之后她又会后悔好半天，可她就是控制不住。岑恺璐也看着那两位民警，眼睛却斜睨着史大河："偷窥B超室，这才是败类干的事吧？"

张东风万万没想到岑恺璐的口齿这么厉害，平常就没见她说过几句话。

"不是说有人举报吗？举报你非法开展胎儿性别鉴定，既然举报人又没在这里，那就只有靠你自己把事情说清楚了。"张东风给岑恺璐挤了挤眼睛，他动作夸张，故意让办公室里所有人都能看见。很明显，这是示意她直接否认。只要岑恺璐一开口否认，张东风就可以接过话来，将这出戏的大幕拉上了。他虽然不清楚史大河来找碴的前因后果，但他相信岑恺璐。

不知道岑恺璐是没有领会到，还是根本就不理会他的好意，她冷哼一声，对着史大河继续喷火："举报我又怎么样？我不承认又怎样？"

史大河本以为剧情已被张东风导演着，他也做好了收场的准备，心里正在打着腹稿，想着怎么说一些愤怒、正义的总结陈词。没想到岑恺璐竟然脱离了剧本，这让史大河明显一愣，所有人都愣住了。史大河激动万分地一拍桌子，桌子上的几个茶杯同时跳了起来，有些翻滚到地上，一片狼藉："你太嚣张了！公安赶快把她抓起来！赶快！"

他的失态和咆哮让一同来的王猛有些看不下去了，赶紧扯扯他的衣袖，两位公安干警也不知该如何应付，张东风哑了口。直到这时，岑恺璐才醒悟过来，现在不是在和沈鲍鑫聊天，可以任性地说心里话的时候。糟糕，自己只图一时口快，说错了话，给人抓住了把柄。

卫生局的顾凤凤反应很快："小岑医生，你不能因为和史主任有私人误会就这么激动嘛！我们县医院是云海县的王牌医院，你又是湖东省医学院分来的高才生。去年双选会的新闻播出后，县委书记还专门表扬了我们卫生局的眼光和你们两个大学生愿意扎根基层的精神。还给魏局长说要好好培养你们，等你和那位沈医生结婚的时候，他也要去找省卫生厅的傅厅长讨杯喜酒喝哟。"她的几句话就把很多的关系拉扯出来，每个人都听懂了。县委书记表扬没表扬没人去想它的真实性，但傅厅长的关系没有人敢怀疑，毕竟那辆小车是实实在在地开了来的。

"就是，这些都是没得证据的事。岑医生你莫意气用事，让我们也不好做事。"两位干警也想着多一事不如少一事，赶紧缓和气氛。

岑恺璐心里一暖，把感激的眼神送给了顾凤凤和两位干警，也给了张院长一个歉意且内疚的眼神。

又是一阵呕吐的感觉，无法抑制，岑恺璐转身就想跑出去。没想到史大河一个箭步就堵在了门口，一个擒拿动作，将岑恺璐反手扣在了门框边。

院长张东风也不再是之前那种弓腰奉笑的姿势。他身子一挺，顿时就拔高了几厘米，顺手操起一个茶杯，朝着门边的史大河狠狠地砸去。杯子砸在了墙面上，顿时粉身碎骨，碎片四溅。史大河反应快，一躲，手却未松，岑恺璐就是想躲也躲不开，少许碎片溅射到了她的头上和肩上。

张东风心里一咯噔。他在职工大会上拍着胸脯子说过："别的本事没有，我最大的本事就是护崽。"在医院里面，他很严厉，医生护士没有不怕他的。但如果有人欺负了医院里的人，他也真是像护崽的老母狗，甚至会亲手打回去。

一位儿科护士给一名五六岁的小患者输水，小孩动来动去，输液针扎漏了两次，孩子的父亲一个耳光就扇向护士。张东风知道后立刻跑去儿科，拎着孩子父亲的衣领就要挥拳头。接到投诉后，他又在卫生局大闹一场，拍着局长魏显津的办公桌骂娘。魏局长被骂了一顿后，又被县长在电话里训了一顿。他把张东风召到办公室里，结果魏局长的话还没训完，张东风就从他的桌子上扯过一张纸，写起了辞职报告。

"医院的院长们只想自己的官位，老子有技术可以当医生，怕个锤子！"辞职报告就这么两句话，让魏局长哭笑不得。此事不了了之，再没有人敢到县医院来闹了。"张疯狗"之名也就传开了。

张东风来不及关心岑恺璐是否受伤，怒目圆睁指着史大河就骂："你在老子的地盘上要做啥？你敢动我们的医生试试，信不信老子弄死你！"

史大河见两名干警已经挡在了他们两人之间，心里也不再惊慌和害怕了，一声冷笑："未婚先孕，这还跑得了？我们这次先不急着追究你们医院违法开展胎儿性别鉴定的事，就你们这位医生未婚先孕的事实，怎么办？把你们医院先进的牌子先给我摘了！"

岑恺璐一怔，自己好像是有两个月没来月经了。她一直在采取避孕措施，只以为是天气热起来，沈鲍鑫的风流故事又惹得自己一直生气，种种不适是内分泌不调导致的。所以她也就没有去想过怀孕的可能。史大河这一说，她立刻就明白了这几天的恶心呕吐确实像是妊娠反应。

张东风脑筋还是转得快，马上又弓了弓身子，堆满了笑容，讨好地说："是不是怀孕还是应该先检查了再说吧。虽然现在检验科已经下班了，但没关系，我马上安排，让检验科的加班给做个检查。"

只要能松手，就抽个空子让岑恺璐赶紧跑。只要她跑回省城，不相信史大河他们敢到傅厅长的家里去抓人。只要准生证办下来了，一切难题就解开了。

史大河也是老狐狸，怎么会上张东风的套呢？他冷冷地说："不敢再劳动张院长的大驾，我们计生委自然会有安排。"

顾凤凤赶紧问："县医院是最权威的医院，你们不让她在这里检查，还要带到哪里去？"

王猛紧抓住岑恺璐的胳膊就往外推，史大河说："我们到浦州市去检查。"去上一级别的医院，张东风和顾凤凤都是没有阻拦的理由的。

张东风他们只能眼睁睁地看着他们把岑恺璐带走了。谁都不敢上前去阻拦，两个干警也只能这样看着。

张东风愣了足足有半分钟，突然抓起电话，他把电话打给了白云职工医院的钟启明："老钟，你赶快通知你们医院的沈医生，就说他老婆被史大河抓走了，喊他赶紧来救人，喊他赶紧给傅厅长打个电话！"张东风对双选会上沈鲍鑫这个二愣子印象太深了。好几次看到沈鲍鑫在县医院的宿舍区穿来穿去，他就主动回避了，不去打扰他们年轻人的世界。现在要救自己医院的小岑医生，看来也只有喊他出面最合适。张东风在挂电话前又补充了一句："喊他先别给傅厅长打电话，还是先到县医院来找我，我见了面再给他说。"

电话挂断，他问顾凤凤："你已经给钟院长打过电话了？什么

　　　　　　　　　　　　　　　　第七章

时候？"

两名干警面面相觑，决定赶紧回去报告，别出什么大事。

还是出大事了！

史大河把岑恺璐往车里推的时候，岑恺璐拼命地挣扎。周围的人看着一个穿白大褂的女医生被两个男人往车里塞，医生还在呼救，纷纷上前围观。

岑恺璐还在挣扎。她从小到大从未受过这般委屈。妈妈死得早，爸爸就把自己当掌上明珠。爸爸自杀了，自己就觉得沈鲍鑫是一辈子的依靠。可最需要他的时候他却没在。

趁她走神的时候，史大河用膝盖朝着她的肚子猛地一顶。岑恺璐痛得立马就弯下了腰，放弃了抵抗，手一松开车门框，就被王猛趁势一把推进了车里。

车向浦州市飞驰而去。史大河知道这里面的厉害。他不敢把岑恺璐往其他医院送，在县里没有哪一家医院敢拂张东风的面子。送更高一级的浦州中心医院，大家都没闲话可说。

钟启明上午就接到了卫生局顾凤凤打来的电话，说是要找沈鲍鑫，让他通知沈鲍鑫尽快赶到县医院去。钟启明一听就不舒服，他推断是不是张东风又在打算盘，想撬墙脚，而且还捅到了卫生局去。钟启明没理会这个电话。他心里想的是能拖就拖，晚上再喊沈鲍鑫一起喝顿酒，好好摆谈摆谈，给他多讲一讲愿景。只要沈鲍鑫自己不愿意走，张东风那条疯狗再想什么烂点子，都别想把沈鲍鑫挖走。

现在，钟启明又接到张东风的电话。本来他拿起话筒第一句话就是想骂张东风的，但张东风的嘴更快。听说沈鲍鑫的媳妇儿被抓走了，正躺在办公室沙发上接电话的钟启明立刻跳了起来。虽然不知道来龙去脉，但他知道这个事儿不敢耽搁。给科室里打电话怕说不清，他急急忙忙地跑去住院部外科病区找沈鲍鑫，出门的时候还喊院办的赶紧通知救护车做好出车准备。这里的过路班车实在是太难等了。

钟启明快跑到住院部的时候，碰到了詹主任。詹觉候刚吃完午饭，钟启明突然灵机一动："詹主任，你的那辆公爵王还在家吧？借来用用！"

沈鲍鑫坐着詹觉候的公爵王飞驰到了县医院，在医院门口听完张东风的快速讲述，他心里当然明白个中关窍，吸了一口冷气："两个死东西，竟然联起手来整我老婆，老子不弄死你们我就跟着你们姓史！"张东风一听一想，就明白了这是怎么回事："这个老妖婆！"他现在有点后悔当初没有顶住胡县长那一杠子，不然小岑医生这一年也不会吃这么多苦，现在也不会被整成这样。

他觉得真是对不起高莲医生。自己去进修的那个时候，没有多少收入，家庭条件也不好。高医生就经常在要吃饭的时候，喊他开几张检查单或去给某位病人做个床旁心电图，然后就以误餐为理由，拉着他去炒两个荤菜改善改善伙食。他记得，高医生晚上值班的时候，还带着女儿一起来过。那个小姑娘四五岁，文文静静的模样，见到他也很有礼貌地喊他张叔叔。

说什么也来不及了。他再次问过医院门口的保安，确认对方的车的确是开往了浦州市方向，就和沈鲍鑫一起上了公爵王，拼命地追赶。

到了浦州中心医院，张东风怒气冲冲地摔门下车，冲进了妇产科。他在妇产科的门诊手术室外大声武气地吼："你们看到我的岑医生没有？我们的岑医生在哪里？"

他们两个出门都是匆匆忙忙的，身上还穿着白大褂。浦州中心医院妇产科的医生们一看两个穿白大褂的人凶神恶煞地冲过来，再一细看上衣口袋的印字，确认身份是他们下面县里的医院和矿区医院，更觉吃惊，不知道发生了什么事情。

这个时候，岑恺璐他们的车才刚刚开到中心医院的急诊科。公爵王确实是一部好车，司机技术又好，一路狂奔，竟然在路途中超过了他们。

听到吵闹声，浦州中心医院妇产科的熊主任就从她的诊室走出来。她见两个穿白大褂的男人在妇产科门诊区乱窜，大声喧哗，正准备呵斥。这时，急诊科的推车正转了一个病人到妇产科这边来。推车吱吱嘎嘎的声音刺耳，路人纷纷避让，避让开后再一看，又议论纷纷开来。因为推车上的病人有些特殊，也穿着白大褂，白大褂胸前印着"云海县人民医院"的字样——正是岑恺璐，她的裤子已被鲜血染红了。

史大河用膝盖朝着她的肚子猛地一顶，岑恺璐当即就痛得蜷成了一团。被塞进车里时，她痛得再也没有呼叫的力气。很快，她就感觉到下腹疼痛加剧，阴道里有液体向外流出，慢慢地浸湿了内裤，也浸到了外衣上。是鲜血。岑恺璐心里作了判断，自己已经流产了，而且还有可能出现了内出血，出血量还不小。头晕，浑身冷战，意识也开始变得模糊。

持续地打冷战，她不得不自己用双臂紧紧地抱着自己的双肩。双肩感受到了温暖，爸爸妈妈都来了，一个在左边，一个在右边，各自抚着她的肩。她将双臂放下，想去牵爸爸妈妈的手，往前，却什么也没有牵住。见牵不住爸爸妈妈的手，岑恺璐就想去牵沈鲍鑫的手，可他的手在哪里呢？他不是喜欢牵着我的手吗？我冷的时候他不是喜欢抱着我吗？我的大猴子，我好冷，你现在在哪里呢？

史大河没想到这一膝竟然把岑恺璐顶流产了。王猛在开车，回头看了一下也有些发慌，不知不觉就加大了油门。史大河让王猛开慢一些。他嘴上说着安全第一，其实心里是想再多拖一拖。

在失去意识的一刹那，岑恺璐听到的是史大河在对王猛说："慢点，再开慢点。"而车后一阵急促的喇叭声响起，一辆丰田霸道地强行超车。两车并行的时候，车上的沈鲍鑫在喊叫着："快点，开快点！"

车到医院，岑恺璐已经昏迷了。史大河这才慌了。他没有再将岑恺璐拖到妇产科，而是直接送进了急诊科，还给急诊科的医生说这是计划外怀孕的，尽快做清宫。急诊科的医生不是蠢货，一看送来的病人穿着白大褂，觉得事情不会这么简单。他一边给岑恺璐量血压，建立静脉通道，做着急救措施；一边打电话通知派出所——这是一起明显的伤害事件。

派出所的人还没赶到，保安又没能控制得住他们，史大河和王猛两个人开着车就跑了。他们知道，在市里自己屁都不是，如果被派出所弄进去就真的麻烦了。

沈鲍鑫和张东风看到了岑恺璐，一时也没心思去想怎么弄死史大河的事，赶紧想办法救岑恺璐才是紧要的。

熊主任和急诊科医生简单交流了几句，摇摇头："快送手术室。"

推车继续往前，熊主任拍拍推车后面的张东风和沈鲍鑫。很明显，这两人应该就是病人的家属了，她得给家属交代病情。

从目前的情况来看，孕妇流产已不可避免。她看看眼前面如死灰的两个人，叹了一口气："其实保不保胎已经不是我们要考虑的问题了，而是有大量的内出血，病人自身就有生命危险。你们也是医生，要有心理准备。我们肯定是先抢救病人的生命，但盆腔脏器的损伤情况无法预估。比如损伤了卵巢、输卵管，也有可能术后形成粘连。这些都会导致今后难以怀孕。

"现在的情况就是这样，其他话我也不多说了。我也要去手术室，小赵医生会拿手术同意书给你们。你们就留一个人在这里，丈夫签字和父亲签字都可以，另外去一个人预交一下费用。"

沈鲍鑫和张东风这时才想起来，两人都是飞奔出门，裤兜里只有一点零钱。张东风指指自己胸前的医院标识，给熊主任说病人是云海县人民医院的医生，并不是自己的女儿。自己是县医院的院长，请他们先抢救病人，所有费用县医院都会承担，请她放心。

熊主任说这可难办了。不是不信任张院长，也不是她不想通融，只是医院有规定，如果没有交费，所有药都拿不出来。她还说，如果没有交费就先拿药，要么是本院职工担保，要么就只能是有本院的院领导点头才行。

沈鲍鑫一下就想到了二叔。他连忙说，自己的二叔沈天喜就是这家医院的副院长。可熊主任一听沈天喜的名字，愣了好一会儿，确认沈鲍鑫不像是在开玩笑，才又问他："沈天喜上周刚刚去世，你是他的侄儿？不知道这件事吗？"

沈鲍鑫木然地摇摇头。熊主任叹息了一声："算了，我来给你们签字担保吧。"

岑恺璐被平板推车推到了病房里，脸色苍白。她看到沈鲍鑫和张院长都在，眼泪静静地淌了出来。张东风笑笑，安慰道："当婚当嫁、生儿育女，有什么可害羞的？还年轻，好好养身子，很快就能再当妈妈的。现在什么都别多想了，等你出了院，我就想办法把小沈调到我们医院里来。你们两个赶紧结婚成家，早点结婚也就不会给我惹这么多的麻烦了，是不是？你们结婚时记得多敬我一杯酒啊！我早就听说了，你们家小沈可是能搞到好酒的哟。"

沈鲍鑫舅舅家是开酒坊的，这一定是从章鱼哥这个大嘴巴里说出来的。

岑恺璐极为勉强地想笑一笑，却十分乏力。张东风也不介意，又自说自话地安慰了几句才离开了。

岑恺璐从被单下慢慢伸出手来，沈鲍鑫赶紧将手迎了上去。

岑恺璐声音很微弱："几号？"她的目光望向的是沈鲍鑫的手表，她想知道今天的日子。

"1999 年 8 月 2 日。"

岑恺璐脸上微微一笑，和沈鲍鑫握在一起的手稍微紧了紧。

沈鲍鑫"啊呀"一声，另一只手拍了拍脑门："去年我们就是这一天当的医生，你还说今天一定要好好庆祝庆祝。哎呀，我就完全搞忘了！"

岑恺璐又笑。

沈鲍鑫心里叹了一口气，已经整整一年了。

沈鲍鑫也紧了紧握着的手："去年我们是两个人，今天我们还是两个人！"

　　岑恺璐还是微笑着，她用被单下的那只手轻轻地摸向腹部，几颗泪珠扑簌扑簌地滚落下来。窗外蝉鸣花开，艳阳高照。

第八章 天鹅之舞

> 最后，王子被恶魔的魔法害死了，所有天鹅的魔法都没有被解除，天鹅被魔王带走了。

见岑恺璐的病情稍微稳定了，沈鲍鑫抽空回了一趟家。

这一年里，变化真大。沈鲍鑫和岑恺璐一直在新的岗位上忙忙碌碌，稍微有点时间就是互相聚聚，也没有回过浦州市。春节时，岑恺璐被史主任安排值班，沈鲍鑫也就在县医院陪了她整个春节假期。

鲍芳来矿区看过沈鲍鑫两次，也顺路去县医院看过岑恺璐。冬天的时候，还专门给她织了一件毛衣，岑恺璐抱着毛衣竟然想起了自己的妈妈，很伤心地哭了一场。

鲍芳看到儿子突然回来，吃了一惊，当她听说今天发生的这一些事情，连连抹着眼泪。她不仅是心痛岑恺璐，也心痛她那个根本就见不上面的小孙子。她看看墙上的挂钟，重重地叹了一口气，就提着菜篮匆匆出门。她要马上去买老母鸡回来炖汤。

鸡汤在慢慢地煲。鲍芳这才想起儿子连午饭也没吃，赶紧给他下了一碗面，浇上刚刚煮开的、还没鸡肉味的汤。沈鲍鑫的额头上有汗珠，脸上有水滴。鲍芳递过来一块毛巾。沈鲍鑫抹了一把脸，眼圈是红的。"真好吃！"他笑着对妈妈说。这时，他才发现妈妈瘦了，头上的白发也多了。

"唉，可惜没买到土鸡，汤不够鲜。"

沈鲍鑫埋下头，喝尽了碗里的最后一口汤。再普通的食材，只要有"爱"来调味，都会鲜美无比。

去年夏天时，岑恺璐来这里住了一段时间，放了几件衣服没有带走。沈鲍鑫想着正好可以翻找出来带去医院给她换洗，就翻箱倒柜地将衣柜翻了个遍，没想到在一个隐蔽的角落里竟然翻找出了一套寿衣。

鲍芳责怪他不该乱翻，摸了这些东西不吉利。沈鲍鑫又问："我在医院里听说二叔上周过世了，这是你给他买的吗？怎么没用？你怎么也没有通知我？"

沈天喜去年大病一场，死里逃生后，刚出医院就吵着闹着和老婆离了婚。这些事鲍芳还没有向儿子说过。

"离了婚，他就和一个银行职员结婚了。那个银行职员是个寡妇，带着一个三岁多的孩子，可能也是看中了他的钱吧。"一说到寡妇，鲍芳就叹了一口气，可能也只有她能理解这位"妯娌"的难处吧，"你说这样安安稳稳过日子也好。我也劝过你二婶，有些事情留是留不住的，想开一些。我守寡都守了二十多年了，不是一样过来了吗？我说呀，'就当那次手术没成功，你们家沈老二死在手术台上了，你也开始守寡，哪天觉得守寡没有意思了，就改嫁，千万莫去想自己是被老公抛弃了的'。"

沈鲍鑫笑了笑，觉得这样劝二婶是话糙理不糙。

"结果今年三月份他又复发了，这个时候他的新老婆就把所有存折都取空了，钱都藏起来。后来，还是你二婶看不过，向娘家借了一些钱，还是想把他送到省城去。你二叔可能也知道这次活不过去了，坚决不去。"

她拿着保温桶盛汤："你说这个沈老二缺德不缺德，他还以治病为由找医院借了二十万，你知道他借这些钱来干什么？"

沈鲍鑫只听不搭话。

"他借钱的时候，还是喊你二婶——你原来那个二婶，一起签的字。

这就相当于他们两个一起向医院借的钱。这个死老二真该去年就死了的，也就少祸害人了！他把从医院借来的二十万和你二婶向娘家借的十万块钱，都给了他的新老婆。现在你二婶一个人，背了三十万的债！

"上周他死的时候，追悼会还是你二婶去借的钱来办的。没有哪一个亲朋好友去参加他的追悼会，只有你堂妹一个人在那里守灵。就连你堂妹夫都觉得这种老丈人太丢人了，没有去。你堂妹也不愿意去守灵，是你二婶逼着她去的。你二婶说自己没名没分的，就没去。沈老二的新老婆也没去看一眼。我是在他要进炉子的时候，才去看了一眼，毕竟他对你还是很照顾的。"

鲍芳又说："你抽得出空的时候，就去看看你二婶和堂妹，他的坟就不用去。人这一辈子呀，虚的不就是为了活一个名声？实的不就是为了照顾好家人吗？羞你们沈家的先人哟。"

"妈，你也要照顾好自己的身体嘛。你看，你最近瘦了好多了哟。你就别为我们操心了嘛，我们的事情我知道怎么去处理。"

白云职工医院的很多医生护士，都来浦州中心医院看望沈鲍鑫的媳妇儿。詹觉候坐着他的公爵王，载着钟启明和李主任、唐主任先一步赶到医院。詹觉候塞了一个大红包在岑恺璐的枕头底下，看那个厚度至少有一万。钟启明他们也给沈鲍鑫塞了红包，大约也有千八百。两个有大好前途的年轻人遭此变故，他们是愿意稍微接济一下的。沈鲍鑫很感激。没过多久，内科的章鱼哥、外科的邓医生、计生办的昝大姐和何师母等人也挤坐着一辆救护车到了医院，何师母还专门捉了两只老母鸡来给岑恺璐补身子。沈鲍鑫在心里数了一下人头，差不多认识的人都来了。他觉得还是蛮有成就感的，在职工医院没有白混。

张东风也派县医院的工会主席和财务科长来了一趟，把岑恺璐的住院费交了，还给了她五百元的工会慰问金。

任何事都怕对比，这一对比，沈鲍鑫感觉县医院的人真是人情味不足。沈鲍鑫这次还真是只看到了表象。岑恺璐虽然在县医院工作了一年，但她的工作基本就是自己一个人坐在 B 超检查室里。见的病人不少，见的医生却不多。即便是常常看她出具报告的妇产科医生，也只是熟悉报告单上的那个签名，不熟悉签这个名字的医生。

业余时间，她不是一个人关在房间里看书，就是和沈鲍鑫腻在一起，和同事少有来往。而她所在的超声科，她又不愿意和史主任那一群喜欢八卦的中年大婶有私交。况且，目前这种情况，超声科的同事还可能来探访吗？

骆主任想来，可被张东风拦住了。这个事儿知道的人越少才越好，毕竟岑恺璐还没有结婚，还是应该给姑娘留一点面子。

职工医院的人就没想过这么多，喜欢热闹。只要人没死，就是值得庆祝的事。他们浩浩荡荡而来，一口一个"弟妹""新娘子"的称呼让岑恺璐心里五味杂陈，感激、难过、害羞，却又舒服。

邓医生说："听说弟妹出了意外，还有'很多人'准备来看望看望，把我们科室都'围攻'了几次，我可是好不容易才帮你挡了下来。"

"很多人？"沈鲍鑫纳闷了。邓医生挤眼弄眉地说："我们的'圣手'沈医生人气很旺哟。她们听说弟妹被人欺负了，气愤得很，准备一起来为你声援。"

沈鲍鑫赶紧使眼色，这个话千万别让岑恺璐听见了，为了这个事儿沈鲍鑫已经被她修理惨了。不过邓医生的玩笑话却启发了沈鲍鑫，他要复仇。

岑恺璐出了院，沈鲍鑫把她接到家里，让鲍芳再照顾她一段时间。

他自己回了矿区，下了车连医院也没回，就直接去了鸡街。

整个鸡街还处于一种将息的状态，几个半掩着门的发廊里面有几个慵懒的小姐妹。她们或躺着，或捧着一本《知心》杂志，或盯着电视里的《新白娘子传奇》——好多年了，这部剧始终拥有这么多的忠实观众。

沈鲍鑫直接来到"烟云莱"卡拉 OK 厅——就是那家最豪华的卡

拉 OK 厅。那天晚上他迷迷糊糊也没看清名字，今天他也是凭着感觉来的。

这里的上班时间还早，沈鲍鑫运气好，今天店老板也提前来到了店里。好像也是到门诊来找他做过检查的，沈鲍鑫记得她的名字，她挂号病历上写的是包玉米，其他姐妹则喊她穗姐。她来找沈鲍鑫检查的时候比任何人都紧张，嘴里一直叨叨："人命不值钱，再辛苦挣点钱都要给医院做贡献。"沈鲍鑫检查后，说可能就是有一点轻度的乳腺小叶增生，什么药都不用吃，吃药就是上当。穗姐高兴得当时就从包里拿出五百元现金，说是给沈医生的小费，沈鲍鑫记忆深刻。穗姐也一眼就认出了他，张口就问他媳妇儿好些没有。

沈鲍鑫笑一笑，左右看了看，找了一个安静的角落坐下。穗姐明白他是有正经事才来的，就吼了一句"要挺尸到房间里面去挺"，挥手就将在大厅里的几个姑娘驱赶走了。穗姐对发生在岑恺璐身上的不幸都知道了，连现场的一些细节都说得绘声绘色。不用说，一定又是章鱼哥干的好事。沈鲍鑫也不去多想了，既然大家都知道了，也就省略了自己的讲述过程。他直接对穗姐说了他的计划。

史大河离婚好几年了，沈鲍鑫不相信他能逃脱自己的圈套。

沈鲍鑫拜托穗姐在她的这个圈子里探一探，看看有没有哪个姐妹和史大河认识的。

沈鲍鑫知道史大河回到了县里，无论是揍他一顿还是挑了他的脚筋，最终吃亏的都是自己。

沈鲍鑫没有这么笨，杀敌八百自损一千的事，他是不会干的。既然你史大河是用"生活作风问题"来伤了我的媳妇儿，那我也就同样用"生活作风问题"来打击你。

他恭恭敬敬地用双手递上两千元钱，说是给穗姐的辛苦费，麻烦她发动姐妹们一起找线索，特别是要发动县城里的姐妹。他承诺，对于真心实意帮过忙的姐妹，以后他提供免费的医疗咨询，让姐妹们少上一些当、少受一些苦。

"如果找到了线索，只要那位姐妹愿意站出来举报史大河曾经和她'那个'过，不管成不成事儿，我都付一万元的酬劳。退一万步来讲，如果因为举报，她被判了'诬告'，或者公安以卖淫为名将她关进去，除了那一万元酬劳，她在里面坐多久，我就把自己在医院里每个月拿的工资付给她多久。"

　　"穗姐，拜托了！"

　　这一句"拜托"，加上将叠得整整齐齐的钱用双手递过来的动作，还有沈鲍鑫说了这么多话，始终是用"那个"来隐晦地表达，这让穗姐心里隐隐作痛，她忘了自己有多久没受过这样的尊重了。这个忙帮定了！她想，实在不行我就自己站出来，反正是坏一个坏人的名。

　　一周过后，穗姐找到沈鲍鑫说是有了线索。她犹豫了半晌，问："只要能坏那个死东西的名，不是你要求的那样，行不行？我还有一点问题哈，你能不能也考虑多给一点奖金？半年……三个月的也行？"

　　"行啊！这个我答应！你说的是怎么个情况？是谁愿意帮这个忙？"

　　"是史大河的前妻！"

　　史大河的前妻叫熊晶晶。熊晶晶的表妹在做穗姐这一行，她对表姐夫史大河的劣迹早就耳闻目睹。穗姐四处打探，问来问去就问到了她这里。她将史大河和表姐家里的事儿说给了穗姐听，然后把表姐也约出来和穗姐见了面。

　　熊晶晶嫁给史大河没多久就怀孕了。得知老婆怀孕的消息后，史大河别提有多高兴了。他每天都掏钱在县有线电视台点播一首歌。

　　史大河迫不及待地拉着老婆去做B超检查。他们做B超检查有便利条件，史大河的姑妈是县医院B超室的主任。史蔷将B超一打，扭过头就告诉他怀的是个女孩。史大河一听，脸色一下就变了。熊晶晶还没从检查床上下来，史大河就说要让她去打胎。孩子的胎动早就激发出了她的母爱，熊晶晶不同意。史大河也不管时间地点——反正这是姑妈的诊室，没有外人。他暴躁地催促妻子，熊晶晶也是个倔脾气，坚决不同意，两个人便在诊室动了手，导致熊晶晶流产了。

史蔷也劝不住，但她怕整出人命，还是使劲劝说要把侄儿媳妇弄到妇产科去做个清宫术。史大河坚决不同意。县医院人多嘴杂，他拖着熊晶晶去了一个乡卫生院，简单地处理了一下。没想到消毒不彻底、刮宫也不彻底，最后盆腔感染。住院住了一个月，虽然熊晶晶的命救回来了，但双侧输卵管堵塞，又去省城的大医院做了多次输卵管通水治疗——那个痛苦简直难以忍受。

熊晶晶再也没有当妈妈的可能了。

熊晶晶被打的第二天，史大河就停了电视点歌。这一中断，可热闹了。很多心里憋屈的人纷纷点歌，那一段时间，电视台的收入飙升。那几天，放的歌全是欢快的曲子。他们要的就是这个喜庆劲儿，字幕诸如："恭喜史大河主任百子千孙！""祝愿县计生委史大河主任早生贵子！"

史大河眼珠子一转，我会在一棵树上吊死？他要和熊晶晶离婚。

熊晶晶不同意，史大河就在家拳打脚踢，最后不得不离了婚。离婚前，史大河就把家里的财产全部转移了。他不仅把房子抵押了，还故意借了一大笔债。熊晶晶离开那个家时，没有拿到一砖一瓦。

熊晶晶没了再婚的心思。她一个人的日子过得苦，她和表妹说："我这一辈子就毁在了这个畜生的身上。"

沈鲍鑫拿了一万给熊晶晶，这一万还是詹觉候送给岑恺璐的慰问金。沈鲍鑫说还会再给她一万，不过要等他发了工资才能有钱。而且还有一个条件，别真去干那赌气撕脸的事。沈鲍鑫说，自己能拿得出来的就只有这两万元，不敢奢望能帮她一辈子，但总能帮她一阵子。如果是为了扫史大河的面子，大可不必。史大河这种人本来就是不要脸的人。熊晶晶已经受到了一次伤害，何必非要再一次地赔上自己的身体和尊严呢？

然后，沈鲍鑫说，有一个合情合理合法的办法。

沈鲍鑫拿来纸笔，让熊晶晶把整个情况一五一十、原原本本地书写下来，然后又请她誊写了好几份。最后，他拿来几个信封。有寄给省纪委的，有寄给省卫生厅的，有寄给省妇联的，还有一封是寄给杂志社的。

信寄出去的第三天就有了回应。省卫生厅很快就将举报信批转给浦州市卫生局，浦州市卫生局很快又批转给了云海县卫生局。云海县卫生局接到文件后的第三天，就将调查和处理结果向市卫生局和省卫生厅作了汇报。大致意思是，县人民医院超声科主任史蔷非法进行胎儿性别鉴定，造成严重后果。医院已主动向县公安局报案，县公安局已立案调查。在调查期间，对超声科主任史蔷进行停职，视公安部门调查情况再作进一步处理。若需承担刑事责任，根据相关规定将对其开除公职。县人民医院院长张东风负有管理责任，免去县人民医院院长一职，调白云职工医院任常务副院长，并加了括号"主持工作"。另，白云职工医院院长钟启明调任县人民医院院长。

为了积极表态，云海县卫生局用力过猛。沈鲍鑫得知这样的处理结果，气得差点吐血。

卫生局对史大河只字未提，因为卫生局管不到他。

省妇联表示了要关注，县妇联买了两听奶粉、五斤水蜜桃，对熊晶晶表示了慰问。

随着钟启明和张东风的"换岗"，对史蔷的处理也很快出来了结果：查无实据，史蔷继续当超声科主任。感觉此事就要这样烟消云散了，沈鲍鑫就从手术室偷了一把手术刀，两包刀片，还有一小瓶乙醚，一包纱布——他要采取更直接的行动了。

这个时候，新的一期《知心》杂志摆上了各个报刊亭。《禽兽，为生儿子对妻粗暴引产！》如此劲爆的标题，杂志很快就卖空了。文章是用熊晶晶的举报信改写而成的，催人泪下。杂志又将这个事情的各方处理意见写进了编辑手记中，令人愤怒。当然，最愤怒的要数云海县的胡县长。因为文章是按新闻纪实写的，出现了真实的地名、真实的人名，文章中还引用了几句史大河的话。他对熊晶晶说，自己敢在云海县横着走的原因，就是胡县长。他曾张狂地说："我史大河就是县长的爹。"

史大河被免职了。

岑恺璐回到医院的时候，史蔷继续当超声科主任，云海县人民医院的院长已经换成了钟启明。

史主任回到科室后，第一件事就是上报院办，岑恺璐无故旷工多日，要求院方给予严肃处理。钟启明和前任院长张东风的风格不同，并且新官上任最需要的是安定祥和。他眼珠子一转："张东风说过，岑恺璐向他请过病假，假条还在他手里。结果他这次调动慌慌忙忙，假条好像被他弄掉了。你们院办的同志就帮忙把这个事情处理好，要追责？我们不可能再把老张喊回来批评一顿吧？"

他把心内科的骆主任召到办公室里："你们科室的胡娅只上了半年班就说要备考研究生，请假在家复习，那科室的人手不是就很紧张了？我给你调一个医生过来如何？"钟启明心里很清楚，这段时间一过，岑恺璐总是要回医院上班的。还回超声科，那不就是扯不完的皮打不完的架？他想把岑恺璐调整到心内科去，骆主任是个糯米老头，应该是说啥听啥的。

没想到骆主任直摇头。他想，为这个事儿我和史老太婆掰扯了一年，不仅事儿没搞定，还得罪了她。现在张院长调走了，明显是被贬。老太婆知道他是我的靠山，靠山都这样了，我躲她都躲不及，还敢去招惹她？算了。糯米老头儿就变成了犟老头儿："你要把岑医生调到心内科来，那就把我调到超声科去。"这话一说，钟启明就无话可说了。

岑恺璐回医院后，就直接到康复科报到。

康复科是以前的理疗科改名而来的，收治了很多骨科、神经内科的恢复期病人。这个科室还在缓慢的建设过程中，病人和家属对医疗的期望值并不高，是一个很边缘化的科室。当然，也很清闲，病人很少，医生只上半天的班。沈鲍鑫认为钟启明肯定是动了很多心思才安排了这样一个适合休养的地方。

回医院上班前，岑恺璐住在鲍芳家休养了一段时间。在这段时间里，岑恺璐发现了一个坏消息。衣柜中的那套寿衣，是鲍芳给她自己准备的。三个多月前，鲍芳就已经确诊了脑肿瘤。

多年前，自己的父亲住院时，康主任教学查房给下级医生说的每一句话都被她背了下来，"颅内肿瘤可能会有一定的遗传相关性"。近二十年的时间里，鲍芳时不时地就会涌上一阵寒意，感到一种恐惧。她害怕这种厄运会降临到自己身上。虽然她经常在妯娌间闲摆龙门阵时，长吁短叹地说这辈子活得太苦了，但再苦的日子都值得留恋呀。

其实，对她最大的刺激，还是无意间翻到的岑竹衫的病历。她猜测岑竹衫是知道自己患了神经胶质瘤之后，才决然自杀的。沈鲍鑫和岑恺璐都很年轻，年轻人不一定理解，但她理解。她这一辈子，就是在各种恐慌中慢慢闯过来的。一旦真的到了最坏的情况，她觉得自己也会做出和岑竹衫一样的选择，一了百了——在自家酿的好酒里，放一些药，死的时候就没有那么痛苦。可惜岑竹衫的命不好，太着急了，他应该再多喝两瓶再走的，我家的酒真是好酒——只是，鲍芳还是下不了狠心，她和岑竹衫不一样。岑竹衫是公家人，后事有单位负责安排，而自己要是这么一甩手就走了，就得要儿子来处理这一切。想到儿子，她就舍不得了，儿子还没有结婚，自己还没有抱上孙子。

鲍芳一步一步地帮自己筹备着，没料到事情一件接一件地扑来。沈老二死了，儿媳妇也出了事。

鲍芳觉得自己的人生就像在打扑克牌，只不过自己的运气比较差，开局的时候抓到了几张烂牌。她总觉得自己还能赢，因为她不相信只有自己的牌是最烂的。可一张一张地打下来，她就知道自己是必输无疑了。这个时候本来还有两种玩法。一种就是像岑竹衫那样弃牌认输。可她却没有办法选择，只能是一张一张慢慢地出，上家出了牌自己就跟着出一张。

鲍芳要求岑恺璐保密。岑恺璐每天都觉得心里万股煎熬，沈鲍鑫忙里忙外，三天两头在矿区和浦州之间跑来跑去，他的注意力全在自己的身上。而鲍芳则享受着这种时光。岑恺璐承受不住了。

沈鲍鑫星夜兼程匆匆忙忙地赶回了浦州市，母亲的白发已从鬓角蔓生到了头顶。因为错过了母亲许多的生活，她的衰老才这么直接明了地呈现在沈鲍鑫的眼前。

"妈，把房子卖了，我去借钱也要给你治！"

"没意义。"

"多活一天也好哇，你还没看到我结婚，没有抱孙子。"

"我想抱孙子，但是可能熬不到那一天了。"

"去医院吧，还能治，治疗了，好了，就能等着抱孙子了。"

"做了手术能多活一年半年，可我要在床上瘫上一年半年，算了，不划算。"

再高超的医疗技术，有时候也只能是提供慰藉而不再是疗愈。但无论提供的是什么，医疗的干预以及由此带来的风险和牺牲，只有在满足病人个人生活的更大目标后才具有合理性。沈鲍鑫说服不了鲍芳，也无法说服自己放弃："妈，我们不做手术，但可以试试放疗……"

鲍芳有自己的选择和坚持。以有尊严的方式承受苦难，是一项实实在在的内在成就。这证明了，人在任何时候都拥有不可剥夺的精神自由。我们每个人始终都要面对一种没有任何前途的苦难，这就是死亡。而以有尊严的方式承受死亡，的确是我们精神生活的最后一项伟大成就。

沈鲍鑫尊重母亲的决定："妈妈，你现在想到哪里去旅游？我可以陪你。"

"你有自己的工作，璐璐这个时候还需要照顾。我能自己打理的就自己打理，实在不行了再喊你们回来。寿衣我买好了，墓地也买好了，殡仪馆的联系电话我也记在那个本子里面，还有很多事情应该怎么办，要请哪些亲戚朋友来参加，哪家餐馆最方便最实惠，我都提前帮你写下了。反正就这么回事，到时你们就可以少请几天假，回来照着办就是。"

也许，没有浪漫气息的悲剧才是我们最本质的悲剧，不具英雄色彩的勇气是我们最真实的勇气。在无可告慰的绝望中，鲍芳不需要观众，不需要证人，没有期待，更没有援军。

面对无可逃避的厄运和死亡，绝望的人在失去一切慰藉之后，总还有一个慰藉，即勇敢承受命运的尊严感。儿子的幸福就是鲍芳这一辈子最大的尊严。鲍芳细心地准备自己葬礼时所需的一切，并不是她刻意地追求悲壮，她不需要任何掌声。

"妈，还有什么心愿，我能做到的，让我去做。"正是这一年多的经历，让沈鲍鑫能坦然地坐下来，和身患绝症的鲍芳一起讨论不久的未来。母子二人都觉得，能一起讨论，反而不会觉得那么恐惧和孤单。就像在商量去旅行，一个人远去，一个人目送。不同的只是，这次去旅行的人永远不再回来而已。他们在商量那个地方有什么风景，应该带上什么行李，还要留下几句什么样的叮嘱。

"璐璐受了这个伤，还是要多养一养，养好身体后再考虑要孩子的事吧。唉，我是没有亲手抱孙子的福分了。哎呀，你们不要着急，妈妈不是那个意思。反正你们还年轻，日子还长……不过呀，如果你们觉得合适，就把婚结了吧。妈妈真的不催你们，如果你和璐璐……我是说如果都还有其他考虑，鑫娃，也没关系，反正日子要慢慢地过。"

岑恺璐回到医院上班，工作还算轻松，但她的心情很不好。鲍芳的病情就像一座大山，压在他们两人的心上。沈鲍鑫说，干脆再请假休息一段时间。岑恺璐摇头。她必须得上班了，刚刚调换到新的科室，可别再让新同事瞧不起。他们两人也需要上班挣钱，后面要用钱的日子还多。

史蔷并没有因为岑恺璐调换了科室而放过她。侄儿史大河被免了职，她把这笔账全都算在了岑恺璐的头上。每天上班下班，她都要绕道经过康复科，给康复科的医生、护士，甚至病人打个招呼，"顺便"聊聊天。几句话之后，总是会提到"没结婚就怀了娃"这类的话题，将大家的目光往岑恺璐的身上引。

岑恺璐觉得所有人都在她的背后指指点点。

在科室里上班的时候，她也常常魂不守舍。觉得那些中风的老人都在嘟嘟哝哝，用他们那个群体特有的方式在交流。交流的内容全部是在说"那个岑医生好不要脸""她的爸爸是个贪官""岑医生的男朋友是个流氓"。他们都在嘲笑自己，他们都能听见，唯独她听不清。她把听诊器戴上，把胸件贴着一个老头的嘴，想听清他究竟在怎么骂自己。

护士见状把岑恺璐拉开了。护士来拉她的时候，一不留神将搀扶着的病人脱了手。正在做治疗的老人一个趔趄向前直直地摔倒了。岑恺璐伸手想去扶，她觉得这就是她的父亲岑竹衫。父亲用两根筷子插进了鼻腔，她觉得父亲就是这样摔下去，向着地面狠狠地一磕。她看到地面有血，耳边是惊呼声。自己被两个男人拉到了医院门口，拼命地往车里塞。她在拼命地挣扎，一个膝盖重重地撞击了她的小腹。她的儿子还是一个小小的胚胎，顺着血流到了地上，然后在地上很快地长大，长成一个小男孩，长成一个男人，最后怎么变成了这样一个老头了？她害怕得大叫起来。

有医生过来帮忙，和护士一起把岑恺璐安顿到值班室里，给她注射了一针安定，岑恺璐很快就睡着了。

张东风和钟启明一起在卫生局开完会，两个人拐了几步就来到县人民医院。张东风对那条路、那个门、那个房间太熟悉了，不过这次来却是客人的身份。他在办公室里坐在客位，正和钟启明聊天。有人敲门，张东风还是习惯性地喊了一声"进来"，这让三个人都觉得尴尬。来人见是老院长，也就不避讳，将岑恺璐的事儿赶紧向钟启明院长做了汇报。张东风也跟着一起去了康复科。

前后两任院长对岑恺璐的情况都是比较清楚的。沈鲍鑫的妈妈得了重病，这给了岑恺璐巨大的精神压力。前段时间，她还受了那么大的委屈，这也是让大家都感到郁闷的事。但是钟启明不知道，压垮岑恺璐的最直接因素是近期史蔷频频的骚扰。张东风揣摩到了，但又能怎么办呢？他想到之前的主意，将沈鲍鑫调到县医院来，结束他们的两地分居。两个年轻人生活在一起，彼此好有个照应。但是张东风现在的位置发生了变化，想法也不得不发生变化。沈鲍鑫调到县里来，那职工医院的外科不就垮掉了一半？或者把岑恺璐也调到矿区去？那里的条件太艰苦了，张东风心有不忍。

张东风只能长叹一口气，"越位"多说了一句话，提醒身边的这位同僚："超声科的史主任可不是省油的灯……我就怕那个沈鲍鑫会闯出大祸来……"

岑恺璐醒了过来，她完全忘记了刚才发生的事，只记得自己刚刚在上班，感到有点累，就到值班室里来小睡了一会儿，现在已经到了该下班的时间了。

第二天正常上下班，康复科主任没让她去治疗病人，只让她做做病案整理工作。

连续一周都在病案室帮忙整理资料，病案室的柜子层层叠叠，一份又一份病历整整齐齐地归档存放在这里。岑恺璐看到这些病历变成了一个又一个人，有的活着走了出去，有的死了就坐在那些格子里望着她笑。岑恺璐一点也不害怕，这些都是她熟悉的人。附二院神经内科7床的谢国芬，坐的地方离她最近。她拿着一碗元宵伸手递给岑恺璐。岑恺璐笑了笑，摆摆手。

她又看到了很多在附二院见过的神经内科的病人。他们现在都到县医院的康复科来了……岑恺璐每天都帮助他们锻炼。明知道他们永远恢复不到正常人的水平，她也愿意做他们最后的救命稻草。

岑恺璐就这样坐着，看着这些病人吃不能吃，坐不能坐。就这样一个月、两个月、三个月，就这样一年、两年、十年、二十年、一辈子。

岑恺璐看着这些病人在人间徘徊，徘徊……

岑恺璐是被警车送回医院的。她一个人走在去矿区的路上。夜是黑的，路是黑的，树是黑的，她是白的。大半夜的，过往的司机被吓得够呛。民警看到她白大褂上的医院标识，才把她送了回来。

张东风给沈鲍鑫批了长假，钟启明也给岑恺璐预支了一笔治疗费。

沈鲍鑫已经去了一趟省城，回到母校，但是，兰教授已经出国去了。

那就带着岑恺璐去更大的城市。他将《精神病学》教材上提到的那几所高等医药院校和教授，一个一个地圈出来。去找他们，找中国最好的专家。

这一去，不知道什么时候才能回来。沈鲍鑫向鲍芳告别："妈妈，如果到了您病危的时候，一定要通知我！"

以前时光很慢，人与人的距离不远，伦理中的人与人之间，才能维系那一种天长地久的关系。渐渐地，这些都在现代社会的浮躁、匆忙和无奈中消失了，孝道只剩下最后那一瞬的相见。

人们时常会有一种误判，认定了感人的场景里，就一定存在着价值观上的正当性。生活不是这样的。人都有情感，尤其在亲人之间，有时候最动人的温情往往会带来一种错觉。真正的悲剧不在善恶之间，而在两难之间。

1999 年 12 月 31 日。

舞剧的序曲一开始，岑恺璐就伸出手来，沈鲍鑫也伸出手来，他感觉到岑恺璐的手在微微颤抖。双簧管吹出那柔和曲调的瞬间，他们的手仍握在一起，沈鲍鑫感觉得到她的平静和放松。这种放松是彻底地放松，是这几十天里从未有过的放松。沈鲍鑫轻轻地、微微地，引导着岑恺璐靠在椅背上。

他们已经跑遍了北都的医院。岑恺璐不愿意再去医院接受一个又一个医生的盘问，每一次回忆都让她感到折磨。北都的冬日寒冷而漫长，每天他们都会带上一沓病历，跳上早班公交车，前往头一天晚上圈定的医院，等上几个小时，希望能从这些专家的嘴里得到一个肯定的答复。无数次的失望之后，他们又会坐上一个小时的公交车回到小旅馆。第二天换一家医院，重复同样的过程。每天出门的时候，他们都带着希望，每天回到小旅馆里，都带回了失望。

每一次离开小旅馆的房门，岑恺璐都会和沈鲍鑫约定，这是最后一次尝试。但到了第二天，他们仍然像《荷马史诗》里的西西弗斯一样，无望又执着。

马上就要到千禧年了。人的心中总是对特别的时间有着特别的偏爱，因为这些时间点，可以当作一个新的开始。

"我们去上海吧，到了上海我想去看一场芭蕾舞。"岑恺璐虽然从小就生活在省城，但也只在剧场中看过一次芭蕾舞。小的时候，爸爸妈妈带她去上海，开过一次"洋荤"。那次，从兰教授的教研室出来后，沈鲍鑫就说过以后要带她去看她喜欢的另一个悲剧版本。她不知道自己还有没有以后，或者下一个以后来临时，他们两个还是不是像今天这样手牵着手。

沈鲍鑫只知道芭蕾舞是高雅艺术，最经典的就是《天鹅湖》，岑恺璐上次跟他说过三个不同版本的结局。他在电视上也断断续续看过几次。梆梆梆的音乐声中，几只白天鹅翩翩起舞，她们绷直足尖，拉高身体，身体苗条。是很美，可美在什么地方他却说不出来。沈鲍鑫对芭蕾舞剧真正的认知，可能更多出于对美的欣赏。不过，他懂得一点。白色象征着美好和善良，如同岑恺璐的日常着装、工作时的白大褂。

很快，和岑恺璐一样，沈鲍鑫也被剧情所吸引。他渐渐地发现，这和之前他在电视上看到的《天鹅湖》不一样。他拿起节目单借着舞台上的灯光看起来，原来这是纽瑞耶夫版的《天鹅湖》，与经典版不一样。经典版是喜剧结尾，王子和公主沐浴在旭日的霞光中，美好的生活又开始了。而这个版本，恰好是岑恺璐想看的那版悲剧结局。

沈鲍鑫暗暗叹了一口气，心中悲喜难辨。

当岑恺璐说想看芭蕾舞剧时，他们都不知道这种演出票是需要提前几个月预订的，以为和看电影一样，进场前买票即可。这是沈鲍鑫第一次到上海，岑恺璐虽然小时候来过，但记忆也早已模糊。上海的街头，节日氛围浓厚。他们想着离演出开始还有三四个小时，可以在街上多转一转——幸好出来得早！沈鲍鑫不愿意让岑恺璐再有遗憾："我们就在门口等等吧，说不定会有退票的人咧。"

真是好运气，他的预言成真，两个小时后，终于等到了退票。但3200元一张的票，对他们来说还是过于高昂。岑恺璐看到票价就说，走吧，我们去外滩走走。沈鲍鑫咬咬牙，还是买了票。

最后，王子被恶魔的魔法害死了，所有天鹅的魔法都没有被解除，天鹅被魔王带走了。

岑恺璐能在剧场看到一直想看的版本，沈鲍鑫也很开心。可他担心，所谓的好运气并不真的就是好运气。沈鲍鑫内心期待的是，王子和公主沐浴在霞光中，开始美好的生活。

剧终，全场掌声如雷。岑恺璐也激动不已，脸颊微红，额头上沁出了细细的汗珠，她在使劲地鼓掌。沈鲍鑫笑了，很久没有看到她这般笑容了。

"这是最好的《天鹅湖》了，我好喜欢！你看到没有，我特别喜欢那只黑天鹅。"岑恺璐指着节目单给沈鲍鑫看，"黑天鹅并不是彻底的邪恶的象征，她是欲望、挣扎、不懦弱、不掩饰、不压抑一切，渴求、追求快感是唯一原则。"她望着沈鲍鑫，"我好想成为一只黑天鹅。"

在这个跨世纪的夜晚，沈鲍鑫和岑恺璐站在外滩，看着黄浦江水静静流淌，看着东方明珠熠熠生辉。千禧年来临的那一刻，他们深情相拥。

很快，他们走完了上海、广州的医院。

母亲就像一盏埋在地下的光，烫伤了沈鲍鑫的每一个脚印。

离家越近，内心越乱。他们回到了浦州市，终是没有赶上那一步。

二婶和堂妹已经帮着搭建好了灵堂，灵堂中间的照片是鲍芳最美的样子。那是七年前，她拿到儿子的大学录取通知书之后，特意去拍的一张照片，眉宇之间是一种舒展的美。

一切程序都按照鲍芳留下来的那个小本进行着，每一个细节，甚至每一样物品的价格都已经谈好，预付款也早已支付。唯一的差错是，鲍芳没能亲自打出最后一个电话。弥留的日子，她都还坚持着，她希望能再多拖两天。或许哪天，他们两人就高高兴兴地突然站到了自己面前，璐璐已经痊愈，怀上了孩子……

二婶拿着本子问沈鲍鑫，应该怎么称呼岑恺璐。大嫂没有做这项交代。

岑恺璐已经穿好了孝服，扎紧了孝带："二婶，我是她家媳妇。"

在异地求治的这段时间里，沈鲍鑫提起过好几次结婚的事，他说："我们回去就把结婚证领了吧，你需要一个为你在家属栏里签名字的人。"

岑恺璐一直没有同意。

今天，她以媳妇之礼送走婆婆。

人生中不可挽回的事太多。逝者已矣，生者如斯。既然活着，还得朝前走。葬礼结束之后，沈鲍鑫和岑恺璐就回到了各自的医院上班。

钟启明觉得还是病案室的工作比较适合岑恺璐。他让总务科的人给病案室开了两扇大窗户，一扇对着远处的青山，青翠幽静，一扇对着医院的门诊大厅，熙熙攘攘。两扇窗下都给她安置了一张办公桌，看山看人，随她自己的心意。

岑恺璐看山的时候比较多。

时光就这样溜过去了，钟启明也到病案室看过她几次。

今天钟启明特意又来病案室，想托岑恺璐给沈鲍鑫带一句话，问他愿不愿意调到县医院来。钟启明已经听到一些风声。他预感会接到一大波来自职工医院老部下的请托，答应任何一个都将得罪其他所有人，只能是一个都不答应。钟启明想在那一波大潮到来之前，把沈鲍

第八章

鑫调过来。这个消息，只有托岑恺璐去转达才妥当，而且还要演一场戏，岑恺璐要在县医院里再闹一场。

　　岑恺璐摇了摇头，他们已经有两个多月没有见面了。

🖋 第九章 生死尊严

> 人可以生活在阴沟里，满身泥污，但
> 总有人会一直仰望星空。

鲍芳在人世间已经做了告别，但在沈鲍鑫的心里无法告别。沈鲍鑫来不及喘气，又被生活拖拽着往前奔突。

沈鲍鑫已经隐约感受到一股大潮正劈面涌来。先是皮肤科发生了变动。

詹觉候坐着他的公爵王离开了白云职工医院。两天后，新来了一个老板，开来的车前面有一个皇冠。司机还是以前给詹觉候开车的那个司机。不同的是，以前詹主任坐副驾驶座，自己开车门上下车。现在司机停了车之后，还要跑去后面打开车门。看热闹的说，这个车是不是车门有问题哟，可能从里面打不开吧。但是，这个林董事长上车的时候，司机也要跑去开车门。

也有完全相同的地方。林董事长说话的口音，和詹觉候一模一样。

詹觉候走之前，皮肤科就已经换了新的主任，搞了半个多月的交接。章鱼哥到宿舍里串门时，给沈鲍鑫说过。新来的主任是个年轻美女，现在很流行的时髦称谓叫职业经理人。他听说詹主任已经将皮肤科的经营权转给了新的老板，这个新老板太有钱了，据说承包了三十几个医院的科室，这么多，他肯定管不下来，就请人来帮他打理，这就叫职业经理人。

皇冠轿车一到白云职工医院，章鱼哥就睥睨着同是看热闹的人："这才叫老板，端的就是这个派头。"

章鱼哥消息灵通，他又说："林午祖是来考察医院的，看上眼了就要收购我们医院。" 林午祖，就是司机口里尊称的林董事长。

谁都不相信章鱼哥的话，医院怎么可能卖给这些菩提的老板？卖不卖，和我们这些人又有什么关系呢？还不是一样的干活儿？就像钟启明把皮肤科承包出去了，每个职工都多拿到一些钱——要是把我们剩的这些科室也承包出去了那才安逸。

只要手里的钱不少，怎么变都行。前段时间皮肤科换老板、换主任，除了男主任变成了女主任，所有人全部留用，待遇不变，一切都没变。

林董事长在医院转了两天，张东风也没陪同，一个人坐在办公室里喝茶抽烟。陪他参观的是那个美女职业经理人。他们在外科转悠的时候，沈鲍鑫刚好闹肚子跑厕所，听邓医生后来的转述："他们来科室里问了所有医生的情况。李主任一说你的名字，那女的眼睛就亮了，她可能早就把你们这些能干的都摸了底了，今天只是带老板来走个过场。还有哇，李主任把你夸得天花乱坠——像是要把你卖个好价钱一样，卖再多他又得不到一分钱，这个老头儿！我还在科室里待着呢，他都不多说两句好话，'嗯，嗯，邓医生在我们这里工作的时间比较长了。'这叫表扬吗？"

又过了几天，沈鲍鑫值班，在面前摊开的病历纸上勾画着数字——他在算账。为了给未婚妻治病，去外面跑了半年，所有的费用加上报不了账的医药费，现在还有四万多元的赤字。正东算西算，沈鲍鑫感觉身后有人走过——这么隐私的东西他可不想让外人看到——他手忙脚乱地抓过一本病历夹盖了上去。

确实有人，走到他身后就停住了。沈鲍鑫扭过身子，身后站着的是一位着紫色长筒裙的女子，正笑盈盈地看着他："沈医生，好久不见！"她还用手在沈鲍鑫的眼前挥了挥。

好面熟呀！沈鲍鑫脑子里飞快地转动，可一时之间也想不起来。

"猩猩！"女子的笑脸更加明媚了，"想起来了吧？我们在附一院一起上过班的！消化科！"

"嗨呀，刘……静婷！" 原来是曾让很多男同学主动来加班的小护士刘静婷。

"我早就想到了，名字里面又是豹子又是猩猩的，就只有你了。"她说。

这虽然算不上是他乡遇故知，但也绝对是惊喜。沈鲍鑫的脸上也立刻绽开了笑容，赶紧偏头探身往她身后望去："胡凯！"看到刘静婷，沈鲍鑫立刻就想到了胡凯，这小子也跑我这里来了？

刘静婷也顺着他的目光扭头回望，很诧异："什么胡凯？"

沈鲍鑫这才知道，自己的误解仍然只是一个美好的愿望。这位当事人根本就不知道后来发生的事。沈鲍鑫连忙让座，两人在办公室叙起旧来。胡凯当然是一个绕不开的话题。当说到胡凯为了她喝醉酒跑到食堂去打架时，刘静婷眼泪都笑了出来。青春的糗事经过时间的窖藏，变成了美酒，醉得美人面色泛红。刘静婷说："我怎么不知道还有这么痴心暗恋我的人？快告诉我他在哪里，他可能也结婚了吧？我要去他们家敲门，吓他一跳去！"

毕业快四年了，沈鲍鑫没能留在省城云汉市，也没能在老家浦州市工作，不仅"下放"到了云海县，还在云海县的偏僻矿区——不用实际见面，他也知道和同学们相比，自己的工作与生活已经和他们不在一个档次了。再和同学相见，是需要看到他们的感叹还是得到他们的同情？既然都不需要，那又何必联系？其实，他心中最怕的还是同学提及岑竹衫——这件事已经不再是秘密了。沈鲍鑫主动断了和所有同学的联系，就算鲍芳转交给他几封同学寄到老家地址的信，他也不回。那次回去找兰教授，他也是悄悄地去，悄悄地回。在校园里也只是低头走路，就连岑恺璐家的屋子他都没有去看一看。岑恺璐和沈鲍鑫在一起的时候，他们俩也很默契地将母校和大学的生活作为交谈的禁区，希望能切割掉那段时间。

刘静婷的突然出现，一下就撕开了记忆外层的包裹物。暴露出来的并不是羞涩的过往，而是层层叠叠的思念。

因为病人杜凌意外坠床的事故，刘静婷背锅离开了附一院后，找工作四处碰壁。

刘静婷在附一院当护士时，是没有编制的聘用员工。尽管干的活儿差不多，但和那些有正式编制的护士相比，待遇却差很多。当然，大医院和小医院相比还是有很大的差别。大医院各种规章制度看似烦琐和束缚，却也是一种保护，至少不会拖欠薪水。刚从学校应聘到附一院的时候，很多同学都还羡慕她。她们都知道，要到大医院工作是很困难的，一般的小护士哪会有这些机遇？

可当她离开附一院之后才发现，从大医院到小医院去更是难上加难。不仅聘用单位要各种盘查，质疑你犯了什么错误，那些亲戚朋友的红口白牙也很伤人。刘静婷自己心里的坎，更是比泰山还高。

她去应聘过很多医院。附一院两年的工作经历让她有报名的资格，却没了面试的资格。最终，她只能去爵士医院做导医的工作。爵士医院导医岗位的流动性大，她却坚持了近三年。

林午祖现在叫林董事长，但半年前，还是林老板。林老板在云汉市承包了好几个医院的不同科室，男科、妇科、皮肤科，后来又承包了产科，专做高端分娩的市场。迅速扩张后就出现了一个问题，管理人员不够用。既有医疗护理经验又在爵士医院看懂了"医疗市场化运作"的刘静婷，就成了人才被引进到了林氏集团。

刘静婷来白云职工医院，名义上是接管詹觉候的皮肤科主任职位，实质上是有一项任务在身的——在负责医院资产整体收购的人员到来前，对医院的人员情况进行摸底，为最终的收购谈判服务。

"沈医生。"刘静婷看着眼前的沈鲍鑫，仍然穿着白大褂，但和两年前相比已经成熟多了。衣服皱褶更多，但也更有医生的质感。她觉得再喊"猩猩"不妥了。

"这段时间虽然没见到你，但却听到了很多有关你的话题哟，没想到你还成了'圣手'神医！"她把"神医"两个字念得就像小学生念课文一样，拖了很长的调子。沈鲍鑫脸红了。

"听詹主任说请了你几次都请不动，现在很多看皮肤病的客户都跑到你们外科来找你，还听说你给很多客户提供免费的咨询？"

沈鲍鑫虽然有些脸红，但也正正脸色："她们是开玩笑的嘞。"

"小沈，快！去皮肤科，抢救病人！"邓医生从走廊上探头往医生办公室吼了一声，飞奔下楼。沈鲍鑫抓起桌上的听诊器往外飞奔。听说"皮肤科"三个字，刘静婷当然也紧跟在后面，笃笃笃笃，高跟鞋的节奏让所有人都随着这个鼓点紧张起来。

患者是一位十五六岁的女孩子。沈鲍鑫赶到时发现她呼吸心跳都已停止，呕吐物让整个治疗室充满了一种难言的酸臭味。皮肤科的那位中年男医生手足无措地站在那里，还没回过神来。

邓医生和沈鲍鑫很默契地冲了上去，给孩子施行心肺复苏。见那位吓傻了的男医生所站的位置影响到了邓医生的操作，刘静婷皱了皱眉："任医生，麻烦你让一让。"

刘静婷对抢救病人并不生疏，她给两个护士下达了命令，然后也协助沈鲍鑫他们进行心肺复苏。听到命令后，一个护士赶紧拿来血压计，但哆哆嗦嗦地总是弄不好，另一个护士出去转了一圈，回来说没有找到刘静婷要的药品。

刘静婷和沈鲍鑫换手，撤离出来后说："抢救车里没有肾上腺素？"

"没有抢救车。"

"科室药柜里呢？"

"我刚刚去找了，没有。"

医生的绝望比患者的绝望更痛苦。

"沈医生，你看需不需要……"邓医生已经在日常的工作中养成了习惯，李主任在的时候请示李主任拿主意，沈鲍鑫在的时候就征求沈鲍鑫的意见。

沈鲍鑫站直了身体，摇摇头："不用了吧。"

医生的放弃比医生的绝望更痛苦。

治疗室外，还有七八个少男少女在叽叽喳喳，打打闹闹。他们是来自浦州市的初中毕业生，再过两周就要各自升入不同的高中，趁着假期的最后一点时间，约着到同学的姥姥家玩。康朵朵被一只马蜂蜇伤了脸，疼痛难忍。同学们将随身带的风油精、万金油都试了个遍，把姥姥家的牙膏也挤到蜇伤处，全都无济于事，只能赶往最近的矿区医院，看到皮肤科大大的招牌就涌了进来。

在詹觉候曾经坐过的办公室里，任医生正在向刘静婷讲述着经过。这被蜜蜂蜇一下有什么大不了的？这些孩子太娇气了！我自己小时候不知道被蜇过多少次，很快就会好的。

"哦，我什么药都没给她用，在被蜇的部位用棉签涂了一点凡士林。哦，凡士林怎么会过敏嘛？就看她突然面色苍白，出大汗，嘴唇发乌。哦，我看有些不对劲，就喊护士赶紧进来。那个小姑娘嗓子发出呼噜呼噜的怪声，又吐得满地都是。哦，还有……"任医生从他的白大褂里掏出一大叠有零有整的纸钞，他的手还在不停地抖动。

"任医生，第一，你这属于贪污行为。第二，病人出现的是典型的过敏反应。我们先不说是不是用药、用仪器造成的过敏，但你应该第一时间就采取急救措施。你采取了什么急救措施呢？有没有保持呼吸道畅通？有没有防止呕吐物阻塞气道？有没有第一时间下医嘱给予肾上腺素注射？"这是刘静婷有生以来第一次责问医生。

治疗室外那群叽叽喳喳的少男少女们还不知道里面发生的事情，仍然在玩笑、在打闹、在等待。治疗室里，沈鲍鑫看着已失去生命的躯体，蹲下身子，将因抢救而掉落在地上的一个粉红色蜻蜓形状的发夹拾起来，准备别回逝者的头上，护士却将白布单蒙上了。沈鲍鑫迟疑了一下，将发夹放进了自己白大褂的口袋里，向治疗室外走去。

医生的无力感比医生的放弃更痛苦。

康朵朵的家属连夜在往医院赶，她这一夜只能在寂静的太平间里等待亲人。

在太平间里，她还有一个"邻居"，已经先入住两天了，他的家属也还在赶往矿区的路上。

"邻居"是一个四十多岁的老矿工，名叫彭兵。普通的名字，普通的人。他是沈鲍鑫接诊的病人，可惜没有抢救过来。

生命的大小可以按年龄来计算，生命的尊贵也可以按葬礼的档次来区分，但生命的无常却无法按死亡的荒唐程度来描绘。医生都不知道下一分钟会面临怎样的一种情况，是奇迹战胜了死亡，还是生命败给了荒唐。

彭兵是一名井下工人，工作和生活的节奏与绝大多数矿工一样，只是这一天他额外多弹奏了一个音符。和几个哥们儿通宵打麻将，牌局太精彩，又下了大赌注，彭兵憋了一晚上没有上厕所，早上站起身的时候突然膀胱破裂。牌友们用麻将桌将他抬到医院，沈鲍鑫连术前准备都还没做完，他就已经死了。"活人被尿憋死"成了这个矿区最荒唐的死亡原因。

旁人口里的笑谈，在亲人眼里则是最不能接受的残酷事实。一个人瞬间就消失了。昨天还在耳鬓厮磨恨不能天长地久，或者出门时还摔盘子砸碗、恨不得对方马上死去，可再见的时候却是阴阳两隔。一只马蜂，一泡尿，一个元宵，在天平的一端都无足轻重，却偏偏能撬起生和死的重量。

第二天凌晨五点多，康朵朵的家属赶到了医院。常务副院长张东风也在一天当中最黑暗的时刻离开了职工医院，说是要回县里去开会。早上上班，白云职工医院的两个副院长、支部书记和工会主席到了医院后，也称头痛脑热和家里有急事纷纷告退。当家属在会议室坐到十一点钟，将会议室里最后一个茶杯也摔碎的时候，刘静婷不得不以

"院领导"的身份战战兢兢地走入会议室里来面对家属。

"我找的是你们院长，院长不在还有其他院领导，为什么都不出来？开会？生病？你们哄鬼！究竟是做贼心虚不敢面对，还是玩忽职守擅离岗位？"

其他院领导是怎么想的不得而知，但这一次张东风的确没说假话，他真是去县里开会去了。他到县城之后，就直接跑到魏局长的家门前蹲守，然后陪着魏局长一起来到办公室。

张东风盯着魏显津给钟启明打电话，钟启明接了电话，答应马上过来。从县人民医院到卫生局一共两百多米的距离，他们等了三个小时都还没等到。魏显津自己都等得不耐烦了，一个又一个电话打过去，都是县医院院办的人接的电话，回答说有危重病人，钟院长正在现场组织抢救工作，脱不开身。她再三保证一定立刻转告到钟院长，请他马上到局里来开会。每一次电话都是相同的解释和承诺。

张东风说自己去了白云职工医院之后，多次给局里反映，这个承包出去的皮肤科问题重重。聘请的医生很多都没有真本领。现在职工医院的牌子都快被他们搞砸了。张东风说这次出的事钟启明难辞其咎，是他引狼入室。

魏显津一边安抚他的情绪，一边又毫不客气地批评张东风，让他要有担当，要勇于承担。

"我没有担当？我在县医院的时候没有担当吗？为我们职工的事，我都已经被你们笔头一划，担到矿区去了，我为这个事儿找过组织申冤没有？那个钟老狗到处说是我向省里的领导写的举报信，我他妈的有病啊？我自己举报自己医院？我还不知道钟老狗的这招捧杀伎俩？魏局长，你也莫再给我讲那些套话了，要我勇于承担？算了嘛，我的手小得很，现在这坨屎我是没本事去揩干净的，还是请他钟老狗自己动手吧。"他看钟启明躲到现在还没出面，言辞上更是怒火中透着无所顾忌。

职工医院的会议室里，也同样充盈着怒火。康朵朵父亲的脸色血红，这张脸只有颜色没有表情。他把会议室里所有能摔的东西都摔了，恨不能手撕了眼前的所有人。这一群人中只有康朵朵的姑妈保持了一贯的理性，也主导着一切，她对刘静婷说："看你的年龄，也不可能是科室领导，更不可能是这家医院的领导。我们现在不是来闹事的，来这里坐着等，就是为了了解清楚我家朵朵的病因、治疗和抢救过程，以及协商怎么处理。你们这么拖着、躲着是什么道理？把你推出来挨骂就能解决问题？朵朵已经没有了，但我们做家长的不能让她就这样不明不白地没有了了呀，你懂不懂？我问你，我们赶到这里后，有没有说过一句要求赔偿的话？我们不是来谈赔偿的，我们要的是一个交代，对孩子有个交代，也才能对我们家长有个交代……"说着说着她的眼泪止不住地往下淌。

　　刘静婷无法拒绝，更无法解决："那……我……我就去请医生来……来给你们介绍一下……"

　　接诊的任医生已经连夜跑路了。他的个人物品都没拿走，证件也都还保管在皮肤科主任办公室里。刘静婷用詹觉候移交给她的钥匙打开保险柜，拿出任医生的证件。他应聘时留在这里保管的身份证、毕业证和执业医师证书全都是伪造的。

　　刘静婷能请来救场的，只有外科的邓医生和沈鲍鑫了。邓医生一个劲儿地摇头，他还给沈鲍鑫使了一个眼色，意思是让他也躲远点，别去蹚这摊浑水。

　　刘静婷看到了邓医生的动作，也就不再开口，连招呼都没和沈鲍鑫打。当她转身离开医生办公室时，沈鲍鑫站起身来，在邓医生的一声长叹声中跟了出去。

　　沈鲍鑫一走进会议室就愣了神："康师姐？！"

　　康朵朵的姑妈正是附一院儿科的康雪梅医生。

　　卫生局局长办公室里，张东风瞪大了眼睛："开玩笑？卖医院的事我知道，那是因为矿务局也在改制，要剥离三产。但是，我们的员工可都是有编制的，我们的编制都在你手里，怎么可能都喊买断呢？魏局长，你莫在这里拍胸脯子给我打包票，说什么保证把我调回局里来。我想知道的是，我要怎么去给职工医院那两百多号人说？"

怕魏显津尿遁，张东风憋了一上午的尿。他本来想的是，等魏显津上厕所的时候，他跟着去；魏显津吃饭的时候，他跟着吃；魏显津回家睡觉，他就蹲在他家门口。现在医院里的事儿必须得解决才行。张东风想起这一上午，魏显津不断地给他端茶倒水，这个狗日的自己却几乎没有喝。张东风喝了一肚子的茶水，现在实在憋不住了。他只能快步小跑到办公楼底端的卫生间，耳朵听着魏显津办公室的门。这时，魏显津办公室关门的声音突然响起，然后是快频率的脚步声。张东风忙提起裤子，半泡尿全都浇到裤裆里了。张东风冲出卫生间的门，恰好看到魏显津在楼道的另一端消失。他一拳就擂在了卫生间的门上。

白云职工医院的资产，已从矿务局划给了县卫生局。卫生局上报的处置方案，是对这笔新接收的资产彻底地改制出售。对于在职的员工，根据双选原则，有接收单位的可以办理调动，没有接收单位的则买断工龄。

这是半年来，张东风跑到县政府敲遍了所有办公室的门，争取到的一个结果。他在胡县长的办公室里撩开衣服，露出一个尿袋，胡县长吓了一跳，张东风将在魏显津办公室里的事情如此这般一讲，然后说："我今天来找您胡县长，就先在医院插了尿管。这下我就放心了，再也不会误事了。胡县长，您放心，您要接待外宾、接待领导，我守在门外给你当警卫员；您要接待上访群众、要开会，我守在您身边当保镖；您要回家，我守在您家门口给您当看门狗。"

林氏集团收购工作进展迅速。在双方交接的过渡期，由于刘静婷对这家医院的情况相对熟悉，董事长林午祖就指派她为白云职工医院的新任院长。张东风的职务不变，还是常务副院长。

邓医生和沈鲍鑫套着近乎。半年前，医院要改制的消息刚传出时，他就已经在四处活动寻找调动的机会了。可惜的是，他没学历、没职称、没技术、没人脉。转了一大圈，除了几个乡镇的卫生院，没有更好的医院愿意接收他。他想再权衡一下，是到乡镇卫生院去，还是干脆买断工龄拿点钱。钱少就去卫生院混着等退休。他看沈鲍鑫和新院长经常在一起吃饭散步，谈笑间眉飞色舞，肯定有瓜葛！他想让沈鲍鑫去打听一下，如果买断工龄自己究竟能得到多少钱。

沈鲍鑫不好拒绝，他旁敲侧击地问了问刘静婷，刘静婷说买断工龄的补偿标准是林董事长亲自在和县卫生局谈判，她只知道一个大概，张东风则是一点都不知道。她问沈鲍鑫有什么想法，沈鲍鑫反问："你觉得我应该怎么办呢？"

他们走到了偏僻的小路上，路上时不时地会出现一些凸出的煤块，步子避让间，偶尔就会互相发生轻轻的碰撞。

"猩猩，你是怎么考虑的呢？说真话！"刘静婷停下了脚步。

前段时间，钟启明给沈鲍鑫打过一个电话，约他回县城，找了个僻静的茶室见了面。钟启明告诫他，现在必须保持最大的沉默，不到宣布改制人员分流方案的那一刻，他的调动计划都必须保密。县人民医院是云海县的王牌医院，钟启明又是白云职工医院的老院长，很多人都找到老院长，想调动到县人民医院。钟启明嘴上都应承着，说他肯定是很想念老同事的，但这一切都得等上级的最终方案。钟启明给沈鲍鑫说的则不一样："你是我们医院的职工家属，解决职工两地分居是早就应该考虑的问题了。你的调动不在这次改制调整的方案中。但现在这个大事儿搁在这里了，单独调动怕引起事端。所以你现在把这事儿烂在心里，连岑医生都先不要说。方案一动，你的调令就同时下来。"

临走时，钟启明还特意送了一盒好茶叶给沈鲍鑫，拍拍他的肩膀："沈医生，你今后要是再有什么'复仇计划'，可要给我透透风。钟大哥和你也相处了这么几年，你还信不过我？下个月，我们医院要做一次调整，把史蕾调到个鸟不拉屎的办公室去。本来我考虑过让岑医生回超声科，不仅要回超声科，还可以当超声科的主任。不过我去病案室找她谈过几次，岑医生说她喜欢现在的工作。也好，只要她喜欢就行。小沈，今后县医院的普外科就要靠你来撑起了哟！现在的王主任，年龄大了，脾气也大。他不知道长江后浪推前浪的道理，我就要让他见识见识！不过你还是要谦虚，要尊重。毕竟这个医院，只有你和我是从职工医院来的。你的一言一行都要注意影响，不要引发过多的议论。"

刘静婷让他说真话，可和钟启明的谈话又需要保密，沈鲍鑫只能换个方式："你知道我的情况，还是想解决两地分居的问题。"

刘静婷在黑夜中轻轻叹了一口气："你们结婚了？"

沈鲍鑫点了头，夜很黑，但这个信息能传达出去。

"你刚才在问我的意见，那我就说说我的想法，我只说真话。"刘静婷说。

沈鲍鑫点点头。

"从我个人的角度，我希望你能买断工龄。买断工龄之后，你还能留下来。如果你愿意，我也可以给林董事长提议，你任业务副院长。所以你买断工龄的钱虽然不多，但今后的每个月的工资相当于现在半年的工资，就是说拿现在的六倍。"

沈鲍鑫突然想起，今天的主要目的还是帮邓医生打听补偿标准。突然间，他又觉得自己不应该向刘静婷掩饰。

刘静婷感觉到了他的突然沉默，没等沈鲍鑫说话，她继续说。她语速飞快，就像在背诵收购方案中的那些语句。她的脸红得发烫，幸好有黑夜能够掩饰。

目前白云职工医院共有职工两百一十七人，后勤人员占了一大半。谈判已近尾声，正在谈的方案是，医护人员一年工龄按两个月工资给予补偿，最多只计算十年工龄。而后勤员工的标准是一年按一个月工资给予补偿。

沈鲍鑫在心里默算，那何师母不是只能拿四千多的补偿？当时何矿长为了将她安置在医院，可是一下子就甩了十万元的现金出来呀，自己也得了两万咧。

　　"买断工龄后，他们还能在你们医院上班吗？"

　　刘静婷说："老板们投资收购，又不是做慈善。林董事长收购后，还有一些改造的计划。不管将来是定位做什么医院，这么大的后勤队伍都是很大的负担。还有一点，后勤员工的整体素质也很差，要留用也只能是留用少部分优秀的，我估计最多能留十多个人。"

　　沈鲍鑫沉默不语，使劲踢了一脚路面散落的煤块。刘静婷将手伸向了他，两人的手背碰了碰，然后保持了若即若离的距离。沈鲍鑫很清楚地感觉到这可不是无意的，迟疑了一下，手腕翻转，一下就牵住了刘静婷的手。她的掌心温润，手背和手指却是冰凉的。

　　沈鲍鑫伸出另一只手，刘静婷也伸出了另一只手，两人双手互牵，面对着面。

　　矿区的空气中，始终都若隐若现地飘散着瓦斯的气味，很淡，并不刺鼻，但也不会让人觉得好闻。而这时，沈鲍鑫闻到了一股淡淡的桂花香。他扇动鼻翼，真的是桂花香。他对这种香味很熟悉，也很喜欢，以前妈妈就喜欢用桂花香味的头油。这股香味是从刘静婷的头发间散发出来的，是洗发香波的味道，比头油的香味淡得多。沈鲍鑫身子顺着香味往前倾，头往下，嘴唇向她吻去。刘静婷头一低，唇落在了额头上。

　　"我是想你留在这里，但是……你不应该留在这里太久……我是真的想你留在这里……"刘静婷声音低低的，轻轻的，她又接着说，"如果你能想办法，还是应该到县医院去，你比他们那些人更有机会，卫生局应该考虑你们两地分居的情况。"

　　一阵风吹过，风尘扬洒。刘静婷像是怕迷了眼，为了躲避这阵风，将身子微蜷，头靠在了沈鲍鑫的胸前。"我觉得县医院也不应该是你该去的地方。你还有机会，可以考研究生，你还应该去更好的地方。"

沈鲍鑫两手放开，环臂想将她拥抱在怀中。刘静婷却在松手的那一瞬间将他推离，噔噔噔地往回走，一边走一边对身后的沈鲍鑫说："你是一个男人，是男人就该去追你的梦想！我知道你想当一个大医生，当大医生怎么能窝在这种小县城里？一个女人如果真的爱你，就不应该拖住你！"

　　章鱼哥请沈鲍鑫吃散伙饭，他还请了张东风和内科的唐主任。
　　沈鲍鑫到医院的第一天就是章鱼哥带他去发糖丸，当天晚上被灌趴下，也是章鱼哥将他背回宿舍的。章鱼哥和沈鲍鑫很投缘，这几年的时间，两人虽然不在一个科室，却是最好的朋友，他也是沈鲍鑫获取各种信息的重要渠道。这顿散伙饭是必须把沈鲍鑫也请到场的。
　　酒桌上很闷，空气也很闷，吃得都不尽兴。
　　章鱼哥心有不甘，马上就要离开医院了，他是想醉一场的，很多话憋在心里特别难受。唐主任和他在一起十多年了，懂他，就劝他不要再喝酒了，如果还不尽兴，那就找个地方搓两圈麻将："赢了，就当我们给你送一点盘缠。输了，没了路费，哈哈，你就留下来陪我们这几个烂人在这里烂到底。"
　　沈鲍鑫说自己不会打麻将牌，但这里就只有四个人，他没有走的理由。
　　章鱼哥带着他们一行四人趔趔趄趄地来到矿务局宿舍区的一栋楼下。沈鲍鑫望了望，这是一栋五层高的楼房。这一片宿舍区是七十年代末修建的，还有着苏式建筑的风格特点——每层楼有一条长长的走廊，从楼梯上去分向两侧，每侧都有五间房。他们慢悠悠地爬上了五楼，往右走，最里侧的那间住户在走廊上又多砌了一扇门，隔出一个空间，也是一个缓冲地带——要进房间必须得敲开两扇门才行。
　　章鱼哥敲了半天门，来开门的是张希诗。这有些出乎意料，沈鲍鑫曾经猜测过很多次张希诗和刘国惠住的地方——她们家里的陈设，是普普通通、灰扑扑的，还是充盈着胀目的粉红色彩？刚刚喝的酒这时候正好上头，沈鲍鑫的脸烧得有些发烫。

张希诗嗔了章鱼哥两句，要打牌又不早点说，早上就应该打个招呼。张希诗只是将他们让进了第一道门，她自己走进了第二扇门，却没让他们进去的意思，顺手就关了。第二扇门才是宿舍的房门，沈鲍鑫他们四个人被关在了两扇门之间的走廊里，章鱼哥扔出几根烟，几个人就烟火缭绕地等。几分钟后门开了，一个男人走出来，侧身从他们身边挤了出去。章鱼哥拿出烟盒又发了一根香烟给他，他接过匆匆而去。

这是一间一室一厅带厨房的房间，进房门就是厨房，穿过厨房就是客厅，客厅里面摆着麻将桌。沈鲍鑫往客厅的另一头看去，那里还有一个房间，门虚掩着的，张希诗还在房间里没有出来，她在哼着歌。章鱼哥就自己安排，哗啦一声将麻将牌推满了牌桌。

沈鲍鑫不会打麻将，张东风在他的下家，看他面前已经抓了十六张牌，还想抓，笑着骂他，让他不要来添乱了。章鱼哥就喊张希诗出来顶角："赢了你收钱，输了我帮你给。"

沈鲍鑫站在章鱼哥身后看了几局，越看越困，哈欠连天。章鱼哥连输几把，急了，扭头看沈鲍鑫，说他在后面"霉戳戳"的，喊他滚进去睡觉。见沈鲍鑫眼睛看向里间的房门，张希诗说话了："里面又脏又乱，不嫌弃的话你就进去睡嘛。"

从进到这间屋子开始，沈鲍鑫就很想进那里间去看看。听张希诗这样一说，好像被戳破了心事，他反而不进去了。章鱼哥的位置后面有张沙发，沈鲍鑫也不管他嘴里叽叽歪歪，就势歪躺在沙发上面。张希诗坐章鱼哥的下家，沈鲍鑫能看到她的侧面。张希诗穿的睡衣质量粗糙，有些空和透，看得他心猿意马。沈鲍鑫这才想起已经有两个多月没有去县城里见岑恺璐了。

转眼间，从医学院毕业已经四年多了。两人虽说在一起，却只是周末夫妻，聚少离多。虽然他们想要一个孩子，却始终是个遗憾。

唉，大佬贺的日子说不定还真比自己过得舒服。沈鲍鑫想，人生在世，为哪般哟！只是这样思想犯罪也甚是无趣。如果按钟启明所说的那样，真能调到县医院去，或许一切都会好起来吧。而刘静婷所说的，让他考研究生离开云海县，去更大的地方更好的医院，沈鲍鑫已经不去想了。

"啪"的一响，章鱼哥出牌太过用力，唐主任就骂他："喊你要安贫乐道，你非要想发财，看嘛，去了皮肤科才半个月就干不下去了？我也给你说过吧，干不下去就回内科嘛，你还偏偏要辞职，辞职连买断工龄的钱都拿不到。唉，你这叫自作自受，你还发啥子脾气嘛？"

章鱼哥将手里的牌一撂："狗日的，一步错步步错！所以，这个地方我觉得也没啥可以待下去的念想了，早死早投胎，早走早发财！"

刘静婷当院长以后，将皮肤科以前的医生和护士进行了一次清理，把用假证件和没有上岗资质的全部辞退。少了一大半的人，刘静婷就开始进行院内招聘。章喻消息灵通，心里算了笔账，反正都要被裁，不如先过去试试水，多拿几个月的工资就相当于又拿了一笔工龄买断的钱。刘静婷承诺将章医生的工资定在五千，章喻就第一个跳到了皮肤科。章喻到了皮肤科才发现，要想拿到五千的工资，不是躺着就能拿，而是需要完成指标任务——一个月要做到十万的创收。

"六饼？慢点，碰一个！我们当医生的，是想办法给人把病治好，哪有成天想着去挣多少钱的呢？我算了一下，一天要挣四千多，我的个妈耶，我一天可能就得看五个病人，每个病人都要花八百多，这怎么可能呢？二筒！"

沈鲍鑫也心算了一下，自己科室的住院病人，一天的花费最高也就五百左右。皮肤科绝大多数是门诊病人，检查项目不会太多，治疗费用更不可能太高。八百？差不多比我们外科住院病人的费用翻一倍了。他们会用什么进口高级药品吗？他一直想不明白，菩提老板那么喜欢承包医院的科室，究竟是怎么挣到钱的呢？

这把牌又是章鱼哥放炮，章鱼哥给钱，然后洗牌："我给你们说嘛，我早就知道医院会走今天这一步。几年前，那个林老板就到这个医院来看过，钟院长和他谈的。不过，那个时候林老板是包的一辆出租车过来的，司机骂骂咧咧地说到我们矿区路难走，车的底盘都剐了好几下……"

大家都停下手里的动作，想听他继续讲。

"你们把我盯着做啥子？我又没有扯谎，亲眼看到的……"

张东风咳嗽两声："那你啷个知道他们谈了些啥呢？你参与了？"

章鱼哥也停下手里正在码牌的动作："林老板走的时候，是钟院长送出来的。你们都知道噻，司机嘴里的各种消息多，我就喜欢跟那些司机聊天。那个车不是从云海县开来的，也不是浦州市，而是从荟水市开过来的。司机说，林老板在荟水市就是开医院的。我还说怎么可能让他开医院哟，最多就是承包一个科室。那个司机还白了老子一眼，说他们荟水市有好多私人医院了，听名字比中心医院还要牛——华西、协和、同济……妈耶，都是一些我做梦都考不上的名牌医学院。"

他拿起烟盒，空了，顺手捏瘪，伸手向唐主任要烟。张东风拿出自己的烟来撒了一圈，点上，顿时又烟雾缭绕起来。

"他们是从车后面走过来的，站在司机那边，听到声音把老子吓了一跳，差点被钟院长逮了。嘿嘿，我就悄悄从副驾座溜了。"章鱼哥美美地吐了一个烟圈。唐主任催问："他们究竟说了些啥？"

"钟院长说，浦州这边迟早要走出这一步。林总应该再考虑考虑，还有好几个老板在等着谈。钟启明就是个傻蛋，扯谎都不会。结果林老板说，'不可能吧，干这一行的就只有我们几个。你看各种名字好像是不同老板的，但每个医院我们都是互相出了钱的。老钟，如果你说的是真的，我倒要你帮忙劝一劝你的那些老板朋友，这个圈子他们是进不来的。可能你和他谈了大半天，最后签字的都不会是你。'哈哈，果然，那个林老板感觉就是一个算命先生，最后卖医院的签字还是要等我们张院长来签。"

张东风呵呵一笑："我是常务副院长，哪来的签字权？快点讲后面的，别吊胃口！"

"林老板又说，'我让另一个兄弟先过来看看，先从科室合作搞起。'后面的我就没有听到了，赶紧溜回科室上班。没过一个月，詹主任就来我们医院了。"

大家将牌码好，摸牌。唐主任问："小章，你只说了办了辞职，下一步有什么打算呢？"

"我读浦州市医药中专时，一个寝室的同学，现在在上海的一家医院。他们说需要内科医生，我这就是投奔他那里去的，收入不低，一个月一万的底薪，还没业绩任务。"

唐主任很惊讶："内科也能这么高？"

章鱼哥一边摸牌一边说："主任，您也动心了？半个月前，您不是问我为什么要去皮肤科吗？嘿嘿，其实我们都知道，我们医院这个皮肤科不是一个正儿八经的东西。詹主任在的时候，我就摸了底。张院长，可能你当了这么多年的院长，都不知道医院还可以这样搞钱。

"老板承包科室肯定不会选那种专业技术性强的科室，而是选容易忽悠的。就说我们的皮肤科，哪里是看皮肤病嘛，就是看性病。你说性病，病人又不好意思来，所以这些老板别看他们没有学过医，但他们懂人心。来看皮肤科的人，心里都有些说不出的东西——叫个人隐私，所以赚他们的钱是最好赚的。多给他们上一些仪器治疗，什么激光、冷光源这些，不管有用没用，只要给他们上了治疗机器就好收费了。"

张希诗插话道："治不好病谁还会来？"

"那些医生都是进行了话术培训的，尽可能往严重了说。说有传染性什么的，不赶紧治疗就会破溃化脓。反正，不管是神经性皮炎、还是过敏性皮炎，通通往性病方面说。"

"你们这样真够缺德的！"张希诗有些气愤，她出的那个一筒在桌子上跳了两跳，掉桌子下面去了。沈鲍鑫帮她去地上拾牌。

"小章，这些事你就莫去做。你是穿上白大褂的第一天就到我们科室的，我给你们讲过很多次'贫穷尚可拯救，道德没有解药'。当医生有穷有富，那是命，但是莫去干缺德事。"唐主任又看了看张东风，"张院长，还是把章医生调回我们科嘛。"

章鱼哥做了个拱手礼："唐主任、张院长，你们放心，我是不会去干那些昧良心的事的。我同学喊我去的那家医院，是正正经经地在开医院。我问清楚了，现在上海已经开始弄什么医保了。他们的模式是国家的医保报销。"

他又说："我这半个月本就是想去皮肤科体验一下，没想到啊。"

他扭过头，对身后的沈鲍鑫说："我看那个刘院长可能干不了几天了。"

张东风出牌："莫胡乱说，特别是这些乱七八糟的事，你张着嘴到处乱说，别人还会以为是我张东风在搞烂事。"

"哎呀，真的，你看刘静婷现在有了权就开始弄些事出来了。说实话，我还很佩服她的。她是想把皮肤科搞好，想把这个医院弄好，但她得罪了人。她把皮肤科原来的一些人都赶走了——你把挣钱的这些都赶走了，那钱挣不回来，老板还不开了你？还有，那个刘静婷和詹主任是搞到一块了的，她被开了，转身就被安排到黄老板的医院去了。那几个老板都是串一起的，她这样整，以后可能整个圈里都不会容下她的。"

他又扭回头，对着沈鲍鑫："我知道你们两个关系不一般，得空就给她说一声。"

沈鲍鑫突然觉得张东风的眼神分外犀利，像是要剜出他的心。

沈鲍鑫身子一颤，拍拍章鱼哥的肩膀："你又在乱说嘛。"

章鱼哥赶紧用手拍拍沈鲍鑫刚刚拍过的肩："呸呸呸，给你说了好多次了，打牌不能拍肩膀，拍了我的火就不旺了！"他一边出牌一边又说道，"我们那个刘院长看你的眼神，你是没注意到。我看到过一次，那次你走过去，她在远处看你的背影，哪是含情脉脉，完全是天雷勾地火！我就知道，你娃要完！"

沈鲍鑫没有去看张东风的眼神，故意又使劲往章鱼哥的肩膀上一拍："你知道个锤子！我和她以前在附一院实习的时候，就在一个科室，她的男朋友是我很好的哥们儿，毕业了两个人就分了。现在刘院长又想找我那个哥们儿，追问了我好几次，人家都已经结婚了，我哪个可能把这个告诉她呢？她呀，为这事儿恨死我了。她要是走了就好了，她要不走，我都要躲她远一点。"

张东风碰了一张牌："还是你们年轻人好哇，有资本，敢爱、敢恨、敢闯。但我这个老大哥还是要劝你们几句，做任何事都要守得住底线。什么是底线？就是你的家人能不能接受！任何东西，就像这个打麻将，不管是吃了还是碰了，你都还得吐一张出去！"

唐主任摸牌："老张，局里是怎么安排你的呢？透露透露？"

张东风又撒了一圈的烟："我呀，不知道！老唐，你是老资格了，你还可以去另外的医院。小章是远走高飞了。小沈，'庙小妖风大，池浅王八多'。你是去上海、北京那些医院都转过一圈的，也知道这个世界有多么大。你是想当大医生的，莫只是去想，这次医院的变化说不定就是帮你下决心的一次机会。我是连想都不敢去想了，在这个县城里还能到哪个医院去呢？哪个医院愿意给我腾一个院长副院长的位置？即便我给魏局长说，给胡县长说，我愿意去县医院当个住院医生，他们也不可能接受。这个医院卖了之后，肯定也不会有我的位置。干了几十年，最后我都不知道还能不能当医生了。"

唐主任点了火，张东风凑过去把烟点燃，又说："我知道现在医院很多人都在背后骂我，说是我卖了医院。今晚到这里来打牌，走过那截黑黢黢的路的时候，我和你们说，我的心都是提起的。如果今天不是我们四个人一起，说不定我背后早就挨了一砖头了！"

章鱼哥将正准备去摸牌的手停在了半空，正色道："我知道卖医院这种缺德事不是张院长你做得了主的，你是背了黑锅。我是能理解，可也有很多职工不理解，特别是那些后勤的。你还别在这里打哈哈，张院长，还真要防着有人在背后打你的黑枪哟。"

已是下半夜，沈鲍鑫困得不行，加上酒精的催化，靠在沙发上迷迷糊糊地睡着了。睡梦中，他紧紧地搂着张希诗，越搂越兴奋，正要欢呼高叫时，突然听到"砰砰砰"的敲门声，他们两个正缠绵得紧。张希诗说别管，不要去开门，敲门声就停了。推门进来的是刘贵妃，刘贵妃也躺到了他的身边，那漂亮的脸蛋就距离他两厘米，沈鲍鑫张开嘴就要吻上去。又听到"砰"的一声，是岑恺璐来了，一脚就把暖水瓶踢爆了。

　　又是"砰砰砰"几声，怎么会有这么多的暖水瓶？沈鲍鑫正在为自己数不清究竟被踢爆了几个暖水瓶着急，一着急就惊醒过来，这才发现砰砰声是真实的踢门的声音。

　　"开门，开门，派出所！"

　　"派出所？派出所从来都不会到这里来的呀？"张希诗很纳闷。

　　"遭了，真的有人打我黑枪！竟然使出抓赌这招。"张东风恍然大悟般站了起来，在房间里打转。

　　张东风看看沈鲍鑫他们："他们是冲我来的，应该不会针对你们，你们莫慌，大家一定要稳……"说着一把就将沈鲍鑫扯起来，推到刚才他坐的位置上，然后转身推开里间的房门躲了进去。

　　四个人面面相觑，见张东风躲进里间，应该已经安顿好了，张希诗只能在越来越急迫的擂门声中站起身去开门。

　　门一打开，涌进来七八个人，很显然这群人的目的性明确，的确是冲着张东风而来。这些人冲进来目光一扫，发现坐在牌桌前的三个人并不是他们的目标，立即扑向里间："开门！我们是派出所的！有人举报这里在卖淫嫖娼！开门！"

　　抓赌还好一点，反正都是一个医院的医生，借个地方自娱自乐，能有多大的事儿？但要说是抓嫖，而且在这个地方就还真有点不好解释了，抓嫖的后果肯定是要被开除公职的。

　　里间有声音传出来，沈鲍鑫以为张东风会开门走出来，但很快又安静了，"哐"的一声，门被踹开了，这群人冲进里间搜索了一通，却一无所获，他们问："还有人到哪里去了？"

沈鲍鑫他们四人都没有回过神来。

这时，楼下突然腾起一阵喧哗声，派出所的人侧耳听了听，留了两个协勤看守他们，其他的人呼啦一下都跑了下去。

张东风准备翻窗到楼顶躲出去，一脚踏空，摔下了五楼。

张东风的灵堂搭建在白云职工医院食堂外面的空地上。

灵棚冷冷清清，张东风的几位家属孤零零地坐在里面。医院工会的人搭建好灵堂就悄悄走了，职工医院的人心早就散了。

中午时分，三辆大客车停在了医院门外，钟启明带队，县人民医院的职工来了近两百人。

岑恺璐也来了，昨天她听说张院长发生了意外，怎么也不相信，给沈鲍鑫打了无数个传呼都没有收到回复——因为沈鲍鑫被关在看守所里了。

出了人命案子的那个晚上，派出所的人都傻了眼。他们得到职工医院院长张东风聚众赌博的匿名电话举报，本来以为来抓几个人就可以收工。临到进门的时候，想着这是张希诗的屋子，吼两声"抓嫖"，张东风可能更容易认罚。他们早就听说张东风是个吃软不吃硬的家伙，不把他一下打倒，这个事儿不是那么好收场，没料到张东风心里发慌，竟然失足坠楼而亡。

这件事不是抓嫖也成了抓嫖，不然派出所是无法交代的。

民警将他们四个人带下宿舍楼的时候，他们只看到楼下花台边有一具蒙着白布的尸体，在这黑乎乎的夜里显得特别的洁净而刺目。

沈鲍鑫第一次见到张东风，是在县里卫生局的双选会上。他把沈鲍鑫手上的档案袋抓过去的动作，沈鲍鑫记忆犹新。现在是见他的最后一面，他藏在白布的里面无声无息。

派出所让他们自己作出选择：要么每人交五千元的罚款；要么就按照治安管理处罚法第六十六条规定，给予十五天的拘留。

　　　　　　　　　　　　　　　　　　第九章

唐主任选择了交罚款，他和章鱼哥一起走出派出所，一起走到了客车候车点，一起去往上海的那家医院。在候车点，他们把张希诗被关在派出所的事告诉刘国惠。

只有沈鲍鑫一直不在治安处罚通知书上签字，在派出所里一言不发。他不开口为自己申辩的原因，起初纯粹是因为心里和耳朵里一样的嘈杂，而后，他发现沉默能带来力量。

下午，他被送到了看守所。

追悼会现场乱成了一片。张东风的妻子没有来，他的儿子和哥哥在现场招呼着，向来吊唁的人回礼。大家才知道张东风是孪生子，他的双胞胎哥哥张西风和他有着九分九的相似，一个"活生生"的"张东风"出现在挂着自己遗像的灵堂里，让整个追悼会又多了一份诡异的氛围。

张东风的死因是大家议论的热点。参加追悼会的人没一个去过现场，在现场的人没一个能来参加追悼会。这种议论就成了渲染传奇故事的催化剂。

岑恺璐听到的是这样一个版本：张东风和沈鲍鑫他们四个医生一起去暗娼家里。警察抓他们的时候，四个男人和一个女人挤在一张床上。警察破门的时候，张东风赤条条地从床上蹦起来，飞身跃出窗外想逃跑，但他忘了自己待的地方是五楼，光着身子从天而降，当场身亡。

岑恺璐听到这个传闻，赶紧拽住正眉飞色舞讲故事的昝大姐想问个究竟。她心里一急，眼前一黑，整个人软软地瘫倒在了地上。

等她缓缓睁开眼，看见周围都是县人民医院的那些同事，这些人当中还有一张特别熟悉的脸，是院长张东风。岑恺璐被众人搀扶起来，她一看灵堂上的照片，那也是张院长，她才想起现在是在张院长的灵堂里。再回头，活着的那个人也是张院长。

岑恺璐被救护车直接送到了浦州市精神卫生中心。

刘静婷去派出所交了五千元罚款，可还是没有将他捞出来。沈鲍鑫在看守所里足足关了十五天。

刘静婷找派出所说理，派出所说，嫖娼的处罚可以拘留并处罚款，没有送去劳教就是便宜他了。

出来那天，是刘静婷去县里看守所接的他。刘静婷第一时间就说了岑恺璐的情况，问沈鲍鑫要不要直接去浦州市精神卫生中心。沈鲍鑫默默地摇了摇头。

在回矿区的路上，刘静婷把她所知道的事情都告诉了沈鲍鑫。刘静婷说已经帮他交了五千元罚款，见沈鲍鑫仍然沉默不语："这钱是从医院借的，以后慢慢还就是。"

这时车已到了矿区，路过了候车点，沈鲍鑫看看车外，刘国惠仍然在摆小吃摊。他喊停了车，对刘静婷说："刘院长，有现金没有，再借我五千？"

刘静婷担心出看守所的时候又有什么幺蛾子，身上确实还多带了一点现金以防万一，甚至想到他会直接去精神卫生中心，也会花一些钱，就多带了一些。她看了看车外，皱了皱眉。沈鲍鑫说："刘院长，反正我已经旷工半个月了，干脆我再旷工半个月，凑个整数？"

刘静婷没有说话，默默地从包里拿出一叠钱，递给了沈鲍鑫，然后静静地等他下车。沈鲍鑫一下车，车就迅速向医院方向驶去，这时沈鲍鑫才注意到这是一辆出租车。

接下来的十五天，沈鲍鑫都待在五楼的那个房间里。他躺在里间的那张床上，想着自己和张东风打交道的点点滴滴。张希诗和刘国惠轮换着来给他送饭，陪他。吃饭就用那张麻将桌当餐桌，沈鲍鑫坐在章鱼哥的位置，她们随便坐哪里都可以，就是不能坐对家的位置——那个位置是张东风坐过的。他的目光很瘆人，张希诗就和刘国惠商量，要不要把五千元退给沈鲍鑫，她从来没有这样害怕过。商量的结果就是，她们把小摊的生意停下来，两个人一起来陪沈鲍鑫。她们想着即便有什么事，只要不落单，两个人在一起也好有个照应。小摊的生意就算是做上半年也不可能赚到五千元，何况她们刚刚还借了五千元的外债，这笔钱对她们很重要。

第十五天，沈鲍鑫说了一句"谢谢两位姐姐"，就走出了这个房间。

尽管这半个月没有一次肌肤相亲，但沈鲍鑫觉得自己的身体已经虚了，比天天疯狂地做爱还要透支得厉害，可他又觉得自己的心里反而被填实了。

人可以生活在阴沟里，满身泥污，但总有人会一直仰望星空。

沈鲍鑫来到浦州市精神卫生中心，岑恺璐经过近一个月的治疗已经好转，见到沈鲍鑫就哭。沈鲍鑫手足无措地看着旁边的主管医生，汪医生点点头，说现在岑恺璐有着正常的情绪反应，这是好的迹象，至于今后能怎么样，他表示自己也无能为力。汪医生知道沈鲍鑫曾经带着岑恺璐把北京、上海、广州的大医院都跑了个遍，对于岑恺璐而言最好的治疗仍然是情绪稳定："怎么减少外界的刺激，如何稳定病情，主要还得靠她自己，医生是无能为力的了。"

沈鲍鑫一直就是不愿意低头的人。他不相信路真的走到头了。

他去县人民医院给岑恺璐借款，钟启明面露难色："岑恺璐是我们的职工，她住院治疗的费用单位肯定应该承担，可医院现在也有难处，有些治疗费可能要你们自己先垫付一下……"

沈鲍鑫还不习惯求人，他想了想，在县医院借不到钱我还可以回职工医院去借。他再问自己调动的事，钟启明又是长长地叹了一口气："你还没回职工医院？先回去看看再说吧。"

沈鲍鑫已经走出了院长办公室的门，钟启明又叫住了他："沈医生，今年医院又要增加新员工了，职工宿舍不够周转，你这两天就把岑医生的宿舍收拾一下，她现在不是住在精神卫生中心吗？费用也都是医院付的，这样不就相当于占了医院的两个资源了吗？……你别误会呀，我的意思是等岑医生康复了、回医院来上班了，我们再给她调整出一个条件更好点的宿舍，你觉得怎样？"

"钟院长，你觉得张院长是一个怎样的人？"沈鲍鑫问。

"你这是什么意思？"

沈鲍鑫说："张院长是'外痞内憨'的人。我沈鲍鑫和他不一样，我是'外憨内痞'。岑医生的宿舍您能不能不要去动？即便要动，也请您不要亲自动手。"

"你……你这是什么意思？"

"怕您受伤。"

坐着破旧的客车摇摇晃晃回到那个灰蒙蒙、黑黝黝的矿区小镇，一辆吊车正在将医院大楼上的"职工"两个字拆下，吊车旁边有两个等待更换上去的字——一个"林"，一个"氏"。

沈鲍鑫到院长办公室，他已经习惯了不敲门就推门而入，进去才发现张东风曾经坐过的位置上坐着一个中年男子，穿着白大褂，谢顶是他特别显著的一个特征。这个特征瞬间就唤起了沈鲍鑫的记忆，这不就是以前在皮肤科待过的那个任医生吗？

桌子上新增加了一个桌牌，有这位中年男子的照片，不是一般的大头登记照，而是艺术照，没有白大褂，穿的是黑色的燕尾服，还有黑色的领结，两只手胸前交叉环臂。照片旁边是很醒目的两排黑体字："白云林氏医院院长，任巨龙"。

任巨龙应该就是这位新院长的名字，只是不知道这个名字是不是他的真实姓名。

沈鲍鑫恭恭敬敬地喊了一声"任院长"，他又问："刘院长在吗？"

"哦，刘院长？她已经被辞退了。你是……"

"我叫沈鲍鑫，外科的住院医生。家里出了一点事，我给刘院长请了假的，现在……"人在屋檐下，沈鲍鑫心里还有着急求人的事。

"哦，我想起来了，外科的沈医生……"他拍了拍已经谢顶的脑袋，"哦，沈医生，你没看报纸？"

没等沈鲍鑫回答，他从抽屉里拿出一张三天前的报纸，抖一抖，接着说："哦，你好像是被治安拘留了半个月吧？然后又旷工了十天？

哦，到今天已经是十五天了，医院已经登报将你开除了。哦，对了，宿舍我们收回来了，你的个人物品院办已经帮你整理好了，放在库房，你去办手续的时候就把东西领走吧。"

"刘院长……"沈鲍鑫现在只想找到刘静婷，和这个谢顶男人啰唆毫无意义，找到刘静婷就可以解决很多问题。

任巨龙用手指点点桌上的牌子："哦，我们这个医院只有一个院长，那就是，我。"

沈鲍鑫觉得，这个医院办公室的屋檐，怎么突然就变矮了呢？而且也太矮了吧，不过现在就算是矮得像墓道，也只能用爬进墓道殉葬的姿势去躬身相对——目前这份工作可不能丢。"任院长，我是和那个刘……静婷请过假的……确实是请的事假，她还帮我向医院借了一万元现金。"

"哦？怎么可能？"

如果你爱，你就会哀伤。

沈鲍鑫会为了岑恺璐哀伤，会为张东风哀伤，会因为刘静婷而哀伤，会因为张希诗和刘国惠而哀伤，但他不会再为这所医院而哀伤。

活着，就是心电图，起起伏伏。活着，本身就是件大事，不需要赋予那么多额外的意义。

只是他到院办去办手续时，心里不由得还是泛起了一丝忧伤——所有的人都换掉了，自己工作了几年的地方，竟再没有一个熟悉的人。

很多物品都已遗失了，很多东西他也舍弃了。沈鲍鑫在库房里将堆在几个大的药品纸箱里的个人物品又重新收拾了一遍，还是毕业来医院时的那个包，他背着向候车点走去。

在医院大门外，他遇见了外科的李主任。

沈鲍鑫笑了笑，李主任也笑了笑。沈鲍鑫往前没走几步，李主任突然追了上来，抢过他的包，连拖带拉地将他带进了乌金酒楼。

"小沈，再不找人说说话我就快憋死了！"

"李主任，上班时间您还喝酒？"沈鲍鑫见他向老板娘要来了一瓶湖东特曲。

"上个锤子的班！"李主任平常虽然肝火旺盛，脾气性格比较暴躁，但很少听到他说话带把子。

等不及上菜，李主任先呷了一口干酒："小沈，我相信你们。"

沈鲍鑫陪了一杯，什么都没说。

因为卖医院，几乎所有职工都将张东风当成了敌人。出事之后，章医生和唐主任悄悄溜了，沈鲍鑫被关进了看守所，所以大家就心怀着恶意将他们使劲往最坏的地方去想象。自己的老领导能说出这句话，不一定是对事实的真实了解，而是对沈鲍鑫的最真诚的信任。

默默无语，一老一少连着碰了几次杯，半瓶酒已被消灭。几杯苦酒下肚，沈鲍鑫才苦笑一声："张院长死得才叫冤枉，章医生请我们吃个散伙饭，然后大家准备打一顿通宵麻将，也不知道是哪个在背后打他的黑枪……"

"你不知道？"李主任看看四周，这是一个包房，只有他们两人，李主任还是站起身来重新把门关了一遍，"我小舅子在派出所，他给我说，出了命案他们当官的头痛得很，就让人把那个匿名的举报电话进行了重点调查，你知道是谁不？"他将酒杯往桌上一蹾，眼往窗外医院方向一斜，"那个姓任的。"

"任院长？"沈鲍鑫瞪大了眼睛，"为什么？你家舅子是怎么给你讲的？"

职工医院的收购难度，就在人员安置和补偿问题上。张东风作为常务副院长，是绕不开的关键人物，他没有签字，县里就无法和林氏集团签字。但是张东风在这个事情上却是三头不讨好，职工恨他，林氏集团不满意，县里也尴尬。任巨龙被林午祖聘请，林午祖又知道他曾经在白云职工医院干过，就让他想想办法找个突破口。

李主任把嘴凑近沈鲍鑫的耳朵："小沈，你不知道哇，这个世界有多奇妙。混到要退休的年龄了，这大半辈子我看稀奇看了不少，这次我才是真的开眼界了。你知道不？这个姓任的，技术怎么样我不去说了，'泡妞'倒是一把好手哟，竟然把县医院一个年轻的女医生追到手了，相差二十多岁。我就想不通那个女娃图他点啥？哈哈哈……"这一笑几滴酒呛进了气管，又咳了好半天，眼泪不知是笑出来的还是咳出来的。

李主任神神秘秘地说："我那个舅子说，那个女医生是胡县长的侄女。他也是靠这个关系才成了林氏集团的高管。"

"哦。"沈鲍鑫不想搅了李主任的酒兴，让他说个够，偶尔应和一两声，但这些并不是他感兴趣的。

任巨龙来矿区"卧底"有几天了。那天也是鬼使神差，沈鲍鑫他们吃散伙饭的时候，任巨龙也在那家餐馆吃饭。看到张东风也在，他心里窃喜，尖着耳朵低头吃饭。听到他们说准备转移战场去打牌，任巨龙也就悄悄尾随，想摸摸他们的"窝子"，说不定哪天会派上用场。沈鲍鑫他们进去时，有一个男人刚从张希诗屋里走了出来。章鱼哥还给他了一支烟，那个人一边走一边骂骂咧咧。这竟然启发了任巨龙，于是就上演了这么一出报警的戏码。

只要抓到张东风的短，谈判签约就可快速推进。然而现实生活的剧情不是影视剧，看了第一集就能猜到结尾。谁都没想到张东风心气儿大，惊了，炸了。

沈鲍鑫问："那刘……院长怎么又走了呢？"

"小沈，你还记得我以前经常提醒你们年轻人的那句话不？'当你选择与魔鬼同行的时候，好运气并不总是伴随着你。'这个女娃挺用心的，看她这段时间还搞了一些事情，但是，这个院长的头衔啥都不是。不过，她被换掉也好，希望她能离这个粪坑远一些。"李主任又望了望往窗外的医院。

又是好几杯默默无语的自饮，一瓶酒终见底："小沈，你有什么打算？"

沈鲍鑫摇头："李主任，您呢？"

李主任笑得有些凄然："借这个机会，提前退了。唉，我的手还没有抖得拿不了手术刀，就没有用处了。"

沈鲍鑫向他打听起其他医生护士的情况。

"唉，现在想想如果张东风不是那么犟的一个人，按之前的方案来，说不定我们的日子还好过一些。他死了，县里三下五除二就和这个老板签了字。小沈，你知道我们医生吃的是技术饭，这碗饭不是吃这一天、两天，是要吃一辈子的，如果突然给你换了一个碗……"

新来的任院长从集团的其他医院调来了一批医生、护士和一大群保安，然后将原来的医生和护士都换到后勤岗——这样做不违规，就是太缺德了。张东风的死已经摧毁了职工医院员工们残存的信心，这个调岗又彻底地践踏到了他们职业尊严的底线，医生护士们纷纷辞职——辞职就没有任何补偿，任巨龙给林午祖又省了一大笔钱。

"原来那些后勤职工呢？我去办手续的时候，看到院办的人也都换完了……"

任巨龙上任之后，同样面临着原有人员的过渡和安置问题。他对原来的所有后勤人员拿出的政策是"培训"，将人员分解到林氏集团在全国十多个城市的不同医院里去，"培训期"发一半的工资，培训时间为半年，半年之后再考核，择优录用。

对于这些拖家带口的职工，拿半薪，熬半年，或许都可以忍一忍，但这一招最毒之处还是在于必须面临工作和家庭的两难选择。

只有离别才让人更懂思念和感恩。"张东风活着的时候大家都骂，但所有人心里都明白他还是在为大家争取利益。他死了，任院长又使这么毒的手段，大家都没了主心骨，一个个都寒了心，全部辞职了。"

"何师母一家……"

李主任和沈鲍鑫都很清楚何云的遗孀是怎么进的医院，又是付出了怎样的代价。

"我也不知道。她带着三个孩子离开矿区了，还好，娃娃都大了，再熬一熬日子也就能过下去了。"

酒精将李主任的脸催得猩红："小沈，你究竟怎么办？小岑的情况如何？"

　　"有时候，婚姻的选择就像一台手术。两个人站到了手术台上，一旦开始就不能停下，你面前是一颗在跳动的心脏，放手就是放弃了一条命，不能有迟疑，无论出了什么问题，比如大出血，或者有血块，也只能去应付，你不能放弃。"沈鲍鑫刚到医院的那段时间，李主任就喜欢帮沈鲍鑫指点人生的迷惑。两个年轻人过日子哪有不吵吵闹闹的嘛，这些话也是李主任在他们两人吵架和冷战时说过的，沈鲍鑫听了劝就会跑回县城去哄岑恺璐。现在，沈鲍鑫一字不差地将这段话背诵出来，连李主任的语气都模仿得惟妙惟肖。

　　李主任一听，一愣，然后哈哈大笑，笑出了眼泪，他擦了擦眼角："如果有困难就要给李叔叔说啊……你还记得邓医生不？他辞了职，没要补偿，也没去他小舅子的养猪场当劁猪匠，现在到上海去了，给我打过一个电话，说是还好。我把他在那家医院的电话给你……小沈，再难的日子都要好好熬，千万别去走张东风的那条路，日子还长着呢……"

　　要熬下去，一个精神病人，一个失业医生。

　　人只要活着，戏就要继续演下去。不是主角，那就去做拉大幕的。不能当大医生了，就算是不当医生了，也一样能活。

　　走到候车点已是下午时分，小摊已收摊，沈鲍鑫没再看到张希诗和刘国惠。但他知道，即便她们不在，即便自己离开，这里依旧不缺热闹。

　　只要自己不为难自己，日子就会好过。

🔖 第十章 白色救赎

> 人，往往在困境中才能看到自己有一
> 颗多么勇敢的心。

====================

2018 年 6 月 28 日，离校二十周年纪念日。

毕业的时候，一个班有四十八人，今天的聚会已经到了三十九人。很多在外地工作的人都赶了回来，加上大的小的家属，六张桌子都挤得满满的。

胡凯是聚会的召集人。这个家伙虽然是背着处分提前离开学校的，但赵义仁还是想办法帮他把毕业证拿到了。尽管如此，胡凯还是没能找到在医院的工作，而是自谋职业做了医药代表。哪一个靠自己打拼的人，没有点曲曲折折的故事？做医药代表，当然得在各个医院来往，接触同学的机会就很多。这些年他已经组织了很多次同学会，但都比不上今天的规模。

"同学们，同学们，有一位'失联'多年的同学被我找到了，你们每人猜一个名字，猜错了的罚酒一杯。"

一个班的同学现在还差九个。这几年已经去世了两位，还有出国的、家里有事来不了的，同学之间多少都有联系，但一说失联多年，好几个同学就面露惊喜，脱口而出："猩猩？"

"你把他找到了？他现在在哪里？"

胡凯故意卖着关子:"你们等会儿自己问他,嘿嘿,这个家伙这些年干了一些什么事儿,保准你们猜不出来!"

正说着,胡凯的手机响了:"是猩猩到了,这个家伙肯定是找不到地方,我去接一下他。"

他们班同学聚会的老规矩是选择在学校附近,长城酒店名字没有变,但旧楼早就拆掉了,新修了一座高楼。

"胡凯,我们一起下去吧。我想去车上拿一件外套,这里空调开得太大了。"说这话的是一个孕妇。

胡凯也不管同学们的打趣,牵着媳妇儿的手小心翼翼地往楼下走。

"他今天要来?你怎么不早点告诉我呀?"大着肚子的媳妇儿一边下楼一边问。

沈鲍鑫在远处东张西望,他看见了胡凯,一边挥手一边向这里快步走来。

沈鲍鑫走近,笑着故意做了一个欲拥抱的动作:"刘静婷!"

这时胡凯的手机又响了,他接听后对沈鲍鑫说:"我大哥的车在前面和别人的车撞了,我还是去看一看。麻烦你陪我老婆先去一趟车库,拿一件衣服,然后你们先上去吃着喝着,婷婷知道在哪个包房。"

沈鲍鑫开玩笑道:"刘院长,我也是前段时间遇见了胡凯才知道你的消息。本来还想再躲一躲的,没想到还是躲不脱,看来这个世界上杨白劳永远都躲不过黄世仁。不过看在我和你老公在一起睡了五年的分上,再宽限宽限?你借给我的那一万我现在还是还不了,但是利息我给你一直算着的,你看我穷成这个样子……"

刘静婷幸福地抚摸肚子:"说啥呢?我家宝宝又不缺奶粉钱。算了吧。"

"这可不能,你这一'算了',我再想找胡总借钱就开不了口了。"沈鲍鑫道,"这山不转水转的,你这辈子怎么就逃不脱胡凯那家伙的魔掌呢?我一直很好奇,他是怎么找到你的?"

每个人心里都有一片苔藓，这片苔藓时时都在寻找着机会蔓延，一旦理性出现了缺口，它就会呈现出最强大的冲击力，溢出心口。

刘静婷没想到任巨龙怎么会来替换掉她的位置，她眼里的世界已经变得比矿区小镇更灰更黑。她想逃离，她不仅想逃离这个矿区小镇，更要逃离这座城市。因为这个城市的空气中，已经充盈了沈鲍鑫暗淡的眼神。

她最终决定南下。南方是一片热土，那里的气候能温暖她寒彻了的心，也让她收获了爱情。

在广州，她到了一家医药公司做医药代表，可工作地点在哈尔滨。她觉得到哪里都一样，气温表上的温度并不能代表她心里的温度。半年后，她回广州总部开年会，竟然遇见了胡凯，他也在这家公司，也是医药代表，他派驻的区域在成都。

刘静婷的心里有三只小鹿，胡凯的心里有一万匹奔马。

可转瞬间，广州这座城市就变得比哈尔滨更加寒冷彻骨。胡凯已经结婚了，他的妻子是本地人，在这家医药公司做出纳。

普通的人哪有资格配得上传奇的故事。三个人在一家公司，身处三个不同的地方。

过了好几年，胡凯的妻子在妊娠后期患了妊高症，死了。

刘静婷也嫁给了一个哈尔滨的医生。温文尔雅的年轻医生最擅长的竟是家暴。这段婚姻很快就结束了，但她还是留在了哈尔滨。哈尔滨再冷也比广州温暖，比云海县温暖。

又过了几年，胡凯离职。他要回到湖东省去开一家自己的医药公司。刘静婷是这家公司最后一个知道的人，但她的辞职信却比胡凯早递上去半分钟。她在人力资源总监的办公室等着胡凯。她说要和他一起回云汉市，胡凯没理由拒绝。她说要做胡凯公司的第一个员工，胡凯也没理由拒绝。

沈鲍鑫陪着刘静婷小心翼翼地往车库走，一边走一边说着话。拉开车门拿了衣服，刘静婷把身子挪进车里，拍拍另一边的座椅，示意沈鲍鑫也坐上来："上面太吵了，还是等等胡凯把事儿办完我们再一起上去吧，你上来坐吧，老实交代你这些年是怎么躲债的。"

沈鲍鑫背着背包离开了矿区，回到云海县时，已经是深夜。门锁没有换，他有钥匙，撕开封条就住进了岑恺璐的宿舍。

第二天一大早，医院院办和保卫科的人就擂响了门，向沈鲍鑫下了逐客令。沈鲍鑫揉揉眼睛，昨天的酒意还未完全消散，他压着心里的火说："你们凭什么赶我走？"

保安冲进去将他从房间里拽了出来，然后又将房间里岑恺璐的私人物品一顿乱砸，沈鲍鑫火冒三丈，大声抗议——他只能抗议，因为他被两个保安一左一右地按在走廊墙壁上，像一只拼命想断尾的壁虎——除了口头抗议，就只能眼睁睁地看着。

"这是岑医生的宿舍，你们不能……你们这是违法！"

保卫科潘科长一笑："我告诉你，这宿舍是医院的。医院想让谁住就让谁住。你算老几？跑县医院来撒野？要讲法？你撕了封条才是违法！哦，你刚刚在说那个什么岑医生？就是那个神经病？她疯了几次了，这次还不得在精神病院关一辈子呀？"

沈鲍鑫听到"神经病"和"关一辈子"，人立刻就不再挣扎了。身体就像壁虎断掉的尾巴，软塌塌地掉了下来。潘科长又是一笑，这次笑出了声来。这种笑声是对自己语言击打效果的自我嘉许，而且具有极大的传染性，刚刚还按着沈鲍鑫手臂的两个保安笑了，房间里其他的保安笑了，院办的两个老阿姨也笑了。这种笑声对软瘫的人有着极强的刺激性，沈鲍鑫趁他们不备，突然暴起，冲着潘科长就是一拳。

可惜的是，他的拳头还没触到潘科长，右眼眉弓处就被潘科长的拳头狠狠地砸上了。紧接着肚子上又遭了一记膝顶，沈鲍鑫像虾米一样躺倒在地上，一颤一颤地翻滚。这下更像壁虎的断尾了。

很快，派出所的人赶到了现场。潘科长拿出几根香烟来撒了一圈，大家抽完了一支烟，沈鲍鑫也不再颤动了，派出所的两个协警这才推搡着将他弄进了警车。

治安拘留，顶格处罚。

沈鲍鑫再次呼吸到自由的空气已经是十五天后。

看守所离浦州市精神卫生中心很近，沈鲍鑫只用了五六分钟就走到了。

沈鲍鑫胡子拉碴，身上的黑 T 恤已经出现了酸臭味。岑恺璐虽是病人，但病情已经得到控制，第一眼就认出他来了。她拉过 T 恤下摆，使劲闻了闻，闻过之后咯咯咯地笑了。沈鲍鑫却差点认不出岑恺璐来，不过半个多月的时间未见，她极度消瘦，病号服穿在她身上空荡荡的，就像街头卖的棉花糖，人只是中间的那根棍。

汪医生解释说，药物治疗对岑恺璐的病是有效的，但副作用也特别明显，主要表现在对消化道的刺激，恶心、反胃、腹泻。如果再用药物治疗，恐怕弊大于利。他的建议是让岑恺璐回归社会。他又特别提醒，特别要注意减少不良的情绪刺激。"这一段时间她不知道从哪里听到的消息，说你坐牢去了，情绪波动特别大，甚至出现了自杀倾向。这可不太好哟。再这样下去，她可能真要在这里住一辈子了。"汪医生劝说，"从病人治疗和康复的角度看，接触社会肯定是比较好的选择。但如果外面不能保证良好的环境，从病人安全的角度，我还是建议就住院治疗。"

沈鲍鑫轻轻敲响了钟启明办公室的门，钟启明已经换了一间办公室，这间办公室的门上什么牌子都没有挂。钟启明在门里喊了一声"请进"，当他看到推门而入的是沈鲍鑫时，手一抖，手里的笔"啪"地掉在了地上。

江湖上常说"横的怕愣的，愣的怕不要命的"。虽然现在是法制社会，但钟启明并不想用自己肉体的伤痛去换法律对沈鲍鑫的惩处。

他知道潘科长把沈鲍鑫弄进了看守所，心里有些忐忑。和沈鲍鑫在一个医院相处了好几年，他是很了解眼前的这个小伙子的。这个家伙有一股犟劲，骨子里还有一股狠劲，有时干出一些事情来是不考虑后果的。

而且沈鲍鑫使起坏来又还有些小聪明。钟启明看他报复史大河时是偷着乐的，但如果有一天沈鲍鑫也使出招来对付自己，那就该自己偷偷抹眼泪了。

钟启明将潘科长狠狠地骂了一顿，然后随便找了个理由给自己换了间办公室。换办公室，对于一个医院院长来说是再简单不过的事情了——他就是想把办公室换到太平间里去都可以。除了换办公室、不准在门上挂院长办公室的牌子，他还要求潘科长在行政办公楼层加了两个保安，进出登记，外人来访先打电话通报，同意后才能放进来。总之，一个陌生人想要来找他，应该比去县政府找县长更难。

现在沈鲍鑫就这样站到了他的办公桌前，钟启明觉得自己有点心跳过速，等一会儿应该去做个心电图检查。他就这样一边想着一边说："小沈，坐下，坐下，慢慢说，慢慢说……"

"钟院长，谢谢您这么多年对我和岑医生的照顾。都怪我年轻，不懂事，一直没感谢过您。我和岑医生的情况您也知道，现在我们两个人已经到了山穷水尽的地步了，我怕今天我再不感谢您，以后就再也没有机会来感谢您了……"

钟启明的心跳得更厉害了，他不知道自己当时说了些什么，或者什么也没说，只是僵持在那里。即便说了，也不过是安慰他，希望他能理解自己的那种套话，说了和没说没多大差别。

他看到沈鲍鑫伸出手来从包里掏东西，他的脚不由自主地带动他的身体退向办公桌后面。他与沈鲍鑫之间隔着一张办公桌，让他自己觉得就像隔了一道阴阳界一样。他站在桌子后面，双手撑着桌子，但他觉得自己是用左手按着狂跳的心，右手抓起了电话。他眨眨眼，再看，两只手仍然是撑着桌面。很快，目光回到了沈鲍鑫从挎包里掏东西的手上。他看着沈鲍鑫从包里掏出东西来，方方正正地用报纸包裹着，不是刀，不是匕首，也不像板砖，比板砖长一些，厚一些，窄一些。

沈鲍鑫将掏出的东西轻轻放到他的办公桌上，没有声音，钟启明咽了一口唾沫，也将心脏从嗓子眼里咽下去了一点点。瞬间恢复的理智让他一下就明白了，这是一条香烟。但这是从沈鲍鑫的包里掏出来的，而且用报纸包裹着，那么它就不应该是香烟，像什么呢？经验告诉钟启明，在矿区可是能找到炸药和雷管的！

眼前的沈鲍鑫从进门开始就一直满脸堆着笑，这个笑容传递给人的却是疲惫、焦虑、烦躁，还有几分狡黠："钟院长，这个可算不上是行贿哟。我给您说说这条烟的来历嘛。您还记不记得，几年前，白云煤矿的何矿长请您和李主任吃饭喝酒，您把我也喊去了。何矿长给了李主任一叠钱，可这个李主任太他妈的不是人，贪，就给我买了一条烟来打发我。我又不会抽烟，嘿嘿，放到恺璐的宿舍里就搞忘了。这次如果不是保卫科的帮我们整理宿舍，我们还发现不了。所以我就想起这件事儿来了，我是想来请教一下您，这个东西需不需要向纪委举报？那个李主任对我有恩，如果因为这个事弄进去了，我又于心不忍……"

沈鲍鑫并未学会真正的圆滑，他的双眼紧紧盯着钟启明，眼睛里有焰火，钟启明看到他的瞳孔里有一个非常明显的绳套，是猎人用来套狼的那种。钟启明习惯了扮演猎人，所以他知道，被逼入绝境的狼会是这个世界最凶猛和最残忍的动物。他吁了一口长气，也紧紧地盯着沈鲍鑫的双眼。猎人不能被狼的目光逼退。

两双眼睛里交织的不是目光，而是心照不宣。何必非得将人逼成一只狼呢？

交换秘密是人与人沟通的捷径。

沈鲍鑫学会了和这个世界妥协。他终于认识到这个世界很少有事情是非黑即白的，因为坏人也会觉得他们没有错，他们也是站到自己的立场去考虑的。沈鲍鑫现在要站的立场不再是只考虑自己的爱与恨、善和恶，而是要考虑怎么做才能对岑恺璐最好。

烟是在医院外面买的。他买了两条，先去了保卫科，送了一条给潘科长，潘科长笑呵呵地拍了拍他的肩膀，告诉了他钟院长新办公室的位置。

岑恺璐回到县医院，仍然被安排在病案室上班。医院还是让她住回了原来那间宿舍，潘科长还喊了两个保安帮着收拾了一下，将走廊上已经被邻居占用了的地块也腾挪出来，还给了他们。

那是一段灰暗又明亮的日子。一个人的工资要养两个人还是比较勉强的。岑恺璐默默地上班，默默地下班。沈鲍鑫则默默地用小煤油炉每餐做两样小菜。

生活的艰难并不是最可怕的，最可怕的是日常生活对人的消磨。岑恺璐的脸一天天地红润起来，而沈鲍鑫却越来越沉默。

岑恺璐说，她的工资够他们两个人用，只要两个人能在一起，而在一起最好的方式就是两个人一起吃好多好多顿饭，还要喜欢上彼此的味蕾。

沈鲍鑫却在想，如果家里再有了一个孩子，这点钱就没办法开支了。

他们都很清楚，几年前的那次流产，不仅仅让他们失去了第一个孩子，也失去了再次孕育孩子的可能。

岑恺璐说，在这个小房间里过一辈子的二人世界也挺好。再多的苦难与煎熬，最好的消散办法，就是用这种鸡零狗碎的拉拉扯扯来冲调。每一句话都嚼碎了苦，真实的生活中就不会再觉得苦。

他们一起出门的时候，沈鲍鑫会选择绕开幼儿园，去走那条少有小孩嬉戏的路。

岑恺璐在上下班时，却会刻意绕路穿过儿科的病房，慢慢地走上三两分钟，只是她从不让沈鲍鑫知道。

说笑、洗漱、进出的关门开门声，就是他们两人琐碎却真切的全部生活。

直到有一天，岑恺璐从儿科病房里抱回了一个女婴。她说，我们有孩子了，今后要让孩子记得她的奶奶，记得她的外公。于是，医院的集体户口本上就多了一个挂靠人口，沈鲍竹的户口还是保卫科的潘科长跑上跑下去帮忙办的。

岑恺璐抱着小"爆竹"不忍片刻分离，沈鲍鑫则感到了另一种痛苦。不论哪个年龄，处在人生的哪个阶段，都有很多解决不了的麻烦，都有许多诉说不尽的苦衷。人生真的挺难的，上学也好、工作也罢，一个人也好、一家人也罢，总有困难、总有无奈，总有焦虑失眠的晚上、总有号啕大哭的时刻。而没钱养家，对一个男人而言，就是一种最大的羞辱。可人生并不顾及谁的情绪，该来的躲不掉，该面对的必须要承担。

2004年，冬至。

这是一年之中白天最短，黑夜最长的一天。云海县有"冬至大如年"的说法和吃羊肉汤的习俗。沈鲍鑫去农贸市场，这一天的羊肉卖得也太贵了，沈鲍鑫摸摸兜里的钱，咬咬牙对老板娘说称半斤肉，"半斤不卖"，老板娘忙里忙外，只来得及搭理这么一句。

这个冬至的夜晚，小"爆竹"在宿舍里和她娘闹瞌睡，沈鲍鑫在走廊末端的公共水房将水龙头拧得最大，水流声哗啦哗啦。

孩子的成长是哭声越来越响亮，成年人的成长就是把哭声调成静音的一个过程。可以偷偷抹眼泪，抹完眼泪就只剩下接受和承认，挺过去了，也就长大了。

沈鲍鑫在走廊上蹲了大半夜。他想起了李主任给他留的那个电话号码，第二天，天刚亮就找了公用电话打过去，电话那边说邓医生早就离开了。

挂了电话，沈鲍鑫去了火车站，买了一张去上海的硬座车票——他记得章鱼哥和唐主任也去了上海的医院。

医院很好找，就在火车站附近，可医院里早就换了好几拨医生，那条"章鱼"也不知道游到哪里去了。

沈鲍鑫的身上已没有了买回程车票的钱，他鼓足勇气，敲开了院长办公室的门。

第二天，沈鲍鑫就在这家医院上班了。他的诊室外已经换上了新的专家介绍资料，只有照片和名字是自己的。此时，他的身份已经变成了中国肝病网客座教授、华东医科大学博士生导师，在国内外医疗刊物上发表论文三十余篇的肝病权威。

诊室里还给他配了一个"助手"，姓王，小王三言两语就做好了分工——导医将病人带进诊室，然后由助手负责全程接诊，沈鲍鑫不用说话，当助手问"沈教授，您看还有没有什么需要纠正的"时，沈鲍鑫就只需按标准答案回答："嗯，你的诊断和治疗方案都很准确，我们在华东医大用高级仪器检查，也是相同的诊断和治疗方案。"然后就是在医师签名栏里签上自己的名字。

只接诊了两个病人，沈鲍鑫就瞧出了端倪，处方上没有具体的药物名称和剂量、用法，只写几号方剂。

半天的时间终于熬过去了，助手王医生笑嘻嘻地对沈鲍鑫说，下午我就不说话了，您单独接诊，必要的时候我来补充就是。他又说，下午您能应付得了，明天您就可以单独接诊了，应付不了……他用笔在纸上写了两个"山"字，离得很远，但看得出来，是上下结构。

"我……"沈鲍鑫欲言又止。

王医生还是笑嘻嘻的："您是专家了，和我们不一样。我还没学过医咧，花了整整一个星期才把这些病的名字背下来。今天上午我们接了八个病人，我都表演八遍了，你应该都学会了哟。"他突然变脸，"下午就是对您的考核。"

沈鲍鑫见其变脸，心中便知有不妥，暗暗叹息，脸上却取下了专家的面具，堆上了浅浅的笑："王医生，我这个所谓的专家身份您也知道是怎么回事。在这里您就是我的老师，我是小县城里出来的人，没见过什么世面，有什么说得不对的做得不对的，还麻烦王哥您指点一二。"

不顾小王医生的推托，沈鲍鑫将他拉到医院附近的一个小餐馆。小餐馆生意不好，食客少，但适合谈话交流。沈鲍鑫看中的，还是这里菜牌上相对低廉的价格。

他们要了两瓶"石库门"，和湖东人爱喝白酒不一样，黄酒度数低，微甜，半斤石库门下肚，已有微醺的感觉。沈鲍鑫借着这股劲儿，将手臂搭上了小王医生的肩膀。

小餐馆生意不好也不是没有原因的，菜确实难吃。菜难吃，时间就只有打发在酒杯中、言谈中。

一叙谈，方知小王医生竟然比沈鲍鑫还年长几岁。王医生又上上下下、左左右右地将沈鲍鑫打量了一番："沈医生，没想到你的两个鬓角竟然有这么多白头发了。你还别说，也就你这点花白的头发让你有这么点专家的样子。"

"王哥，我不仅是初来上海，实话说，还是第一次当'专家'。在真正的专家面前我就不敢托大了，还得靠王哥多指教。"

"既然你喊我一声王哥，那我就认下你这个兄弟。兄弟，我只劝你一句，来挣这个钱，就得放下这个面。上午我在给那些病人讲解的时候，你别否认，我虽然没学过医，但我比你更懂人的心——我就是靠这个本事吃饭的，你的肢体语言暴露了你的内心，你根本就瞧不起我。你承不承认？"

沈鲍鑫不善于说谎，见王医生揭穿自己的心思。酒劲突然上涌，他一仰脖一口吞下杯中酒。

王医生反过手来拍拍沈鲍鑫的肩膀："你们湖东有句话说的是'宁可胃上烂个洞，不叫感情裂条缝'，对不对？看你喝酒的样子，就知道你是一个耿直之人。算了，我也是在湖东省混过几年的人，在那里落过难，也得人相助。我不是说过吗？我什么本事都没有，但就有看人脸色的本事。沈医生，我看得出来，你现在就是一个落难之人，可你的骨子里还骄傲得很啦！"

沈鲍鑫也不辩驳，讪讪而笑。

"你们湖东还有一句酒言子，'酒肉朋友千千万，落难朋友无一人。'"王医生也是酒劲上涌，又拍了拍沈鲍鑫的肩，附耳说道，"我也不是你的朋友，我是这个医院的业务副院长。你接诊的每一个客户，都事关我拿到手里的钞票多少。所以你别感激我，能不能留得下来就看你今天上午的悟性和下午的本事了。"

"我给你说啊！"王院长的声调突然高了八度，"干得好，你一个月可以挣这个数……"他伸出一个巴掌，手掌手背翻了翻，"不是五千，是五万，五万！我到这家医院里来当医生第一个月就挣了这么多，至今没有人打破这个纪录！五万！你一个县疙瘩里的医生，别说一年，你两年都挣不到这么多！怎么？你心里还傲气不傲气？你把钱拿回去，给你们以前科室的那些医生看看，这个时候才能叫傲气！"

沈鲍鑫喉头蠕动了一下："王院长，还请指教一二。"

"指教谈不上，教了你你也不一定会。这是一种本事，你在医学院学不到的本事，知道是啥不？"王院长眯着眼缝。

"看人？"

"对咯！沈医生，你凭你这点悟性……"他竖起了大拇指，"我们医院看的不是病，看的就是人。进了我们医院的就只有三种人，有钱人，普通人和穷人。有钱人，给他开三千元的套餐，争取治五到六个月，这样你就可以从他身上抓到一万多元的收入。你算算账，如果你这个月就能搞定五个这样的客户，是不是轻轻松松就挣了五万元？哪怕你其他客户一个都没搞定，后面五个月都没客户，稳住他们，你后面五个月仍然是每个月挣五万元！普通的就给开两千元的套餐，也务必要抓他几个月。对于那种穷人，进来就不能放走，开一千五百元的套餐——这是最低限度了，不能低于这个价格。你一个客户不摸它三五百元在手里，那还留在这里做什么？回家摸你老婆去！"

"套餐？怎么个套餐？"沈鲍鑫第一次听到这个词。

"用药只是一部分，要上各种治疗，这就是套餐。你只管把客户笼得住，这些套餐开得出去就行。至于你们医生所说的诊断，那都是扯淡。到我们这里来的，男科全部前列腺炎，妇科全部宫颈糜烂。"

王院长兴起："干脆今天下午的培训课我就提前给你上了。你是不是心里在想，怎么才能把客户唬得住？对吧？你看，我就说我有看透人心的本事嘛。

"你觉得客户是不是很相信化验单的结果？这就对了的嘛，我们可以调节化验单的结果嘛。调节化验单你不用管，我们有人专门负责的。这是一个技术活儿，是很讲原则的。写到化验单上的结果，务必要比正常值高一点，但又不能高太多。比正常值高一点，你就可以让病人打针吃药花钱上套餐了。但高太多又不行了，病人万一跑去其他大医院化验，你就露馅了。所以不能高太多，扯起皮来就是合理的误差嘛。

"调节化验单还有一个原则，就需要你和我们的导医一起配合了。要把客户盯死，他们每个月来复查的时候，就要给检验科的说要把数值调低一点点。这样一来，客户就觉得在你这里看病是有效果的。毕竟数值在降低，他就有信心继续在你这里买套餐了，这样才能抓他五到六个月了。为什么是抓五到六个月呢？因为如果搞了半年还不好，病人就跑去其他地方看病了。你要知道，'是药三分毒'，如果一个人长期打针吃药，不是病也要搞出病来，半年时间足够了，再继续下去就容易搞出事。"王院长使劲地拍拍沈鲍鑫的肩膀，"毕竟做人要讲良心。"

王院长唾沫横飞，沈鲍鑫的内心就像在乘坐一辆过山车——在说到每个月可以挣五万元时，那是在巅峰，天高海阔，阳光和暖；可是很快就跌入了低谷，如坠深渊。而王院长提到"导医"二字时，已如死水深潭处偏偏又泛起一丝涟漪。自从离开矿区医院后，沈鲍鑫想忘掉那里的一切，他最想忘掉的其实只是那里曾经存在过的一个人，这时的"导医"二字却又让他想起她来，她在哪里？她还好吗？

见王院长红光满面，沈鲍鑫再一次堆上笑脸："王院长，您先喝着，再叫几个菜，我到旁边的店去买两包烟。"

出了门，沈鲍鑫一直往前，快走变成小步快跑，然后是大步飞奔。上海的道路又宽又平又长，比矿区遍布煤矸石的路好走多了。沈鲍鑫足足跑出了两站路的距离，才跳上一辆公交车，再也没有回头。

在火车站，沈鲍鑫咬了咬牙，拨通了云海县人民医院病案室的电话。他需要等汇款，回云海县。

胡凯找到车库里来了："我就知道你们两个会在这里诉衷肠，还在回忆一起捡煤块的事儿？"

沈鲍鑫说："捡煤块的事儿不好耍，我们在聊某年某月某一天，某人拿着啤酒瓶去食堂干架的事儿……"刘静婷慢慢挪动身子准备下车，胡凯赶紧上前搀扶，沈鲍鑫也赶过去把住车门。

胡凯向沈鲍鑫努努嘴："你先上去吧，同学们都在等着你咧，二十年没见了，你这个家伙今天就等着被灌酒吧。"

"二十年都过去了，还急这几分几秒？还是一起上去吧。"

这时胡凯的手机响铃，他摸出来看了一眼，将手机屏幕转向沈鲍鑫："猩猩，你还记不记得这个人……"手机来电显示的名字是苏鑫。

苏鑫？苏鑫是谁？

胡凯接听电话："马上到，马上到，他准备把我老婆拐跑，被我抓住了。哈哈，他已经不记得你是谁了，哈哈哈哈……"

挂了电话后，刘静婷问他："苏总也来了？"

"是呀，他的车在前面那个路口被人追尾了，知道我今天在这里，给我打电话想和我换个车，他还要赶去云海县谈一笔业务。后来听我说猩猩现身了，大哥就说业务换个时间再去谈，他要来和猩猩一起喝杯酒。他现在在上边坐着呢，已经被同学们灌了好几杯了，这不，打电话求援来了。"

看到沈鲍鑫失忆的样子，胡凯在他肩上重重地拍了一把："你不记得你们的'多金组合'吗？苏鑫，苏医生，现在是我的合伙人，大

　　　　　　　　第十章

股东。"

等他们三人进到包房，整个房间里顿时又爆发出一阵喧天的喊叫，"猩猩""沈鲍鑫""狗日的"。

一个刚刚借口"尿遁"的男人从洗手间走出来，站在不远处笑眯眯地看着他。在这一片热烈的喧哗中他是最冷静的，也是年龄最大的，头发白了一大半。

沈鲍鑫和几个最激动的同学拥抱、捶打。稍稍平静下来，他快走两步迎上前去，半弓着身子："苏老师，您好您好！"

苏鑫拍拍旁边的一个空椅子，那是他专门为沈鲍鑫留着的，拉他坐下。

大学期间不管你是不是班长，毕业之后谁最热心谁就是班长。既是为叙同窗之情也是为公司业务播种子，胡凯就主动担起了同学会"会长"之职，这次聚会也是他在召集和操持。

胡凯看人基本到齐，就开始履行"会长"职责，向大家逐一介绍，同学之间的介绍重点在"变化"二字，最近哪位同学当了主任，哪位同学拿了基金，哪位同学又评了职称……

按序介绍了一轮，倒数第二个就是"不速之客"苏医生。当年实习转科的那一年，这个班和苏医生有过师生之谊的也就十几个同学，但绝大多数同学都是听说过"苏飞刀"这个外号的。苏鑫现在和胡凯共同经营着一家医药公司，占股百分之五十一，出任董事长。

沈鲍鑫是生活在另一个世界的人，他没等胡凯介绍完，就惊讶异常地侧身询问苏鑫："苏老师，你没继续搞外科了呀？你的技术……"

他的这个问题明显也引起了大家的好奇，大家就像回到了大学课堂一样，纷纷交头接耳。胡凯不停地使眼色，也有少数几个知道内情的同学保持着肃穆的表情，不参与任何的讨论。

苏鑫"咳咳"两声，颇为尴尬："医药不分家嘛，做药可以发点小财，以后还要靠各位同学多帮忙哟！"

他又说:"今天我还是摆个老师的谱,也是见到了这么多的同学,特别是这个家伙。"他拍了拍沈鲍鑫的肩膀,"这样,今天聚会的所有费用都由我们公司承担,胡总,你觉得呢?"

胡凯没有来得及答话,众同学却一片欢呼。

沈鲍鑫从一走进这家酒店大堂开始,看着各种豪华气派的装饰,进了包间看着每张桌子上都已经摆放好了的两瓶好酒,心里就有点打鼓。来之前他是问了胡凯的,所有同学聚会差旅费自理,餐饮娱乐大家ＡＡ制,沈鲍鑫只是心里暗暗紧了紧。现在他得知苏鑫和胡凯包揽了费用,不由得心里长舒了一口气。

这个小动作却被苏鑫捕捉到了,也被胡凯捕捉到了。

胡凯抓过一瓶五粮液,也不用分酒器,直接瓶口对杯口地倒了满满的两杯,转身向身旁的沈鲍鑫,做今天最后一个介绍:"同学们,失联二十多年的猩猩今天归队了。这里有两杯酒,是我代表大家,同时也代表我自己,要敬猩猩的。"

他把一个杯子递给沈鲍鑫,沈鲍鑫连忙双手接过,站起身来,胡凯一下就将他按到椅子上:"我对在座各位同学的情况都了解,这么多年,大家忙家庭忙事业,都有收获,可我胡凯不一定服你们。"他笑了笑,"我比你们更辛苦,我也比你们当中的一部分人更有钱,呵呵,但是,我的心里只佩服猩猩一个人!"

他右手举杯和沈鲍鑫碰了一下,一饮而尽,他的左手还按着沈鲍鑫的肩膀,沈鲍鑫只能坐着,举杯相陪,一饮而尽。

胡凯的这句话又激起了千重浪,有同学就憋不住了:"沈鲍鑫,你这么多年究竟到哪里去了?在哪里发财呢?"

刘静婷坐在胡凯另一侧,也好奇地探身问:"你是一个人来的?岑医生……"

同学聚会,本来是没有什么禁忌的话题的,但大家约定俗成的是不会主动问对方的家庭情况。这个社会变化太快,家庭关系也变化得很快,上次可能带着老婆来参加聚会还恩恩爱爱,下次还是带着老婆

　　　　　　　　　　　　　　　　第十章

来参加，可是，第二次带来的人却不一定是上次大家所见的那一个。

很多同学都知道沈鲍鑫和岑恺璐在大学就谈起了恋爱，后来大家也议论过岑恺璐父亲的事情，或许能猜测到他们两个从同学群中消失的原因。所有同学都很关心岑恺璐，毕竟也是在一起相处了五年的同学，可大家都很默契地没有去提起她。

刘静婷打破了这个默契，大家都不再说话，等着听沈鲍鑫的回答。

胡凯在心里直埋怨老婆不懂事，他感觉到房间里的氛围有些尴尬和紧张，就插科打诨道："刚刚打赌你们都猜到了猩猩要来，是我输了。那我们再打一个赌，猜猜他现在在干什么？有人猜中了我就自罚三杯。我可以给你们一点提示，他现在干的工作比我们所有人的工作都神圣……"

"扯淡，我们在座的大多是医生，白衣天使。"魏家彬一直都喜欢和胡凯斗嘴。

"你猜不出来你就先喝一杯！"胡凯也不客气地回嘴。

沈鲍鑫连忙站起来："不好意思，让各位老同学挂念我们这么些日子。看到你们功成名就我心里确实很高兴。你们很多都当上了教授，也发了财。我这些年过得就只能用一个字来形容——穷，穷得连老婆都换不起。哈哈，你们说我这些年没有和同学联系，这话说得可不对，恺璐不是我的同学吗？我们的联系紧密得很……"

邓星和沈鲍鑫在一个寝室住了五年，知根知底，却也是个半吊子，而且还是不改他的那个炮筒子习性："你小子还和以前一样，就知道喊穷，一件黑 T 恤就能穿五年。你以为我们不知道，岑恺璐的老爸是个大官，人不在了，未必没给你们留些……"

胡凯想杀了他的心都有，"啪"一巴掌拍在邓星的背上，搂过他的肩，低头附在他耳边："你少说一句会死吗？"

"我还真的去开过药店。"沈鲍鑫见大家都处于尴尬中，就转过身笑着对旁边苏鑫说，"前些年我也卖过药，早知道我就该和苏老师一起混，不然也不会亏得一塌糊涂。"

沈鲍鑫卸下了"中国肝病网客座教授"和"华东医科大学博士生导师"的职衔回到了云海县，他仍然是一个失业医生。

岑恺璐每天上班下班，沈鲍鑫就在家带孩子，三个人能每天都这样在一起，她觉得挺好。

小鲍竹生了几次病，感冒、发烧、拉肚子。岑恺璐是县医院的职工，享受到了很多便利，可突然出现的这几笔医药费又让他们捉襟见肘的日子更添了几分局促。再过一段时间孩子还要上幼儿园，又需要一大笔钱。

沈鲍鑫拿着医药费的发票，把牙齿咬得咯嘣咯嘣响，也是这些发票让他眼前一亮，不如开家药店？

哪来的本钱？他们现在一家人都还挤住在医院的宿舍里，如果有钱，他们早就出去租房子住了。

说到房子，沈鲍鑫就和岑恺璐商量，准备把浦州的房子卖掉。岑恺璐说干脆把云汉市的那套房子也卖掉，这些钱加在一起可以在云海县买一套房子，还能拿来给沈鲍鑫开药店。

两套房子，是父母给这两个孤儿留下的最后纪念，在他们山穷水尽的时候，可以接纳他们，也能帮助他们从困境中站起来。

人，往往在困境中才能看到自己有一颗多么勇敢的心，而美好的前景需要憧憬和等待，再加上一些运气。沈鲍鑫等来了地利与人和，却没那份运气，他开了一家名叫四点的小药店：药品真一点，态度好一点，价格低一点，建议多一点！他认为这样的药店一定能盈利。

然而熬了半年，沈鲍鑫的药店就熬不下去了。药店的药品利润是不错，可真正到药店来买药的人却不多，医保报销政策给病人带来了福利，也让沈鲍鑫的药店难以为继。沈鲍鑫也去研究了另外一些药店，这才是会做生意，他们能赚钱是因为卖保健品，药店和医院的最大差别就是后者治疾病，前者治心病。在沈鲍鑫看来，非处方药和保健品就是安慰剂。

沈鲍鑫叹了一口气，在门上贴出了"房屋转让"的告示。天无绝人之路，旁边的药店老板伸出了援手，接下了他的店铺和存货，也接纳了他这个人。老板说每个月给他两千元工资，人可以不来，把药师资格证挂在店里就行。沈鲍鑫无法拒绝这个条件，可人不去药店又能去哪里呢？回家带娃？

买了房子就有了家，岑恺璐从搬进自己的新家开始，就正式进入了女主人的角色，精打细算，小日子过得美美的。可药店关张了，她默默地算了一笔账，做了半年的美梦，一共亏了五万多元。她冒了一身的冷汗，家里的存款基本被折腾进去了。

沈鲍鑫问过一次，岑恺璐只说"打了个平手，没有亏"，沈鲍鑫也就不再问了。好在他们已经有了自己的房子，有了一个真正的家。

医院病案室的工作按部就班，可钱也就只有那么一点点，孩子未来的教育将是个大问题。岑恺璐不会去催促沈鲍鑫，她想自己去解决。一天晚上她看到了离医院不远的地方开了一家洗脚城，还在招聘足疗按摩技师，她萌生了去兼职打工的念头。

沈鲍鑫没有反对，他也去应聘，可洗脚城说暂时不需要男性技师。

他只能笑着说："恺璐，你现在算是拾起了你们家传的衣钵了。足疗也是中医的一种吧？"

"当然是呀，我国可是足部疗法起源最早的国家。足疗与针灸可是'同根生'之疗法，《黄帝内经》《千金要方》都有记载。"岑恺璐这几天也查阅了一些书，因为她也需要先说服自己。

足疗、按摩和西医的康复治疗有多大的差别呢？差别在人们的目光。当洗脚城的敖老板得知这位来应聘的竟然是县人民医院的医生、医学院的本科毕业生时，他的嘴里能同时塞得下两只四十三码的鞋。

岑恺璐白天在医院上班，晚上在洗脚城上班。医学院的教育对她还是有很大的帮助的，她对骨骼、肌肉、神经有明晰的认知，她又自学了中医推拿、穴位辨识。在她的手里，足疗不再是涂点油按按，而是真正的通经活络。

很快，她的手法得到了客人的认可，回头客越来越多。同时，"素西施""冷狐狸"在洗脚城打工的消息也传遍了整个县城，也有人不知道"素西施""冷狐狸"是谁，旁边的人就会补充一句"就是县医院的那个疯子医生"。

洗脚城的敖老板笑了，这是花再多钱做广告都没有的效果。县医院的钟院长可就焦头烂额了，几次威胁说要将她辞退。沈鲍鑫拿着一条香烟，抱着小鲍竹，作势要将烟扔在院长办公室里，见钟院长做牙疼状，沈鲍鑫就又提议："要不你把她调离病案室吧？"钟院长的牙立刻就不痛了，变成了三叉神经痛。

客人越来越多，但岑恺璐却坚持着和敖老板的一个约定，每天只工作到十点钟。九点五十的时候，沈鲍鑫一定会站在洗脚城的外面，接她一起回家。

这天晚上，沈鲍鑫等了半个小时也没见岑恺璐出来。敖老板认识沈鲍鑫，他看看墙上的钟，招呼沈鲍鑫："你还是进来坐着等吧，我刚刚进去看了，今天来的这个客人好像和岑医生比较熟悉，聊了一个多小时了，还拒绝了几个客人。"敖老板心里有些不高兴，可也不想得罪岑恺璐。而且那两个客人非富即贵，看上去也是得罪不起的。

晚上八点多的时候，来了两个客人。一位客人着装比较潮，敖老板听得出他是湖前省的口音，不停地叨叨，他的普通话让人难听懂。和他同来的客人年龄快六十了，不怎么答话。敖老板一眼就看出那位话多的是金主，老者应该是对他比较重要的客人，看气质像个官员。

他们要了一个双人包房。"要你们最好的技师！我多给小费！"这句话尽管普通话表达仍然很差，但都能听懂。

既是照顾岑恺璐，也是害怕得罪了这个贵客，敖老板想到了岑恺璐。她的一个客人还没有做完，敖老板想让另外的人去替换她，好让她去接这个大业务。岑恺璐坚持着要把上一个客人做完。敖老板只能摇摇头,给客人回话,说最好的技师还要多等二十分钟。大金主看看老者,老者说:"就是放松一下,随便哪个都可以嘛。"敖老板听得出来,这是省城云汉市的口音。

金主老板向敖老板挥挥手:"不,我们就要最好的。这里,现在来,我给一千元的小费,十分钟来我给五百元的小费。如果要我们等二十分钟,一分钱的小费都没有。哦,还有,来之前我是打听好了的,你们这里有一位叫什么'素西施'的才是最好的技师,别想蒙我们啊!"

敖老板打着哈哈赶紧出去安排,很快就叫了一位技师进去先周旋着,然后站在岑恺璐身后等着。他不敢催,虽然岑恺璐做一个客人提成是二十元,这一千元的小费抵得上她十天的辛苦了,可敖老板知道她的脾气,心里暗暗估摸着这一千元的流失速度,一分钟可就是五十元啦!敖老板是帮着她心痛。

岑恺璐端着脚盆进到包房里的时候,两位客人正在聊天,先到的技师还站在旁边无聊地等待着。见岑恺璐和敖老板进来,金主老板面有愠色,却又颇为大方地指指墙上的钟,还是用那种不太听得懂的普通话说:"老板,我喜欢你的准时哟,不多不少刚刚二十分钟,你对业务很熟悉嘛。"他侧身从手包里拿出一叠钱,一边数一边说,"我就喜欢你们的这种专业精神。我说话算话,今天很高兴,我高兴当然会让大家都高兴。这个小费我一分不少地给,我还要先给你们,服务得好我还会再给。"

敖老板当然知道金主老板说的、做的都是给旁边那位领导看的,他帮着两位技师高兴。金主老板给了岑恺璐一千元,给另外一位技师五百元。那一位技师接过钱喜出望外,连声道谢。岑恺璐也接过钱,淡淡地说了一声谢谢,就直接数出六张递给了敖老板:"我们的规矩是四六分,以前没人给过小费,也就没有说过小费提成的事,也按这个规矩吧?"

老者凌空用指头虚点着金主的包:"林总,你看你,总是要搞一些破坏规则的事!"

"哎呀，这就叫改革，叫激发积极性，而且这也是尊重技术嘛。傅厅长，您觉得我说得对不对？"

另外一位技师已经在林总脚边操持起来，岑恺璐也帮老者脱袜子，听到"傅厅长"，她迟疑了一下，这才抬眼看那位老者。她给自己定的规矩是不看客人的脸，只看脚。林总给小费的时候，她也没有去看他的脸。岑恺璐这时才抬眼看了看客人。傅厅长的样貌没有多大的改变，头发白得更多了一些，额头上的皱纹也更多了一些。

老者感觉到了来自足底的迟疑，他目光向下瞥了一眼，这个女技师正在瞧自己。他以为自己身上有什么不妥，目光快速扫了一下胸前和腹部，还用手抹了抹脸，好像也没什么不妥。

他再看，这个女技师已经低下了头。

这些微表情哪里逃得过林老板的眼睛，他把脚一抽，嚷嚷道："你看我，我这个人忘性大，我们傅哥一做足疗就想睡觉，就怕别人唠唠叨叨。我的嘴又关不住，老板，你再给我安排个房间吧，这个房间就留给傅哥。"

他赤着脚，几乎就是把敖老板和女技师推着走出的房间。他还回过头向他的手包努了努嘴，冲着傅进军说："傅哥，你把自己的包看好哟。"

房间里只剩老者和岑恺璐两个人了。墙上的电视机早就开成了静音状态，随着剧情的变换，房间里有着不同的光在辉耀。

岑恺璐慢慢站起了身，喊了一声"干爹"。

两年前，岑恺璐为了卖房子不得不回了云汉市。

母女两人相见，张大丽哭得像泪人般，一再哀叹自己命苦得像黄连汤。儿子死了，老公跑了，干女儿也嫁得远远的，从不回来看看她。

就在岑恺璐被殴打流产的那一年，张大丽和傅进军也陷入了纠缠中，最终以离婚终结了这个家庭。婚姻的维系很复杂，金钱、地位、性；婚姻的崩溃也很复杂，猜忌、疾病、暴力。但维系婚姻和婚姻崩溃也有最简单而核心的元素，就是孩子。

儿子一家的消逝，张大丽和傅进军虽痛得入骨入髓，但台面上他们必须表现得坚强。其实，越是安稳富足的生活，在突如其来的改变面前，越是显得不堪一击。

张大丽和傅进军可以每天手牵手地散步，回到家却越发地感到孤独。炽热的感情是年少时才有的奢侈品，在张大丽和傅进军的生活中，没了盼头。平淡的家庭生活只是一种因年老而产生的孤独，像一杯慢性毒药，积聚到一定量的时候，就会导致死亡。

他们离婚了。

人总是那么害怕残缺，却又从不吝啬制造残缺。

对岑恺璐，张大丽和傅进军不是没有想念过。但这种想念也会唤起那种痛，于是，他们就故意不去提、不去想。

敖老板从门外看了几次，只看见岑恺璐和傅进军面对面，各自坐在一张按摩床上聊天。他摇摇头，回到了前台大厅。他有预感，这个岑医生可能不会再来这里了。

沈鲍鑫牵着岑恺璐的手慢慢往家里走。小鲍竹很乖，这个时候，一个人在家睡得很香很甜。

沈鲍鑫说，想商量一件事，他想再出去闯一闯。"我出去挣点钱，你就不要再去洗脚城打工了。"沈鲍鑫说。岑恺璐说："好。"

"我不在家，没人来接你。"沈鲍鑫又说。岑恺璐没有回应。

"我不放心。"沈鲍鑫补充道。岑恺璐回答："好。"

"我准备去广州。"

几天前，沈鲍鑫坐在药店，尽管老板并没要求他去店里坐班，但沈鲍鑫就是喜欢抱着鲍竹去店里。鲍竹并不识字，但是沈鲍鑫会说一些药名，她看多了，总是能记住一些。两个店员姐姐也喜欢逗鲍竹玩，不是很忙的时候就常逗她去拿药。所以沈鲍鑫喜欢往店里跑，总比在家里百无聊赖要好一些。

"快看，快看，这个小囡囡多乖的。"有人在店外看见了鲍竹，说道。

沈鲍鑫抬起头，他并不是因为有人夸赞鲍竹——这种夸赞的声音太多了，而是这个人的声音给了他似曾相识的感觉。

这一抬头就看到了两个熟悉的身影，是原来矿区职工医院计生办的昝大姐和何师母，她们看到沈鲍鑫也是一惊。

她们两个人离开职工医院后就去了广州，做家政服务——辛苦，但能养活自己和儿女。后来，她们应聘到了一家医院做护工。那是一家临终关怀医院，工资开得要比做家政高，但其他阿姨心里多少有些忌讳，没几个人愿意去。昝大姐和何师母都在医院干过，都是寡妇，亲自送走了自己的丈夫——她们能够接受这个岗位。

因为远去，所以回望。因为日久，所以怀念。虽然有两周的公休假，但她们觉得并没闲钱可去旅游，也不愿就待在广州消磨这个假期，她们一商量，就约着回云海县来看看。

她们见到沈鲍鑫，也是喜出望外。

"到我们医院来试试嘛，我们那里缺医生哟。不过就怕你受不得委屈，你的技术多好，我们那个医院做不了啥手术。你想拿手术刀，也最多就是做做引流术。唉，不过我们都觉得你干得下来，你心善的嘛……"

临终关怀医院里比护工更紧缺的是医生。没有高薪收入，没有技术提升，没有职称晋升的可能，也不会有患者的感谢和口碑的传播。在这里做医生，不仅是一条孤独的路，更是残酷的路，每一项治疗并不像与死神抗争，更像同谋。

"临终关怀医院？扯淡！你真的去了？"魏家彬问。

胡凯瞥了他一眼："喝酒吧，啰里吧唆的，你还像不像个男人？"

魏家彬没有理他，端起一杯酒："猩猩，我一直以为自己才是最能干的人——'给死人申冤，还活人清白'。没想到你竟然去干了这样一份工作——'给逝者关怀，给生者安慰'。佩服！佩服！"他一饮而尽。魏家彬毕业后去了省公安厅当法医，在同学群里总有那么一些格格不入。大家喜欢开他的玩笑，说每个人都是医师，只有他是"法师"！

同样是经常接触死亡，所以魏家彬最能共情。

杯子刚放下，胡凯就又端了满满的一杯，递到他的手中："干了这样一份工作？魏法师说话说得这么轻松？罚酒一杯！"

"你凭什么罚我？"

"凭什么？就凭'理解万岁'四个字！你自己说该不该再喝一杯？"

"该！"魏家彬很干脆。

沈鲍鑫笑嘻嘻地也举杯同饮，谁说兄弟之间是酒杯一放，两两相忘呢？二十年没见到他们了，沈鲍鑫从来都没有忘记他们。特别是在医院里送走一个又一个再也不会回头的病人时，他都会想："我的同学们治好了一个又一个的病人，多好哇，真羡慕他们！"

胡凯也端起酒杯："同学们，来，我们大家一起敬猩猩一杯。一是欢迎他归队，二是恭贺他半年前当上了院长。他是我们这个班的第一个院长哟，来，迟到的祝贺！"

哗哗啦啦拖椅子的声音响成了一片，这个房间里顿时掀起了前所未有的高潮。

沈鲍鑫扳着指头数了数，从初到广州，想着干一天算一天，每天上班前都要把行李打包好，做好随时跑路的准备，到习惯了一天天的日子就这样滑过去。他在这家医院一待就是十三年，最终竟然成了医院的院长。

胡凯和同学们的祝福他欣然接受，但他也明白，自己的这个"院长"和同学们心中所认知的医院院长是无法画等号的。自己工作的这家临终关怀医院，是一家公益性质的民营医院，只有三十多张床位，甚至没有一些医院一个科室的床位多。

这是没有"回头客"的医院。如果纯靠自身运营，每年都要亏几百万。广州经济条件好，观念也新，但整个社会对临终关怀还是了解得不多。有很多人愿意将大把大把的钱投入 ICU 中做无谓的挣扎，却很少有人愿意花钱让家人坦然舒心地走完最后一程。好在还是有一些慈善机构的资助，医院还能坚持下去。

具体到沈鲍鑫身上，他的这个院长身份也就听上去好听一点。医院能给出的工资并不高，凭沈鲍鑫这份工资是没有办法养活一家人的。岑恺璐只能继续留在云海县人民医院的病案室里，鲍竹跟着沈鲍鑫在广州借读。租房费、借读费也是一笔不小的开销，为了钱，沈鲍鑫有时愁得睡不着。人到中年，压力并不只是发际线后退和鬓角灰白，还有孩子的成长。孩子不争气时发愁，孩子争气时更发愁。做父母的，总想再给她多创造一点条件。

岑恺璐和沈鲍鑫不一样，好像就没为钱发过愁。有点假期，有点余钱，她就坐着火车来广州和他们父女俩团聚。

人心是脆弱的。大多数人平时生活的幸福指数并不高，工作就是为了挣钱，而挣钱就是为了买房、买车、子女教育等乱七八糟的生活开销，很少有人是为了自己当前的生活。

岑恺璐四十岁生日的那一天，沈鲍鑫给她准备了一份礼物。厚厚的一个本子，每一页都贴着火车票，绝大多数是岑恺璐这些年一趟一趟往返广州的火车票。这是时间的记录，也是他们一家的生活记录。

岑恺璐摩挲着本子："总有一天我会走不动了，也回不来了。我会坦然地面对和接受，不会遗憾。有些人总想等到万事俱备了，可以卸下担子的时候，再来迎接生活的美好。老天爷可不会听你的安排，你所想的有可能都来不及了。"

沈鲍鑫无法说服岑恺璐，或许是自己心里压根就不想去说服她。

沈鲍鑫想着自己送走的一个又一个病人，很少有坦然而去的，"垂死挣扎"是他们最后的本能。这并不完全是对生命的挣扎，更像是他们为自己从来没有享受过的生活而挣扎。

最好的生命并不一定旅程有多风光，还要看在终点时是否能保持尊严。岑竹衫是这样，鲍芳是这样。他们没有选择挣扎，而是选择了尊严。

在临终关怀医院里，沈鲍鑫感受到的，除了专业以外，更多的是生命观。他觉得自己甚至找到了战胜死亡的答案。这可是二十年前自己和岑竹衫的一个赌约。能改变死亡的残酷面目的，并不是医术和仁心。

临终关怀医院的治疗和其他医院有着本质的不同，没有治愈率，他们提供的治疗只有一种，就是姑息治疗。按专业的说法，姑息治疗并非消极地等死，而是对疾病终末期整体进程的积极干预，是涉及领域众多、体系庞大的一整套治疗体系：对疲乏、疼痛等躯体症状的支持，对恐惧、焦虑、失眠等情绪的照拂，对病人的生活、社会角色剧变的干预……这种治疗的最终效果就是让患者能够安详、平静、有尊严地离世。

沈鲍鑫觉得，他和岑竹衫两人的赌局没有赢家，也没有输家。在后来的工作中，对每一个即将走向人生终点的病人，沈鲍鑫都会将他们当作岑竹衫，将他们看作鲍芳。所谓的医者父母心，临终关怀医生和他们不一样的是，他们用的是儿女心。

沈鲍鑫发表过一篇论文，提出姑息治疗不应该仅仅是一个独立的学科，还应该作为一种关注病人本身的理念，贯穿患者的整个疾病终末期。也正是这篇论文让沈鲍鑫得到了董事长和前任院长的肯定，推举他成了新一任的院长。在他的就职典礼上，沈鲍鑫提出的"秃鹫"理论更是得到了所有医护人员的赞同。

"我们临终关怀医院的医护人员，不要认为秃鹫就是食腐肉的可憎动物，去憎恶它。在死亡面前，秃鹫对临终者的陪伴和注视，对死亡这一自然进程的耐心等待，就是我们医护人员需要学习的地方。

"医生不治疗也是一种治疗。不治疗并不是放弃了病人，不治疗是给肌体一个恢复的过程，让他调动自己的潜力去康复。虽然我们知道康复的可能是万分之一，但我们愿意期待这种奇迹的诞生。

"我们就是一群愚者，我们不关心开始或结束、成功或失败、危在旦夕或柳暗花明，只顾那样风尘仆仆地缓慢前进。

"花开的时候是一种美，花落的时候也是一种美。"

当沈鲍鑫在就职典礼上说完最后一句话时，岑恺璐和鲍竹也在下面拼命地鼓掌。

鲍竹穿着白色的公主裙，一边拍手一边跳跃着，得意地喊着："爸爸真棒！爸爸真棒！"

岑恺璐穿着白色的长裙，站起身来。她身材姣好，裙子领口开得很低，在她的胸口上，骄傲地卧着一颗晶莹的红宝石。

这颗红宝石是沈鲍鑫兑现的承诺，二十年了，这是送给她的礼物。

"沈医生，岑医生怎么没有一起来呢？"刘静婷还一直记挂着岑恺璐。

看同学们各自捉对厮杀，一片混战，大肚子的刘静婷也不去帮胡凯挡酒，仍然扭着身子问沈鲍鑫。

如果不是因为云海县人民医院发生了巨变，岑恺璐也很想回一趟省城，来见见同一届的校友们。

沈鲍鑫叹了一口气，说："你还记得钟启明吗？以前是职工医院的院长，后来调到了县人民医院当院长。他被抓了。"他又补充一句，"据说下个月就要退休了。"

魏家彬插话："最近我们湖东省动静有点大哟。据说整个省的医保资金都被大大小小的医院想方设法地掏空了，好几家医院的院长都被逮了起来……"

又有人插话："就是，我也想不通。你说让那些菩提县的人来弄医院，在病人身上坑一点骗一点，这么几十年了，你说这些人发了财见好就收、改邪归正嘛！还要换着花样整，想方设法地去骗医保资金，这是病人救命的钱，'猫抓糍粑，脱得了爪爪'？活该！"

沈鲍鑫摇摇头："钟启明不是因为这个事儿。"

他对刘静婷说："据说事情还是出在当年收购职工医院的那个林老板……"

"林午祖？"

"对，好像就是这个名字。"

钟启明被抓，这事和岑恺璐毫无瓜葛，但医院里却是暗潮涌动。这么多年，岑恺璐在医院里就像是一个透明的玻璃人一样，可这一波浪起，岑恺璐却执意要看热闹。电话中沈鲍鑫略带责备地说："老钟这个人究竟干了一些什么事儿，组织上自然会有说法。他跟咱俩也算有些交情，不说有恩，也没有结仇。算了，我们过自己的日子。"

岑恺璐说："我是想帮张东风来看这场戏。"

"唉，别提这些了。十多年前的事，是是非非谁能说得清楚？"听到张东风这个名字，沈鲍鑫突然心里一动，"璐璐，听说这次老钟是因为被举报才……莫非……"

岑恺璐在电话中没有回应。这么多年的夫妻，沈鲍鑫自然清楚妻子一言一语背后的心思。他心知这件事老钟只是一个过河卒，背后说不定还有好几条大鱼。

不过他对妻子的任何决定都不作反驳，他说："我都离开这么多年了，要不你也到广州来，这样我们一家人就能在一起了。"

"我到广州来能做什么？"

"就到我们医院里来吧，我们可以把推拿、按摩开展起来，你自学了这么多年，也可以学有所用。"

岑恺璐有些动心，但还是提出了一个理智的问题："到了广州，我们还是住医院宿舍呀？广州的房子我们家可买不起。"

"买不起房子就不买呗，我们走到哪里，哪里就是我们的家。"

"没有自己的房子，总是没有家的感觉。"

"工作会有的，面包会有的，房子也会有的。你放心，这辈子我一定会给你买一套两房两室的房子，而且只让你一个人住。"

"你又瞎掰什么呀？什么两房两室？哪有这样的房子？"

"有啊，我的心脏不就是两房两室的吗？"

岑恺璐一笑："你除了一张能哄我的嘴，也没什么本事嘛。"

可能喝酒喝得急了点，沈鲍鑫这时也感觉到心跳有些加速，不由自主地抚着胸口。魏家彬拍拍沈鲍鑫的肩膀，将他的注意力重新拉回到酒桌子上。

魏家彬神神秘秘地说："马上就要退休？这算啥，天道有轮回！干了坏事，莫说党纪国法摆在那里，就是自己良心上的那道坎也不是那么容易迈得过去的。我给你们说嘛，昨天我还被喊去出了一个现场，死者以前还是卫生厅的厅长，退休好几年了。据说好像也是牵涉到那个菩提林老板的一些事，可能心里发慌，在家服了药。又是离了婚，无儿无女的，尸臭味出来才有人报警。唉，你说这些人真是何必呢。"

沈鲍鑫听得心里一咯噔。魏家彬的故事总是带着不为常人所知的神秘色彩，故而也常常能吸引听众。他见多数同学都将注意力转移到他这里来了，更加嘚瑟，滔滔不绝摆起了龙门阵："我听一个老前辈讲啊，有些当官的死亡方式是千奇百怪。很多年以前，他参与过的一个案子，让他的印象深刻惨了——是一个药监局的副局长，用筷子把自己弄死了……"

这个开场白顿时就吸引了更多的同学围聚过来。沈鲍鑫感到心脏又是猛地一下加速跳动，带动着胃内一股强大的力量想要从食道逆行，冲破喉咙喷射而出。他猛地推开众人奔向洗手间。在洗手间里，过度摄入的酒精并未呕吐出来，而是通过泪腺汹涌奔流而出。

立体的世界总有命如蝼蚁但仍然强壮的人。只是我们日常生活太过平淡，所以从未理解过情感的重要。

可是到了真正的生死关头，你会理解所有的矫揉造作。

沈鲍鑫没有再回酒桌，他给胡凯发了一条短信后，就悄悄离开了长城酒店。酒劲上涌，脚步略有踉跄，沈鲍鑫没有目的地，是脚步自作主张地让他走向了医学院的方向。

沿途的楼都噌噌地长了个子，行道树有些挪了位置，没挪的也只是略微粗壮了一点，与高楼相比仍是矮了很多。

当沈鲍鑫停下脚步时，这里仍然保持着二十多年前的模样。楼还是那几栋旧楼，楼下的花园有一些残破，但沈鲍鑫即使闭上眼睛也非常熟悉那每一处转角。这是岑恺璐以前的家。

沈鲍鑫突然想起了那封遗书。虽然只读过一两遍，但每一个字都刻在了他的记忆里。

不知不觉，已经过去二十年了。

💊 终　章

━━━━━━━

　　六塔陵园的六座塔形建筑，仍然是那么得巍峨。今天来的人不多，沈鲍鑫他们到服务台办了手续，找到了岑竹衫和高莲的骨灰寄存柜。

　　鲍竹是第一次来这种地方，她小声地和妈妈说这里就像中药铺里抓药的柜子一样。的确很像，层层叠叠，整整齐齐，每个柜子上也都有着编号和逝者的名字，有的也有照片。他们这些亡魂都经历了不同的春夏秋冬，有着酸甜苦辣咸不同的人生味道。

　　这是一个双人墓位，打开柜门，里面有两个樟木做的骨灰盒。岑恺璐将父亲的骨灰盒轻轻地抱了出来。二十年前，也是她亲手把这个骨灰盒放进去的。沈鲍鑫也将高莲的骨灰盒轻轻地抱了出来。

　　他们来到陵园专门设立的祭拜区，将两个骨灰盒并排摆放在祭拜台上，沈鲍鑫和岑恺璐给两位磕了头。鲍竹本就不愿意来这里，听爸爸让她跪下磕头，就更不愿意了，她扭着身子和爸爸生着气。岑恺璐对沈鲍鑫说："鲍竹是第一次来看外公外婆，让她作个揖就行了吧。"

　　见妈妈说话了，鲍竹只能是不情不愿地作了个揖。她很不愿意停留在这里，却又不敢跑得太远，但孩子的天性决定了她是按捺不住好奇心的，给妈妈说了一声后就跑休息区去了。

沈鲍鑫握着岑恺璐的手，两个人就在祭拜区默默地坐着，看着骨灰盒上面的两张照片，思绪万千。

"爸爸，妈妈，你们看这里写了一首诗，写得真好！我带你们去看嘛！"鲍竹又跑了回来，她正处在一个热爱诗歌的年龄。

沈鲍鑫和岑恺璐相视一笑，无可奈何地摇摇头。

"你就和爸爸妈妈说说悄悄话吧，我陪她去看看。"沈鲍鑫对岑恺璐说。

休息区里设置了一面悼念墙，贴满了各种追思的话语。

鲍竹指着一张写满字的信纸念给爸爸听：

人们始终相信
故人并非真的离开
他们将从另一个世界寻找一条路
来和最爱的人重逢

什么是离别
在人的一生中
生死即离别
什么是重逢
这世间所有的相遇
都是久别重逢
人生就是由无数次的离别
与不断的相逢构成的

如果你不相信世间有鬼魂
那么生死轮回顺应天时
如果你信
那么这世间所有的离别

都会以另一种方式

重逢

沈鲍鑫摸摸女儿的头，又回到祭拜区。他递给岑恺璐一张纸巾，岑恺璐拿着纸巾沾沾眼角："我爸说过要把他们俩的骨灰撒到江里去，你说怎么办？"

"我也一直没看懂爸爸那些话的意思。他要我们把他们俩的骨灰还要混到一起，这个很费解呀，他生前有没有和你说起过类似的话？"

"怎么可能嘛！他走得就很突然，之前怎么会和我说这些稀奇古怪的话嘛。我也只记得他在遗嘱中是这么写过，为什么要提这样的要求，这些年我偶尔也会想一想，但没想到答案。"

沈鲍鑫思考了半天："我也说说我的想法吧，我觉得老爷子虽然留下了这个遗愿，但就这样按他所说的那样，把骨灰撒到江里去，恐怕还是不太好吧？不过让两位老人家真正'住'在一起还是可行的。"

沈鲍鑫对着骨灰盒又拜了几拜，轻轻打开岑竹衫的骨灰盒，里面有一个红色的袋子，装着岳父的骨灰。沈鲍鑫又打开高莲的骨灰盒，里面也是一个红色的袋子，应该就是装着岳母大人的骨灰吧。沈鲍鑫轻轻地拿起高莲的骨灰袋，再轻轻地放到岑竹衫的骨灰盒里。

"这样，他们就住在一起了。"

在将要盖上盖子的时候，沈鲍鑫突然愣住了。在高莲的骨灰盒底部竟然有一个牛皮纸信封，如果没有拿起骨灰袋，是不可能看到的。

这里面怎么会有一封信？岑恺璐也惊异万分，她根本没想到爸爸的遗嘱竟然牵引着她，难道是想让她发现这封信？

沈鲍鑫小心翼翼地将信封拿了出来，信封里面有一张湖东省药品监督管理局红色抬头的信纸，还有一张银行存单。

信纸有些发黄，但字迹还清晰可辨。沈鲍鑫轻轻地读出了上面的字："一生为了妻，一死为了女。"

岑恺璐拿着存单，大吃一惊。这是一张大额活期存单，存款金额是二十万元，存款日期是岑竹衫去世前一个月。而这张存单的户名也很熟悉，是岑结庐。

"爸爸是用爷爷的名字来存的钱……"

沈鲍鑫心里也有疑惑，但他可不敢说出口。他将存单翻来覆去看了半天，上面写着"凭密码支取"。他拿过信笺，除了那十个字，他没发现任何和密码有关的线索。

"璐璐，爸爸以前有没有给你说起过这件事？"

"这个问题你问了好几遍了。怎么可能嘛，爸爸走的时候那么突然……他走之前我们可能有大半个月的时间没有见到面了，最后一次一起吃饭还是你到我家，你和我爸还一起喝了酒的……"

沈鲍鑫默念着信纸上的那两句话。"一生为了妻"，他们伉俪情深，这句话很好理解。可"一死为了女"又是什么意思呢？不想因病拖累恺璐？不想因工作上的问题拖累恺璐？留这一笔钱，他肯定是付出了巨大的代价！

"这个肯定是爸爸留给你的，他不可能不给你留密码。可密码又是什么呢？"

岑恺璐咬咬嘴唇："是我的生日，爸爸在遗书上写了的，他和妈妈永远都记得我的生日。"

岑恺璐突然明白过来了，却再也控制不住自己，号啕痛哭。

在这里痛哭的人们太多，没有人在意他们两个。

夕阳西下，他们回城了。

岑恺璐："你还记不记得和我爸爸的赌局？"

沈鲍鑫："嗯。"

岑恺璐："这个赌局本身就是残酷的。让二十岁的你去解答生和死、慈悲和残忍的问题。但他还是没有难住你，最终还是你赢了。"

沈鲍鑫："我输了，我没有解答出这道题。"

岑恺璐："你赢了。爸爸给出的题目，不是让你解生和死的难题。

再好的医生也不能逆转生和死。人的生命最残酷的并非是逝去，而是苦苦挽留。如果能让一个生命在最后的时刻都能被这个世界温柔相待，死亡就不再是那么残酷的了。"

沈鲍鑫："我还是输了，超过了规定的答题时间。"

岑恺璐："你没有输。这道题我们一辈子都在求解。要说输你也没有输给爸爸，是输给了时间。我们都会输给时间。"

汽车要进城了，有些拥堵。

沈鲍鑫："爸爸得了脑肿瘤，他的病历……"

岑恺璐："我知道，被妈妈收捡在你家的衣柜里，我看见了。"

沈鲍鑫："我很尊重你的爸爸。"

岑恺璐："嗯，哪怕天下人都说这人不好，但他对我好，我就记得他的好。"

遗忘比记忆更重要，可以腾出空间，可以迎接未来。

（完）

捧读文化
触及身心的阅读

出 品 人　张进步　程　碧

特约编辑　师明月
装帧设计　仙境设计
内文排版　博雅书装